Dieses Buch gehört:

....

....

Neue SCIENCE-FICTION Geschichten

Tosa Verlag

Im Auftrag hergestellte Sonderausgabe

Umschlag von Hansjörg Langenfass
Textauswahl von Hans Joachim Alpers und Ernst Fuchs

Printed in Austria

ARTHUR C. CLARKE

Der gefiederte Freund

Soweit ich mich entsinnen kann, gab es niemals eine besondere Vorschrift, die das Halten von Haustieren in einer Raumstation verbietet. Niemand schien das für notwendig gehalten zu haben, aber selbst dann, wenn es eine solche Vorschrift gegeben hätte, wäre ich sicher gewesen, daß Sven Olsen sie ignoriert hätte.

Wenn Sie den Namen hören, stellen Sie sich bestimmt einen zwei Meter großen nordischen Recken vor, der wie ein Stier gebaut ist und auch eine entsprechende Stimme besitzt. Sähe er so aus, wären seine Chancen gering gewesen, jemals Raumfahrer zu werden. Tatsächlich war er von kleiner Gestalt, wie fast alle von uns, und hielt leicht sein Gewicht unter den vorgeschriebenen 150 Pfund. Er hatte nicht einmal die von uns oft durchgeführten Hungerkuren nötig.

Er war einer unserer besten Konstruktionsarbeiter. Seine Geschicklichkeit blieb unübertroffen, wenn er die frei im Raum neben der Station schwebenden Verstrebungen mit einem leichten Stoß in Bewegung setzte und seinen Kraftaufwand dabei so genau berechnete, daß die Teile mit dem richtigen Ende auf die passende Stelle trafen und dort zusammengeschweißt werden konnten. Ich konnte ihm und seinen Leuten stundenlang zusehen, wie sie aus dem Durcheinander langsam – wie bei einem Zusammensetzspiel – die geplanten Konstruktionen schufen. Es war eine komplizierte und schwierige Arbeit, denn ein Raumanzug ist nicht gerade die ideale Kleidung. Immerhin genoß Svens Mannschaft einen gewaltigen Vorteil gegenüber der Arbeitsweise auf der Erde. Jeder von ihnen im Weltraum konnte, wenn er wollte, einfach zurücktreten, um das Werk zu bewundern, ohne befürchten zu müssen, durch die Erdgravitation davon getrennt zu werden.

Fragen Sie mich nur nicht, warum Sven so großen Wert auf ein Haustier legte oder warum er ausgerechnet das wählte, welches wir später entdeckten. Ich bin kein Psychologe, aber ich muß zugeben, daß Svens Wahl nicht ohne Überlegung getroffen wurde. Claribel wog praktisch nichts, seine Nahrungsaufnahme war gering, und im Gegensatz zu allen anderen Tieren störte ihn die Schwerelosigkeit nicht.

Ich saß in meinem winzigen Loch, lächerlicherweise auch Büro genannt, und sah die Liste der noch vorhandenen Materialvorräte durch, um festzustellen, was demnächst neu angefordert werden müsse. In diesem Augenblick erfuhr ich zum ersten Male von Claribels Anwesenheit. Als das musikalische Pfeifen dicht neben meinem Ohr ertönte, vermutete ich eine Durchsage der Bordsprechanlage. Ich wartete, aber die Durchsage kam nicht. Dafür kam etwas anderes – eine gezwitscherte Melodie. Ich hob den Kopf in solcher Überraschung, daß ich das Winkeleisen hinter meinem Rücken völlig vergaß. Vor meinen Augen explodierten die Sterne. Als sie endlich erloschen, erblickte ich Claribel.
Er war ein kleiner, gelber Kanarienvogel und hing wie eine dicke Hummel bewegungslos in der Luft. Die Flügel lagen eng am Körper. Wir sahen uns für einige Augenblicke verdutzt an, dann machte er eine seltsame Rückwärtsbewegung und schlug einen Salto, wie ihn sicherlich niemals zuvor ein Kanarienvogel geschlagen hat. Langsam schwebte er davon und verschwand. Es war offensichtlich, daß der Vogel sich bereits an das Fehlen jeglicher Schwerkraft gewöhnt hatte und nicht viel von unnötiger Kraftvergeudung hielt.
Sven stellte sich einige Tage dumm und gab den Besitz von Claribel nicht zu, aber dann spielte es auch keine Rolle mehr, denn der Vogel gehörte bereits allen. Er hatte ihn nach seinem letzten Urlaub mit auf die Transportrakete und damit in die Station geschmuggelt – natürlich nur aus wissenschaftlichem Interesse, wie er immer wieder eifrig betonte. Er wollte wissen, wie sich ein Vogel benahm, wenn er kein Gewicht, aber noch seine Flügel besaß.
Claribel wuchs, gedieh und wurde dicker. Eigentlich hatten wir niemals besondere Schwierigkeiten, ihn vor den strengen Augen inspizierender Kommissionen zu verbergen. Auf einer Raumstation gibt es unzählige Verstecke. Nur hatte Claribel den Fehler, seine Unzufriedenheit sehr lautstark kundzutun, und so war unser einziges Problem, den Besuchern von der Erde ständig die merkwürdigen Pfeiftöne zu erklären, die aus Ventilationsschächten und Laderäumen kamen. Oft entgingen wir nur knapp der Entdeckung, aber wer denkt auch schon daran, auf einer Station einen Kanarienvogel vorzufinden?
Unser Dienst dauerte nun zwölf Stunden, was sich schlimmer anhört, als es in Wirklichkeit ist. Man benötigt nur wenig Schlaf im Weltraum. Tag

und Nacht gibt es zwar nicht, wenn man ständig im Licht der Sonne gebadet wird, aber trotzdem erwies es sich als vorteilhaft, die gewohnten Begriffe beizubehalten. Ganz besonders an diesem Morgen kam es mir wie sechs Uhr früh vor. Ich hatte Kopfschmerzen und entsann mich unruhiger Träume. Es dauerte eine Ewigkeit, bis ich die Halteriemen lösen und mich zu den anderen in die Messe begeben konnte. Es herrschte eine ungewohnte Ruhe beim Frühstück. Ein Platz am Tisch war leer.
»Wo ist Sven?« fragte ich, obgleich es mir ziemlich gleichgültig war.
»Er sucht Claribel«, antwortete jemand. »Wie Sven behauptet, weckt er ihn jeden Morgen, und nun kann er ihn nicht finden.«
Bevor ich entgegnen konnte, daß Claribel auch mich jeden Morgen weckte, trat Sven ein. Man konnte seinem Gesicht sofort ansehen, daß irgend etwas nicht stimmte. Langsam öffnete er seine ausgestreckte Hand. In ihr lag ein kleines Häufchen Federn, aus denen zwei Füße senkrecht hervorragten.
»Was ist geschehen?« fragten wir, alle gleichmäßig betrübt.
»Ich weiß es nicht«, sagte Sven traurig. »Ich habe ihn so gefunden.«
»Kann ich ihn mir anschauen?« fragte Doc Duncan, unser Koch und Arzt. In angstvollem Schweigen sahen wir zu, wie er Claribel nahm, ans Ohr hielt und auf das winzige Pochen des kleinen Herzens wartete. Dann schüttelte er den Kopf.
»Ich kann nichts hören, aber das beweist noch lange nicht, daß er tot ist. Ich habe noch nie in meinem Leben den Puls eines Kanarienvogels gefühlt«, setzte er entschuldigend hinzu.
»Vielleicht täte ein Schuß Sauerstoff gut«, schlug jemand vor. Er zeigte dabei auf einen Zylinder nahe der Tür, dessen grüner Streifen ihn als Notvorrat kennzeichnete. Jeder stimmte bei und hielt den Vorschlag für eine gute Idee. Behutsam wurde Claribel in eine Sauerstoffmaske gelegt, die groß genug war, dem Vogel als Sauerstoffzelt zu dienen.
Zu unserer freudigen Überraschung wurde Claribel sofort wach. Über das ganze Gesicht strahlend, öffnete Sven die Maske. Claribel hüpfte auf seinen ausgestreckten Finger und begann zu jubilieren – um dann erneut in Ohnmacht zu fallen.
»Das begreife ich nicht«, lamentierte Sven. »Was ist denn nur mit ihm los? Das hat er doch noch nie gehabt!«
Während dieser ganzen Vorgänge versuchte ich, mich an etwas zu erin-

nern, das mir aufgefallen war. Außerdem war ich noch so müde, daß ich kaum die Augen offenhalten konnte. Ein wenig von dem Sauerstoff würde auch mir guttun, aber bevor ich meine Gedanken in die Tat umsetzen konnte, durchzuckte die Erkenntnis wie ein Blitz mein Gehirn. Ich wandte mich an den Ingenieur vom Dienst und sagte drängend:
»Jim, da stimmt etwas nicht. Die Luft ist nicht in Ordnung. Allein wie Claribel bewußtlos wurde – das erinnert mich daran, daß Bergleute sehr oft Kanarienvögel mit sich führen, weil diese das Gas zuerst spüren.«
»Unsinn!« entgegnete Jim. »Der Alarm wäre ausgelöst worden. Wir haben doppelte Anschlüsse, jeder vom anderen unabhängig.«
»Eh – der zweite Anschluß ist noch nicht komplett«, erinnerte ihn sein Assistent. Das rüttelte Jim wach. Er ging, ohne ein Wort zu sagen, aus dem Raum, während wir zurückblieben und warteten. Diskutierend reichten wir die Sauerstoffflasche herum wie eine Friedenspfeife.
Er kehrte zehn Minuten später mit einem nicht sehr intelligenten Gesicht zu uns zurück. Einer jener Unglücksfälle, so erfuhren wir dann, die es eigentlich nicht geben durfte. In dieser »Nacht« hatte es eine Sonnenfinsternis gegeben, hervorgerufen durch den Erdschatten. Ein Teil der Luftreinigungsanlage war eingefroren, ebenso die Alarmanlage. Chemische und elektronische Ausrüstung im Wert von einer halben Million Dollar hatte uns einfach im Stich gelassen. Ohne Claribel wären wir tot gewesen.
Wenn Sie also heute eine Raumstation besuchen, brauchen Sie nicht weiter erstaunt zu sein, vom unverkennbaren Gesang eines Kanarienvogels begrüßt zu werden. Im Gegenteil, Sie dürfen beruhigt sein; denn es bedeutet, daß Sie praktisch ohne Extraausgaben doppelt gesichert sind.

ROBERT SHECKLEY

Pfadfinderspiele

Man hielt den letzten Appell vor dem großen Pfadfindertreffen ab; alle Gruppen hatten sich versammelt. Gruppe 22 – die Gruppe Steigender Falke – kampierte in einer schattigen Senke und hielt ein Tentakelzerren ab. Die Gruppe Tapferer Büffel, Nummer 31, lagerte an einem kleinen Fluß. Die »Büffel« praktizierten ihre Geschicklichkeit im Trinken von Flüssigkeiten und belachten die seltsamen Gefühle, die sie dabei beschlichen.

Die Gruppe Stürmender Mirash, Nummer 19, jedoch wartete auf Pfadfinder Drag, der sich, wie üblich, verspätete.

Drag raste von der 3 000-Meter-Höhe herunter, solidifizierte sich und kroch hastig in den Kreis von Pfadfindern.

»Ach«, sagte er, »tut mir leid. Mir ist gar nicht aufgefallen, wie spät . . .«

Der Pfadfinderanführer starrte ihn grimmig an. »Deine Uniform ist nicht korrekt, Drag.«

»Verzeihung, Sir«, sagte Drag und schob eilig einen Tentakel hervor, den er vergessen hatte.

Die anderen kicherten. Drag wurde orangerot. Am liebsten hätte er sich unsichtbar gemacht.

Aber das war jetzt nicht erlaubt.

»Ich eröffne den Appell mit dem Pfadfinderschwur«, sagte der Pfadfinderanführer. Er räusperte sich. »Wir, die jungen Pfadfinder des Planeten Elbonai, verpflichten uns, den Talenten und Tugenden unserer Vorfahren nachzueifern. Zu diesem Zweck nehmen wir Pfadfinder die Form an, in die unsere Vorfahren hineingeboren wurden, als sie die jungfräuliche Wildnis Elbonais bezwangen. Wir schwören . . .«

Pfadfinder Drag stellte seine Hörwerkzeuge so ein, daß die leise Stimme des Anführers verstärkt zu ihm drang. Der Schwur begeisterte ihn stets von neuem. Man vermochte kaum zu glauben, daß seine Vorfahren einmal an den Boden gebunden gewesen waren. Heutzutage waren die Elbonai Luftwesen; sie behielten nur ein Minimum an Körper bei, nahmen in 6 000 Meter Höhe kosmische Strahlung in sich auf, verfügten über direkte Wahrnehmung und kamen nur aus sentimentalen oder kultischen

Gründen nach unten. Seit dem Zeitalter der Pioniertaten hatte man viel erreicht. Die moderne Welt begann mit dem Zeitalter der Submolekular-Kontrolle; sie wurde von der jetzigen Epoche der direkten Steuerung abgelöst.

»... Ehrlichkeit und Fairneß«, sagte der Pfadfinderanführer. »Und wir schwören ferner, Flüssigkeiten zu trinken, wie sie es taten, feste Nahrung zu uns zu nehmen und unsere Geschicklichkeit im Umgang mit ihren Werkzeugen und Methoden zu steigern.«

Als der Schwur gesprochen war, verteilten sich die Pfadfinder auf der Ebene. Der Pfadfinderanführer trat zu Drag.

»Das ist der letzte Appell vor dem Treffen«, erklärte er.

»Ich weiß«, sagte Drag.

»Und du bist der einzige Pfadfinder zweiter Klasse in der Gruppe Stürmender Mirash. Alle anderen sind Mitglieder der ersten Klasse oder zumindest Junior-Pioniere. Was werden die Leute von unserer Gruppe halten!«

Drag wand sich. »Das ist schließlich nicht allein mein Fehler«, meinte er. »Ich weiß, daß ich die Schwimm- und Bombenbastel-Prüfungen nicht bestanden habe, aber dazu tauge ich eben nicht. Es ist nicht fair, von mir zu verlangen, daß ich alles können soll. Selbst unter den Vorfahren gab es Spezialisten. Keiner mußte alles ...«

»Und worin bestehen eigentlich deine Fähigkeiten?« unterbrach ihn der Anführer.

»Forst- und Bergkunde«, erwiderte Drag eifrig. »Spurensuchen, jagen.«

Der Anführer sah ihn eine Weile an. Schließlich sagte er langsam: »Drag, was würdest du zu einer letzten Chance, die erste Klasse zu erreichen und dazu noch eine Leistungsmedaille zu bekommen, sagen?«

»Ich tue alles!« rief Drag.

»Na schön«, meinte der Anführer. »Weißt du, wie deine Gruppe heißt?«

»Die Gruppe Stürmender Mirash.«

»Und was ist ein Mirash?«

»Ein großes, wildes Tier«, erwiderte Drag sofort. »Früher gab es sie an vielen Stellen Elbonais; unsere Vorfahren lieferten ihnen gewaltige Kämpfe. Jetzt sind sie ausgestorben.«

»Nicht ganz«, meinte der Anführer. »Ein Pfadfinder durchforschte

die Wälder siebenhundert Kilometer von hier, in den Koordinaten s-233/482-2w, und er entdeckte drei Mirash männlichen Geschlechts, die also gejagt werden dürfen. Ich möchte, daß du sie aufspürst und verfolgst, wobei du dein Wissen in Forst- und Bergkunde einzusetzen hast. Dann sollst du, unter ausschließlicher Verwendung von Werkzeugen und Methoden unserer Vorfahren, das Fell eines Mirash zurückbringen. Glaubst du, daß du das schaffen kannst?«
»Ich weiß es, Sir!«
»Dann mach dich sofort auf den Weg«, sagte der Anführer. »Wir befestigen das Fell an unserer Fahnenstange. Beim Pfadfindertreffen erhalten wir dafür sicher eine Auszeichnung.«
»Jawohl, Sir!« Drag packte hastig seine Ausrüstung zusammen, füllte seine Feldflasche mit Flüssigkeit, nahm feste Nahrung mit und zog los.

Wenige Minuten später hatte er sich in das Gebiet s-233/482-2w versetzt, eine wilde, romantische Landschaft voll schroffer Felsen und verkümmerter Bäume; in den Tälern herrschte dichtes Unterholz vor, die Berggipfel waren schneebedeckt. Drag sah sich besorgt um.
Er hatte dem Anführer nicht ganz die Wahrheit gesagt.
In Wirklichkeit war er in Forst- und Bergkunde ebensowenig bewandert wie im Spurensuchen und Jagen. Er hatte überhaupt keine besonderen Talente. Am liebsten träumte er unter den Wolken in 1 500 Meter Höhe stundenlang vor sich hin. Wenn es ihm nun nicht gelang, einen Mirash zu finden? Was geschah, wenn ihn der Mirash zuerst entdeckte?
Aber da bestand keine Gefahr, versicherte er sich. Im Notfall konnte er immer noch gestibulieren. Wer würde schon davon erfahren?
Einen Augenblick später hatte er eine schwache Spur von Mirash-Geruch entdeckt. Dann sah er, nahe einem T-förmigen Felsen, eine Bewegung.
Sollte es wirklich so einfach sein? Wie schön! Lautlos nahm er eine geeignete Tarnung an und näherte sich der Stelle.

Der Bergpfad wurde steiler, die Sonne brannte unbarmherzig hernieder. Paxton schwitzte trotz seines Overalls mit Klimaanlage. Und er hatte es endgültig satt, gute Miene zum bösen Spiel zu machen.
»Wann verschwinden wir endlich von hier?« fragte er.

Herrera schlug ihm jovial auf die Schulter. »Wollen Sie denn nicht reich werden?«
»Das sind wir schon«, erwiderte Paxton.
»Aber nicht reich genug«, meinte Herrera und grinste breit.
Stellman kam herauf. Er keuchte unter dem Gewicht seiner Prüfgeräte. Vorsichtig ließ er sich auf den Boden nieder. »Wie wär's mit einer kleinen Verschnaufpause, meine Herren?« sagte er.
»Warum nicht?« meinte Herrera. »Wir haben ja Zeit.« Er lehnte seinen Rücken an einen T-förmigen Felsen.
Stellman zündete sich die Pfeife an, und Herrera fand in der Reißverschlußtasche seines Overalls eine Zigarre. Paxton beobachtete sie eine Weile. Dann fragte er: »Wann fliegen wir jetzt endlich ab? Oder wollen wir hier dauernden Wohnsitz nehmen?«
Herrera grinste nur und strich ein Zündholz für seine Zigarre an.
»Also, wie steht's?« schrie Paxton.
»Beruhigen Sie sich, Sie sind überstimmt«, meinte Stellman. »Wir haben das Ganze für drei gleichberechtigte Partner aufgezogen.«
»Mit meinem Geld«, beschwerte sich Paxton.
»Natürlich. Deswegen haben wir Sie ja mit hereingenommen. Herrera besaß die praktischen Schürferfahrungen. Ich hatte das theoretische Wissen und eine Pilotenlizenz. Sie hatten das Geld.«
»Aber wir haben doch schon so viel Zeug an Bord«, wandte Paxton ein. »Die Lager sind voll. Warum können wir nicht eine zivilisierte Gegend aufsuchen und mit dem Geldausgeben anfangen?«
»Herrera und ich verfügen nicht über Ihre aristokratische Einstellung zum Reichtum«, erklärte Stellman mit übertriebener Geduld. »Herrera und ich haben den kindischen Wunsch, jeden leeren Winkel mit unseren Schätzen anzufüllen. Goldklumpen in den Treibstofftanks, Smaragde in den Mehlbüchsen. Diamanten knöcheltief auf dem Schiffsboden. Und das hier ist genau die richtige Gegend. Alle Arten von kostbaren Steinen liegen herum und warten darauf, aufgehoben zu werden. Wir möchten ekelerregend, scheußlich reich sein, Paxton.«
Paxton hatte nicht zugehört. Er starrte unverwandt auf eine Stelle nahe dem Rand des Pfades. Leise sagte er: »Dieser Baum hat sich eben bewegt.«
Herrera brach in Gelächter aus. »Ungeheuer wahrscheinlich«, sagte er

verächtlich.
»Nur keine Aufregung«, sagte Stellman mit Grabesstimme. »Mein lieber Paxton, ich bin nicht mehr jung, zu dick und leicht zu erschrecken. Glauben Sie etwa, ich würde hierbleiben, wenn nur die geringste Gefahr bestünde?«
»Da! Er hat sich wieder bewegt!«
»Vor drei Monaten haben wir den Planeten hier überprüft«, sagte Stellman. »Wir fanden keine intelligenten Wesen, keine gefährlichen Tiere, keine giftigen Pflanzen, erinnern Sie sich? Alles, was wir gefunden haben, waren Wälder, Berge, Gold, Seen, Smaragde, Flüsse und Diamanten. Wenn es hier wirklich etwas gäbe, hätte es uns dann nicht längst angegriffen?«
»Ich habe gesehen, wie sich der Baum bewegt hat«, erklärte Paxton hartnäckig.
Herrera stand auf. »Dieser Baum?« fragte er.
»Ja. Schaut hin, er gleicht den anderen nicht einmal. Andere Struktur . . .«
Mit einer einzigen Bewegung zog Herrera eine Strahlerpistole, Modell II, aus dem Halfter und gab drei Schüsse auf den Baum ab. Der Baum mitsamt dem Unterholz im Umkreis von zehn Metern ging in Flammen auf und sank dann in sich zusammen.
»Weg«, sagte Herrera.
Paxton rieb sich das Kinn. »Ich konnte ihn schreien hören, als Sie schossen.«
»Sicher. Aber jetzt ist er tot«, meinte Herrera beruhigend. »Wenn sich wieder irgend etwas bewegt, brauchen Sie es mir nur zu sagen, dann schieße ich es nieder. Aber jetzt sammeln wir noch ein paar kleine Smaragde ein, nicht wahr?«
Paxton und Stellman stemmten ihre Lasten hoch und folgten Herrera den Pfad hinunter. Stellman sagte leise und amüsiert: »Ziemlich geradeheraus, was?«

Langsam kam Drag zu Bewußtsein. Die Flammenwaffe des Mirash hatte ihn beinahe ungeschützt in seiner Tarnung erwischt. Er konnte immer noch nicht begreifen, wie das geschehen war. Es hatte keinen warnenden Furchtgeruch, kein Schnauben, kein Gebrüll gegeben. Der Mirash hatte

plötzlich angegriffen, ohne sich zu vergewissern, ob ihm Freund oder Feind gegenüberstand.
Endlich durchschaute Drag die Natur der Bestie, auf deren Spur er war.
Er wartete, bis die Hufschläge der drei Mirash in der Ferne verklungen waren. Dann versuchte er schmerzverzerrt einen Sehempfänger auszuschieben. Nichts rührte sich. Panik überfiel ihn. Wenn sein Zentralnervensystem betroffen war, ging es mit ihm zu Ende.
Er versuchte es wieder. Diesmal rutschte ein Felsbrocken ab, und er konnte sich wieder rekonstruieren.
Schnell nahm er eine Innenbetrachtung vor. Erleichtert seufzte er auf. Um Haaresbreite war er davongekommen: Instinktiv hatte er im richtigen Zeitpunkt quondisiert und damit sein Leben gerettet.
Er bemühte sich, einen anderen Aktionsplan zu entwerfen, aber der Schock dieses plötzlichen, gemeinen, unprovozierten Angriffs hatte auch den letzten Rest von Jagdkunde aus seinem Gedächtnis vertrieben. Er stellte fest, daß er nicht im geringsten den Wunsch hatte, dem wilden Mirash noch einmal zu begegnen. Aber durfte er ihm ausweichen? Wenn er nun ohne dieses blöde Fell zurückkam? Er konnte dem Anführer ja erzählen, die Mirash seien alle weiblichen Geschlechts und damit nicht jagdbar. Das Wort eines jungen Pfadfinders wurde akzeptiert, und niemand würde ihm Fragen stellen oder gar nachforschen.
Aber das ging nicht an. Wie durfte er so etwas überhaupt nur denken?
Tja, sagte er sich bedrückt, er konnte seinen Pfadfinderhut nehmen und der lächerlichen Sache ein für allemal ein Ende machen: den Lagerfeuern, dem Singen, den Spielen, der Kameradschaft ade sagen ...
Ausgeschlossen, entschied Drag und nahm seinen ganzen Mut zusammen. Er gebärdete sich so, als seien die Mirash Gegner, die zu planen verstünden. Aber die Mirash waren ja nicht einmal intelligente Wesen. Kein Lebewesen ohne Tentakel hatte je wirkliche Intelligenz entwickelt. Das war Etlibs Gesetz, und es galt unumschränkt.
In der Auseinandersetzung zwischen Intelligenz und instinktiver Schlauheit hatte stets die Intelligenz gesiegt. Das mußte so sein. Er brauchte nur nachzudenken.
Drag begann die Mirash wieder zu verfolgen, indem er ihrem Geruch nachspürte. Welche Waffe der Vorfahren sollte er verwenden? Eine kleine Atombombe? Nein, darunter würde sicher das Fell leiden.

Er blieb plötzlich stehen und lachte. In Wirklichkeit war es ganz einfach, wenn man ein wenig überlegte. Warum sollte er direkten, gefährlichen Kontakt mit den Mirash suchen? Jetzt war die Zeit für den Gebrauch seines Gehirns, für die Anwendung seines Wissens über die Tierpsychologie gekommen.
Statt den Mirash zu folgen, würde er ihr Lager aufsuchen.
Und dort gedachte er ihnen eine Falle zu stellen.

Ihr Lager befand sich in einer Höhle. Als sie es erreichten, ging die Sonne bereits unter. Jede Felsspitze, jeder Gesteinsbrocken warf scharfe, dunkle Schatten. Das Raumschiff lag acht Kilometer unter ihnen auf dem Talboden; die Metallhaut glitzerte rötlich-silbern. In ihren Rucksäcken hatten sie ein Dutzend Smaragde, klein, aber von herrlich reiner Farbe.
In solchen Stunden dachte Paxton an eine kleine Stadt in Ohio, an Eiskrem, an ein Mädchen mit hellem Haar. Herrera lächelte vor sich hin und bedachte gewisse vergnügliche Arten, eine Million Dollar auszugeben, bevor man sich als Besitzer zahlreicher Ranchen niederließ. Und Stellman formulierte bereits seine Doktorarbeit über außerirdische Minerallager.
Sie waren alle bester Stimmung. Paxton hatte sich von seiner früheren Nervosität endgültig erholt. Jetzt wünschte er, daß wirklich ein fremdes Ungeheuer auftauchen möge – am besten ein grünes –, das ein wunderschönes, dürftig bekleidetes Mädchen verfolgte.
»Endlich zu Hause«, sagte Stellman, als sie sich dem Eingang der Höhle näherten. »Wie wär's mit Irish Stew heute?« Er hatte an diesem Abend Küchendienst.
»Mit viel Zwiebeln«, sagte Paxton und trat in die Höhle. Wie von der Tarantel gestochen sprang er wieder heraus. »Was ist das?«
Einen Meter von der Höhlenöffnung entfernt dampfte ein kleines Roastbeef, daneben lagen vier große Diamanten, und in der Mitte stand eine Flasche Whisky.
»Merkwürdig«, sagte Stellman. »Gar nicht gut für die Nerven.«
Paxton bückte sich, um einen der Diamanten zu betrachten. Herrera zog ihn weg.
»Vielleicht eine Falle.«

»Ich sehe keine Drähte«, meinte Paxton.
Herrera starrte das Roastbeef, die Diamanten und die Flasche Whisky an. Er machte ein unglückliches Gesicht.
»Ich traue der Sache nicht«, sagte er.
»Vielleicht gibt es hier doch Eingeborene«, überlegte Stellman. »Sehr schüchterne Eingeborene. Das da könnte ihr Friedensangebot sein.«
»Natürlich«, sagte Herrera. »Sie haben extra für uns von der Erde eine Flasche Whisky geholt.«
»Was sollen wir tun?« fragte Paxton.
»Wegbleiben«, befahl Herrera. »Zurück mit euch.« Er brach einen langen Ast von einem in der Nähe stehenden Baum und stocherte damit vorsichtig zwischen den Diamanten herum.
»Es rührt sich nichts«, sagte Paxton.
Das langhalmige Gras, auf dem Herrera stand, schlug peitschend gegen seine Knöchel. Der Boden unter ihm warf sich, löste sich zu einer säuberlich abgetrennten Scheibe von fünf Metern Durchmesser und begann sich in die Luft zu erheben, wobei die Wurzelenden nachschleiften. Herrera versuchte herunterzuspringen, aber das Gras hielt ihn wie mit tausend grünen Zungen fest.
»Nicht aufgeben!« schrie Paxton gedankenlos, sprang vor und packte den Rand der emporsteigenden Scheibe. Sie neigte sich stark, kam für einen Augenblick zum Stillstand und begann wieder zu steigen. Inzwischen hatte Herrera das Messer aus dem Gürtel gerissen und hackte damit das Gras um seine Knöchel herum ab. Stellman fuhr aus seiner Erstarrung hoch, als er Paxton an seinem Kopf vorbeigleiten sah.
Stellman packte ihn an den Füßen und hielt die Scheibe in ihrem Höhenflug wieder auf. Herrera befreite einen seiner Füße und hechtete über den Scheibenrand. Der andere Knöchel wurde für den Bruchteil einer Sekunde festgehalten, dann gab das feste Gras unter seinem Gewicht nach. Herrera fiel kopfüber auf den Boden, aber im letzten Moment konnte er den Kopf ducken, so daß er auf den Schultern landete. Paxton ließ die Scheibe los und stürzte ab, wobei er Stellman direkt auf den Bauch fiel.
Die Scheibe mit ihrer Last aus Roastbeef, Whisky und Diamanten stieg ungehindert empor, bis sie den Blicken der Männer entschwunden war.
Die Sonne hatte sich unter den Horizont zurückgezogen. Stumm betra-

ten die drei Männer ihre Höhle, die Strahler im Anschlag. An der Höhlenöffnung entfachten sie ein loderndes Feuer, dann zogen sie sich ins Innere zurück.
»Wir halten heute nacht abwechselnd Wache«, sagte Herrera.
Paxton und Stellman nickten.
»Ich glaube, Sie hatten recht, Paxton«, sagte Herrera. »Wir sind lange genug hier gewesen.«
»Zu lange«, meinte Paxton. »Sobald es hell wird, kehren wir zum Schiff zurück und fliegen los.«
»Wenn wir das Schiff noch erreichen«, sagte Stellman.

Drag war sehr entmutigt. Bedrückt hatte er die vorzeitige Entdeckung der Falle, den Kampf und das Entkommen der Mirash miterlebt. Dabei war dieser Mirash der größte von den dreien gewesen!
Er wußte jetzt, was er falsch gemacht hatte. In seinem Eifer hatte er seine Falle mit zu reichem Köder versehen. Die Minerale hätten genügt, da die Mirash darauf besonders ansprachen. Aber nein, er mußte die Methoden der Vorfahren verbessern, er mußte auch noch Nahrungs-Stimulantia verwenden. Kein Wunder, daß sie Verdacht geschöpft hatten.
Jetzt waren sie gereizt, aufmerksam und entschieden gefährlich.
Und ein gereizter Mirash bot einen der fürchterlichsten Anblicke in der gesamten Galaxis.
Drag kam sich sehr einsam vor, als Elbonais Zwillingsmonde am westlichen Himmel emporstiegen. Er konnte das Lagerfeuer der Mirash in der Höhlenöffnung lodern sehen. Durch direkte Wahrnehmung vermochte er die Mirash bewaffnet im Innern zu erkennen.
War ein Mirashfell wirklich soviel Mühe wert?
Drag dachte, daß er viel lieber in 1 500 Meter Höhe schweben, Wolkenformationen bilden und träumen würde. Er wollte Strahlung absorbieren, statt scheußliche feste Nahrung aufzunehmen. Und wozu sollte dieses Jagen und Fallenstellen überhaupt gut sein? Das waren nutzlose Fertigkeiten, über die seine Rasse längst hinausgewachsen war.
Einen Augenblick lang hatte er sich beinahe überredet. Dann begriff er in blitzartiger Erkenntnis, worum es ging.
Gewiß, die Elbonais waren ihren Konkurrenten über den Kopf gewach-

sen, sie hatten sich durch ihre rasche Entwicklung jeder Gefahr entzogen. Das Universum jedoch war groß und vieler Überraschungen fähig. Wer vermochte vorauszusehen, welche neuen Gefahren seine Rasse zu bestehen haben würde? Und wie konnte sie ihnen begegnen, wenn der Jagdinstinkt verlorenging?

Nein, die alten Sitten mußten bewahrt werden, um als Stütze zu dienen, als Mahnung, daß friedliches, intelligentes Leben in einem feindseligen Universum nie ruhen durfte.

Er würde das Mirashfell beschaffen oder bei seinen Bemühungen umkommen!

Das wichtigste war jetzt, sie aus ihrer Höhle zu locken. Sein Jagdwissen kehrte wieder.

Schnell und geschickt bildete er eine Mirashflöte.

»Habt ihr das gehört?« fragte Paxton.

»Ich hab mir doch gedacht, daß sich da etwas gerührt hat«, sagte Stellman. Die drei Männer lauschten angestrengt.

Der Laut kam wieder. Eine Stimme rief: »Oh, Hilfe, helft mir!«

»Ein Mädchen!« Paxton sprang auf.

»Es klingt so, als ob es ein Mädchen wäre«, meinte Stellman.

»Bitte helft mir«, klang die Mädchenstimme verzweifelt, »ich kann mich nicht mehr lange verteidigen. Hilft mir denn niemand?«

Paxton schoß das Blut ins Gesicht. Wie durch eine Eingebung sah er sie, klein, wohlgeformt, neben ihrem Sportraumschiffwrack, umgeben von grünen, schleimigen Ungeheuern. Und dann kam Es, eine ekelerregende, fremdartige Bestie.

Paxton nahm einen Strahler an sich. »Ich muß hinaus«, sagte er kühl.

»Setzen Sie sich hin, Sie Trottel!« fauchte Herrera.

»Aber ihr habt es doch auch gehört, oder nicht?«

»Das kann kein Mädchen sein«, meinte Herrera. »Was hätte ein Mädchen auf diesem Planeten zu suchen?«

»Ich finde das schon heraus«, verkündete Paxton und fuchtelte mit zwei Strahlern herum. »Vielleicht ist ein Raumlinienschiff abgestürzt, oder sie hat einen Abstecher gemacht und . . .«

»Setzen Sie sich hin!« brüllte Herrera.

»Er hat recht«, versuchte Stellman Paxton zu überzeugen. »Selbst wenn

draußen wirklich ein Mädchen wäre, was ich bezweifle, könnten wir nichts tun.«
»Oh, Hilfe, Hilfe, es verfolgt mich!« kreischte die Mädchenstimme.
»Aus dem Weg!« sagte Paxton leise und gefährlich.
»Sie wollen wirklich hinaus?« fragte Herrera ungläubig.
»Ja! Wer will mich zurückhalten?«
»Nur zu.« Herrera deutete auf den Höhleneingang.
»Wir dürfen es nicht zulassen!« rief Stellman.
»Warum nicht? Er soll sich doch den Kopf einrennen«, meinte Herrera lässig.
»Macht euch um mich keine Sorgen«, sagte Paxton. »Ich bin in fünfzehn Minuten zurück – mit ihr!« Er drehte sich auf dem Absatz um und ging zum Eingang. Herrera beugte sich vor und schlug Paxton mit einem massiven Holzscheit nieder. Stellman fing ihn auf.
Sie legten Paxton auf den Boden und setzten ihre Nachtwache fort. Das unglückliche Mädchen stöhnte und flehte die nächsten fünf Stunden hindurch, ohne Unterbrechung. Viel zu lange, wie Paxton zugeben mußte, selbst für eine Fernsehserie.

Der düstere, regenverhangene Tagesanbruch fand Drag immer noch hundert Meter vor der Höhle auf dem Posten. Er sah die Mirash in enger Formation aus der Höhle treten, die Waffen im Anschlag, wachsam, auf alles vorbereitet.
Warum hatte die Mirashflöte versagt? Im Pfadfinderhandbuch stand, daß damit unweigerlich die männlichen Mirash anzulocken waren. Aber vielleicht war jetzt nicht Brunstzeit.
Sie bewegten sich auf ein metallisches Ovoid zu, das Drag als primitives Raumfahrzeug erkannte. Es war einfach konstruiert, aber die Mirash befanden sich in Sicherheit, sobald sie es erreicht hatten.
Er konnte sie zwar auf einfache Weise trevestieren, und damit wäre Schluß. Aber human durfte man ein solches Vorgehen nicht nennen. Die alten Elbonais waren vor allem zurückhaltend und anständig gewesen; ein junger Pfadfinder mußte ihnen nacheifern. Außerdem konnte Trevestieren nicht als Verfahren der Vorfahren gelten.
Dann blieb nur Ilitromie. Das galt als urältester Trick, und überdies mußte er nahe heran, um ihn zustande zu bringen. Zu verlieren hatte er

allerdings nichts mehr.
Zum Glück waren die klimatischen Bedingungen ideal.

Es begann als leichter Bodendunst. Als die wässerig blinkende Sonne am grauen Himmel emporstieg, bildete sich jedoch starker Nebel.
Herrera fluchte um so ärger, je dichter der Nebel wurde. »Eng beieinander bleiben. Ausgerechnet jetzt muß uns das passieren!«
Kurze Zeit später mußten sie jeder eine Hand auf die Schulter des anderen legen. Sie hielten die Strahler bereit und starrten in den undurchdringlichen Nebel.
»Herrera?«
»Ja?«
»Sind Sie sicher, daß wir auf dem richtigen Weg sind?«
»Ja. Ich habe vor dem Auftreten des Nebels auf den Kompaß gesehen.«
»Und wenn Ihr Kompaß nicht stimmt?«
»Denken wir nicht daran.«
Sie gingen weiter, sich vorsichtig über den mit Felsbrocken übersäten Boden vorwärtstastend.
»Ich sehe das Schiff«, meinte Paxton.
»Nein, wir sind noch nicht so weit«, erwiderte Herrera.
Stellman stolperte über einen Stein, ließ seinen Strahler fallen, hob ihn auf und tastete nach Herreras Schulter. Er fand sie und marschierte weiter.
»Ich glaube, wir sind bald da«, sagte Herrera.
»Hoffentlich«, seufzte Paxton. »Ich habe genug.«
»Meinen Sie etwa, Ihre Freundin erwartet Sie am Schiff?«
»Ich habe ja schon zugegeben, daß ich im Irrtum war.«
»Schon gut«, sagte Herrera. »He, Stellman, Sie sollten sich lieber wieder an meiner Schulter festhalten; wir dürfen uns nicht verlieren.«
»Ich halte mich doch an Ihrer Schulter fest«, sagte Stellman.
»Das tun Sie nicht.«
»Doch, wenn ich es Ihnen sage!«
»Hören Sie mal, ich weiß doch noch, ob sich jemand an meiner Schulter festhält oder nicht!«
»Ist das Ihre Schulter, Paxton?«
»Nein«, sagte Paxton.

»Das ist schlecht«, erklärte Stellman sehr, sehr langsam. »Das ist äußerst schlecht.«
»Warum?«
»Weil ich mich eindeutig an irgendeiner Schulter festhalte.«
Herrera schrie: »Hinlegen, sofort hinlegen, damit ich schießen kann!« Aber es war zu spät. Ein süß-saurer Geruch erfüllte die Luft. Stellman und Paxton atmeten ein und brachen zusammen. Herrera rannte blindlings weiter, mit angehaltenem Atem. Er stolperte und fiel über einen Felsbrocken, versuchte sich wieder aufzuraffen . . .
Es wurde schwarz um ihn.
Der Nebel lichtete sich plötzlich, und Drag stand hochaufgerichtet da, mit triumphierendem Lächeln. Er zog ein langes Häutemesser aus dem Gürtel und beugte sich über einen Mirash.

Das Raumschiff stürmte mit einer Beschleunigung zur Erde, die für kurze Augenblicke den Superantrieb zu verglühen drohte. Herrera, der über die Steuerung gebeugt war, gewann endlich seine Selbstbeherrschung wieder und stellte auf Normalgeschwindigkeit um. Sein sonst dunkel gebräuntes Gesicht war aschfarben, seine Hände über den Instrumenten zitterten.
Stellman kam von der Kabine herein und ließ sich in den Kopilotensessel fallen.
»Wie geht es Paxton?« fragte Herrera.
»Ich habe Drona-3 gespritzt«, sagte Stellman. »Er wird bald wieder der alte sein.«
»Er ist ein guter Kerl«, meinte Herrera.
»Zum größten Teil liegt es nur am Schock«, erklärte Stellman. »Wenn er wieder bei Bewußtsein ist, lasse ich ihn Diamanten zählen. Das ist die beste Therapie, glauben Sie mir.«
Herrera grinste, und sein Gesicht nahm wieder normale Färbung an. »Ich möchte am liebsten selbst Diamanten zählen, nun, da alles gut ausgegangen ist.« Sein Gesicht wurde plötzlich ernst. »Aber ich frage Sie, wer kennt sich da aus? Ich verstehe es immer noch nicht!«

Das Pfadfindertreffen bot ein großartiges Schauspiel. Die Gruppe Steigender Falke, Nummer 22, zeigte eine kurze Pantomime, in der die Er-

oberung von Elbonai dargestellt wurde. Die Tapferen Büffel, Nummer 31, erschienen in voller Pioniermontur.
Und an der Spitze der Gruppe 19, der Stürmenden Mirash, marschierte Drag, jetzt als Pfadfinder erster Klasse, an der Brust eine glitzernde Leistungsmedaille. Er trug die Gruppenfahne – ein hohes Ehrenamt –, und jedermann stieß bei seinem Anblick Hochrufe aus.
Denn von der Fahnenstange flatterte stolz im Sonnenschein die feste, feinstrukturierte, charakteristische Haut eines erwachsenen Mirash, komplett mit Reißverschlüssen, Meßinstrumenten, Knöpfen und Halftern.

RON GOULART

Was ist eigentlich aus Schraublocker geworden?

Ich war noch gar nicht ganz in der Küche, als auch schon der elektrische Geschirrspüler auf mich losging. Seine obere Einfüllklappe schoß hoch und versuchte meinen Kopf einzuklemmen, mich im heißen Spülwasser zu ertränken. Ich entwischte nur knapp und rammte mein Knie gegen die glatte, sandfarbene Vorderfläche. Es gelang mir, das Kabel aus der Steckdose zu reißen, aber die Maschine arbeitete weiter, sie spritzte kochendes Wasser nach mir und klammerte sich mit eigenartigen, metallenen Tentakeln an meine Schultern. Ich schnaufte, für eine Sekunde schaffte ich es, die beiden Greifarme abzuschütteln; ich drehte die schwere Maschine herum, fintete und tänzelte auf dem glänzenden Parkettboden in der Küche hin und her.
Der Geschirrspüler verfolgte mich unablässig mit ausgestreckten Armen. Ich packte einen schalenförmigen Kunststoffstuhl, schleuderte ihn vor die Räder der Maschine. Sie kippte zur Seite und verströmte schaumiges Seifenwasser überallhin. Ich stürmte hinaus auf die Sonnenterrasse, meine rechte Hand fuhr unter die Jacke, fand das Pistolenholster.
Wieder auf den Rädern, rollte die Geschirrspülmaschine aufrecht auf mich zu. Hinter mir war der Pazifische Ozean, etwa hundert Meter unter der Terrasse. Ich riß meine Laserpistole heraus, zielte, wartete.

Auch auf den glänzenden schwarzen Bodenbelag der Terrasse hatte sich das Spülwasser ergossen, und als der Geschirrspüler summend aus der Küche ins Sonnenlicht geschossen kam, geriet er ins Schleudern. Seine Arme griffen in die Luft, in rasender Fahrt schlitterte er an mir vorbei. Er krachte gegen das Geländer aus Mammutbaumholz, durchbrach es glatt und stürzte, gefolgt von einem Holzsplitterregen, hinunter ins Meer. Eine riesige Fontäne und eindrucksvolle Blasen stiegen auf.
Drei weiße Möwen schossen dicht über dem Wasser dahin. Einen Augenblick lang hielten sie über der größten Blase in der Luft still, dann schwangen sie sich wieder in die Lüfte. Ich verstaute meine Laserpistole und ging vorsichtig in das Strandhaus zurück.
Der Ofen sah so aus, als ob er einem bei einem Kampf übel zusetzen könne, doch offensichtlich hatte man ihn nicht präpariert. Auch sonst gab es nichts mehr in Mary Redlands leerem Strandhaus, das einen Anschlag auf mich unternahm.
Im Wohnzimmer mit der Balkendecke begann auf dem marmornen Kaffeetisch des verschwundenen Mädchens das Telefon zu klingeln. Ich sah mir den Apparat genau an, näherte mich vorsichtig von der Seite. Er sah wie ein ganz gewöhnlicher Telefonapparat aus. Ich nahm entschlossen den Hörer ab und schaltete den Schirm ein.
»Tom«, sagte der schlaksige, dunkelhaarige Mann, der auf dem tellergroßen Bildschirm erschien, »ist sie dort?«
»Nein, Oliver«, erwiderte ich. »Zumindest glaube ich es nicht. Allerdings bin ich gerade erst angekommen.« Ich blickte durch das breite Fenster auf den Ozean hinaus.
»Tom, du wirkst ein wenig zerstreut«, sagte Oliver Bentancourt, unser Auftraggeber.
Draußen in den Wellen entdeckte ich den Geschirrspüler, der ins Meer hinausschwamm. Seine außerordentlichen Arme beherrschten einen ansprechenden Kraulstil. »Entschuldigung«, sagte ich. »Ich habe dem Geschirrspüler nachgesehen.«
»Und das wird uns helfen herauszufinden, wo Mary in den letzten zwei Tagen gewesen ist?«
Ich setzte mich auf das buntgemusterte Sofa und sagte: »Der Geschirrspüler schwimmt dort draußen im Pazifischen Ozean.«
»Ach, du redest von einem Burschen, der in irgendeinem Restaurant ar-

beitet? Was ist mit ihm?«
»Nein, ich rede von einer Maschine, einem technischen Gegenstand, ungefähr halb so groß wie ich«, erklärte ich, wobei ich noch einmal auf das gleißende Wasser hinausschaute. Die Maschine war jetzt schon weit draußen, schwamm mit zügigen Stößen auf dem Rücken.
»Wieso kann das Ding schwimmen?«
»Weil es kleine Arme hat.«
Bentancourt fuhr sich mit der schlanken Hand über die Stirn. »Ich gehe davon aus, daß du keine albernen Witze machst, Tom. Die Sache mit der Spülmaschine kann ich mir nicht erklären. Vielleicht liegt es an ihrem Vater, daß sie diese sonderbare Maschine dort draußen hat. Ich weiß es nicht. Mary ist, nun ja, sie ist anders als alle anderen Leute, die ich kenne. Ich wollte mich nicht direkt an deinen Boß wenden, weißt du. Aber da wir beide seit dem Kindergottesdienst dicke Freunde sind, habe ich mir gesagt, daß du nur dann für diesen Stanley Pope arbeiten würdest, wenn der Typ okay ist. Wo ist Mary?«
»Mach dir keine Sorgen. Wir werden sie schon finden. Stanley Pope hat sich auf Fälle spezialisiert, die etwas außerhalb der Normalität liegen.«
»Die Polizei wollte ich nicht einschalten«, erklärte Bentancourt. »Mary hat nämlich einen ziemlich ungewöhnlichen medizinischen Befund. Nun ja, es ist eher ein psychologischer Befund. Sie ist immer noch in Behandlung. Für so etwas hat die Polizei kein Verständnis.«
»Das stimmt.«
»Ich habe alle ihre Freunde angerufen, es sind nicht gerade viele. Ich habe sogar in Redlands großer Villa angerufen, um festzustellen, ob dort vielleicht jemand etwas weiß.« Er senkte den Blick. »Sie ist ganz bestimmt nicht da? Ich meine, sie hat doch nicht irgend etwas geschluckt, oder?«
»Nein«, antwortete ich, obwohl ich noch gar nicht sicher war.
»Okay«, sagte Bentancourt. »In der nächsten Zeit bin ich hier im Büro nicht zu erreichen. Ich werde dich heute nachmittag noch einmal anrufen.« Er nickte kurz, lächelte unverbindlich, und sein Gesicht verschwand vom Bildschirm.
Der Geschirrspüler war jetzt nur noch ein Punkt, ein sandfarbener Fleck in den Wellen des Ozeans. Ich kratzte mir das Kinn und danach mit beiden Händen die Brust. Sodann durchsuchte ich die drei Räume des

Strandhauses, in das ich eingebrochen war. Mary Redland war nicht da. Ich fand nichts, das mir hätte sagen können, wo ich noch nach ihr suchen sollte.

Pope war draußen auf seinem Privatplatz und spielte Tennis gegen einen Roboter. Ich setzte mich auf eine schmiedeeiserne Bank neben dem grüngestrichenen Asphaltspielfeld. Zwischen den Hausdächern und Bäumen hindurch fiel mein Blick auf eine Schar Segelboote im Hafen von Sausalito.

»Ich verbessere meinen Aufschlag«, rief Pope mir zu. Er warf einen Ball hoch in die Luft, behielt ihn im Blick und schlug ihn über das Netz.

»Das ist ein Badmintonschläger, den du da benutzt«, ließ ich ihn wissen.

Der Roboter hatte die Form eines Wasserboilers und war mit vier Armen ausgestattet. Jetzt rollte er hinter dem Tennisball her und saugte ihn mit einem kleinen Trichter vom Boden auf.

Pope blinzelte. Zahlreiche Falten durchfurchten seine hohe Stirn, verschwanden oben im drahtig lockigen Haar. »Bitte?«

Unter seinen großen Augen bildeten sich dunkle Ränder.

»Ein Badmintonschläger.« Ich wies mit dem Kopf auf den Schläger.

Er musterte den Schläger sorgfältig und nickte. »Ich muß meinen Tennisschläger im Hubschrauber vergessen haben.«

»Im Hubschrauber?«

»Ich habe einen neuen Hubschrauber ausprobiert.« Er winkte dem Roboter zu. »Das Spiel ist aus.«

»Ich war der Meinung, du hättest von Hubschraubern endgültig die Nase voll?«

»Ja, sie stürzen mit Vorliebe ab«, nickte er. »Oft donnern sie auch gegen die Golden-Gate-Brücke.«

»Wenn du am Steuer sitzt.«

»Na, egal. Jedenfalls habe ich beschlossen, den Hubschraubern noch eine letzte Chance zu geben.«

»Und . . .?«

»Das Ding ist gegen die Golden-Gate-Brücke gedonnert!«

Ich bemerkte, daß der Roboter schnell auf das Tennisnetz zueilte. »Dein Roboter glaubt, daß er das Spiel verloren hat.«

»Wie?«

»Ich glaube, er will über das Netz springen, um dir zu gratulieren.«
Pope drehte sich um. Er war ein sehniger, mittelgroßer Mann, hatte fast das gleiche dunkle Haar wie ich. »Laß es sein!« schrie er, als der Roboter in die Luft sprang.
Die Tennismaschine schaffte es nicht ganz. Sie blieb am Netz hängen und polterte mit dem Kopfende voran auf das Spielfeld. Überall hopsten Tennisbälle über den Platz.
»Tinnef«, sagte Pope. Er eilte zu dem gestürzten Roboter hinüber und half ihm hoch. »Ich hatte die Chance, einhundert Morgen Sojabohnen im San-Joaquin-Tal zu erben, Tom. Statt dessen umgebe ich mich mit diesen Blechkästen.«
»Tut mir leid, tut mir leid«, stotterte der Roboter, dabei tastete er sich mit den Händen nach Beschädigungen ab.
Pope ließ die Maschine stehen und kam zu mir auf den Rasen. »Wie läuft es mit dem verschwundenen Mädchen? Mary Redman?«
»Redland.«
»All diese Blechkästen bereiten mir genauso viele Sorgen, wie sie manche Leute mit ihren Haustieren haben. Ich werde nervös und betrübt, wenn sie auseinanderfallen.« Wieder blinzelte er, und wieder fielen mir die Ränder unter seinen Augen auf. »Was nehme ich um sechs Uhr ein?«
Ich zog die Flasche mit den blauen Kapseln aus meiner Jackentasche. »Zwei hiervon.«
»Ach was, wahrscheinlich hätte ich mir um die Sojabohnen auch dauernd Sorgen machen müssen.« Pope schüttelte sich zwei Kapseln auf die Handfläche und runzelte die Stirn. »Allerdings fallen Sojabohnen wenigstens nicht dauernd auf die Schnauze. Irgendeine Spur von dem Mädchen?«
»Nein«, antwortete ich, »aber ihre Geschirrspülmaschine hat versucht, mich umzubringen.«
Er schluckte die Kapseln und rieb sich mit dem Zeigefinger die gebogene Nase. »Was? Erzähl es mir genauer!«
Ich beschrieb, was sich ereignet hatte, als ich in der Stinson-Bucht nach dem verschwundenen Mädchen suchte.
Geistesabwesend öffnete Pope den Gürtel seiner weißen Tennisshorts, ließ sie herabrutschen und stieg aus ihnen heraus. »Ich hätte mit dir dorthin fahren sollen. Warum habe ich es eigentlich nicht getan?«

»Weil du nach San Francisco mußtest. Erinnerst du dich nicht mehr daran?«
»Doch, klar, eine meiner Exfrauen ist hinter mehr Alimenten her. Die zweite, nicht wahr?«
»Nein, die dritte«, widersprach ich. »Warum ziehst du dich aus?«
»Ich ziehe mich zum Essen um.«
»Du bist aber noch am Tennisplatz.«
»Hmm?« Pope bückte sich und hob seine Shorts auf. Er legte sie sorgfältig zusammen und klemmte sie – zusammen mit dem Badmintonschläger – unter den Arm. »Einmal hatte ich die Chance, ins Fischmehlgeschäft einzusteigen. Im Fischmehlgeschäft geht es bei weitem nicht so hektisch zu wie im Detektivgewerbe, oder?«
»Ich kenne die Fischmehl-Statistiken nicht.« Wir gingen durch den ein wenig vernachlässigten Garten auf Popes Haus zu, einen Bau im Stil der Gründerjahre.
»Woran hat dich dieser mörderische Geschirrspüler erinnert? Als ich von ihm gesprochen habe, hast du sehr seltsam reagiert.«
»Bitte?« Pope fuhr sich über die Nase. »Ja, da war etwas, aber im Moment fällt es mir nicht ein. Irgendwie hat es mit dieser Mary-Redland-Geschichte zu tun.« Er blieb stehen. »Weißt du, Tom, mir gefallen diese verrückten Fälle. Meistens sind wir die reinsten Elektroniker. Wir bauen Wanzen ein, machen andere unschädlich und zapfen Computer an. Damals, in den siebziger Jahren, als du noch ein Schuljunge warst, da hat die Arbeit noch Spaß gemacht. Was ist mit ihrem Vater?«
»Mary Redlands Vater?«
»Genau der. War der nicht ein ganz großes Tier im Industrierobotergeschäft?«
»Ja, stimmt. Außerdem hatte er mit Unterrichtsautomaten zu tun«, sagte ich. »Ich habe übrigens von meinem Freund Bentancourt gehört, daß Mary nicht gern von ihrem Vater spricht. Er ist vor ungefähr einem Jahr gestorben, bei einem Flugzeugabsturz. Die wenigen Male, wo ich sie selbst getroffen habe, hat sie überhaupt nicht über ihre Vergangenheit geredet.«
»Da war doch so ein Name, der sie immer sehr aufgeregt, sehr erschreckt hat?«
»Schraublocker?« fragte ich.

»Stimmt. Vermutlich ein Spitzname für irgend jemanden. Hat dein Freund denn keine Vermutung?«
»Seit er uns heute morgen aufgesucht hat, hat er nichts Neues erfahren.«
»Mary Redland besucht eine Therapiegruppe in Frisco, nicht wahr? Wie lange schon?«
»Drei Monate. Und, so sagt jedenfalls Bentancourt, sie hat den Namen Schraublocker während einer Sitzung im Dollfuß-Zentrum erwähnt. Bentancourt ist nicht in einer Gruppe mit ihr, doch sie hat ihm später davon erzählt. Weil es sie erschreckt hat. Es ist ein alberner Name, aber sie war sehr erregt. Offensichtlich war das alles, an das sie sich erinnern konnte: dieser Name, oder was es auch sein mag. Schraublocker. Bentancourt hat die Vermutung, daß sie sich vielleicht vorgestern an etwas anderes erinnert hat. Vielleicht ist das der Grund, warum sie verschwunden ist?«
»Warum soll sie sich denn nicht an gewisse Dinge erinnern?« fragte Pope, während wir die breite Holztreppe auf der Rückseite seines riesigen cremeweißen Hauses erstiegen. »Hat Bentancourt denn gesagt, daß sie irgendwann ihr Gedächtnis verloren hätte?«
»Nein, das nicht, aber sie hatte einen oder zwei Nervenzusammenbrüche, und es gibt gewisse Dinge, an die sie sich nur mit Mühe erinnern kann.«
»Eine schlanke Person, nicht wahr?«
»Er hat dir doch ihr Bild gezeigt.«
»Ja, ich weiß. Biegsam, groß, blond«, sagte Pope. »Dünne Frauen haben meist ein empfindliches Nervenkostüm. Meine zweite Frau war so.«
»Deine dritte«, entgegnete ich. »Deine zweite Frau war eine mollige Rothaarige mit niedlichen Grübchen.«
Pope seufzte. Wir standen jetzt in der Küche. »Vielleicht hätte ich mich nicht von ihr trennen und mich um den Sojabohnenanbau kümmern sollen. Hm? Los, geh zum Dollfuß-Zentrum und setz dich in eine von diesen Therapiegruppen. Mary Redland ist jeden Dienstag und Donnerstag um acht Uhr hingegangen, nicht wahr?«
»Ja. Heute abend ist eine Sitzung. Glaubst du denn, daß sie dort auftaucht, obwohl sie sich seit zwei Tagen nirgendwo sonst hat blicken lassen?«
»Nein. Ich möchte, daß du herausfindest, was sie dort an diesen

Schraublocker erinnert hat.« Er nickte seinem Kühlschrank zu. Der öffnete sich und reichte ihm eine kalte Bierflasche hinaus.

Pope zeigte den Hügel hinauf, auf das Hausboot. Ich hatte soeben meinen Bericht über die Gruppentherapiesitzung beendet, an der ich am vergangenen Abend teilgenommen hatte. »Nach dem Frühstück gehen wir zu Past hinauf. Hatte ich Orangensaft bestellt?«
Wir saßen unter einem großen Metallschirm auf einer hölzernen Terrasse am Rande der Bucht. Das Restaurant hatte den Namen *Tommys Ruinen von Tiburon.* »Tomate«, sagte ich. Ich holte aus der Schachtel, die ich in der rechten Hosentasche trug, eine Pille hervor und legte sie auf den Rand der Untertasse von Popes Sojakaffee. »Es tut mir leid, daß ich nichts über diesen Schraublocker herausgefunden habe«, sagte ich. »Was wollen wir eigentlich von Past?«
»Etwas Bestimmtes«, antwortete Pope rätselhaft. Sein Blick fiel auf eine Schale mit Planktonkeksen vor ihm auf dem Tisch. »Gelegentlich benötige ich Evelynski, um meinem Gedächtnis ein wenig auf die Sprünge zu helfen.«
»Ist dein Evelynski nicht verdonnert worden, weil er den Computer der Kalifornischen Staatsbank angezapft hat, um sich geheime Informationen zu verschaffen?«
»Nein, ist er nicht. Man konnte ihm nichts beweisen.«
»Ich dachte, sie hätten genügend Beweise gehabt?«
»Tja, schon, aber Evelynski hat es geschafft, die im Computer gespeicherten Beweise zu löschen.« Heute war Pope in einen khakifarbenen Overall gekleidet. Er rieb sich mit den Händen über die Kniescheiben, daß der Stoff rauschte. »Noch mal zurück zu dem, was du mir über den vergangenen Abend erzählt hast: Du hast gesagt, daß ein Mitglied der Therapiegruppe über Mary geredet hat. Es hing mit ihrem Vater zusammen. Daß er sich sehr um sie gesorgt hat und sich besonders um ihre Erziehung kümmerte.«
»Ja, das hat mir ein großer, jovialer Typ erzählt. Er war Mitte Vierzig und hieß Chuck Mogul«, antwortete ich. »Als ich ihn fragte, woher er sie kenne, sagte er nur, daß er eine Menge über sie in den Gesellschaftsspalten der Zeitungen gelesen hätte. Das sei Jahre her. Übrigens, Dr. Dollfuß ist ein großer Bewunderer von dir. Andernfalls wäre ich gar

nicht zu diesen Sitzungen zugelassen worden. Er hat deinen analytischen Verstand gelobt.«

»Klar.« Pope warf noch einen flüchtigen Blick auf die Kekse und sprang dann auf. »Jetzt wollen wir hinaufgehen und Evelynski um Rat fragen.«

Past ist der Name einer privaten Datenbank. Als in den siebziger Jahren alle Hausboote aus den Wassern um Sausalito entfernt wurden, hatte Cosmo Evelynski eines dieser Boote auf ein Grundstück in der Hügellandschaft von Tiburon schaffen lassen. Das große rot-weiße Schiff diente nun als oberste Etage seines Archivs. Zehn weitere Stockwerke hatte er tief in den Hügel gegraben.

Evelynskis Büro befand sich im ehemaligen Wohnzimmer des alten Bootes, und als wir dort ankamen, war er gerade dabei, alte Karteikarten in seinen elektrischen Papierkorb zu füttern. Der Papierkorb zermalmte die Karten, wobei er ein dumpfes, knurrendes Geräusch von sich gab. Dann spuckte er alle Schnipsel wieder aus, in Richtung auf Evelynski.

Evelynski saß in einem niedrigen Rohrsessel, der Holzboden um ihn herum war wie von Konfetti-Schnee übersät. »Ja, zum Teufel«, sagte er. Er war ein Mann Anfang Vierzig, kurzhaarig und von bäuerlichem Aussehen.

Pope nahm auf einem kleinen Sofa Platz. Die Ringe unter seinen Augen waren von eindrucksvoller Dunkelheit. »Ungefähr vor zwanzig Jahren«, begann er, »in den späten Siebzigern oder den frühen Achtzigern sind kurz hintereinander vier Männer gestorben, die eine wichtige Rolle im Industrierobotergeschäft spielten. Ich habe versucht, mich an die genauen Umstände zu erinnern.«

»Tag, Tom«, sagte Evelynski zu mir, wobei er gleichzeitig mit dem Fuß nach seinem Papierkorb trat. »Arbeitest du vielleicht an einem Mordfall, Stanley?«

Pope antwortete: »Die Sache ist damals jedenfalls nicht als Mordfall eingestuft worden. Alle vier Männer sind innerhalb von sechs Monaten angeblich tödlich verunglückt. Damals hat man es nicht besonders herausgestellt, aber alle vier waren Hauptkonkurrenten von diesem, na, wie hieß er doch gleich? Donald B. Redland. Mary Redlands Vater.«

»Redland von United Tech?« Evelynski stand auf und ging zu einem stummen Diener in der Halle hinüber.

Pope nickte. »Bei einem dieser Unfälle soll es einen Augenzeugen gege-

ben haben ... Ein kleiner Junge, niemand hat ihm geglaubt. Er hat behauptet, gesehen zu haben, wie ein Getränkeautomat das Opfer in eine Schlucht irgendwo in Muir Woods stieß. Es war ein nebliger Tag. Niemand sonst hat etwas beobachtet.
»Der Geschirrspüler«, rief ich dazwischen.
»Der hat mich daran erinnert«, sagte Pope.
Evelynski öffnete die Tür zu einem Schacht und brüllte hinab: »Sonderbare Unfälle von 1978 bis 1982! Außerdem Redland, Donald Bascomb, Unfälle in der Umgebung von Muir Woods von 1978 bis 1982! Dazu Daten über Automatenindustrie im gleichen Zeitraum, alles was dir sonst noch einfällt!« Er ließ die kleine weiße Klappe wieder fallen. »Seit ihr Burschen zum letztenmal hier wart, habe ich noch zwei Stockwerke ausschachten lassen.«
»Hast du den Computer repariert, der Anfragen nur in klassischem Griechisch beantwortet hat?« fragte Pope.
»Er ist von allein darüber hinweg gekommen. Damals war er noch neu und wollte ein wenig angeben. Die anderen beeindrucken, du verstehst, was ich meine?« Evelynski ging durchs Zimmer und stellte sich neben einen Metallschlitz in der Wand. Irgendwo tief unter uns hatte ein leichtes Summen eingesetzt. Während der nächsten dreißig Sekunden ergoß sich eine Flut von Aktenordnern, Magnetbändern, Karteikarten, Zeitungsausschnitten und Hochglanzfotos in Evelynskis Arme. »Hier«, sagte er und warf den ganzen Stapel auf Popes Schoß.
Drei Zeitungsausschnitte flatterten auf den Boden. Ich las sie vom Fellteppich auf und schaute sie mir an. Die Überschrift des längsten Artikels – ein Zweispalter mit Foto – lautete: *Millionärstochter hat einen ganz besonderen Lehrer.* Das Mädchen, damals war es sechs Jahre alt, war Mary Redland, und der besondere Lehrer war ein Androide, den ihr Vater, Donald B. Redland, eigens für sie geschaffen hatte. Er war in der United-Tech-Niederlassung bei Sunnyvale montiert worden. In dem Artikel hieß es, daß Mary den Roboter überaus liebe und daß die Familie ihm den Spitznamen »Professor Schraublocker« gegeben habe. Das Foto zeigte Mary mit dem Androiden in ihrem geräumigen Kinderzimmer. Ich hielt Pope den Ausschnitt hin. »Da haben wir unseren Schraublokker«, sagte ich.
»Ach ja?« Er nahm mir das Papier aus den Händen.

»Und Chuck Mogul auch«, fügte ich hinzu.
»Du wirst langsam alt, Tom«, versetzte Pope. »Einer der sechs Leute, mit denen du den vergangenen Therapieabend verbracht hast, war also ein Androide, und dir ist es nicht aufgefallen!«
»Stimmt«, gab ich zu. »Irgend etwas an ihm wirkte ein wenig unecht, wie Verschlagenheit vielleicht, aber insgesamt erschien er mir glaubwürdig.«
Pope klopfte mit dem Finger auf das Foto. »Das hier ist doch in der Redland-Villa auf der Halbinsel aufgenommen worden, oder nicht?«
»Doch, das stimmt«, sagte ich. »Seit Redland getötet wurde, steht das Anwesen leer; heute lebt niemand mehr dort. Aber höchstwahrscheinlich wird es immer noch von einem Sammelsurium von Redland-Automaten bewacht.«
»Hmmm.« Pope rollte das Zeitungsblatt zusammen und rieb sich damit die Spitze seiner scharfen Nase. »Ich frage mich, ob Mary Redland nicht vielleicht dorthin gegangen ist. Wenn sie sich an etwas zu erinnern versucht, dann hängt es bestimmt mit dem Androiden und diesem alten Haus zusammen.«
»Also fahre ich mal hin und schaue es mir an«, sagte ich.
»Ja, aber erst sehen wir diese restlichen Unterlagen durch«, sagte Pope. »Dann fahren wir noch bei mir vorbei und suchen ein paar Einbruchswerkzeuge zusammen. Wir haben doch ein paar hübsche Dinge, mit denen man Robotern den Spaß verderben kann, oder nicht?«
»Haben wir. Willst du diesmal mitkommen?«
»Nein, ich möchte mich um Chuck Mogul kümmern«, sagte Pope. »Hast du nicht gesagt, daß die Dollfuß-Kartei ihn unter einer Adresse in San Francisco führt?«
»Ja, Telegraph Hill.« Ich schrieb ihm die Adresse auf einen Merkzettel.
»Ich möchte ihn gern fragen, warum er sich nicht mehr Schraublocker nennt«, erklärte Pope.

Die Sicherheitsanlage des Redland-Anwesens funktionierte überhaupt nicht. Ich hatte meinen Wagen dreihundert Meter vor der steinernen Umfassungsmauer im Schatten eines kleinen Eichenhains geparkt. Die Dämmerung kam bereits früh, und grauweißer Nebel legte sich über das Land, während ich auf das Haupttor zuging. Die Torflügel waren zweimal so hoch wie ich, sie waren aus Schmiedeeisen und trugen Verzierungen aus verwobenen Rs und Weinranken. Es war eines dieser Tore, die sofort einen elektrischen Alarm auslösten, wenn man sie berührte. Auch die Mauerkrone war von Drähten überspannt, die auf jede Berührung reagieren mußten. Scheinwerfer waren so aufgestellt, daß ihre Kegel jeden Besucher vor dem Tor erfassen konnten, und hinter den schmiedeeisernen Stäben wartete ein schwarzer Polizeihund mit entblößten Reißzähnen.

Doch nichts von all dem funktionierte. Die Scheinwerfer waren nicht eingeschaltet, der Robothund schwieg, und in seinen Vinylaugen war kein Leben. Die Torflügel standen einen Meter weit offen. Ich hatte mich darauf vorbereitet, das Alarmsystem auszutricksen. Suchgeräte sollten mir jede Falle rechtzeitig verraten. Dazu hatte ich eigens einen braunen Diplomatenkoffer voller Instrumente mitgebracht, doch nun benötigte ich nichts davon. Ich trat durch das Tor.

Nebelschwaden zogen umher, waren dichter geworden. In der Ferne tuckerte auf dem Highway ein Dieseltruck vorüber. Beim Vorbeigehen streifte ich an den mechanischen Wachhund, und er fiel um. Jetzt konnte ich in vierhundert Metern Entfernung den Umriß des Hauses sehen. Kuppeln, Türmchen und ein Wetterhahn ragten über den Nebel hinaus. Das Haupthaus bestand aus drei Stockwerken mit insgesamt fünfundzwanzig Zimmern. Irgendwo mußte auch die Garage für sechs Wagen sein, die Chauffeurswohnung, der Hubschrauberhangar und die beiden Gästehäuser.

Die viele Morgen große Rasenfläche mußte kürzlich gemäht worden sein. Der feuchte Geruch von frisch geschnittenem Gras hing noch in der Luft. Um die Bäume, Hunderte von Birken und Fichten, kümmerte sich offenbar niemand mehr. Als ich mich der Redland-Villa näherte, sah ich einen Androiden, der in einen Busch gestürzt war. Es war ein Robotgärtner, und es sah aus, als sei er beim Beschneiden der Äste von der Leiter gefallen. Er war zerbrochen und hatte bereits Rost angesetzt. Seine gekrümmte Hand umklammerte noch die Schere. Durch die Einflüsse der Witterung hatte auch sie sich schon rostrot verfärbt.

Im Haupthaus waren alle Fenster dunkel. Ich ging einmal um das Gebäude herum, lauschte. Vom Hinterhof aus sah ich einen Lichtschein. Es war ein flackerndes, unstetes Leuchten, das von einem kleinen Gebäude

inmitten eines Weidengebüsches kam. Ich ging auf das Licht zu.
Ein Metallschild war an die Tür des Häuschens geschraubt. *Spielhaus von Miß Mary Redland* stand darauf. Ich klopfte. Unter der Berührung meiner Hand schwang die Tür nach innen. In dem kleinen Raum dahinter war Mary. Sie saß auf einem kleinen, hölzernen Stühlchen, die Füße heraufgezogen bis auf den Sitz. Auf einem Schreibtisch in Minaturgröße neben ihr stand eine Petroleumlampe und verströmte fettig-schwarzen Rauch.
»Guten Tag, Mary«, sagte ich.
Sie schaute auf, nickte und lächelte knapp und müde. »Guten Tag, Tom.«
»Hier hältst du dich also versteckt?«
»Ja, die meiste Zeit.« Ich konnte nicht entscheiden, ob sie hübsch war oder nicht. Ihr Gesicht veränderte sich mit jedem Flackern der Petroleumflamme. »Ich nehme an, Ollie hat dich dafür bezahlt, daß du nach mir suchst?«
»Ja, so ist es.« Ich wählte mir ein Kindersofa als Sitzplatz. An den Wänden zogen sich Regale bis zur Decke hoch, überfüllt mit Spielsachen. Einfache Stofftiere und raffinierte, technische Miniaturen. Unter den Regalen standen Unterrichtsmaschinen und Bildschirme, auf denen Bänder mit Lehrstoff in Geschichte und Mathematik gestapelt waren.
»Irgend jemand ist ständig dabei, auf mich achtzugeben«, sagte das Mädchen. »So war es schon immer.« Sie verschränkte ihre schlanken Finger vor einem Knie. »Mir sind einige Dinge aus der Vergangenheit wieder eingefallen, deshalb bin ich hierher gekommen. Ich wollte in Ruhe darüber nachdenken.«
Ich sah sie an und sagte nichts.
»Sie haben sich fest darauf verlassen, daß ich mich niemals erinnern würde«, sagte Mary. »Und tatsächlich hatte ich alles vergessen, doch jetzt ist mir einiges wieder eingefallen.«
Ich schwieg.
»Fünfzehn, nein, zwanzig Jahre ist es jetzt fast schon her«, fuhr Mary fort. »Ich war damals ungefähr sechs Jahre alt. Damals haben mein Vater und ein Mann, der für ihn gearbeitet hat, etwas getan. Jetzt sind sie beide tot. Das ist wirklich seltsam. Vor zwanzig Jahren haben sie vier Menschen umgebracht.«

»Konkurrenten?« fragte ich. »Waren es Leute, die dein Vater nicht mit Geld zum Schweigen bringen konnte?«
»Er hatte immer nur den einen Ehrgeiz, der Größte zu sein. Das hat er schließlich auch geschafft«, sagte Mary. »Mein Vater und dieser andere Mann hatten einen einfachen, hübschen Einfall. Für dich und mich wäre es vielleicht nicht einfach gewesen, für sie war es sehr einfach. Natürlich hätte mein Vater weiter versuchen können, sie aufzukaufen. Doch der neue Plan war einfacher und nicht so teuer. Also haben sie sich Methoden überlegt, ihre feinen Maschinen für andere Aufgaben umzubauen. Sie so zu verändern, daß sie Menschen umbringen konnten. Natürlich nicht auf eine auffällige Art, nein, sie sollten sie aus Fenstern stoßen oder Unfälle herbeiführen. Irgendwie steckt eine bittere Komik darin, wenn man vom eigenen Kühlschrank oder Farbfernseher umgebracht wird.«
Ich sagte: »Ich bin einer dieser Maschinen begegnet.«
»Ja, ich nehme an, es existieren noch immer einige Exemplare«, bemerkte sie. »Sie sollten mich beschützen. Ich habe es aufgegeben, alle Mechanismen aufzuspüren, die Daddy konstruiert hat, damit sie auf mich achtgeben. Wahrscheinlich war es das Ding in dem Strandhaus, das Daddy vor drei Jahren gekauft hat?«
»Stimmt.«
Mary fuhr fort: »Einmal bin ich überraschend auf etwas gestoßen; dadurch gab es Probleme.«
»Auf einen Mord?«
Sie schüttelte den Kopf. »Nein, auf die Vorbereitung für einen Mord. Sie gingen immer sehr gründlich zu Werke. Sie zeichneten Pläne und Diagramme, alles wurde gut durchdacht. Vielleicht ist das der richtige Weg, wenn man Menschen töten will: Ruhe und gelassene Sorgfalt. Ich bin mitten hineingeplatzt. Es war dort drüben, im großen Haus. Sie saßen in Daddys Arbeitszimmer, das eigentlich tabu für mich war. Allerdings habe ich mich um solche Verbote nie sonderlich gekümmert. Damals war ich sechs, und sie hatten sich dies eine Mal nicht die Mühe gemacht, die Tür zu verschließen. Ich bin ganz leise ins Zimmer getreten. Sie standen ein Stück von mir entfernt an Daddys großem Zeichentisch und besprachen die Sache. Ich konnte ihnen lange zuhören, ehe sie mich bemerkten.« Draußen, vor den bleiverglasten Fenstern des Häuschens, zogen dichte Nebelschwaden vorüber. »Zuerst versuchten sie –

vor allem Daddy – mich davon zu überzeugen, daß ich gar nichts gehört hätte und daß es sich nur um ein Spiel handelte. Dann haben sie ohne Zögern ihren Plan ausgeführt und den Mann umgebracht. Also habe ich Fragen gestellt.« Sie stand auf und ging zu den niedrigen schwarzgrauen Maschinen hinüber. »Hier haben sie es mir dann angetan.«

»Sie haben dafür gesorgt, daß du alles vergißt?«

»Ja«, sagte Mary nach einer Pause. »Wie nennt man es doch gleich? Gehirnwäsche! Es würde nicht weh tun, hat Daddy versprochen. Ich glaube, es hat Wochen gedauert, bis sie es geschafft hatten. Sie haben diese Maschinen benutzt und andere.« Sie hielt wieder inne und sog scharf die Luft ein. »Und meinen Lehrer. Ich hatte einen Androiden. Ein freundlicher, liebenswürdiger Roboter war es, der mich unterrichtete, mir Geschichten vorlas und sehr nett zu mir war. Ich habe ihn Professor Schraublocker getauft. Ich weiß nicht genau warum; ich glaube, ich habe einen Ausdruck von Daddy aufgeschnappt. Der Androide hat ihnen bei der Sache geholfen, und als es geschafft war, haben sie ihn fortgeschafft. Jahrelang hatte ich alles vergessen, konnte mich an nichts erinnern. Doch dann begann es in mir hochzusteigen. Du weißt, daß ich psychische Probleme hatte. Schließlich bin ich zur Therapie gegangen, und nun begann ich mich zu erinnern.« Sie sah mich an. »Er war auch dort, allerdings habe ich es zunächst nicht bemerkt.«

»Schraublocker?« fragte ich.

»Ja«, antwortete sie. »Er nannte sich jetzt Chuck Mogul, und alle hielten ihn für einen Menschen. Ich nehme an, daß Daddy ihn so programmiert hat, daß er mich ständig überwacht. Als Daddy verunglückte, hat niemand Schraublocker abgeschaltet. Jetzt ist er immer noch da und beobachtet mich. Er will mich daran hindern, daß ich mich erinnere, obwohl es nun eigentlich keine Rolle mehr spielt.«

»Du zeichnest aber kein sehr schmeichelhaftes Bild von mir«, sagte Chuck Mogul. Grinsend betrat er das kleine Häuschen. In der rechten Hand hielt er eine schwarze Pistole. »Ach, Mary, wir haben doch immer nur dein Bestes gewollt.«

»Jetzt ist das alles vorbei, Professor Schraublocker.« Sie lehnte sich gegen die schwarzen Maschinen.

»Nein, das Gefühl habe ich nicht«, sagte der Androide Schraublocker. »Dein Dad, Gott hab' ihn selig, hat mich prächtig versorgt. Ich verfüge über ein Einkommen und ein nettes Apartment auf dem Telegraph Hill in San Francisco. Solange ich lebe, habe ich nur eine Aufgabe: auf dich achtzugeben. Ich soll mich nicht nur darum kümmern, daß dir ein paar unangenehme Dinge nicht wieder einfallen, die du möglicherweise als kleines Kind erlebt hast, nein, es ist meine Bestimmung, dir immer ein ruhiges, angenehmes Leben zu ermöglichen.«

»Du liebe Güte«, sagte das Mädchen. »Mein Vater hat mir wirklich gereicht. Ich habe von dieser Art liebevoller Fürsorge die Nase voll. Ich bin jetzt ich selbst, ein erwachsener Mensch, und ich brauche dich nicht mehr.«

»Aber Mary!« sagte Schraublocker. »So darfst du nicht sprechen. Ich werde immer in deiner Nähe sein. Siehst du, ich kann nicht anders, ich bin so konstruiert.«

»Du hättest ihr nicht so dicht auf den Leib rücken dürfen«, sagte ich dazwischen. »Du hättest nicht zu den Therapiesitzungen gehen dürfen.«

Der Androide stimmte mir zu. »In dieser Frage war ich lange unentschlossen, aber, meine Güte, ich habe mir Sorgen gemacht. Schließlich war es möglich, daß sie vor den anderen alles ausplauderte. Darum bin ich das Risiko eingegangen, habe ein paar Hebel in Bewegung gesetzt und war schließlich in einer Gruppe mit ihr. Nein, ich muß zugeben, dieser kleine Plan hat nicht viel Gutes gebracht.«

»Daß ich dich gesehen habe, hat mir geholfen, mich zu erinnern«, sagte Mary.

»Tja«, erklärte Schraublocker, »es ist ja kein nicht wiedergutzumachender Schaden entstanden. Wir müssen natürlich dein Gehirn wieder umstellen, Mary, dann vergißt du diese häßlichen Sachen endgültig. Dein Daddy hat mir gezeigt, wie man das macht; ich kann es jetzt ganz allein.«

»Nein«, sagte das Mädchen.

»Gilt das auch für mich?« fragte ich.

Schraublocker antwortete: »Nein, dich werden wir so töten müssen, daß es wie ein Unfall aussieht. Ich hatte sehr gehofft, daß du in der Stinson-Bucht ertrinken würdest. Heute abend erst kam mir der Gedanke, daß Mary hierher gekommen sein könnte, aus sentimentalen Gründen. Wenn ich vorher daran gedacht hätte, wäre ich vor dir hier gewesen. Aber, wie gesagt, diese kleinen Pannen lassen sich ausbügeln. Ich bin mit einer Unzahl von Arten vertraut, wie man Leute aus der Welt schaffen kann.«

Wieder öffnete sich leise die Tür zum Spielhaus, und Pope schlüpfte herein. Er hielt einen großen Kreuzschlüssel in der Hand. Sein erster Schlag schmetterte Schraublocker die Pistole aus der Hand. Danach traf Pope zweimal den Kopf, und der Androide krachte ausgestreckt auf den Boden. »Meine Güte«, sagte Schraublocker. Aus seinem Leib kam ein lautes Brummen, und fettiger Rauch drang ihm aus Mund und Nasenlöchern.

»Entschuldige, daß ich ein wenig spät komme«, sagte Pope. »Ich bin auf dem Highway mit einem Lastwagen aneinandergeraten; der Karren war bis obenhin voll mit synthetischen Mandarinen. Seit Schraublocker Frisco verlassen hat, bin ich ihm gefolgt. Nach dem Zusammenstoß habe ich ihn aus den Augen verloren, doch ich hatte mir schon gedacht, daß er hierher wollte. Am Tor habe ich ihn wieder eingeholt. Übrigens, das ganze elektronische Alarmsystem funktioniert nicht.«

»Ich habe alles ausgeschaltet«, erklärte Mary. Sie entfernte sich von den Unterrichtsmaschinen. »Ich kann das ganze Zeug nicht leiden.«

»Wieso hast du eigentlich diesen Kreuzschlüssel dabei gehabt?« fragte ich Pope.

»Weil ich auch noch einen Platten hatte«, antwortete er. Die Ränder unter seinen Augen waren dunkler denn je. »Ein Lastwagenfahrer hat gegen mein Auto getreten, da ging die Luft aus dem Reifen. Die Sache hat mein ganzes Timing durcheinandergebracht.«

»Du warst doch genau im richtigen Augenblick hier«, wandte ich ein.

»Das hier ist wohl Mary Redland, hm?« fragte Pope, wobei er dem Mädchen zunickte. »Hier hast du dich also versteckt?«

»Ich habe mich nicht versteckt. Ich bin zum Nachdenken hierher gekommen, um mich zu erinnern. Ich wollte mich an alles wieder erinnern, ich wollte herausfinden, was sie mir angetan haben«, sagte das Mädchen. »Aber ich weiß noch immer nicht, warum sie es getan haben.«

»Weil wir dich lieben«, sagte Schraublocker. Sein Kopf begann auseinanderzubrechen.

LISA TUTTLE / STEVEN UTLEY

Tom Sawyers suborbitale Streiche

Kurze Zeit nachdem wir von der Ballonfahrt nach Afrika zurückgekehrt waren, bauten Tom und ich und Jim das Mondschiff drüben auf der Jacksoninsel. Ihr glaubt vielleicht, unsere Abenteuerlust wäre vorerst gestillt gewesen, und ich und Jim hätten wirklich verdammt zufrieden sein können, mal zu Hause zu bleiben, aber dieser Tom Sawyer war eben immer fürs Umherziehen und nach neuen Abenteuern suchen und sich was Neues auszudenken, um den Leuten die unmöglichsten Gründe dafür zu geben, sich vor ihm zu verbeugen und ihn als was schrecklich Großes anzusehen.

Eines Nachmittags war'n Tom und ich und Jim auf der Insel und angelten und lagen in der Sonne und fühlten uns prächtig, weil keiner an uns rumnörgelte, wir sollten arbeiten oder zur Schule gehen oder ein Bad nehmen. Aber Tom war nich so zufrieden wie wir, hatt's 'n Anschein, denn er starrte immer nur ins Leere und runzelte die Stirn, um uns zu zeigen, wie sehr er gerade nachdachte. Schließlich konnt ich's nich mehr aushalten, daß er nur so starrte und die Stirn runzelte, daher frag ich ihn, was'n los is, und Tom sagt: »Huck, ich glaube, wir haben einfach alles getan, was es in der großen weiten Welt zu tun gibt. Sieht so aus, als blieben keine Geheimnisse mehr für uns zu entdecken.«

Jim, der meinte, daß Tom schon recht haben könnte und daß wir dankbar sein müßten, so viel in so kurzer Zeit gesehen und getan zu haben. Aber ich konnt' sehen, daß Tom das nur sagte, weil er was wirklich Spektakuläres sagen und noch 'n bißchen dramatisieren wollte. Tom und ich waren Piraten und Räuber und Spione und fast alles andere, das stimmt schon, und wir waren sogar in Afrika gewesen, und das machte uns zu Helden, sogar Jim, der 'n Nigger is und deshalb in den Augen der Weißen nich viel gilt. Aber für Tom Sawyer konnte eben nichts genügen. Er mußte immer was Größeres und Tolleres tun, als andere Leute sich auch nur ausdenken konnten, und der konnte sich nie mit gewöhnlichen Sachen abgeben. Ich glaub, daß die Geschichte 'ne Moral hat, aber da ich von solchen Moralen genug hab und sie anderen Leuten überlassen will, sag ich nichts mehr darüber.

»Weißt du«, sagt Tom weiter, immer noch echt nachdenklich, »'s gibt nur noch einen Ort, wo wir noch nicht waren, und das ist der Mond.« Nun, ich sitz also einfach nur da und weiß nich, ob ich ihn recht verstanden habe und ob ich lachen oder ernst bleiben soll. Ich denke mir, vielleicht hat die Sonne Toms Verstand verdreht, oder vielleicht meint er auch was, was ich nich kapier'n kann. Aber schließlich sage ich: »Oh, Tom Sawyer, das ist das Verrückteste, was ich je von dir gehört hab. Warum sollten wir'n auf'n Mond gehn?«
»Weil wir eben hingehen«, sagt Tom, und nu strahlt sein ganzes Gesicht wieder vor Freude. »Weil's ein tolles Abenteuer ist, darum.«
»Dorthin *gehen? Dorthin* gehen?« schnaube ich. »Tom, du kannst doch mit eigenen Augen sehn, daß der Mond nichts weiter is als . . . puh, ich weiß nich genau, was er is, aber er is nich so'n Platz wie Afrika oder Illinois, wo man einfach so hin*gehen* kann!«
»Huck«, sagte Tom, »denk doch mal nach. Erinnerst du dich noch, als wir mit dem Ballon hoch oben flogen, da sahen wir eine Kamelherde, und du hattest sie für Spinnen gehalten.«
»Sahn auch wie Spinnen aus.«
»War'n sie aber nicht, es waren Kamele. Und von so hoch oben, da sahen sie eben winzig aus, so wie der Mond weit entfernt ist und klein aussieht, wo er doch in Wirklichkeit riesengroß ist – größer als die ganzen Vereinigten Staaten!«
Jim klappte verblüfft 'n Kiefer runter, als er das hörte, aber ich sah, wo Tom sich irrte, und sagte: »Zugegeben, bei'n Kamelen hattest du recht, aber erinnerst du dich denn nich mehr, wie der Mond ausgesehen hat, als wir so weit oben war'n? Er sah von dort oben überhaupt nich anders als von hier unten aus. Das ist Beweis genug.«
»Huck, jetzt hast du ihn aber festgenagelt!« rief Jim entzückt. »Ganz bestimmt haste das! Nu kann er nich mehr sagen, daß du unrecht hast – bist'n *schlauer* Kerl!«
Ich war auch zufrieden mit mir, daß ich mich erinnerte. Mit Tom Sawyer kann man sich normalerweise nich streiten, aber ich glaubte, nun hätt' ich's ihm gegeben.
Aber Tom wollt' nich aufgeben. Is nich seine Art. Statt dessen erzählte er weiter und weiter, wie der Mond in Wirklichkeit viel, viel größer is und viel weiter entfernt als wir mit'm Ballon gewesen war'n, und daß die

Meile oder so, die wir vom Boden entfernt waren, eigentlich überhaupt keine Rolle nich spielte, so weit entfernt war der Mond. Jim und ich grinsten einander nur an und bemühten uns, daß Tom es nich mitbekam. Man muß die Art schon irgendwie bewundern, wie Tom nie zugibt, daß er'n Windei gelegt hat, sondern mit immer wilderen und wilderen Geschichten daherkommt. Als er schließlich merkte, daß wir ihm nich glauben wollten, sagte er: »Ich glaube, wir werden ganz einfach raufgehn und auf'm Mond herumspazieren müssen, bevor ihr beiden Stoffel mir glaubt.«

»Schätze schon, Tom«, sagte ich ihm. »Haste schon 'n kräftigen Ballon parat, der uns hier wegbringt?«

Tom sieht wieder nachdenklich aus. »Kein Ballon kann uns so hoch hinauf bringen«, sagte er. »Diesmal werden wir uns 'n Mondschiff bauen müssen.« Nun, Tom verstrickte sich in Geschichten darüber, was 'n Mondschiff war und wie man's bauen konnte und wozu es taugte, und das hörte sich aus seinem Mund so gut an, daß Jim und ich gar nich anders konnten, als ihm zuzustimmen. Außerdem hatt'n wir grad sowieso nix anderes zu tun, was wir nich auch später hätten machen können. Ich stellte mir vor, daß wir, wenn Tom eingesehen hatte, wie sehr er sich über'n Mond geirrt hatte, das Mondschiff dazu benützen konnten, nach China oder nach Indien zu gehen, was auch verdammt interessante Plätze sind, was man so hört, und das könnt' so toll werden wie nach Afrika fliegen. Und Jim, der hatte während der langen Ballonreise Gefallen am Fliegen gefunden und fieberte dem auch schon entgegen.

Also fingen wir an, Büchsen und alte Nägel und solche Sachen zu sammeln, und 'n paarmal mußten wir rennen, als wär' uns der Leibhaftige auf'n Fersen, wenn uns jemand beim Klauen erwischte. War eigentlich nich Stehlen, weil das Zeug sowieso keiner mehr brauchte und weil's meist auch gar keinem mehr gehörte. War nich mehr Stehlen als das Katzenwelsangeln.

Mancherorts hatten die Leute Sachen, von denen sie sich freiwillig trennten. Richter Thatchers Frau warf 'n Spinnrad raus, was gebrochen war und nix mehr taugte, und wir holten es uns, bevor's der Alteisensammler tun konnte, weil Tom gesagt hatte, daß wir's brauchen könnten. Und Toms Tante Polly persönlich gab uns 'n paar Bindfäden und alte Bretter und Faßdauben, und sie sagte, sie hoffte, wir würden's dies-

mal zu was Gutem verwenden und nich wieder nur Ärger machen. Tom sagte ihr nix von dem Mondschiff, weil er nämlich ganz genau weiß, wie sehr sie sich um ihn sorgt und um ihn weint und für seine Seele beten tut, und damit er nachts im Schlaf nichts verraten konnte, weil das nämlich immer sein Bruder Sid belauschen tut, band er sich 'n Tuch um die Backe und gab vor, er hätte Zahnweh.
Wir schafften alles mit'm Floß zur Jacksoninsel rüber, und schon kurz danach hatten wir 'n mächtig feines Wasserrad aufgebaut, das fast jedes Ding auch dahin stieß, wo man's hingestoßen haben wollte. Tom nannte es 'ne Maschine zweiter Art und meinte, 's wär der wichtigste Teil von dem Mondschiff. Es gab auch 'ne Maschine erster Art, die Tom aus ein paar Federn und dem alten Spinnrad gebaut hatte. Die erste Maschine trieb die zweite Maschine an.
Tom besorgte alles Nachdenken, also waren's Jim und ich, die hämmerten und klopften und das ganze Zeugs zusammenbauten, damit's 'n Mondschiff werden sollte, während Tom mit dem Rücken an 'nen Stein gelehnt saß und Zahlen auf'n Blatt Papier malte und sagte, wir sollt'n hier und da mal 'n Brett gegen ein anderes austauschen, was genauso aussah, aber Tom behauptete, das würd' viel besser halten, wenn wir durchs All rasen.
Wir hatten vor, in der zweiten Nacht nach Vollmond zu starten, denn mit all dem Licht und dem ganzen Mond zum draufhin Zielen konnte eigentlich nix schiefgehn und wir konnten ihn gar nich verfehlen. Tom beschloß, das Mondschiff in der Nacht vor dem Start auszuprobieren, aber wir schufteten weiter und suchten alles zusammen, was wir unterwegs brauchen würden. Tom, der suchte 'n paar Krapfen und Äpfel aus Tante Pollys Küche zusammen, und ich und Jim angelten die ganze Nacht auf der Jacksoninsel und hatten 'n ansehnlichen Berg Katzenwelse gefangen. Wir verstauten alles an Bord, falls wir auf'm Mond nix zu essen finden würden. Wir wollten eigentlich nich mehr als 'n paar Stunden dort oben bleiben, damit wir nicht festsaßen, wenn der Mond untergehen sollte, aber wir wollten auch nich hungrig bleiben, wenn doch was schiefging. Die ganze Zeit fragten ich und Jim uns, ob Tom recht hatte und der Mond wirklich 'n ganz normaler Platz wäre, auf dem man rumlaufen und spazieren konnte, so wie Missouri, nur nich so groß und ohne Leute. Daher nahmen wir auch 'ne kleine US-Flagge mit,

die Toms Bruder Sid am vierten Juli bekommen hatte, denn wir stellten uns vor, wenn wir wirklich die ersten Menschen auf dem Mond sein sollten, konnten wir ihn ja für die Regierung in Besitz nehmen. Natürlich nahm ich auch 'ne Pfeife und Tobak mit, und auch 'ne Angelschnur und ein Messer und andere nützliche Dinge.

Wir hatten das Mondschiff mitten auf der Jacksoninsel aufgestellt, auf 'ner kleinen Lichtung, so daß die Flügel gerade noch Platz hatten. In der ersten Vollmondnacht versammelten wir uns alle zu einem Test. Tom kam gegen elf Uhr mit dem Floß rüber. Ich und Jim, wir hatten den ganzen Tag auf der Insel verbracht und alles echt gut vorbereitet. Daher legte ich mich ans Ufer und rauchte, während ich auf Tom wartete, und Jim murmelte 'n paar Zaubersprüche, die helfen sollten, er rechnete und faselte was von Konjunktionen und Flugbahnwinkeln und ich weiß nicht, von was noch, und dazu malte er mit 'nem Stecken Bilder in den Dreck. Die Bilder ergaben für mich kein Sinn, es waren nur jede Menge Linien und Kreise. Aber Jims Zaubersprüche hörten sich verdammt wirksam an. Er sagte, das wäre nötig, denn die Hexe, die sie ihm verraten hatte, sagte, daß die Leute eben nich jede Nacht auf'n Mond könnten, es wäre 'ne mühsame Arbeit, alles hinzukriegen. Daher nahm ich an, daß schon mal jemand da oben gewesen sein mußte, aber ich sagte nix zu Tom, als er auf der Insel ankam. Ich stellte mir vor, daß Tom nich auf'n Mond gehen wollte, wenn er wüßte, daß schon jemand vor ihm dagewesen war. Und was mich anbelangte, mich interessierte, wie die Welt von so hoch da droben aussehen mochte.

Also kletterten wir endlich in das Mondschiff und machten uns daran, das Ding zu testen, und dann bekam Jim urplötzlich seine Zweifel. Er war zuerst Feuer und Flamme gewesen, vor seiner Zeit einen Blick auf die Himmelspforte werfen zu dürfen, aber als er dann wirklich im Mondschiff saß, da packte es ihn. Es war, als hätte er jetzt erst erkannt, daß wir in der kommenden Nacht wirklich zum Mond aufbrechen würden.

»Huck«, sagte Jim, »ehrlich, ich weiß nich, ob ich das alles durchhalten kann.«

»Aber das wird doch so ein tolles Abenteuer werden!« platzte Tom heraus. »Besser als Afrika, Jim! Erinnerst du dich noch, wie toll es in Afrika war?«

»Oh, ich erinnere mich noch gut, Tom, aber Afrika is 'n gewöhnlicher Ort. Mein Volk kam von dort, und man weiß, daß Gott es gemacht hat, damit Menschen dort leben. Aber der Mond, Tom – Gott hat 'n Mond zum Leuchten gemacht, und nich damit 'n paar Strolche wie wir drauf rumtrampeln sollen. Vielleicht sollten wir wieder heim ins Bett gehn.«
»Mach dir mal keine Sorgen, Jim«, sagte ich. »Manche Leute sagen auch, wenn Gott gewollt hätte, daß wir fliegen, dann hätte er uns Flügel gegeben, und trotzdem fliegen wir mit Ballons, oder nich?«
Jim nickte vorsichtig.
»Na, dann also los! Vielleicht wird's auf'm Mond ja wirklich toll spannend!« Inzwischen war ich wirklich scharf drauf, auf'n Mond zu kommen, daher stieg ich in die Pedale und wärmte die erste Maschine auf. Tom strampelte auch ganz ordentlich, aber Jim saß nur mit weit aufgerissenen Augen und zitterndem Kopf da.
»Komm schon, Jim«, bat ich ihn. »Hilf uns treten.«
»Oh, Huck, ich weiß nich. Ich weiß einfach nich.«
»Los, Jim«, maulte Tom, »du kannst uns doch jetzt nicht hängenlassen. Du hast doch keine Angst, oder doch?«
»Ich würd' euch Jungs nie hängenlassen, das wißt ihr. Und was das Angsthaben betrifft, ich glaub, jeder mit 'nem bißchen Verstand sollte 'n bißchen Angst haben. Wenn diesem Mondschiff nun was zustößt?«
»Aber darum wollen wir es doch zuerst testen«, antwortete Tom ungehalten. »Damit wir auch sicher sein können, daß alles richtig funktioniert, wenn wir zum Mond starten.«
Das schien Jim zu kapieren, denn er zuckte mit den Schultern und faßte sich ein Herz und half uns treten, und schon bald keuchten und ächzten und stöhnten wir alle drei. Aber dieses verflixte Mondschiff tat nichts weiter als 'n bißchen zittern und knarzen.
»Noch 'n paar von deinen Zaubersprüchen, Jim!« rufe ich, und Jim läßt das Treten sein, und ich und Tom, wir sind verdammt froh, was das anbelangt. Jim singt und heult etwas ganz Fürchterliches, und plötzlich gibt die zweite Maschine ein Geräusch von sich, als wenn 'n Wasserboiler explodieren würde, und das Mondschiff schnalzt in die Höhe und zittert durch und durch. Wir wurden alle durcheinandergeschüttelt und fielen auf den Boden. Ich war zuoberst auf dem Haufen, Tom ganz unten und Jim in der Mitte, aber es fühlte sich trotzdem an, als würde noch

jemand bei mir auf der Brust sitzen und mir die Luft rauspressen. Nach einer Weile ließ der Druck schließlich nach. Wir sortierten uns wieder zusammen und spähten zu dem kleinen Fenster hinaus, das ich ausgesägt und das Tom mit einem Stück Ölpapier verkleidet hatte, das er irgendwo organisiert hatte. Der Blick war etwas verschwommen, was natürlich auf das Ölpapier zurückzuführen war, aber viel gab's sowieso nich zu sehen, nur viel Schwarz und Sterne, die genauso aussahen wie vom Boden aus, und der große olle Mond direkt vor uns. Das Mondschiff hielt genau darauf zu, und da fiel mir dann ein, daß wir immer nur so weiterfliegen konnten, ohne viel an der Sache ändern zu können. Doch dann kippte der Mond von uns weg. Wir konnten sehen, daß er zur Erde zurückfiel, und der Teufel mochte wissen, wo das alles enden würde.

»Jim! Jim!« kreischte ich. »Da stimmt was nich. Sag 'n anderen Zauberspruch!«

Aber Jim hatte den Mond auch verschwinden sehn und war halbtot vor Angst. Er fing an zu heulen und versprach dem lieben Gott in einem fort, daß er eigentlich nie vor seiner Zeit die Himmelspforte habe sehen wollen und daß er sich sein Leben lang in keine solche Narrheit nich mehr einlassen würde, wenn er nur wieder sicher auf'n Boden käme. Kann nich sagen, daß ich Jim deswegen Vorwürfe gemacht hätte. Wir fielen wieder auf'n Boden zurück, schon klar, aber der Boden raste mit solcher Geschwindigkeit näher, daß es mir kaum wahrscheinlich erschien, das alles würde heil und sicher für uns enden. Ich warf noch 'n Blick aus dem Fenster und sah, wie das Mondschiff Funken sprühte. Ich konnt sie hinter uns verpuffen sehen, grad so als wär'n wir 'ne Art Komet. Tom und ich ließen uns nur auf'n Boden fallen und sahen uns hundelend an.

»Können wir's nich stoppen?« brüll ich zu ihm rüber.

Eine Sekunde lang sieht Tom echt nachdenklich aus. »Ich wette, wir haben vergessen, was einzubauen, mit dem man es stoppen kann.«

Weil ich solche Angst hatte und nich wußte, was ich sonst tun sollte, trat ich wieder in die Pedale und mußte überrascht feststellen, daß das Mondschiff nich mehr so schnell lief.

»Wir sind gerettet!« rief Tom und sprang rüber, um mir treten zu helfen

Nach und nach hörte das Mondschiff auf mit Schütteln und Funkensprühen und schwebte sanft wie 'ne Feder hinab, und bald hörte auch Jim mit seinem Katzenjammer auf und kam und half uns treten. Wir kreiselten zum Boden wie 'n Käfer, der an 'ner Bettfeder runterkrabbelt, das dauerte ziemlich lang, aber wir schafften es heil und ganz und landeten auf 'ner Bergspitze. Draußen goß es wie aus Kübeln, aber das störte uns nich. Wir atmeten tief durch und aßen und rauchten eins. Niemand schien sprechen zu wollen. Mir tat Tom Sawyer leid, weil doch die Mondfahrt sein Einfall gewesen war und er mit Leib und Seele dran gehangen hatte, sogar noch mehr als ich. Aber ich wußte, wenn er die Reise immer noch machen wollte, würde er sie auch alleine hinkriegen. Jim und ich aber hatten für alle Zeiten die Schnauze voll von dem Mondschiff. Ich wußt nich, wie ich Tom das beibringen sollte, weil ich doch wußte, wie sehr er immer unzufrieden mit uns war und wie er schmollen konnte, aber es half nix. Ich hatte jedenfalls den Schreck meines Lebens in diesem Mondschiff abbekommen, und ich glaube, Jim ging's nich anders.

Wir schliefen im Mondschiff. Die Sonne stand schon recht hoch am Himmel, als Tom und ich und Jim endlich rauskletterten. Wir waren auf 'ner Bergspitze und blickten über Baumkronen auf'n Fluß, der nur der Mississippi sein konnte. Jim sah aus, als hätt' er 'n Geist gesehen, der ihn in einer stürmischen Nacht heimsucht, und ich zitterte auch noch an allen Gliedern, aber ich wollt davon nix zu Tom sagen, der aussah, als hätt' er grad 'n tolles Abenteuer hinter sich und könnt' sich drauf verlassen, daß man in jeder Situation immer die bestmögliche sehen kann. Nun, jedenfalls deutet Tom plötzlich 'n Fluß hinunter und sieht zu entzückt zum Sprechen aus, und daher sehen ich und Jim auch dahin, und da ist 'ne große Stadt zu sehen.

»Huck, weißt du, was das ist?« fragte Tom schließlich und lächelte mich komisch an.

»Was?«

»Na, das muß New Orleans sein, Huck!«

»Das is also New Orleans!« ruft Jim und klopft sich auf die Schenkel. »Kannste da drauf wetten?«

»Ich wollt schon immer mal nach New Orleans«, sag ich. »Ist bestimmt verdammt aufregend. Und da wir schon mal hier sind, Tom . . .«

Tom betrachtete das Mondschiff. »Ich glaube, wir könnten unsere

Mondfahrt noch eine Weile verschieben. Lange genug, um uns New Orleans anzusehen.«
Ich bemerkte, daß wir alle drei den Hügel runtergingen, ohne es eigentlich zu bemerken.
»Der olle Mond wird noch 'ne verdammt lange Zeit da oben sein«, sagte Jim. Je weiter weg vom Mondschiff wir waren, desto fröhlicher schien Jim zu werden. Er grinste und lachte, und als wir den Fuß des Hügels erreicht hatten, da tanzte er fast. Dann blieben wir stehen und sahen zum Mondschiff zurück. Der Anblick ließ mich zittern.
Tom wandte sich um und ging weiter. »New Orleans ist wahrscheinlich sowieso interessanter als der Mond«, sagte er, und ich hab ihn ganz bestimmt seufzen hören, als wir unter die Bäume traten. Hinter mir klatschte Jim in die Hände und lachte.
»Na *klar*!« sagte er. »Noch 'ne verdammt lange Zeit!«

KATHERINE MACLEAN

Spiele

Ronny spielte mit sich selbst, was bedeutete, daß er zwei Indianerstämme war, die einander bekriegten.
»Peng!« murmelte er und schoß ein eingebildetes Gewehr ab. Er beschloß, daß dies eine Zeit in der Geschichte sei, in der die Weißen den Indianern noch keine Gewehre verkauft hatten, und veränderte das Gewehr in einen Bogen. »Wizzzzz – *thonk*!« machte er statt dessen und ahmte das Geräusch eines Pfeils nach, der auf Fleisch auftraf, wie er es in einem Indianerfilm im Fernsehen gehört hatte.
»Uff.« Er sackte auf dem Rasen zusammen, stöhnte »Ahhhuuh . . .« und entspannte sich, besiegt und tot.
»Magst du etwas Schokolademilch, Ronny?« fragte die Stimme seiner Mutter aus der Küche.
»Nein, danke«, rief er zurück und kam wieder auf die Beine, um ein anderer Mann zu sein. »Wizzzzz – thonk, wizzzzz – thonk«, fügte er als bester Bogenschütze des Stammes dem Flug der Pfeile hinzu. »Letzter

Pfeil. Wizzzzz«, sagte er und verfehlte einen Feind, um die Sache echter zu machen. Er sprach mit einem anderen kämpfenden Krieger: »Wer hat noch Pfeile? Sie kommen zu dicht heran. Keine Zeit – ich muß mein Messer nehmen.« Er zog das eingebildete Messer hervor und duckte sich, um einem Pfeil zu entgehen.

Dann war er der Häuptling des Stammes, der irgendwoanders stand und sah, daß die überlebenden Krieger in der Minderzahl waren.

»Wir müssen zurück. Wir können unseren Stamm nicht ohne Krieger lassen, die die Frauen schützen.«

Ronny entschied, daß der heldenhafte Häuptling verwundet sei, daß seine Stimme vor Schwäche zitterte. Er hatte sich an einen Baum gestützt, um unverwundet zu erscheinen, doch nun bewegte er sich, damit seine Krieger erkennen konnten, daß er mit einem Pfeil an den Baum genagelt war und nicht gehen konnte. Die Krieger stießen entsetzte Schreie aus.

Er sagte: »Laßt mich zurück und flieht. Aber denkt daran, daß ...« Es folgten keine Worte, nur das Gefühl, das zu sein, was er war, ein sterbender alter Adler, ein Kriegerhäuptling, der zu jungen Kriegern sprach, die der Ratschläge altersweisen Humors und der Ausgewogenheit bedurften, damit sie sich in ihren jungen Kämpfen zurechtfinden mochten. Er mußte seinen Satz beenden, mußte ihnen etwas Weises mitteilen.

Ronny versuchte es stärker, hüllte sich in das Gefühl wie in einen Mantel aus Resignation und Stolz, lehnte sich unbeteiligt an den Baum, an den ihn der Pfeil genagelt hatte, und hörte wie in einer matten Vorahnung den Klang seiner gealterten Stimme, die die Schwäche überwand, um ihnen voll Weisheit das zu sagen, was ihnen gesagt werden mußte. Es standen ihnen noch viele Kämpfe bevor, und die Feinde würden in der Überzahl sein, da schon so viele von ihnen tot waren.

Sie mußten wachen und warten, wendig sein und zäh, entschlossen und beharrlich, vorsichtig und schlau, aber nicht feige, vor allem dem Triumph des Feindes gegenüber geduldig. Und sie durften sich nicht zu selbstmörderischen Angriffen verleiten lassen.

Sein Magen schmerzte von der Pfeilwunde, und seine Krieger warteten, um seine Worte zu hören. Er mußte einen Teil seiner Lebenserfahrung in Worte kleiden. Ronny versuchte noch angestrengter, die Szene echter zu machen. Dann *war* sie plötzlich wirklich. Er *war* der Mann.

Er war ein alter Mann, ein Führer und Weiser in einem verborgenen Kampf gegen eine große Übermacht. Er starb an irgend etwas, und sein Magen schmerzte ihn mit einem klumpigen Gefühl wie von Hunger, und er war durstig. Er hatte es abgelehnt, daß die jungen Männer sich opferten, um ihn zu retten. Er war eine Geisel im Gefängnis, und er lag im Sterben, weil er nicht aufgeben mochte und nicht aufhören wollte, den Feind zu bekämpfen. Er lächelte und sagte: »Denkt daran, daß ihr leben müßt wie andere Menschen, aber – erinnert euch daran, euch zu erinnern.«

Und dann sagte er Dinge, die man nicht in Worten ausdrücken konnte, komplizierte Gefühle, die Methoden bildeten, mit bösen Situationen klarzukommen, so daß man sie leichter belächeln konnte, und dann Sätze, die keine Sätze waren, sondern einzelne Buchstaben des Alphabets, die einander mit Zeichen herumschoben, mit einem Gefühl, miteinander verbunden zu sein wie die beiden Hälften einer Schaukel, wobei ein Teil hochging, während der andere Teil sich senkte, oder wie Federn und Zahnräder und Pendel in einer Uhr, nur ohne die Zahnräder, nur mit der Unruh.

Es war weder ein Addieren noch ein Multiplizieren, und es verwendete Buchstaben anstelle von Zahlen, aber Ronny wußte, daß es eine Art Rechnen war.

Und er war nicht Ronny.

Er war ein alter Mann, der junge Männer unterrichtete, und der alte Mann wußte nichts von Ronny. Er dachte traurig daran, wie wenig er den jungen Männern übermitteln konnte, und er erinnerte sich an mehr, versuchte lange Erinnerungen und sehr viel Erleben in ein paar einfachen Gedanken zusammenzufassen. Und Ronny war der alte Mann und er selbst, beide zur gleichen Zeit.

Es war zu intensiv. Ein Teil von Ronny wollte fliehen und allein sein, und dieser Teil zog sich zurück und wollte spielen. Ronny setzte sich ins Gras und spielte mit seinen Zehen wie ein viel jüngeres Kind.

Der Teil von Ronny, der Doktor Revert Purcell war, saß auf der Kante einer Gefängnispritsche und konzentrierte sich auf geheime, unveröffentlichte Gleichungen biogenetischer Stabilität, die er in die Hände verantwortungsbewußter junger Forscher in der verborgenen Forschungskette weitergeben wollte. Er verwendete die Art von Denken, von der

man ihm gesagt hatte, es sei das telepathische Aussenden von Gedanken an jeden, der bereit war, sie zu empfangen. Es war seltsam, daß er selbst nie wußte, wann er gerade sendete. Wahrscheinlich eine Altersfrage. Sie hatten damit begonnen, es ihm beizubringen, als er schon zu alt für etwas derart Andersartiges gewesen war.
Der Wasserhahn, vier Fuß von ihm entfernt, tropfte gleichmäßig, und Purcell hatte Schwierigkeiten, sich zu konzentrieren, so stark war sein Durst. Er überlegte, ob er wohl genug Kraft aufbringen würde, so weit zu gehen. Er saß aufrecht, und das war gut, aber die Bemühung, sich zu erheben, ließ ihn Schwindel und Zittern fühlen. Wenn er versuchte aufzustehen, dann würde die Anstrengung bestimmt sein Senden der Gleichungen und der ganzen anderen Daten unterbrechen, die er noch nicht gesendet hatte.
Würde es dem Mann mit den Schlüsseln, der zweimal am Tag die Tür abschloß, etwas bedeuten, wenn Purcell würdevoll starb? Er war sein einziges Publikum, und sein Gesichtsausdruck veränderte sich nie, wenn Purcell ihn darum bat, die Behörden darauf hinzuweisen, daß man ihm nichts zu essen gab. Es erschien Purcell komisch, daß er den Respekt irgendeines Publikums für sein Sterben wünschte, selbst den eines Mannes ohne Antwort, der ihn jetzt schon behandelte, als sei er eine Leiche.
Vielleicht würde der Mann endlich anders reagieren, wenn Purcell sagte: »Ich habe meine Meinung geändert. Ich werde sprechen.«
Aber wenn er das sagte, dann würde er seine Selbstachtung verlieren.
Auf dem Kongreß der Biochemiker und Biophysiker hatte der Reporter ihn gefragt, ob irgendwelche seiner Forschungsergebnisse auch militärisch genutzt werden könnten.
Er hatte, ohne die Gefahr zu spüren, geantwortet, wissend, daß das, was er tat, unter Forschern üblich war, sicher, daß es ein unveräußerliches Recht sei.
»Manche davon schon, aber die behalte ich für mich.«
Der Reporter hatte ein ausdrucksloses Gesicht gemacht. »Zum Beispiel?«
»Na ja, ich muß wohl ein Beispiel nehmen, über das ich sprechen kann, ohne dadurch zu verraten, wie man es machen kann, äh, beispielsweise eine Methode, auf billige Weise spezifische Antitoxine gegen jede Bakterienart herzustellen, auf Massenproduktionsbasis. Wenn man nicht wei-

ter darüber nachdenkt, dann klingt das ziemlich harmlos, aber tatsächlich würde das den Bakterienkrieg zur tödlichsten und billigsten Waffe machen, die jemals entwickelt worden ist, denn diese Methode könnte verhindern, daß die eigenen Truppen angesteckt werden, auf billige Weise. Wenn das jemand jemals preisgäbe, dann wäre die Hölle los.« Dann hatte er hinzugefügt, um dem Reporter seinen zynischen, unbeeindruckten Gesichtsausdruck zu nehmen: »Sehen Sie, Bakterien sind billig. Es würde jedesmal eine neue Seuche geben, sobald irgendein drittrangiger Biologe eine neue Bakterienart mutierte. Es ist nicht einmal teuer oder schwierig, wie das bei Atombomben der Fall ist.«
Die Schlagzeile hatte gelautet: »Wissenschaftler weigert sich, der Regierung Geheimwaffe zur Verfügung zu stellen.«

Regierungsbeamte waren gekommen und hatten ihn gefragt, ob das stimme, und nachdem er es bestätigt hatte, wiesen sie ihn darauf hin, daß er eine Verpflichtung habe. Die Forschungsstätte, an der er arbeitete, wurde von der Regierung unterstützt. Er war während seiner jungen Studien- und Arbeitsjahre vom Militärdienst freigestellt worden, um Wissenschaftler werden zu können, anstatt auf dem Schlachtfeld kämpfen und sterben zu müssen.
»Das mag schon sein«, hatte er gesagt. »Ich versuche, der Menschheit zu helfen, indem ich so viel Gutes und so wenig Böses wie möglich tue. Wenn Sie nichts dagegen haben, würde ich lieber selbst entscheiden, was dabei Dienst am Menschen ist und was nicht.«
Schon während er es gesagt hatte, war ihm klargeworden, daß diese Erklärung zu hart gewesen war und daß sie unterstellt hatte, sein Urteil sei dem der Regierung überlegen. Es war wohl das Schlimmste, was er überhaupt hätte sagen können, aber er sah keine andere Möglichkeit, es auszudrücken, denn es gab genau das wieder, was er dachte.
Dieses Gespräch führte zu noch dickeren Schlagzeilen, und als er am nächsten Tag zum Mittagessen aus seinem Gebäude trat, kamen einige Gruppen von Patrioten auf ihn zu – mit dem erklärten Ziel, ihn zum Sprechen zu bewegen. Sie kämpften miteinander um dieses Vorrecht. Nachdem er einige Vorderzähne verloren und sich eine böse Augenverletzung zugezogen hatte, hatte die Polizei ihn gerettet. Man hatte ihn unter der Obhut des Gefängnisarztes in Schutzhaft genommen. Zwei

Tage danach, nachdem er mehrere Male wegen seiner Einstellung zur Preisgabe der Forschungsergebnisse, die er geheimgehalten hatte, verhört worden war, hatte man ihn an einen Ort gebracht, der wie ein Militärgefängnis aussah. Dort ließ man ihn dann in Ruhe. Man sagte ihm nicht, was er nun für einen Status habe.
Als jemand kam und ihn verhörte, war Purcell völlig sicher, daß das, was sie mit ihm machten, illegal war. Er erklärte, daß er in einen Hungerstreik treten würde, bis man ihm gestattete, Besucher zu empfangen und mit einem Anwalt zu sprechen.
Als es wieder Essenszeit geworden war, hatten sie ihm nichts zu essen gegeben. Seitdem gab es in der Zelle nie mehr etwas Eßbares, und das mußte nun schon etwa zwei Wochen her sein. Er war nicht völlig sicher, wie lange es schon dauerte, denn während eines Teils der zweiten Woche hatte sein Gedächtnis Verwirrungserscheinungen gezeigt. Er erinnerte sich schwach an etwas, was ein Delirium hätte sein können und mehr als nur einen Tag angedauert hatte.
Vielleicht warteten die Militärs, die die Antitoxine für den Bakterienkrieg haben wollten, in aller Ruhe darauf, daß er entweder auspackte oder starb.

Ronny stand auf und ging in die Küche, wobei er wie ein Kleinkind dahertorkelte, das gerade das Laufen erlernt.
»Schoko-Milla?« fragte er seine Mutter.
Sie schenkte ihm Schokolademilch ein und neckte ihn sanft: »Was ist los, Ronny? Wird die Babysprache wieder modern?«
Er blickte sie mit großen, ernsten Augen an und trank langsam, ohne zu antworten.
Irgendwo in einer weit entfernten Zelle begann Dr. Purcell schwankend mit dem Versuch, sich zu erheben, unfähig, sich an Hunger zu erinnern, der nicht völliger Teil seiner selbst wäre, der jemals beendet werden könnte, doch schwach nach einem Glas Wasser verlangend. Ronny konnte ihn mit der Schokolademilch nicht füttern. Obwohl dies ein weiteres Er-Selbst war, war der Körper, der trank, nicht der Körper, der dürstete.
Er ging mit dem Glas wieder hinaus in den Hinterhof.
»Peng!« sagte er irreführenderweise und zielte mit der Hand, für den

Fall, daß seine Mutter zusehen sollte. »Peng.« Alles mußte aussehen wie gewöhnlich. Dies war eine viel zu große Sache und viel zu persönlich, um sie einem Erwachsenen zu erzählen.

Auf dem Weg vom Waschbecken zurück rutschte Dr. Purcell aus und fiel mit dem Kopf gegen die Kante seiner Eisenpritsche. Ronny spürte, wie die Kante durch die Haut eindrang und in den Knochen. Dann war eine entspannende Leere in seinem Kopf, wie wenn man plötzlich einschläft, während sie einem gerade ein Märchen erzählen und man versucht, unbedingt wach zu bleiben, um zu hören, was als nächstes passiert.

»Peng«, sagte Ronny unsicher und zielte auf einen Baum. »Peng.« Er schämte sich, weil er in der Zelle umgefallen war und seinen Kopf verletzt hatte und einfach wieder nur Ronny geworden war, bevor er damit fertig gewesen war, die Gleichungen auszusenden. Er versuchte, so zu tun, als sei er wieder lebendig, aber das funktionierte nicht.

Man konnte niemals mit dem So-tun-als-ob irgend etwas zu einem guten Ende führen. Es endete niemals glatt – immer war da etwas Unfertiges und etwas, das nach dem Ende noch weiterging.

Es wäre schön gewesen, wenn die Wärter hereingekommen wären und er noch etwas Edles hätte sagen können, bevor er starb, um zu zeigen, daß er tapfer war.

»Peng«, sagte er und richtete den Finger dabei auf seinen Kopf, doch er zog die Hand schnell zurück, als hätte sie ihn versengt. Diesmal war er die falsche Person geworden. Das Gefühl eines Geschosses, das seine Kopfseite erschütterte, war erstaunlich und unangenehm, selbst wenn es nicht wirklich war, und dann der Blitz irgendeiner rachsüchtigen Wut und des Selbstmitleids, während der Abzug gedrückt wurde ... *Meine Frau wird es noch bereuen, daß sie jemals ...* Diese Art von So-tun-als-ob mochte er überhaupt nicht. Es war ein unsicheres Gefühl dabei, wenn man vorher keine Geschichte dazu erfand.

Ronny beschloß, wieder Indianerkrieger zu sein. Sie waren nicht sehr wirklich, und wenn sie es doch waren, dann besaßen sie einfache, unkomplizierte Vorstellungen von Tapferkeit und Können und Stolz und Freundschaft, die ihm gefallen würden.

Ein Mann hatte seine Arme auf den Zaun gelegt und beobachtete ihn.
»Schöner Tag.« *Was ist los, Junge, bist du ein Esper?*
»Hal-lo.« Ronny stand auf einem Bein und beobachtete ihn. *Bin nur am Spielen. Ich möchte nur spielen. Sie machen es alles viel zu ernst mit ihren Sorgen.*
»Schöne Landschaft.« Der Mann deutete auf die Hinterhöfe, die alle offen waren und voll verzweigter Sträucher, hinter denen man sich verbergen konnte, wenn man mit anderen Kindern Versteck spielte, und mit Bäumen, auf die man klettern konnte. *Wenn du dir selbst aussuchst, wer du sein willst, dann kann das ganze Weltall dir gehören. Laß dich nicht durch eine falsche Wahl davon abbringen. Wenn du stark genug bist, dann kannst du daraus viel lernen. Wo bist du gewesen?*
Ronny wechselte das Standbein und kratzte sich mit den Zehen an seiner Wade. Er wollte sich nicht erinnern. Er vergaß es immer sofort, aber dieser Erwachsene war zuversichtlich und jung und sah stark aus und meinte auch etwas, wenn er sprach, nicht wie die meisten Erwachsenen.
»Ich habe Indianer gespielt.« *Ich war ein alter Häuptling, vom Feind gefangengenommen, und versuchte, den anderen Kriegern etwas von meiner Lebensweisheit zu vermitteln, bevor ich starb.* Er tat ein wenig so, als ob er der Häuptling sei, um dem jungen Mann zu zeigen, wovon er redete.
»Purcell!« Der Mann zog den Atem durch die Zähne ein und wurde bleich im Gesicht. Er hielt sich davor zurück, Ronny mit seinen Gefühlen zu erreichen, ganz so als würde er den Atem anhalten. »Schönes Spiel.« *Du kannst von ihm lernen. Laß ihn nicht im Stich, schalte ihn nicht ab, ich flehe dich an. Du kannst dich von ihm beeinflussen lassen, ohne dabei von deiner eigenen Bahn abweichen zu müssen. Er war ein guter Mann. Dir ist eine Ehre widerfahren, und ich beneide den Mann, der du einmal sein wirst, wenn du ihn zu resonanten Ähnlichkeiten kontaktierst.*
Der Erwachsene sah verängstigt aus. *Aber du bist zu jung. Du wirst ihn abblocken und verlieren. Kinder müssen in ihrem eigenen Tempo aufwachsen und lernen.*
Dann sah er weniger ängstlich aus, aber unsicher, und seine Gedanken kämpften miteinander. *Ihr eigenes Tempo. Aber es sollte jemand leben, der Purcells Muster und seine Erinnerungen besitzt. Wir haben ihn geliebt. Kinder sollten in ihrem eigenen Tempo aufwachsen, aber . . . Wie stark bist du, Ronny? Kannst du schneller sein als das gewöhnliche Wachstums-*

schema?
Erwachsene wollen immer, daß man irgend etwas tut. Ronny starrte zurück, ballte die Hände zu Fäusten und scharrte unruhig mit den Füßen. Die Gedanken waren für ihn offen. *Willst du wieder der alte Häuptling sein, Ronny? Oft sein, damit du lernen kannst, was er wußte? (Und fühlen, was er fühlte. Ein ziemlich harter Brocken für ein Kind.) Es wird bunt sein und aufregend und voller Erinnerungen. (Aber schwer zu verdauen. Ronny, ich tue das für Purcell, nicht für dich. Du mußt dich selbst entscheiden.)*
»Das war ein schönes Spiel. Wirst du es wieder spielen?«

Seine Mutter würde es nicht mögen. Sie würde den Unterschied in ihm bemerken, genau wie wenn er eines der Bücher gelesen hätte, die sie von ihm fernhielt, Bücher, die nur für Erwachsene waren. Der Unterschied würde ihr weh tun. Aber zu wissen, was Erwachsene wußten …
Er ballte die Fäuste zusammen und blickte ins Gras hinab. »Ich werd's nochmal spielen.«
Der junge Mann lächelte, immer noch bleich und seine Gefühle hinter einem Damm verbergend. *Dann verschmilz einen Augenblick lang mit mir. Laß mich herein.*
Er war drin mit dem Gedanken, spürte Ronnys verwirrte Zustimmung, beruhigte ihn, indem er nicht nachdachte oder sich umschaute, während er einen einzigen Ruf aussandte, *Purcell, Doc,* der den Kombinationsschlüssel zu Ronnys bewachtem Gestern und Letzte-Nacht und Vorzehn-Minuten fand. *Ronny, ich mache diese Tür, Purcells Erinnerungen, auf für dich. Du wirst sie nicht schließen können, aber du mußt die Sache so angehen* – und er pflanzte einen starken Satz Worte ein –, *fragend, kühl, offen, ein Gefühl ohne Worte aufnehmen zu können … es wird dir Informationen geben, wenn du sie brauchst, wie ein Wörterbuch.*
Der Erwachsene rückte von dem Zaun ab und machte sich daran, wegzugehen. Hinter einem Damm drückten die Trauer und die Wut um den Tod eines Mannes, den er Purcell nannte.
»Und wenn du einmal der Häuptling sein willst, in jedem Alter, in dem er war, dann stell dir einfach vor, daß du er bist.«
Trauer und Wut drückten noch stärker gegen den Damm, und der Mann drehte sich um und ging schnell davon, ließ seine Gedanken durch persönliche Erinnerungen flackern, die Ronny nicht teilte, die nie-

mand teilte, den Gedankenkontakt abbrechend, damit der Mann in seinem eigenen Bewußtsein allein sein konnte und seine Gefühle persönlich erleben durfte.

Ronny hob das leere Glas auf, in dem seine Schokolademilch gewesen war, er hatte es auf der Hintertreppe abgestellt, und ging wieder nach drinnen. Als er in die Küche trat, wußte er, wie eine andere Küche für ein fünfjähriges Kind ausgesehen hatte, das vor neunzig Jahren Purcell gewesen war. Da war ein eisernes Wasserbecken gewesen und ein Wasserhahn mit braunen und grünen Flecken, und das Glas war schwerer gewesen und durchsichtiger, wie richtiges Glas.
Ronny griff nach oben und stellte den farbigen Plastikbecher ab.
»Das war aber ein netter junger Mann, mein Liebling. Was hat er denn gesagt?«
Ronny blickte zu seiner Mama hoch, verglich sie mit der erinnerten Mama von vor fünfzig Jahren. Die andere hatte er auch lieb.
»Hat mir gesagt, er freut sich, daß ich Indianer spiele.«

ISAAC ASIMOV

Die Olympiade der Techniker

George Platen konnte nicht verhindern, daß eine unbestimmte Sehnsucht in seiner Stimme mitschwang, als er sagte: »Morgen ist der erste Mai. Die Olympischen Spiele!«
Er richtete sich halb auf und starrte über das Fußende seines Bettes zu dem jungen Mann hinüber, mit dem er sein Zimmer teilte. Empfand *er* nicht auch etwas Ähnliches?
George war hager. Er hatte während der fast zwei Jahre in der Anstalt an Gewicht verloren. Aber seine blauen Augen wirkten noch so wach und intelligent wie früher, selbst wenn sie ins Leere blickten.
Georges Zimmergenosse sah kurz von seinem Buch auf. Er hieß Hali Omani und war gebürtiger Nigerianer. Seine dunkelbraune Haut und sein massiver Körper strahlten eine Ruhe aus, die sich durch die bloße

Erwähnung der Olympischen Spiele nicht beeinflussen ließ.
Er sagte: »Ich weiß, George.«
George wußte, daß Hali ihm durch seine unbeirrbare Geduld und Freundlichkeit viel geholfen hatte – aber jetzt fand er sie übertrieben. Mußte der andere immer wie eine Ebenholzstatue wirken, die durch nichts aus ihrer Ruhe zu bringen war?
George überlegte, ob er selbst nach zehn Jahren in der Anstalt ebenso reagieren würde, und wies den Gedanken daran weit von sich. Nein!
Er sagte herausfordernd: »Ich glaube, du hast schon vergessen, was der erste Mai bedeutet.«
Der andere antwortete: »Ich erinnere mich sehr gut daran. Er bedeutet gar nichts! Du hast das vergessen. Der erste Mai bedeutet nichts für dich, George Platen, und«, fügte er mit leiser Stimme hinzu, »nichts für mich, Hali Omani.«
George sagte: »Die Raumschiffe kommen, um die Rekruten abzuholen. Im Juni fliegen dann Tausende von Schiffen mit Millionen von Männern und Frauen an Bord zu unzähligen Welten – und das soll alles nichts bedeuten?«
»Weniger als nichts. Was habe ich eigentlich damit zu schaffen?« Omani runzelte die Stirn, als er eine schwierige Stelle in seinem Buch erreichte, und las halblaut weiter.
George beobachtete ihn. Der Teufel soll dich holen, dachte er, du könntest doch wenigstens irgend etwas sagen. Oder mir einen Tritt geben; selbst das wäre schon besser.
Er wollte nur nicht in seinem Zorn allein sein. Er wollte nicht der einzige sein, der an dem Leben hier verzweifelte; nicht der einzige, der einen langsamen Tod zu sterben glaubte.
Es war besser gewesen, als das Universum noch aus ungewissen Geräuschen und Lichtempfindungen bestanden hatte. Es war besser gewesen, bevor Omani aufgetaucht war und ihn in ein Leben zurückgezerrt hatte, das nicht lebenswert war.
Omani! Er war alt! Er war mindestens dreißig. George dachte: Werde ich mit dreißig ebenso sein? Werde ich in zwölf Jahren nicht anders sein?
Und weil er Angst hatte, daß er nicht anders sein würde, schrie er Omani an: »Warum hörst du nicht endlich auf, dein verrücktes Buch zu

lesen?«
Omani blätterte um, las noch ein paar Zeilen und hob erst dann den Kopf. »Was hast du gesagt?«
»Was hast du davon, wenn du das Buch liest?« George sprang auf, schnaubte »schon wieder Elektronik«, und schlug Omani das Buch aus der Hand.
Der Nigerianer schob seinen Stuhl zurück und hob das Buch auf. Er glättete eine zerknitterte Seite, ohne dabei zu zeigen, ob er sich ärgerte.
»Man könnte es als Befriedigung meiner Neugier bezeichnen«, erklärte er George. »Heute verstehe ich ein bißchen davon; morgen vielleicht etwas mehr. Das ist auch eine Art Sieg.«
»Ein Sieg. Was für ein Sieg? Bist du damit schon zufrieden? Wenn du mit fünfundsechzig ungefähr ein Viertel von dem beherrschst, was ein Registrierter Elektroniker wissen muß?«
»Vielleicht schon mit fünfunddreißig.«
»Und wer braucht dich dann? Wo willst du arbeiten? Wohin willst du gehen?«
»Niemand. Nirgendwo. Nirgendwohin. Ich bleibe hier und lese andere Bücher.«
»Und damit bist du zufrieden? Das kannst du mir nicht erzählen! Du hast mich in den Unterricht mitgezerrt. Du hast mir Bücher besorgt, aus denen ich lernen kann. Wozu? Damit bin ich bestimmt nie zufrieden.«
»Was hast du davon, wenn du dir dieses Gefühl der Zufriedenheit versagst?«
»Eines Tages werde ich es ihnen zeigen. Ich werde genau das tun, was ich vorhatte, bevor du mich dazu überredet hast, meinen Plan aufzugeben. Ich werde sie zwingen, mir ... mir ...«
Omani ließ sein Buch sinken und wartete, bis der andere sich verausgabt hatte. Dann sagte er: »Wozu willst du sie zwingen, George?«
»Daß sie diesen Justizirrtum aufklären. Daß dieses Komplott zerschlagen wird. Ich werde diesen Antonelli erwischen und ihn dazu bringen, daß er ... er ...«
Omani schüttelte den Kopf. »Alle Neuzugänge behaupten, daß ihre Einlieferung auf einem Irrtum beruhen muß. Ich dachte, du hättest dieses Stadium bereits hinter dir.«
»Es ist kein Stadium«, antwortete George wütend. »In meinem Fall ist es

eine Tatsache. Ich habe dir doch erzählt, daß ...«

»Du hast mir davon erzählt, aber im Grunde genommen weißt du recht gut, daß in deinem Fall kein Irrtum vorliegt.«

»Weil keiner es zugeben will? Glaubst du, daß sie einen Irrtum zugeben würden, wenn man sie nicht dazu zwingt?« George atmete schwer. »Aber ich werde sie dazu zwingen!«

George wußte genau, daß nur die Olympischen Spiele an seiner Erregung schuld waren. Er spürte, daß er seine Beherrschung verlor, unternahm aber nichts dagegen. Er wollte nichts vergessen und vergeben.

Er sagte: »Ich wollte Programmierer werden, und ich weiß, daß ich das Zeug dazu habe. Ich könnte heute einer sein, obwohl die Analyse angeblich ein anderes Ergebnis gebracht hat. Sie haben sich geirrt; sie *müssen* sich geirrt haben.«

»Die Analytiker irren sich nie.«

»Sie *müssen* sich geirrt haben. Bezweifelst du etwa, daß ich intelligent bin?«

»Intelligenz hat gar nichts damit zu tun. Hast du das nicht schon oft genug gehört? Wann begreifst du das endlich?«

George ließ sich wieder auf sein Bett sinken und starrte zur Decke hinauf.

»Was wolltest du ursprünglich werden, Hali?«

»Ich hatte keine bestimmten Pläne. Biochemiker wäre nicht schlecht gewesen, schätze ich.«

»Hast du geglaubt, daß du es schaffen würdest?«

»Ich wußte es nicht sicher.«

»Hast du jemals daran gedacht, daß du *hier* landen würdest?«

»Nein, aber ich bin trotzdem hier.«

»Und du bist zufrieden. Wirklich völlig zufrieden. Du bist gern hier. So gern, daß du gar nicht mehr fort möchtest.«

Omani sah ihn nachdenklich an. »George, du bist ein schwieriger Fall. Du machst dich selbst fertig, weil du den Tatsachen nicht ins Auge sehen willst. George, du bist hier in einer Anstalt, deren vollen Namen ich noch nie aus deinem Mund gehört habe. Warum sprichst du ihn nie aus? Komm, dann hast du es hinter dir und schläfst ruhiger.«

George knirschte mit den Zähnen. »Nein!« stieß er heftig hervor.

»Dann werde ich es für dich tun«, sagte Omani und machte seine Dro-

hung wahr. Er betonte jede einzelne Silbe besonders deutlich.
George hielt sich mit beiden Händen die Ohren zu und wandte entsetzt den Kopf ab.

George Platen hatte den größten Teil seines achtzehnjährigen Lebens damit verbracht, sich innerlich auf den erstrebten Beruf eines Programmierers vorzubereiten. Seine Freunde sprachen oft von Raumnavigation, Kältetechnik, Transportkontrolle oder sogar vom höheren Verwaltungsdienst. Aber George blieb fest.
Trotzdem beteiligte er sich immer wieder an ihren Diskussionen. Warum auch nicht? Schließlich lag der Erziehungstag vor ihnen, der ihre Existenz maßgeblich beeinflussen würde. Er kam stetig näher, als sei er ein fester Bestandteil des Kalenders – der erste November des Jahres, in dem die jungen Leute achtzehn geworden waren.
Später gab es andere Themen, über die man sich unterhielt: die Vorteile eines bestimmten Berufs, die Annehmlichkeiten des Familienlebens, den Tabellenplatz eines bestimmten Raumpoloteams oder die Erfahrungen aus den Olympischen Spielen. Vor dem Erziehungstag gab es allerdings nur ein Thema, das allgemein Interesse erweckte – der Erziehungstag selbst.
»Was hast du vor? Glaubst du, daß du es schaffen wirst? Ach was, das taugt doch nichts. Sieh dir nur das Verzeichnis an; die Quote ist gekürzt worden. Aber Logistik ... oder Hypermechanik ... oder Fernmeldewesen ... oder Astrophysik ... oder Schwerkraftphysik ...«
Im Augenblick besonders Schwerkraftphysik. In den letzten Jahren vor Georges Erziehungstag gehörte die Schwerkraftphysik zu den beliebtesten Unterhaltungsthemen, weil damals der Schwerkraftantrieb entwikkelt worden war.
Jeder Planet in einer Entfernung von weniger als zehn Lichtjahren zum nächsten Zwergstern würde alles tun, um einen Registrierten Schwerkraftingenieur zu bekommen, behauptete jeder, wenn dieses Thema diskutiert wurde.
George beschäftigte sich nie sehr lange mit diesem Gedanken. Sicher, die anderen hatten vielleicht nicht unrecht, aber George hatte schon zu oft gehört, was passierte, wenn neue Verfahren weiterentwickelt wurden. Dann kamen jedes Jahr neue Modelle heraus, die neuen Erkennt-

nissen entsprachen – und die zuerst so gesuchten Fachleute mußten feststellen, daß sie nicht mehr auf der Höhe der Technik waren. Sie konnten sich entweder als Hilfsarbeiter durchschlagen oder auf einen unterentwickelten Planeten auswandern, wo sie jämmerlich genug bezahlt wurden.
Aber Programmierer wurden immer gesucht. Die Nachfrage erreichte keine astronomischen Ziffern; Programmierer gingen nie wie warme Semmeln weg; aber alle fanden einen sicheren Arbeitsplatz, weil ständig neue Welten erschlossen wurden.
George hatte dieses Thema schon oft mit Stubby Trevelyan diskutiert. Sie waren gute Freunde, deshalb machte keiner von ihnen ernsthafte Anstrengungen, den anderen zu seiner Ansicht zu bekehren.
Aber Trevelyans Vater war ein Registrierter Metallurg, der tatsächlich einige Jahre auf einem anderen Planeten zugebracht hatte, und sein Großvater war ebenfalls ein Registrierter Metallurg gewesen. Deshalb war Trevelyan davon überzeugt, daß kein anderer Beruf für ihn in Frage komme, und betrachtete jeden anderen als suspekt.
»Metall wird es immer geben«, sagte er, »und die Arbeit damit ist wenigstens eine aufregende Sache. Aber was tut ein Programmierer? Er füttert eine riesige Maschine mit Lochstreifen – und das von morgens bis abends.«
Selbst mit sechzehn Jahren war George bereits praktisch veranlagt. Er sagte nur: »Gleichzeitig mit dir wird bestimmt eine Million Metallurgen fertig.«
»Weil sie vernünftig sind. Metallurgie ist ein guter Beruf.«
»Aber mit wenig Aussichten, Stubby. Wenn du Pech hast, landest du irgendwo ganz hinten. Auf jedem Planeten gibt es bereits Metallurgen, und die Nachfrage nach den auf der Erde ausgebildeten ist nicht übermäßig groß. Meistens haben nur die kleineren Welten Stellen frei.«
Trevelyan warf ihm einen wütenden Blick zu. »Ich sehe es nicht als Schande an, auf der Erde zu bleiben. Die Erde braucht auch Techniker. Und nicht unbedingt die schlechtesten Leute.« Sein Großvater hatte auf der Erde gearbeitet.
George wußte selbstverständlich davon und dachte dabei an seine eigenen Vorfahren, die alle hiergeblieben waren. Deshalb sagte er diplomatisch: »Natürlich ist das kein Qualitätsmerkmal. Selbstverständlich

nicht. Aber es wäre doch hübsch, wenn man auf einem Planeten vom Typ A leben könnte, nicht wahr?«

»Kann schon sein«, antwortete Trevelyan mürrisch.

»Sprechen wir lieber von Programmierern«, lenkte George ab. »Die Aussichten sind erstklassig, weil sämtliche Planeten vom Typ A mehr Programmierer benötigen, als sie selbst ausbilden können. Das läßt sich statistisch nachweisen. Pro Million Bewohner kann man einen wirklich guten Programmierer rechnen. Wenn eine Welt zehn Millionen Bewohner hat und zwanzig Programmierer braucht, muß sie zwischen fünf und fünfzehn von der Erde importieren. Habe ich recht? Weißt du, wie viele Registrierte Programmierer letztes Jahr von Planeten vom Typ A angestellt worden sind? Ich werde es dir sagen – jeder einzelne! Wenn man Programmierer ist, hat man es praktisch schon geschafft.«

Trevelyan runzelte die Stirn. »Wie kommst du auf die Idee, daß ausgerechnet *du* es schaffen wirst, nachdem Programmierer so selten sind? Warum sollst *du* gerade der eine aus einer Million sein?«

»Ich werde es schon schaffen«, meinte George vorsichtig.

Er war so zuversichtlich, wie es die achtjährigen Kinder waren, wenn der Lesetag näherrückte – dieses kindliche Vorspiel des Erziehungstages.

Selbstverständlich war der Lesetag anders verlaufen. Zum Teil war daran das Alter der Beteiligten schuld, denn ein Achtjähriger macht sich noch keine wirklichen Sorgen. Gestern konnte er noch nicht lesen; heute kann er es eben. Das ist der Lauf der Welt.

Außerdem hing eigentlich nichts davon ab. Zum Lesetag kamen noch keine Abordnungen von anderen Planeten, um junge Leute anzuwerben. Ein Junge, der eben seinen Lesetag hinter sich gebracht hatte, wußte ebensogut wie jeder andere, daß seine Ausbildung erst in weiteren zehn Jahren ihr Ende finden würde. Vorläufig war er nur ein Dreikäsehoch mit einer neuen Fertigkeit.

Als zehn Jahre später der Erziehungstag herankam, erinnerte George sich nur noch undeutlich an seinen Lesetag.

Am deutlichsten erinnerte er sich daran, daß es an jenem Septembertag geregnet hatte. (Lesetag im September, Erziehungstag im November, die Olympischen Spiele im Mai.) Georges Vater war wesentlich aufgeregter gewesen als sein Sohn. Er war ein Registrierter Installateur und übte seinen Beruf auf der Erde aus. Diese Tatsache hatte er stets als beschämend empfunden, obwohl jeder wußte, daß schließlich nicht alle zu anderen Planeten auswandern konnten.

Auch auf der Erde mußte es Farmer, Handwerker und sogar Techniker geben. Nur erstklassige Spezialisten wurden von anderen Planeten gesucht, so daß die acht Milliarden zählende Erdbevölkerung sich jedes Jahr nur um einige Millionen verringerte. Nicht alle Menschen konnten zu den Glücklichen zählen, denen anderswo eine Chance geboten wurde.

Aber jeder konnte hoffen, daß seine eigenen Kinder eines Tages dazu gehören würden, und Platen senior machte keine Ausnahme. Für ihn war es ganz offensichtlich, daß George außergewöhnlich intelligent und aufgeweckt war. Er würde seinen Weg machen und mußte es auch, nachdem er das einzige Kind war.

George spürte die erwartungsvolle Spannung im Benehmen seines Vaters, und wenn er an diesem Morgen überhaupt Angst empfand, dann nur deswegen, weil er fürchtete, daß der hoffnungsvolle Ausdruck auf dem Gesicht seines Vaters verschwinden würde, wenn er zurückkam und ihm zum erstenmal vorlas.

Die Kinder versammelten sich in der riesigen Erziehungshalle der Stadt. An diesem Morgen fanden ähnliche Zusammenkünfte in jeder Stadt der Erde statt. George paßte sich sofort dem Benehmen der anderen an und gesellte sich zu der Gruppe von Kindern aus dem Block, in dem seine Eltern wohnten.

Trevelyan, der in einem benachbarten Apartment wohnte, wandte sich sofort an George. »Wetten, daß du Angst hast«, sagte er.

»Nein, ich habe keine«, gab George zurück. »Meine Eltern haben ein ganz dickes Buch, und wenn ich nach Hause komme, lese ich ihnen etwas daraus vor.« (Georges größtes Problem bestand im Augenblick darin, daß er nicht recht wußte, was er mit seinen Händen anfangen sollte. Er war ermahnt worden, sich weder am Kopf zu kratzen noch in der Nase zu bohren noch die Hände in die Hosentaschen zu versenken. Damit waren die Möglichkeiten eigentlich fast erschöpft.)

Trevelyan steckte *seine* Hände in die Hosentaschen und sagte: »Mein Vater macht sich keine Sorgen.«

Trevelyan senior hatte sieben Jahre lang auf Diporia als Metallurg gearbeitet und verdankte dieser Tatsache sein gesellschaftliches Ansehen, obwohl er nach seiner Pensionierung auf die Erde zurückgekehrt war. Offiziell wurden diese Rückkehrer aus bevölkerungspolitischen Gründen nicht gern gesehen, aber trotzdem kamen jedes Jahr einige zurück. Die Lebenshaltungskosten waren auf der Erde wesentlich niedriger, so daß ein bescheidenes Einkommen auf Diporia hier ein verhältnismäßig luxuriöses Leben gestattete.

»Mein Vater macht sich auch keine Sorgen. Er will mich nur lesen hören, weil er weiß, daß ich es bestimmt gut kann. Ich schätze, daß dein Vater dich lieber nicht vorlesen läßt, weil er weiß, daß du alles falsch liest.«

»Ich lese nichts falsch. Lesen ist *gar nichts.* Auf Novia werde ich Leute *anstellen,* die mir vorlesen.«

»Weil du nicht selbst lesen kannst. Du bist viel zu dumm dazu!«

»Wie kommt es dann, daß ich nach Novia auswandern werde?«

George war so wütend, daß er zum erstenmal widersprach. »Wer sagt denn, daß sie dich dort nehmen? Ich wette, daß du auf der Erde bleibst.«

Stubby Trevelyan wurde rot. »Aber jedenfalls nicht als Installateur wie dein Alter.«

»Nimm das sofort zurück, du Trottel!«

»Nimm du *das* zurück!«

Sie standen sich mit geballten Fäusten gegenüber. Aber noch bevor die Rauferei beginnen konnte, erklang eine Frauenstimme aus den Lautsprechern. George ließ die Hände sinken und vergaß Trevelyan.

»Kinder«, sagte die Stimme, »wir werden jetzt eure Namen aufrufen. Jedes Kind, das seinen Namen hört, geht zu einem der Männer hinüber, die an den Seitenwänden stehen. Seht ihr sie? Sie tragen rote Uniformen. Mädchen gehen nach links, Jungen nach rechts. Seht euch um und merkt euch den Mann, der euch am nächsten steht . .«

George fand sofort einen und wartete darauf, daß sein Name aufgerufen wurde. Er wußte noch nicht, wie weit unten sein Name im Alphabet stand, deshalb warf er einen besorgten Blick zu dem Lautsprecher hinauf, der immer wieder andere verkündete.

Als der Name »George Platen« endlich aufgerufen wurde, stieß er einen erleichterten Seufzer aus und freute sich gleichzeitig, daß Stubby Trevel-

yan noch immer an seinem Platz stand.
»He, Stubby, vielleicht wollen sie dich gar nicht«, rief er ihm zu, während er selbst auf den Mann in der roten Uniform zuging.
Seine Fröhlichkeit machte jedoch bald einer gewissen Niedergeschlagenheit Platz, als er nach der gründlichen ärztlichen Untersuchung allein in einem Wartezimmer saß. Er betrachtete die Karteikarte, die er in dem nächsten Raum abgeben sollte. Kleine schwarze Kringel in verschiedenen Formen. Er wußte, daß das Buchstaben waren, aber wie wurden daraus Wörter? Er schüttelte verwirrt den Kopf.
Endlich erklang sein Name aus dem Deckenlautsprecher. George betrat den großen Raum, der voller eigenartiger Maschinen stand. In der Mitte des Raumes saß ein Mann hinter einem Schreibtisch und sortierte Papiere.
Er fragte: »George Platen?«
»Jawohl, Sir«, sagte George mit zitternder Stimme.
»Ich bin Doktor Lloyed, George«, sagte der Mann hinter dem Schreibtisch. »Wie geht es dir?«
Der Arzt sah nicht auf, während er mit George sprach.
»Danke, gut.«
»Hast du Angst, George?«
»N-nein, Sir«, antwortete George nicht sehr überzeugend.
»Das ist gut«, meinte der Arzt, »weil du wirklich keine zu haben brauchst. Schön, George, hier auf deiner Karte steht, daß dein Vater mit Vornamen Peter heißt und ein Registrierter Installateur ist. Deine Mutter heißt Amy und ist eine Registrierte Heimtechnikerin. Stimmt das?«
»J-ja, Sir.«
»Du bist am dreizehnten Februar acht geworden und hast vor etwa einem Jahr die Masern gehabt. Richtig?«
»Richtig, Sir.«
»Weißt du, woher ich das alles weiß?«
»Es steht auf der Karte, glaube ich, Sir.«
»Genau.« Der Arzt sah zum erstenmal auf und lächelte George an. Er war viel jünger, als George vermutet hatte. George fühlte, daß seine Nervosität allmählich schwand.
Der Arzt gab ihm die Karte in die Hand. »Weißt du, was das alles heißt, George?«

George warf einen kurzen Blick darauf und überzeugte sich, daß er die Zeichen nicht besser verstand als zuvor im Wartezimmer. Er gab die Karte zurück und antwortete wahrheitsgemäß: »Nein, Sir.«
»Und weshalb nicht?«
George zweifelte einen Augenblick lang an der geistigen Verfassung des Arztes. Kannte er den Grund dafür wirklich nicht?
»Ich kann nicht lesen, Sir«, antwortete er dann.
»Möchtest du es lernen?«
»Jawohl, Sir.«
»Warum, George?«
George starrte ihn sprachlos an. Diese Frage war bisher noch nie aufgetaucht. Er wußte keine Antwort darauf. »Ich weiß nicht, Sir«, sagte er schließlich nach einer längeren Pause.
»Gedruckte Informationen werden dich dein ganzes Leben lang anleiten. Selbst nach dem Erziehungstag gibt es noch eine Menge zu lernen. Karten wie diese hier, Bücher und Lesebänder enthalten Informationen. Erst dadurch wird das Leben wirklich so interessant, wie du es dir jetzt vielleicht vorstellst. Hast du das verstanden?«
»Ja, Sir.«
»Hast du Angst, George?«
»Nein, Sir.«
»Ausgezeichnet. Hör gut zu. Ich lege dir jetzt diese Drähte an den Kopf. Sie bleiben von selbst dort, tun aber nicht weh. Dann stelle ich eine Maschine an, die ein bißchen summt. Vielleicht spürst du dann ein leichtes Kitzeln, aber das ist nicht weiter schlimm. Wenn es weh tun sollte, brauchst du es mir nur zu sagen. Ich schalte die Maschine dann sofort wieder ab. Hast du das verstanden?«
George nickte und schluckte trocken.
»Können wir anfangen?«
George nickte nochmals. Er schloß die Augen, während der Arzt die Drähte anlegte.
Erst einige Minuten später öffnete er sie wieder. Der Arzt stand mit dem Rücken zu ihm. Aus einer der Maschinen kam ein schmaler Papierstreifen heraus, auf dem eine dunkelrote Wellenlinie erkennbar war. Der Arzt riß kleine Stücke davon ab und steckte sie in den Schlitz einer anderen Maschine. Jedesmal fiel ein Stück bedruckte Folie aus der anderen

Maschine, das der Arzt genau betrachtete. Schließlich wandte er sich wieder zu George um und runzelte dabei die Stirn.
Das Summen der Maschine hörte auf.
»Ist es jetzt vorbei?« erkundigte George sich atemlos.
»Ja«, antwortete der Arzt.
»Kann ich jetzt lesen?« fragte George. Er spürte keine Veränderung in sich.
Dr. Lloyed lächelte und hielt ihm die Karte entgegen. »Hier ist deine Karteikarte, George. Was steht darauf?«
George sah sie an und stieß einen erstickten Laut aus. Die Kringel waren nicht nur schwarze Zeichen. Sie bildeten Wörter. Sie waren so klar, als läse sie jemand leise vor.
»Was steht darauf, George?«
»Dort steht ... dort steht ... Platen, George. Geboren am dreizehnten Februar 6492. Eltern: Peter und Amy Platen, wohnhaft in ...« Er las nicht weiter.
»Du kannst lesen, George«, sagte der Arzt. »Jetzt ist alles vorbei.«
»Für immer? Kann ich jetzt immer lesen?«
»Selbstverständlich.« Der Arzt schüttelte ihm die Hand. »Du kannst jetzt nach Hause gehen.«
George brauchte fast eine Woche, bis er diese herrliche neue Begabung voll erfaßte. Aber er las seinem Vater, Platen senior, so schwere Sätze vor, daß seine Eltern vor Begeisterung weinten und sämtliche Verwandten anriefen, um ihnen dieses freudige Ereignis mitzuteilen.

Mit achtzehn war George nur mittelgroß, aber hager genug, um größer zu wirken. Trevelyan, der kaum zwei Zentimeter kleiner war, hatte einen ungewöhnlich gedrungenen Körperbau, der den Spitznamen »Stubby« noch gerechtfertigter als zuvor erscheinen ließ. Aber in den letzten Jahren war er selbstbewußter geworden und bestand nun darauf, daß jedermann ihn einfach mit seinem Familiennamen anzureden hatte, weil ihm sein wirklicher Vorname ebenfalls mißfiel. Als weiteren Beweis seiner jungen Männlichkeit hatte er sich außerdem einen Schnurrbart stehenlassen, der vorläufig noch kümmerlich genug war.
Jetzt schwitzte er vor Aufregung, und George, der die Entwicklung der Ereignisse mit Gelassenheit betrachtete, machte sich innerlich über ihn

lustig.
Sie standen in derselben Halle wie vor zehn Jahren, die sie in der Zwischenzeit nicht wieder betreten hatten.
Diesmal war die Halle nicht so gedrängt voll, denn heute waren nur junge Männer anwesend. Die achtzehnjährigen Mädchen versammelten sich an einem anderen Tag.
Trevelyan beugte sich zu George hinüber. »Allmählich habe ich die Warterei gründlich satt.«
»Bürokratie«, antwortete George. »Wahrscheinlich unvermeidlich.
»Warum spielst *du* dich eigentlich so verdammt gelassen auf?« wollte Trevelyan wissen.
»Ich mache mir eben keine Sorgen.«
»Menschenskind, du ödest mich wirklich an. Hoffentlich wirst du ein Registrierter Miststreuer, damit ich sehe, was du dann für ein Gesicht machst.« Er sah sich neugierig um.
George ebenfalls. Diesmal wurde ein anderes System verwendet. Sämtliche Anweisungen wurden in Form von Drucksachen ausgeteilt. Die Namen Platen und Trevelyan kamen noch immer ziemlich spät an die Reihe, aber diesmal wußten sie Bescheid.
Junge Männer kamen aus den Erziehungsräumen, sahen sich unsicher um, runzelten die Stirn und gingen dann in das Analysenbüro, wo sie ihre Resultate erfahren würden.
Jeder von ihnen war sofort von einigen Neugierigen umgeben.
»Wie war es?«
»Wie fühlst du dich?«
»Glaubst du, daß du es geschafft hast?«
Die Antworten waren in jedem Fall ausweichend.
George stellte absichtlich keine Fragen. Damit erhöhte man nur seinen Blutdruck. Jeder wußte, daß man die besten Ergebnisse erzielte, wenn man möglichst ruhig blieb.
»Was soll der Unsinn überhaupt?« murmelte Trevelyan aufgebracht. »Zuerst heißt es immer, daß man sich nicht aufregen soll. Aber dann lassen sie einen warten, bis man ganz bestimmt aufgeregt ist.«
»Vielleicht ist das der Zweck der Übung. Wahrscheinlich treffen sie hier bereits eine Vorauswahl. Ruhig Blut, Trevelyan.«
»Halt den Mund.«

George war an der Reihe. Diesmal wurde sein Name nicht aufgerufen, sondern erschien in Leuchtbuchstaben auf einer Anzeigetafel.
Er winkte Trevelyan noch einmal zu. »Immer mit der Ruhe, es wird schon schiefgehen.«
Er war glücklich, als er den Testraum betrat. Richtig glücklich.

Der Mann hinter dem Schreibtisch fragte: »George Platen?«
Einen Augenblick lang fühlte George sich an den anderen Mann vor zehn Jahren erinnert, der die gleiche Frage gestellt hatte. Aber dann sah der Mann auf, und sein Gesicht paßte ganz und gar nicht zu Georges Erinnerungen. Die Nase war knollig, das Haar dünn und strähnig, während das schwabbelige Doppelkinn verriet, daß sein Besitzer eine Abmagerungskur hinter sich hatte.
Der Mann hinter dem Schreibtisch machte eine ungeduldige Handbewegung. »Nun?«
George faßte sich wieder. »Ich bin George Platen, Sir.«
»Dann sagen Sie es gefälligst auch. Mein Name ist Doktor Zachary Antonelli. Wir werden uns in der nächsten Viertelstunde noch näher kennenlernen.«
Er betrachtete einen Filmstreifen, den er gegen das Licht hielt.
George fuhr innerlich zusammen. Er erinnerte sich an den anderen Arzt, der ebenfalls einen Film angestarrt hatte. Konnte es sich um denselben handeln? Der andere Arzt hatte nur die Stirn gerunzelt, aber dieser hier sah wirklich zornig aus.
George fühlte sich bereits wesentlich weniger glücklich als zuvor.
Dr. Antonelli öffnete einen dicken Ordner und legte den Filmstreifen sorgfältig beiseite. »Hier steht, daß Sie Programmierer werden möchten.«
»Richtig, Doktor.«
»Immer noch?«
»Jawohl, Sir.«
»Das ist ein sehr verantwortungsvoller Beruf. Fühlen Sie sich ihm gewachsen?«
»Jawohl, Sir.«
»Die meisten jungen Männer in Ihrem Alter geben keinen bestimmten Beruf an. Ich glaube, daß sie sich vor einer ablehnenden Antwort

fürchten.«
»Ich bin der gleichen Meinung, Sir.«
»Haben Sie keine Angst davor?«
»Nein, wenn ich ganz ehrlich sein soll, Sir.«
Dr. Antonelli nickte, aber sein düsterer Gesichtsausdruck hellte sich nicht merklich auf. »Warum wollen Sie Programmierer werden?«
»Es ist ein verantwortungsvoller Beruf, wie Sie bereits sagten, Sir. Es ist ein wichtiger Beruf, der zugleich abwechslungsreich ist. Er gefällt mir, und ich glaube, daß ich ihm gewachsen bin.«
Dr. Antonelli klappte den Ordner zu und sah George finster an. »Woher wissen Sie, daß der Beruf Ihnen gefällt? Weil Sie glauben, daß Sie auf einen Planeten vom Typ A auswandern können?«
George dachte unbehaglich: Er versucht dich aus der Ruhe zu bringen. Am besten läßt du dich nicht beirren und antwortest ganz offen.
Deshalb sagte er: »Ich glaube, daß Programmierer eine gute Chance haben, Sir, aber mir würde der Beruf auch gefallen, wenn ich auf der Erde bleiben müßte.« (Das stimmte tatsächlich. Ich habe nicht gelogen, dachte George.)
»Schön, aber woher wissen Sie das alles?«
Antonelli stellte die Frage, als wisse er, daß niemand sie zufriedenstellend beantworten konnte. Aber George hätte fast gelächelt, denn er wußte eine Antwort darauf.
»Ich habe einiges über die Programmierung von Datenverarbeitungsmaschinen gelesen, Sir«, sagte er einfach.
»*Was* haben Sie?« Der Arzt starrte ihn erstaunt an, und George freute sich innerlich darüber.
»Ich habe darüber nachgelesen, Sir. Ich habe mir ein Buch besorgt und es gründlich gelesen.«
»Ein Buch für Registrierte Programmierer?«
»Jawohl, Sir.«
»Aber davon haben Sie doch kein Wort verstanden.«
»Zuerst nicht. Ich mußte mir erst andere Bücher über Mathematik und Elektronik kaufen. Dann begriff ich allmählich etwas davon – jedenfalls genug, um zu sehen, daß mir der Beruf gefällt.« (Selbst Georges Eltern hatten diese Bücher nie zu Gesicht bekommen und wußten nicht, was der Junge so spätabends noch las.)

»Und was wollten Sie damit erreichen, mein Junge?« erkundigte der Arzt sich nachdenklich.
»Ich wollte sichergehen, daß der Beruf mich wirklich interessiert, Sir.«
»Aber Sie wissen doch, daß bloßes Interesse nichts bedeutet. Wenn Ihre Gehirnstruktur Sie für einen anderen Beruf geeigneter macht, werden Sie einem anderen zugeteilt. Ist Ihnen das klar?«
»Das habe ich bereits gehört«, antwortete George vorsichtig.
»Sie dürfen es ruhig glauben. Es ist wahr.«
George schwieg.
Dr. Antonelli schüttelte den Kopf. »Sie glauben doch nicht etwa, daß Sie den Aufbau ihres Gehirns verändern können – wie nach dem alten Aberglauben, daß Mütter nur viel Musik zu hören brauchen, um aus ihren noch ungeborenen Kindern Komponisten zu machen. Haben Sie das im Sinn gehabt?«
George wurde rot, weil er daran gedacht hatte. Er war überzeugt gewesen, daß seine einseitige Beschäftigung mit diesen Dingen ihm einen Vorsprung verschaffen würde. Deswegen war er auch so zuversichtlich gewesen ...
»Ich habe nie ...« begann er und konnte den Satz nicht zu Ende bringen.
»Das ist aber nicht richtig. Großer Gott, junger Mann, Sie können doch Ihr Gehirn nicht verändern! Jedenfalls nicht auf diese Weise.« Er starrte George nachdenklich an. »Wer hat Ihnen das geraten?« wollte er dann wissen.
»Niemand, Sir. Ich wollte nichts Unrechtes tun.«
»Von Unrecht war nicht die Rede. Ich würde das Ganze eher unsinnig nennen. Warum haben Sie niemandem davon erzählt?«
»Ich ... ich dachte, die anderen würden mich auslachen.« (George erinnerte sich noch deutlich genug an eine Unterhaltung mit Trevelyan, in der er vorsichtig dieses Thema erwähnt hatte. Trevelyan hatte nur gelacht. »George, wenn du so weitermachst, gerbst du dir schließlich noch deine Schuhe selbst und trägst nur noch selbstgewebte Hemden.« Seit damals war George froh gewesen, daß er sein Geheimnis für sich behalten hatte.)
Dr. Antonelli sortierte einige Papiere. Dann sah er wieder auf und sagte: »So kommen wir nicht weiter. Fangen wir lieber mit der Analyse an.«

George legte sich die Elektroden selbst an. Dann summte eine Maschine – wie damals vor zehn Jahren.
George hatte eiskalte Hände; sein Herz schlug vor Aufregung schneller. Er hätte dem Arzt nichts von seiner Freizeitbeschäftigung erzählen dürfen.
Das war nur meine verdammte Eitelkeit, dachte er. Er hatte zeigen wollen, wie unternehmungslustig und energisch er war. Aber statt dessen hatte er nur bewiesen, daß er abergläubisch und dumm war, wobei er gleichzeitig den Arzt gegen sich aufgebracht hatte.
Und jetzt war er so nervös, daß die Analyse ein völlig falsches Bild ergeben mußte. Wenige Minuten später war alles vorbei, als die Maschine zu summen aufhörte. George sah zu Dr. Antonelli auf.
»Unmöglich, schätze ich?« meinte George.
»Was unmöglich?«
»Ich als Programmierer?«
Dr. Antonelli rieb sich die Nase, bevor er antwortete. »Nehmen Sie Ihre Sachen und gehen Sie in Zimmer 15 c. Dort liegt dann bereits Ihr Ordner. Mein Befund ebenfalls.«
George war völlig überrascht. »Bin ich schon fertig? Ich dachte, das hier sei nur eine Vorbereitung auf . . .«
Dr. Antonelli sah auf den Schreibtisch hinunter. »Für weitere Erklärungen bin ich nicht zuständig. Tun Sie, was ich Ihnen gesagt habe.«
George fühlte eine unbestimmte Angst in sich aufsteigen. Warum drückte der Arzt sich so undeutlich aus? Bestimmt taugte er nur zu einem Registrierten Arbeiter. Sie wollten ihn darauf vorbereiten; wollten es ihm allmählich beibringen.
Er wußte plötzlich, daß er mit seiner Vermutung recht hatte, und mußte sich mühsam beherrschen, um nicht vor Zorn in Tränen auszubrechen.

Ein Führer in roter Uniform begleitete ihn durch die langen Gänge, bis sie schließlich den Raum 15 c erreicht hatten. George stieß einen erleichterten Seufzer aus, als er feststellte, daß außer ihm niemand mehr anwesend war. Das Klassifizierungsbüro für Arbeiter wäre doch bestimmt überfüllt gewesen . . .
Dann öffnete sich eine Tür hinter der hüfthohen Barriere. Ein weißhaariger Mann betrat den Raum und lächelte George aufmunternd zu.

Er sagte: »Guten Abend, George. Diesmal sind Sie anscheinend der einzige in Ihrem Sektor, wie ich sehe.«
»Der einzige?« fragte George verständnislos.
»Selbstverständlich gibt es auf der Erde noch unzählige andere. Tausende. Sie sind nicht allein.«
George war völlig verwirrt. »Das verstehe ich nicht, Sir«, sagte er. »Wie bin ich klassifiziert worden? Was ist eigentlich mit mir los?«
»Immer mit der Ruhe, junger Freund. Alles ist in bester Ordnung. Schließlich kann das jedem passieren.« Er streckte George die Hand entgegen. »Setzen Sie sich, mein Junge. Ich heiße Sam Ellenford.«
George nickte ungeduldig. »Ich möchte endlich erfahren, was mit mir los ist, Sir.«
»Natürlich, natürlich. Nun, Sie sind nicht als Programmierer geeignet, George. Aber das wissen Sie vermutlich bereits selbst.«
»Ja, ich weiß«, antwortete George langsam. »Wofür bin ich also geeignet?«
»Das ist nicht leicht zu erklären, George.« Ellenford machte eine Pause, bevor er weitersprach. »Zu nichts.«
»*Was?*«
»Zu nichts!«
»Aber was soll denn das heißen? Warum können Sie mir keinen Beruf zuweisen?«
»Uns bleibt keine andere Wahl, George. Ihre Gehirnstruktur ist dafür entscheidend.«
George wurde leichenblaß. Seine Augen traten hervor. »Ist mein Verstand nicht ganz in Ordnung?«
»*Irgendwie* ist er anders. Vom Gesichtspunkt der Berufswahl aus könnte man vielleicht wirklich den Ausdruck ›nicht ganz in Ordnung‹ gebrauchen.«
»Aber warum denn?«
Ellenford zuckte mit den Schultern. »Sie wissen doch, wie unser Erziehungsprogramm funktioniert, George. Fast jeder Mensch kann alles in sich aufnehmen, aber je nach seiner persönlichen Gehirnstruktur ist er für bestimmte Gebiete besser als für andere geeignet. Wir versuchen diese besonderen Fähigkeiten auszunützen, solange sie sich mit den Bedarfsmeldungen der einzelnen Berufe vereinbaren lassen.«

George nickte. »Ja, das weiß ich.«
»Aber gelegentlich geraten wir an einen jungen Mann, George, dessen Verstand für unsere Erziehungsmethode ungeeignet ist.«
»Wollen Sie damit sagen, daß ich nicht erzogen werden kann?«
»Genau das.«
»Aber das ist doch verrückt! Ich bin intelligent. Ich verstehe . . .« Er sah sich hilflos um, als suche er nach einem Weg, um zu beweisen, daß sein Gehirn funktionierte.
»Bitte, verstehen Sie mich nicht falsch«, sagte Ellenford ernst. »Sie sind intelligent. Daran besteht nicht der geringste Zweifel. Sie sind sogar überdurchschnittlich begabt. Aber leider hat das keinen Einfluß auf die Tatsache, daß Sie unserer Erziehungsmethode nicht zugänglich sind. Vielleicht tröstet Sie der Gedanke, daß wir es hier mit äußerst intelligenten jungen Menschen zu tun haben.«
»Soll das heißen, daß ich nicht einmal zu einem Registrierten Arbeiter tauge?« erkundigte George sich ungläubig. Selbst das wäre einem vorläufig noch sehr ungewissen Schicksal vorzuziehen gewesen. »Was muß denn ein einfacher Arbeiter schon können?«
»Unterschätzen Sie die Arbeiter nicht, junger Mann. Auch da gibt es große Unterschiede zwischen den zahllosen Sparten, die gewisse Kenntnisse voraussetzen. Außerdem gehört zu einem Arbeiter nicht nur ein entsprechendes Gehirn, sondern auch ein geeigneter Körper. Sie sind nicht der Typ, George, der für schwere Arbeiten geeignet ist.«
George wußte selbst, daß er dazu zu leicht gebaut war. »Aber ich habe noch nie von jemandem gehört, der gar keinen Beruf hatte«, sagte er verstört.
»Es gibt nicht allzu viele«, gab Ellenford zu. »Und wir beschützen sie.«
»Beschützen?« George starrte Ellenford fragend an.
»Sie sind jetzt ein Mündel der Erde, George. Seitdem Sie diesen Raum betreten haben, sind wir für Sie verantwortlich.«
Das Lächeln Ellenfords war freundlich. Für George wirkte es wie ein besitzergreifendes Lächeln; wie das Lächeln eines Erwachsenen einem hilflosen Kind gegenüber.
»Soll das heißen, daß ich eingesperrt werde?« erkundigte er sich mit tonloser Stimme.
»Selbstverständlich nicht. Sie werden mit anderen Ihrer Art zusammen

sein.«

Ihrer Art. Die beiden Wörter klangen in Georges Ohren schmerzhaft laut.

»Sie brauchen eine Spezialbehandlung«, sagte Ellenford. »Wir werden für Sie sorgen.«

George konnte plötzlich die Tränen nicht mehr zurückhalten. Ellenford wandte sich taktvoll ab und sah zum Fenster hinaus.

George beherrschte sich mit einer gewaltsamen Anstrengung. Er dachte an seine Eltern, an seine Freunde, an Trevelyan, an seine eigene Schande . . .

»Aber ich habe doch lesen gelernt«, protestierte er dann.

»Das kann jeder, der geistig gesund ist. Gewisse Ausnahmen stellen sich erst später heraus – in Ihrem Fall erst heute. Aber selbst damals meldete der behandelnde Arzt verschiedene Abweichungen in Ihrer Gehirnstruktur.«

»Können Sie denn nicht wenigstens den Versuch unternehmen, mich trotzdem zu erziehen? Warum eigentlich nicht? Ich nehme das Risiko gern auf mich.«

Ellenford schüttelte den Kopf. »Nein, George, das ist streng verboten. Aber vielleicht ist alles doch nicht so schlimm, wie es jetzt aussieht. Wir werden Ihre Familie beruhigen, damit sie sich keine Sorgen macht. Und Ihnen werden wir alle Bücher besorgen, die Sie lesen möchten, um sich weiterzubilden.«

»Ich soll also löffelweise lernen«, sagte George wütend. »Stück für Stück. Mit sechzig Jahren weiß ich dann vermutlich genug, um Registrierter Bürobote zu werden.«

»Aber Sie haben doch schon aus Büchern gelernt . . .«

George erstarrte. Plötzlich glaubte er alles zu verstehen. »Deshalb also . . .«

»Was meinen Sie?«

»Dieser Antonelli. Er versucht mich hereinzulegen.«

»Nein, George. Sie irren sich.«

»Sie brauchen es gar nicht abzustreiten«, schrie George wütend los. »Der verdammte Kerl will mich mundtot machen, weil ich ihm zu schlau war. Ich habe Bücher gelesen, um mich auf meinen Beruf vorzubereiten. Schön, was wollen Sie von mir? Geld? Keinen Cent bekommen Sie! Aber

ich werde dafür sorgen, daß . . .«
Seine Stimme überschlug sich.
Ellenford schüttelte den Kopf und drückte auf einen Knopf.
Zwei Männer betraten leise den Raum und nahmen George in die Mitte.
Während der eine ihm die Arme festhielt, gab der andere George eine Beruhigungsspritze, die fast augenblicklich wirkte.
Sein Kopf sank schwer nach vorn. Seine Knie gaben nach, so daß er gefallen wäre, wenn die beiden Männer ihn nicht gestützt hätten. Er schlief.

Sie sorgten für George, wie sie es ihm versprochen hatten; sie waren gut zu ihm und immer freundlich – etwa in der gleichen Art, dachte George, in der er sich selbst einer kranken kleinen Katze angenommen hätte.
Sie ermahnten ihn, er solle sich doch wieder für seine Umwelt interessieren. Und sie versuchten ihn dadurch zu trösten, daß sie ihm versicherten, sein Zustand sei durchaus nicht ungewöhnlich, und er werde schon wieder zur Vernunft kommen.
Dr. Ellenford suchte ihn persönlich auf, um ihm zu sagen, daß er Georges Eltern davon benachrichtigt hatte, ihr Sohn sei in einem Spezialauftrag unterwegs.
»Wissen sie . . .« murmelte George.
Ellenford schüttelte beruhigend den Kopf. »Ich habe keine näheren Angaben gemacht.«
Zuerst hatte George jegliche Nahrungsaufnahme verweigert. Sie ernährten ihn intravenös, sie nahmen ihm alle scharfen Gegenstände fort und stellten ihn unter Bewachung. Hali Omani teilte ein Zimmer mit ihm, und seine unerschütterliche Ruhe beruhigte auch George.
Eines Tages bat George ihn aus reiner Langeweile um ein Buch. Omani, der eigentlich ständig las, sah auf und grinste zufrieden. George hätte seine Bitte in diesem Augenblick am liebsten wieder zurückgenommen, aber dann überlegte er sich, daß das kindisch gewesen wäre.
Er hatte keinen bestimmten Wunsch geäußert, deshalb brachte Omani ihm ein Chemiebuch. Es war groß gedruckt, mit kurzen Sätzen und vielen Abbildungen. Ein Chemiebuch für Jugendliche. George warf es wütend an die Wand.
Das würde er also immer bleiben. Ein Jugendlicher sein ganzes Leben

lang. Ewig ein Nichterzogener, der speziell für ihn geschriebene Bücher lesen mußte. Er lag auf seinem Bett und starrte vor sich hin, bis er eine Stunde später doch aufstand und in dem Buch zu lesen begann.

Eine Woche darauf hatte er es ausgelesen und verlangte ein anderes.
»Soll ich das erste zurückbringen?« fragte Omani.
George runzelte die Stirn. Er hatte nicht alles verstanden, wollte diese Tatsache aber nicht gern zugeben.
Aber Omani erlöste ihn aus diesem Zwiespalt, als er hinzufügte: »Vielleicht behältst du es doch lieber. Schließlich muß man Bücher immer wieder lesen.«
Das war an dem Tag, an dem George Omanis Einladung zu einer Besichtigung der Anstalt annahm. Er hielt sich dabei dicht hinter dem Nigerianer und sah sich nur widerstrebend um.
Die Anstalt war tatsächlich kein Gefängnis. Hier gab es weder hohe Mauern noch verschlossene Türen noch Wächter. Aber sie war ein Gefängnis, weil die Insassen nicht gewußt hätten, was sie in der Außenwelt tun sollten.
George fühlte sich durch den Anblick seiner Leidensgenossen irgendwie getröstet. Man konnte sich so leicht einbilden, man sei der einzige Mensch auf der Welt, der so . . . verkrüppelt war.
»Wie viele Leute sind hier eigentlich?« murmelte er.
»Zweihundertfünf, George, und dies ist nicht die einzige Anstalt auf der Welt. Es gibt noch Tausende.«
Männer sahen auf, wenn George an ihnen vorbeiging; in der Turnhalle, auf den Tennisplätzen, in der Bibliothek (er hätte nie gedacht, daß es so viele Bücher geben könnte; hier waren sie tatsächlich in langen Regalen aufgereiht). Die anderen starrten George neugierig an, und er warf ihnen böse Blicke zu. Schließlich waren *sie* auch nicht besser als er; *sie* brauchten ihn nicht anzustarren, als sei er eine Abnormität.
Alle Insassen waren jünger als fünfundzwanzig. »Was geschieht mit den älteren Leuten?« wollte George plötzlich wissen.
Omani antwortete: »Diese Anstalt ist speziell für jüngere Menschen eingerichtet.« Dann erst schien er Georges Gedanken zu erraten, denn er schüttelte ernst den Kopf und fuhr fort: »Du wirst nicht aus dem Weg geschafft, falls du das gemeint haben solltest. Es gibt andere Anstalten

für ältere Leute.«
»Wen kümmert das schon«, murmelte George und versuchte uninteressiert zu erscheinen.
»Vielleicht dich. Wenn du älter bist, kommst du in eine Anstalt, in der nicht nur Männer sind.«
George war ehrlich überrascht. »Frauen ebenfalls?«
»Natürlich. Oder hast du etwa geglaubt, daß Frauen dagegen immun sein könnten?«
George schüttelte den Kopf.
Omani blieb in der Tür eines größeren Raums stehen, in dem fünf oder sechs junge Männer vor einem Fernsehapparat saßen. »Das ist ein Klassenzimmer«, erklärte er George.
»Und was tun diese Leute hier?«
»Sie werden erzogen«, erklärte Omani ihn. »Allerdings«, fügte er rasch hinzu, »nicht in der üblichen Weise.«
»Sie lernen also langsam und allmählich, willst du damit sagen.«
»Richtig. Früher war das die einzige Methode.«
»Und was haben sie davon?« fragte er.
»Sie vertreiben sich die Zeit, George, und befriedigen gleichzeitig ihre Neugier.«
»Was haben sie davon?«
»Es macht sie glücklicher.«
George dachte abends im Bett darüber nach.
Am nächsten Morgen wandte er sich an Omani. »Kannst du mir ein Klassenzimmer zeigen, wo ich etwas über das Programmieren von Elektrorechnern lernen kann?«
»Gern«, antwortete Omani herzlich.

Die Methode war langwierig, und George lehnte sie innerlich ab. Warum sollte man sich etwas immer und immer wieder erklären lassen müssen? Warum sollte er eine schwierige Stelle lesen und trotzdem nicht alles sofort verstehen? Andere Leute hatten es doch auch einfacher!
Manchmal wollte er schon aufgeben. Einmal blieb er dem Unterricht mehrere Wochen lang fern.
Aber er kam immer wieder zurück. Der Ausbilder, der einzelne Aufgaben zuteilte und schwierige Begriffe erklärte, verlor niemals ein Wort

darüber.
George erhielt schließlich bestimmte Arbeiten innerhalb des Gartens und der Küche zugeteilt. Das sollte ein gewisser Fortschritt sein, aber George ließ sich davon nicht beeindrucken. Die Anstalt war absichtlich nicht vollautomatisiert, damit die jungen Leute beschäftigt werden konnten, um ihnen die Illusion einer verantwortungsvollen Tätigkeit zu vermitteln. Nein, George ließ sich nicht täuschen.
Sie erhielten sogar eine Entlohnung, die sie entweder für bestimmte Luxusartikel ausgeben oder für eine spätere Verwendung zurücklegen konnten. George bewahrte sein Geld in einer offenen Dose auf einem Regal auf. Er hatte keine Ahnung, wieviel er im Laufe der Zeit angesammelt hatte. Es war ihm auch gleichgültig.
Er schloß keine Freundschaften, lernte aber einige der anderen Insassen so gut kennen, daß sie ihn freundlich begrüßten, wenn sie sich zufällig trafen. Er dachte weniger oft über den Justizirrtum nach, dem er seine Einlieferung in die Anstalt verdankte. Manchmal träumte er wochenlang nicht mehr von Antonelli, den er noch immer als den eigentlich Schuldigen ansah.
An einem eiskalten Februartag sagte Omani zu ihm: »Eigentlich erstaunlich, wie du dich schon angepaßt hast.«
Aber das war im Februar gewesen; genauer gesagt am dreizehnten Februar, seinem neunzehnten Geburtstag. Der März verging, dann der April, und als der Mai heranrückte, stellte George fest, daß er sich keineswegs angepaßt hatte.
Der letzte Mai war unbeachtet vorübergegangen, weil George damals noch teilnahmslos im Bett lag. Aber dieses Jahr war alles anders.
George wußte, daß nun bald die Olympischen Spiele stattfinden würden, bei denen die jungen Männer miteinander um einen Platz auf einer neuen Welt kämpften. George dachte an die festliche Stimmung, die Aufregung, die Zeitungsmeldungen, die Rekrutierungsbüros von anderen Planeten, den rauschenden Beifall für den Sieger ...
Deshalb konnte er nicht verhindern, daß seine Stimme sehnsuchtsvoll klang, als er sagte: »Morgen ist der erste Mai. Die Olympischen Spiele!«
Und das führte zu seinem ersten Streit mit Omani, in dessen Verlauf der Nigerianer schließlich den vollen Namen der Institution aussprach, in

der George sich befand.
Omani sah George in die Augen und sagte deutlich: »Eine Anstalt für Schwachsinnige.«

George Platen wurde rot. Schwachsinnige!
Er schüttelte wütend den Kopf. »Ich muß von hier fort«, meinte er impulsiv.
Omani, der wieder in seinem Buch gelesen hatte, hob den Kopf. »Was?«
Jetzt wußte George genau, was er wollte. »Ich verschwinde einfach«, sagte er heftig.
»Das ist lächerlich. Und sinnlos dazu, George.«
»Nein! Ich weiß genau, daß ich nur hier bin, weil dieser Antonelli mich auf den ersten Blick nicht ausstehen konnte. Aber so sind sie alle, diese kleinen Bürokraten – wenn man ihnen nicht unterwürfig genug begegnet, vernichten sie einen mit einem einzigen Federstrich.«
»Fängst du wieder damit an?«
»Ich bleibe auch dabei, bis alles wieder in Ordnung ist. Warte nur, bis ich diesen Antonelli in die Finger bekomme . . .« George atmete schwer. Diesen Mai durfte er nicht wieder vorübergehen lassen, ohne etwas zu unternehmen. Wenn er das tat, konnte er gleich alle Hoffnungen begraben.
Omani stand auf, ging zu George hinüber und legte ihm die Hand auf die Schulter. »Ich wollte dich wirklich nicht verletzen . . .«
George schüttelte seine Hand ab. »Du hast nur das gesagt, was du für wahr hältst, und ich werde beweisen, daß es nicht die Wahrheit war. Warum auch nicht? Hier gibt es keine verschlossenen Türen. Niemand hat mir je gesagt, daß ich das Haus nicht verlassen dürfe. Ich gehe einfach.«
»Schön – aber wohin?«
»Zum nächsten Flughafen und von dort aus zu dem nächsten Olympiazentrum. Ich habe genügend Geld.« Er griff nach der Dose, in der er seine Ersparnisse aufbewahrte. Einige Münzen rollten klirrend über den Fußboden.
»Vielleicht reicht das Geld für eine Woche. Und dann?«
»Bis dahin habe ich alles in Ordnung gebracht.«

»Bis dahin kommst du wieder zurückgekrochen«, widersprach Omani ernst. »Dann mußt du wieder von vorn anfangen. Du bist verrückt, George.«
»Vorhin hast du mich noch schwachsinnig genannt.«
»Gut, es tut mir leid. Bleibst du jetzt doch?«
»Willst du mich etwa aufhalten?«
Omani zuckte mit den Schultern. »Nein, dazu habe ich keinen Anlaß. Das ist schließlich deine Sache. Wenn du unbedingt mit blutender Nase zurückkommen willst, kannst du es ja versuchen ... Los, geh schon endlich!«
George stand bereits in der Tür und sah noch einmal zurück. »Ich gehe jetzt ...«
Omani zuckte mit den Schultern. Er war wieder in sein Buch vertieft.
George blieb noch einen Augenblick lang in der Tür stehen, aber Omani sah nicht mehr auf. George biß die Zähne aufeinander, drehte sich um und verließ rasch das Gebäude. Kurze Zeit später durchquerte er bereits den Park der Anstalt, der in tiefster Dunkelheit lag.
Er hatte erwartet, daß man ihn aufhalten würde, bevor er das Anstaltsgelände verließ. Aber niemand stellte sich ihm in den Weg. Er betrat ein auch nachts geöffnetes Schnellrestaurant, um dort nach dem Weg zum Flughafen zu fragen, und erwartete bestimmt, daß der Besitzer die Polizei verständigen würde. Auch das geschah nicht. Er rief ein Taxi an und ließ sich zum Flughafen fahren. Der Fahrer stellte keine überflüssigen Fragen.
Trotzdem fühlte George sich keineswegs erleichtert. Im Gegenteil, als er auf dem Flughafen ankam, war er unentschlossener denn je zuvor. Er war sich nicht darüber im klaren gewesen, wie es in der Außenwelt aussah. Er war von Profis umgeben. Der Besitzer des Restaurants hatte seinen Namen über der Kasse angebracht – mit dem Zusatz »Registrierter Koch«. Der Taxifahrer bewahrte seinen Führerschein deutlich sichtbar in einer Plastikhülle auf – Soundso, Registrierter Chauffeur. George war sich peinlich bewußt, daß sein eigener Name keinen derartigen Zusatz enthielt. Aber niemand schien sich darum zu kümmern. Niemand sah ihn mißtrauisch an und wollte einen Nachweis sehen.
George dachte verbittert: Wer konnte sich denn auch einen Menschen ohne Beruf vorstellen?

Er kaufte ein Flugticket nach San Francisco für das Flugzeug um drei Uhr morgens. Dann saß er zusammengekauert im Warteraum und erwartete, daß die Polizei ihn abholen würde. Aber kein Beamter tauchte auf.

Als er am Vormittag in San Francisco ankam, spürte er den Lärm und das Gewirr dieser Großstadt wie einen Schlag. San Francisco war die größte Stadt, die er je gesehen hatte, aber der Schock wurde vor allem durch die Tatsache hervorgerufen, daß er die letzten achtzehn Monate in völliger Ruhe und Einsamkeit verbracht hatte.

Aber hier fanden die Olympischen Spiele statt. George überlegte, daß der Lärm und die allgemeine Aufregung damit zu tun haben mußten.

Im Flughafengebäude standen große Anzeigetafeln, auf denen alles Wissenswerte über die einzelnen Wettbewerbe zu lesen war. Dort waren die besten Verkehrsverbindungen zu den jeweiligen Wettkampforten angegeben, die einzelnen Teilnehmer, ihr Geburtsort und der Planet, der das Protektorat übernommen hatte.

Die Aufregung des Publikums war zum Teil auf einen gewissen Lokalpatriotismus zurückzuführen (obwohl die Teilnehmer in vielen Fällen Unbekannte waren), aber auch auf die zahlreich abgeschlossenen Wetten. Diese Randerscheinung ließ sich nicht ausrotten und gehörte seit eh und je zu den Olympischen Spielen.

George drängte sich nicht gleich zu den Anzeigetafeln, sondern betrachtete die Umstehenden mit ganz neuen Augen.

Früher einmal mußten sie alle eine Chance gehabt haben, an den Olympischen Spielen teilzunehmen. Was hatten *sie* getan? Nichts!

Wären sie siegreich gewesen, hätten sie sich längst von einem anderen Planeten anwerben lassen, anstatt hier auf der Erde zu bleiben. Ihre Berufe mußten sie von Anfang an auf der Erde festgehalten haben; oder diese Menschen hatten in den hochspezialisierten Berufen versagt, für die sie ausgebildet worden waren.

Jetzt standen diese Versager hier herum und schlossen Wetten über das Abschneiden anderer und jüngerer Männer ab. Aasgeier!

George wünschte sich nichts sehnlicher, als daß seinetwegen Wetten abgeschlossen würden.

Er fühlte sich selbst in dem Gewimmel der Großstadt nicht völlig sicher, obwohl niemand sich um ihn kümmern würde. Nicht einmal in der Anstalt, überlegte George verbittert. Sicher, sie sorgten für ihn wie für ein krankes Kätzchen, aber was konnte man dagegen tun, wenn die kleine Katze plötzlich fortlief?

Was sollte er tun, nachdem er nun in San Francisco war? Er dachte angestrengt darüber nach. Jemanden aufsuchen? Wen? Wo sollte er überhaupt bleiben? Er hatte nicht mehr sehr viel Geld.

Er überlegte einen Augenblick lang, ob er nicht lieber in die Anstalt zurückkehren sollte. Wenn er zur Polizei ging ... Er schüttelte heftig den Kopf, als streite er mit einem unsichtbaren Gegner.

Ein Wort auf einer der Anzeigetafeln erregte seine Aufmerksamkeit: *Metallurgen.* Darunter in kleineren Buchstaben: *Nichteisenhaltige Metalle.* Dann folgten die Namen der Teilnehmer und eine Notiz: *Unter dem Patronat von Novia.*

Das alles beschwor schmerzliche Erinnerungen herauf: Georges Diskussionen mit Trevelyan, das Bewußtsein, daß er selbst Programmierer werden würde, das Bewußtsein seiner geistigen Überlegenheit, weil er sich vorbereitet hatte ...

So gut, daß er es dem rachsüchtigen Antonelli unbedingt unter die Nase reiben mußte. Er war seiner selbst so sicher gewesen, als er vor Trevelyan aufgerufen wurde, der nervös gewartet hatte.

In diesem Augenblick schien es, als ob die Anzeigetafel Georges unausgesprochene Frage beantwortete. Er dachte so intensiv »Trevelyan«, daß die Tafel das Wort wiederholen mußte.

Tatsächlich, dort oben stand Trevelyan. Und *Armand* Trevelyan (Stubbys verhaßter Vorname in großen Buchstaben, damit jeder ihn lesen konnte) und der richtige Geburtsort. Noch mehr – Trev hatte nach Novia auswandern wollen, hatte nur Novia in Erwägung gezogen, hatte auf Novia bestanden; und dieser Wettbewerb fand unter dem Protektorat von Novia statt.

Das mußte Trev sein, der gute alte Trev. George nahm die Wegbeschreibung völlig unbewußt auf und stellte sich in einer Reihe an, um auf das nächste Taxi zu warten.

Dann überlegte er nüchtern: Trev hat es geschafft! Er wollte Metallurg werden und hat es tatsächlich geschafft!

George fühlte sich so allein wie nie zuvor.

Vor der Halle standen lange Zuschauerschlangen. Offenbar war dieser Wettbewerb besonders hart umkämpft, denn sonst wäre die Aufregung unter den Zuschauern geringer gewesen.
Über der Stadt schien eine dichte Wolkendecke zu liegen, aber George wußte, daß San Francisco nur eine Abschirmung über der Stadt errichtet hatte. Selbstverständlich kostete das eine Menge Geld, aber alle Ausgaben dafür waren gerechtfertigt, wenn es sich um das Wohlergehen der Besucher von anderen Planeten handelte. Diese Besucher brachten viel Geld mit in die Stadt und bezahlten zudem eine Gebühr für jeden Techniker, den sie angeworben hatten. Die Stadtväter von San Francisco waren gut beraten, als sie alle Anstrengungen unternahmen, um den Aufenthalt der Fremden so angenehm wie möglich zu gestalten.
George stand völlig in Gedanken verloren da, als er plötzlich einen leichten Stoß gegen den Rücken verspürte. Gleichzeitig sagte eine Stimme: »Stehen Sie hier an, junger Mann?«
Die Schlange war weiter aufgerückt, ohne daß George den vergrößerten Abstand zu seinem Vordermann bemerkt hatte. Er ging hastig weiter und murmelte: »Tut mir leid, Sir.«
Als er sich umdrehte, nickte der Mann hinter ihm freundlich. Er hatte eisgraues Haar und trug eine altmodische Wollweste zu seiner Tweedjacke. »Ich wollte nicht sarkastisch sein«, sagte er entschuldigend.
»Das waren Sie auch nicht.«
»Dann bin ich beruhigt.« Der Mann schien ein Gespräch anknüpfen zu wollen. »Ich wußte nur nicht ganz sicher, ob Sie nicht aus Versehen hier warteten. Ich dachte, Sie seien vielleicht ein . . .«
»Ein was?« fragte George scharf.
»Ein Teilnehmer, natürlich. Sie sind jung genug dazu.«
George wandte sich wortlos ab. Ihm war nicht nach einer Unterhaltung zumute, vor allem nicht mit diesem Kerl, der sich in seine Angelegenheiten zu mischen versuchte.
Dann fuhr er plötzlich innerlich zusammen. Wurde er etwa bereits steckbrieflich gesucht? War sein Bild, seine Personenbeschreibung schon in ganz Amerika verbreitet worden? Versuchte der Grauhaarige hinter ihm sein Gesicht zu erkennen?
Er hatte die letzten Nachrichten noch nicht gesehen und strengte sich jetzt an, um die Schlagzeilen zu unterscheiden, die gegen den grauen

Nachmittagshimmel projiziert wurden. Ohne Erfolg – aber die Schlagzeilen befaßten sich während der Olympischen Spiele ohnehin nur mit den Ergebnissen der Wettkämpfe und den Siegen, die jeder Kontinent, jedes Land und jede Stadt errungen hatte.
So würde es noch drei Wochen weitergehen, wobei die Ergebnisse in jeder Stadt manipuliert wurden, bis sie bewiesen, daß die betreffende Stadt im Verhältnis zu ihrer Einwohnerzahl besonders ehrenvoll abgeschnitten hatte. Georges Heimatstadt hatte einmal den dritten Platz in den Olympischen Spielen für Fernmeldemonteure errungen. Im Rathaus hing seitdem eine Gedenktafel.
George entspannte sich und versuchte harmlos zu wirken, ohne sich deswegen sicherer zu fühlen. Er betrat die Halle, suchte sich einen Platz in den vorderen Reihen und war selbst überrascht, daß noch immer kein Polizist aufgetaucht war, um ihn abzuführen.
Dann bemerkte er, daß der Grauhaarige von vorhin ausgerechnet neben ihm saß. Er sah rasch wieder fort und versuchte nüchtern zu denken. Schließlich hatte der andere unmittelbar hinter ihm gewartet.
Der Grauhaarige lächelte ihm nur einmal freundlich zu, kümmerte sich aber sonst nicht weiter um George. Außerdem stand der Beginn des Wettbewerbs unmittelbar bevor. George stand auf und versuchte zu erkennen, wo Trevelyan sich im Augenblick aufhielt.

Die Halle war nicht übermäßig groß und in der klassischen Form errichtet, so daß die Zuschauer an den Längsseiten auf zwei Balkonen Platz fanden, während die Wettbewerbsteilnehmer sich in der länglichen Arena aufhielten. Die Maschinen waren bereits aufgestellt, aber die Anzeigetafeln über jedem Platz blieben vorläufig noch dunkel, bis auf den Namen und die Nummer jedes Teilnehmers. Die Wettkämpfer unterhielten sich in kleinen Gruppen, denn niemand durfte sich vor dem Startsignal mit den Problemen der gestellten Aufgabe befassen.
George las das Programm durch, das er auf seinem Platz gefunden hatte, und fand Trevelyans Namen. Er hatte die Nummer zwölf, und George stellte bedauernd fest, daß dieser Platz am anderen Ende der Halle lag. Von hier aus konnte er nur erkennen, daß Trevelyan mit dem Rücken zu seiner Maschine stand und zu den Zuschauern hinaufstarrte, als wolle er sie zählen.

George ließ sich auf seinen Platz zurücksinken. Er überlegte, ob Trev gut abschneiden würde. Pflichtbewußt hoffte er, daß Trev erfolgreich sein würde, aber im Unterbewußtsein spürte er die Ungerechtigkeit, die in dieser Situation lag. George, der Berufslose, saß hier und sah zu, wie Trevelyan, der Metallurg, dort unten an den Olympischen Spielen teilnahm.

Fast alle Sitze waren belegt. Der Wettbewerb fand also vor einem größeren Publikum statt, was für die Teilnehmer eine größere Belastung bedeutete – oder vielleicht auch einen größeren Ansporn für manche.

Weshalb eigentlich Olympische Spiele, überlegte er plötzlich. Er hatte nie eine Erklärung gehört. Warum wurde Brot »Brot« genannt?

Früher einmal hatte er seinen Vater gefragt: »Weshalb heißt das Olympische Spiele, Dad?«

Und sein Vater hatte geantwortet: »Olympische Spiele bedeutet Wettbewerb.«

George hatte gesagt: »Sind das auch Olympische Spiele, wenn Stubby und ich uns balgen?«

Platen senior hatte gesagt. »Nein. Die Olympischen Spiele sind ein besonderer Wettbewerb, und du sollst keine dummen Fragen stellen. Du wirst alles noch erfahren, wenn du erzogen wirst.«

George fuhr sich mit der Hand über die Stirn und seufzte leise.

»Du wirst alles noch erfahren!«

Seltsam, daß er sich so deutlich an diese Szene erinnerte. »Wenn du erzogen wirst.« Niemand sagte jemals »falls du erzogen wirst«.

George glaubte sich daran zu erinnern, daß er stets dumme Fragen gestellt hatte – als hätte er bereits damals geahnt, daß er nie erzogen werden könne, und hätte daher schon damals versucht, sein Wissen auf andere Weise zu bereichern.

Und in der Anstalt hatte man ihn dazu ermuntert, weil sie ihn bei guter Laune halten wollten. Nur deshalb.

Er richtete sich plötzlich auf. Was sollte das überhaupt? Glaubte er jetzt schon an diese Lügen? Wollte er nur deshalb aufgeben, weil Trevelyan dort unten vor ihm an den Olympischen Spielen teilnahm?

Er war *nicht* schwachsinnig. *Nein!*

In diesem Augenblick kam Bewegung in die Menge, als die Zuschauer sich erhoben. Eine zentral gelegene Loge füllte sich mit Männern in den

Farben von Novia, während darüber gleichzeitig das Wort »Novia« aufleuchtete.

Novia war ein Planet vom Typ A mit einer großen Bevölkerung und einer hochentwickelten Zivilisation, die zu den besten der Galaxis gehörte. Das war einer der Planeten, zu denen sich jeder Mensch auf der Erde hingezogen fühlte; wenn er aber selbst dieses Ziel nicht erreichte, hoffte er wenigstens, daß seine Kinder eines Tages dort leben würden. (George erinnerte sich daran, daß Trevelyan immer von Novia gesprochen hatte – und jetzt stand er dort unten, um sich darum zu bewerben.)

Die Deckenleuchten wurden ausgeschaltet, so daß jetzt nur noch die Wettbewerbsteilnehmer von Scheinwerfern angestrahlt wurden. George versuchte Trevelyan deutlicher zu erkennen. Vergebens.

Die Stimme eines Ansagers erklang. »Verehrte Gäste. Die Olympischen Spiele für Metallurgen mit dem Fachgebiet Nichteisenmetalle sind hiermit eröffnet. Die Teilnehmer . . .«

Dann folgten Namen, Heimatstädte und Erziehungsjahre. Bei jedem Namen rauschte Beifall auf, besonders aber für Teilnehmer aus San Francisco. Als Trevelyans Name vorgelesen wurde, war George selbst überrascht, als er begeistert klatschte. Aber der Grauhaarige neben ihm überraschte ihn noch mehr, indem er ebenfalls applaudierte.

Als er bemerkte, daß George ihn verblüfft anstarrte, beugte er sich zu ihm herüber. »Aus meiner Heimatstadt ist niemand hier; deshalb habe ich für Ihre Nummer geklatscht. Kennen Sie den jungen Mann persönlich?«

George zuckte zurück. »Nein.«

»Mir ist aufgefallen, daß Sie ihn beobachtet haben. Soll ich Ihnen mein Opernglas leihen?«

»Nein. Vielen Dank.« (Warum kümmerte der alte Trottel sich nicht lieber um seine eigenen Angelegenheiten?)

Der Ansager hatte die Namen verlesen und kam nun auf den wichtigsten Punkt zu sprechen. Die Zuschauer schwiegen gespannt.

»Die Teilnehmer erhalten eine Stange Nichteisenlegierung unbekannter Zusammensetzung. Ihre Aufgabe besteht darin, die einzelnen Bestandteile zu analysieren und auf vier Dezimalstellen genau in Prozent anzugeben. Zu diesem Zweck steht ihnen ein Beeman-Mikrospektrograph

zur Verfügung, der im Augenblick allerdings nicht betriebsbereit ist.«
Die Zuschauer klatschten beifällig.
»Die Teilnehmer müssen die Fehlerquelle feststellen und den Fehler selbst beseitigen. Werkzeuge und Ersatzteile stehen zur Verfügung. Das benötigte Teil ist nicht unbedingt vorhanden. In diesem Fall muß es angefordert werden, aber die dafür benötigte Zeit wird dem Teilnehmer gutgeschrieben. Sind alle Teilnehmer bereit?«
Auf der Tafel über dem Teilnehmer mit der Nummer fünf blinkte ein rotes Licht auf. Der Teilnehmer rannte hinaus und kam einige Augenblicke später zurück. Die Zuschauer lachten amüsiert.
»Alle Teilnehmer bereit?«
Die Tafeln blieben schwarz.
»Noch Fragen?«
Keine Veränderung.
»Los!«

Selbstverständlich konnten die Zuschauer nicht kontrollieren, welche Fortschritte die einzelnen Teilnehmer machten. Sie konnten sich nur an die Angaben halten, die auf den Tafeln über den Arbeitsplätzen aufleuchteten. Aber das war kein zuverlässiger Anhaltspunkt. Allerdings spielte das keine große Rolle, denn die Zuschauer verstanden ohnehin nicht, worum es hier ging. Sie waren nur am Endergebnis interessiert, weil sie gewettet hatten. Alles andere war unwichtig.
Georg beobachtete die Teilnehmer. Einer hatte das Gehäuse des Gerätes abgenommen, ein anderer untersuchte es von außen, ein dritter klemmte seine Legierung in den Halter, während ein vierter vorsichtig an einer Mikrometerschraube drehte.
Trevelyan arbeitete so konzentriert wie die anderen. George konnte nicht feststellen, wie er im Rennen lag.
Auf der Tafel über Platz siebzehn leuchteten Buchstaben auf: Scharfeinstellung nicht justiert.
Die Zuschauer klatschten begeistert.
Der Teilnehmer Nummer siebzehn konnte recht haben – aber vielleicht irrte er sich auch. Unter Umständen mußte er später sein Urteil revidieren und verlor dadurch wertvolle Zeit. Oder er bemerkte seinen Fehler nie und kam deshalb zu ungenügenden oder gar völlig falschen Ergeb-

nissen.

Unwichtig. Im Augenblick klatschten die Zuschauer jedenfalls begeistert.

Die anderen Tafeln leuchteten auf. George achtete auf die Tafel Nummer zwölf. Endlich erschienen auch auf ihr Leuchtbuchstaben. »Probenhalter nicht zentriert. Neues Federstück erforderlich.«

Ein Mann rannte fort und brachte das benötigte Ersatzteil. Wenn Trevelyan sich geirrt hatte, verlor er auf diese Weise unersetzbare Sekunden, denn in diesem Fall erhielt er keine Zeitgutschrift. George hielt unwillkürlich den Atem an.

Auf der Tafel über dem Teilnehmer siebzehn leuchteten die ersten Ergebnisse auf: Aluminium 41,2649%, Magnesium 22,1914%, Kupfer 10,1001%.

Auch auf den anderen Tafeln erschienen Zahlen.

Die Zuschauer schrien und klatschten wie wild.

Siebzehn stand auf, während ein grünes Blinklicht auf der Tafel anzeigte, daß er seine Analyse beendet hatte. Nummer vier war nur zwei Sekunden hinter ihm. Noch einer, und noch einer.

Trevelyan arbeitete noch immer, weil er einige Bestandteile nicht genau genug bestimmen konnte. Schließlich erhob er sich ebenfalls. Über eine Minute später stand Nummer fünf als letzter Teilnehmer auf und erhielt ironischen Beifall.

Noch war alles unentschieden, denn die offizielle Verkündung des Sieges stand noch aus. Aber wenige Minuten später ertönte wieder die Stimme des Ansagers:

»Sieger in vier Minuten und zwölf Sekunden mit richtig erkanntem Fehler und richtiger Analyse bis auf nullkommasieben Hunderttausendstel ist der Teilnehmer Nummer ... *siebzehn,* Henry Anton Schmidt aus ...«

Der Rest des Satzes ging in begeistertem Applaus unter. Nummer acht wurde Zweiter, dann folgte Nummer vier, dessen gute Zeit durch einen unbedeutenden Analysenfehler beeinträchtigt wurde. Zwölf wurde überhaupt nicht genannt. Er rangierte unter »ferner liefen«.

George drängte sich durch die Menge zu dem für Teilnehmer reservierten Ausgang, der dicht umlagert war. Dort standen weinende Verwandte (aus Freude oder Kummer, je nachdem), Zeitungsreporter,

Autogrammsammler, Lokalpatrioten und zahlreiche gewöhnliche Neugierige. Aber auch Mädchen, die den Sieger sehen wollten, der sicher nach Novia auswandern würde (oder vielleicht einen Verlierer, der Trost suchte und das nötige Kleingeld hatte).

George hielt sich im Hintergrund. Er sah niemanden, der ihn erkennen würde. Vermutlich war Trevelyan allein nach San Francisco gekommen, weil die Entfernung bis zu seiner Heimatstadt beträchtlich war.

Die Teilnehmer kamen heraus, lächelten abgespannt und dankten schüchtern für die spontanen Beifallskundgebungen. Jeder der Besten zog einen Teil der Menge hinter sich her, als sei er ein Magnet, der einen Haufen Eisenfeilspäne berührte.

Als Trevelyan herauskam, hatte die Menge sich schon fast zerstreut. (George erriet, daß der andere nur auf diesen Augenblick gewartet hatte.) Er zog lustlos an einer Zigarette.

Das war der erste Kontakt mit der Heimat, den George in den vergangenen achtzehn Monaten gehabt hatte, die ihm wie achtzehn Jahre erschienen waren. Er war fast überrascht darüber, daß Trevelyan nicht gealtert zu sein schien.

George trat einen Schritt vor. *»Trev!«*

Trevelyan drehte sich überrascht um. Er starrte George an und streckte die Hand aus. »George Platen, was, zum Teufel ...«

Aber dann verschwand der freudige Ausdruck auf seinem Gesicht sofort wieder. Er ließ die Hand sinken, bevor George sie hatte drücken können.

»Bist du dort drinnen gewesen?« Trev wies auf die Halle.

»Ja.«

»Um mich zu sehen?«

»Richtig.«

»Nicht gerade gut, was?« Trevelyan ließ die Zigarette zu Boden fallen und trat sie aus. Vor der Halle formierten sich bereits neue Schlangen aus Zuschauern für die nächsten Wettkämpfe.

»Na, wenn schon«, meinte Trevelyan endlich. »Ich habe nach dem zweiten Mal ohnehin keine Lust mehr. Novia ist für mich erledigt, nachdem sie mich so hereingelegt haben. Es gibt genügend andere Planeten, die hinter Metallurgen her sind wie der Teufel hinter der armen Seele ... Hör zu, ich habe dich seit unserem Erziehungstag nicht mehr gesehen.

Wo hast du eigentlich gesteckt? Deine Eltern wußten auch nur, daß du eine Spezialaufgabe erhalten hast, aber sonst haben sie nie etwas erfahren. Du hättest wenigstens schreiben können.«
»Richtig, das hätte ich tun sollen«, antwortete George verlegen. »Ich wollte dir nur sagen, daß mir dein Pech von heute leid tut.«
»Es braucht dir nicht leid zu tun«, gab Trevelyan zurück. »Ich habe dir doch gesagt, daß Novia mich nicht mehr interessiert ... Eigentlich hätte ich es ahnen müssen. Schon vor Wochen hieß es überall, daß Beeman-Geräte benutzt werden würden. Die verdammten Erziehungsbänder, die ich aufgenommen habe, waren für Henslergeräte – aber wer gebraucht denn schon Henslers? Die Planeten im Gomannebel, wenn man sie überhaupt Planeten nennen kann. War das nicht wirklich eine Gemeinheit?«
»Kannst du dich nicht beschweren ...?«
»Unsinn. Sie werden einfach sagen, daß mein Gehirn sich besser für Henslers eignet. Mit denen kann man nicht diskutieren. *Alles* ist heute schiefgegangen. Ich war der einzige Teilnehmer, der ein Ersatzteil anfordern mußte. Ist dir das aufgefallen?«
»Aber dafür hast du doch eine Zeitgutschrift erhalten.«
»Natürlich, aber ich habe Zeit verloren, als ich darüber nachdachte, weshalb das Federstück nicht bei den bereits vorhandenen Ersatzteilen lag. Dafür gibt es keine Gutschrift. Bei einem Henslergerät hätte ich es einfach *gewußt.* Wie konnte ich mir da noch Hoffnungen machen? Der Sieger stammt aus San Francisco. Die ersten fünf kamen alle aus Großstädten, wo sie wirklich gute Erziehungsbänder zur Verfügung gehabt haben. Wie kann ich da noch auf einen guten Platz hoffen? Ich bin absichtlich nach San Francisco gekommen, weil hier die Novianer das Patronat über die Olympischen Spiele übernommen haben. Dabei hätte ich ebensogut zu Hause bleiben können. Aber Novia ist schließlich nicht die einzige Welt in dem ganzen verdammten Universum ...«
Er sprach nicht mehr mit George. Er sprach nur mit sich selbst. George wußte, daß der andere über seine Niederlage zutiefst verbittert war.
George fragte: »Hättest du dich nicht über die Beemans informieren können, nachdem du erfahren hattest, daß sie benutzt werden würden?«
»Sie waren nicht auf meinen Bändern, sage ich dir.«
»Du hättest ... Bücher darüber lesen können.«

Trevelyan sah ihn mißtrauisch an.
»Willst du dich über mich lustig machen? Hältst du das für einen guten Witz? Wie soll ich denn gegen andere aufkommen, die alles *wissen?*«
»Ich dachte nur . . .«
»Du kannst es ja versuchen. Bitte schön . . .« Trevelyan machte eine Pause und fuhr dann plötzlich fort: »Welchen Beruf hast du eigentlich?« Seine Stimme klang feindselig.
»Nun, ich . . .«
»Los, heraus damit! Wenn du dich über mich lustig machen willst, mußt du selbst etwas vorweisen können. Du bist noch auf der Erde, sehe ich gerade, deshalb kannst du kein Programmierer sein. Und deine Spezialaufgabe ist wahrscheinlich auch nicht viel wert.«
George versuchte auszuweichen. »Leider habe ich im Augenblick nicht viel Zeit, Trev. Ich muß dringend zu einer Besprechung.« Er lächelte verkrampft.
»Nein, das ist gelogen.« Trevelyan hielt George am Jackenärmel fest. »Ich will eine Antwort! Warum hast du Angst davor? Was ist mit dir los? Du kannst dich nicht einfach über mich lustig machen, George, wenn du selbst nichts vertragen kannst. Hast du mich verstanden?«
Er schüttelte George heftig, obwohl George sich loszureißen versuchte. Dann ertönte plötzlich die Stimme eines Polizisten hinter ihnen.
»Aufhören! *Sofort* aufhören, sage ich!«
George erstarrte auf der Stelle. Der Polizist würde die Personalausweise verlangen – und George besaß keinen. Er würde Fragen beantworten müssen, wodurch seine Berufslosigkeit an den Tag kam; und das alles vor Trevelyan, der zu Hause wilde Gerüchte verbreiten würde, um sein eigenes Versagen zu vertuschen.
George konnte den Gedanken daran nicht ertragen. Er riß sich von Trevelyan los und wollte fortrennen, aber der Polizist hielt ihn auf. »Langsam, junger Mann. Ich möchte erst einmal Ihren Ausweis sehen.«
Trevelyan hatte seinen bereits in der Hand und wandte sich an den Beamten. »Ich heiße Armand Trevelyan und bin Registrierter Metallurg. Ich habe eben an den Olympischen Spielen teilgenommen. Stellen Sie lieber fest, was mit *ihm* los ist . . .«
George starrte die beiden sprachlos an.
In diesem Augenblick ertönte eine andere Stimme: »Sergeant, einen

Augenblick, bitte.«
Der Polizist trat einen Schritt zurück. »Sir?«
»Dieser junge Mann ist mein Gast. Worum handelt es sich?«
George sah sich überrascht um. Hinter ihm stand der grauhaarige ältere Mann, der neben ihm gesessen hatte. Der Grauhaarige nickte ihm wohlwollend zu.
Sein Gast? War der Kerl verrückt geworden?
»Diese beiden hier führten sich in der Öffentlichkeit unmöglich auf, Sir«, erklärte der Polizist.
»Liegt etwas gegen sie vor? Haben sie einen Schaden angerichtet?«
»Nein, Sir.«
»Ausgezeichnet, dann nehme ich den jungen Mann mit.« Er zeigte dem Polizisten einen roten Ausweis, woraufhin der Beamte noch einen Schritt zurücktrat.
Trevelyan mischte sich wütend ein. »He, was geht hier eigentlich vor . . .« begann er, aber der Polizist ließ ihn nicht ausreden.
»Schon gut. Haben Sie etwas gegen diesen Herrn vorzubringen?« Er wies auf George.
»Ich wollte . . .«
»Dann brauchen Sie nicht mehr länger herumzustehen. Auch die anderen Herrschaften gehen gefälligst weiter.« Unterdessen hatte sich eine Menschenmenge angesammelt, die sich jetzt nur widerstrebend auflöste.
George ließ sich bis zu einem Taxi führen, wollte aber nicht einsteigen.
Er sagte: »Vielen Dank, aber ich bin nicht Ihr Gast.«
Aber der Grauhaarige lächelte nur und erwiderte: »Bisher noch nicht, aber Sie sind es jetzt. Aber ich muß mich Ihnen noch vorstellen – Ladislaus Ingenescu, Registrierter Historiker.«
»Aber . . .«
»Kommen Sie ruhig mit. Ich wollte Ihnen nur weitere Unannehmlichkeiten mit der Polizei ersparen.«
»Aber weshalb?«
»Brauchen Sie unbedingt einen Grund? Schön, sagen wir also, daß ich ehrenhalber Mitbürger Ihrer Heimatstadt bin, weil wir für denselben Mann geklatscht haben. Und die Bürger derselben Stadt müssen zusammenhalten, selbst wenn die Verbindung nur ehrenhalber besteht. Habe ich nicht recht?«

George nickte unsicher und fand sich plötzlich in dem Taxi wieder. Bevor er sich überlegt hatte, daß er lieber wieder aussteigen sollte, hatte das Fahrzeug sich bereits in Bewegung gesetzt.

Während der Fahrt bestritt Ingenescu den größten Teil der Unterhaltung, indem er auf Sehenswürdigkeiten hinwies und Erinnerungen an vergangene Olympische Spiele einflocht. George hörte allerdings kaum zu, sondern beobachtete genau, welche Richtung das Taxi nahm.
Steuerten sie etwa auf eine der Öffnungen in der Abschirmung zu, um die Stadt zu verlassen?
Nein, sie bewegten sich auf die Stadtmitte zu, und George seufzte unhörbar. Inmitten des Häusergewirrs fühlte er sich sicherer.
Das Taxi hielt vor einem Hotel. Als sie ausstiegen, sagte Ingenescu: »Ich hoffe, daß Sie eine Einladung zum Abendessen mit mir nicht ausschlagen werden?«
»Nein«, antwortete George und grinste verkrampft. Allmählich spürte er deutlich, daß er heute das Mittagessen ausgelassen hatte.
Ingenescu ließ ein reichhaltiges Abendessen für zwei Personen auf sein Zimmer bringen. Sie aßen schweigend. Weit unter ihnen lag San Francisco in seiner strahlenden Festbeleuchtung.
Ingenescu sprach erst wieder, als der Kaffee serviert wurde. »Sie haben sich benommen, als glaubten Sie, daß ich Ihnen schaden wollte.«
George wurde rot, stellte seine Tasse ab und versuchte zu widersprechen, aber der Ältere lachte und schüttelte den Kopf.
»Doch, doch, ich habe recht. Ich habe Sie lange genug beobachtet und glaube, daß ich ziemlich viel über Sie weiß.«
George wäre vor Schreck fast aufgesprungen.
»Bleiben Sie ruhig sitzen«, meinte Ingenescu freundlich. »Ich möchte Ihnen nur helfen.«
George setzte sich wieder und überlegte verwirrt. Wenn der Alte wußte, wen er vor sich hatte, warum hatte er ihn dann nicht dem Polizisten überlassen? Und weshalb sollte er seine Hilfeleistung freiwillig anbieten?
»Sie möchten wissen, warum ich Ihnen geholfen habe?« meinte Ingenescu lächelnd. »Sie brauchen mich nicht so ängstlich anzusehen – ich bin kein Gedankenleser. Ich habe nur eine gute Ausbildung im Umgang

mit Menschen gehabt, durch die ich Reaktionen richtig einschätzen kann. Verstehen Sie das?«
George schüttelte den Kopf.
Ingenescu sprach weiter. »Denken Sie nur an unser erstes Zusammentreffen. Sie standen in einer Schlange, um einen Wettbewerb zu sehen, aber Ihre unbewußten Reaktionen stimmten mit dieser Absicht nicht überein. Ihr Gesichtsausdruck war falsch, ihre Handbewegungen waren falsch. Das bedeutete, daß irgend etwas mit Ihnen nicht ganz stimmte – und interessanterweise mußte es sich dabei um einen nicht alltäglichen Fall handeln. Ich überlegte, ob Sie vielleicht selbst gar nichts davon ahnten.
Deshalb folgte ich Ihnen aus reiner Neugier und setzte mich neben Sie. Als der Wettbewerb vorüber war, ging ich Ihnen wieder nach und belauschte Ihre Unterhaltung mit Ihrem Freund. Von diesem Augenblick an waren Sie für mich als Studienobjekt – tut mir leid, wenn das etwas nüchtern klingt – zu wertvoll, als daß ich Sie einfach einem Polizisten hätte überlassen können.« Ingenescu lächelte aufmunternd. »Wollen Sie mir nicht sagen, was Sie bedrückt?«
George konnte sich nicht zu einer klaren Entscheidung durchringen. Wenn es sich um eine Falle handelte, weshalb sollte sie dann so umständlich aufgebaut sein? Und er *mußte* sich an jemand wenden, der ihm helfen konnte. Er war deswegen nach San Francisco gekommen, und hier wurde ihm Hilfe angeboten. Vielleicht war das überhaupt der Haken an der ganzen Sache. Das Angebot war zu bereitwillig gemacht worden.
Ingenescu schien zu erraten, was George dachte. »Ich bin Sozialwissenschaftler. Was Sie mir erzählen, unterliegt selbstverständlich meiner Schweigepflicht. Wissen Sie, was das bedeutet?«
»Nein, Sir.«
»Das bedeutet, daß ich den Inhalt unseres Gesprächs nicht weitergeben darf – und niemand kann mich dazu zwingen.«
George sah ihn mißtrauisch an. »Ich dachte, Sie seien Historiker?«
»Das bin ich auch.«
»Aber eben haben Sie sich doch selbst als Sozialwissenschaftler bezeichnet.«
Ingenescu lachte laut und entschuldigte sich sofort für seinen Heiter-

keitsausbruch. »Tut mir leid, junger Mann, ich hätte nicht lachen sollen, aber ich habe nicht über Sie gelacht. Ich habe mich nur über die Tatsache amüsiert, daß heutzutage fast jeder sämtliche Gebiete der Technik herunterrasseln kann, ohne die geringste Ahnung von anderen Wissensgebieten zu haben.«

»Schön, aber was versteht man denn unter dem Begriff Sozialwissenschaft?«

»Die Sozialwissenschaft beschäftigt sich mit den verschiedenen Formen des menschlichen Zusammenlebens. Natürlich gibt es dabei verschiedene Unterteilungen, wie zum Beispiel auch in der Biologie. Die Kulturisten befassen sich mit der Entwicklung, dem Wachstum und dem Verfall der Kulturen. Das schließt alle Aspekte unseres Lebens ein«, fügte er hinzu und kam dadurch einer Frage zuvor. »Dazu gehören unsere Lebensart, unsere Vorlieben und Abneigungen, unsere Tabus und so weiter. Verstehen Sie das?«

»Ja, ich glaube es wenigstens.«

»Die Wirtschaftswissenschaftler – nicht die Statistiker, sondern die Wissenschaftler – spezialisieren sich auf die Art und Weise, in der eine Kultur die physischen Bedürfnisse ihrer Angehörigen befriedigt. Die Futuristen befassen sich mit der zukünftig zu erwartenden Entwicklung, und die Historiker ... Das ist eben mein Fachgebiet.«

»Ja, Sir.«

»Die Historiker beschäftigen sich mit der Vergangenheit unserer Zivilisation und der anderer Gesellschaftsformen.«

George sah interessiert auf. »Waren die Verhältnisse früher anders?«

»Völlig anders. Bis vor etwa tausend Jahren gab es noch keine Erziehung; wenigstens nicht in unserem jetzt gebräuchlichen Sinn.«

»Ich weiß«, stimmte George zu. »Damals lernten die Menschen noch mühsam aus Büchern.«

»Wo haben Sie das gelernt?«

»Oh, ich habe zufällig davon gehört«, antwortete George vorsichtig. Dann fragte er weiter. »Hat es eigentlich Sinn, sich mit der Vergangenheit zu beschäftigen? Ich meine, das spielt doch eigentlich gar keine Rolle mehr, nicht wahr?«

»Es spielt immer eine Rolle, mein Junge. Die Vergangenheit erklärt die Gegenwart. Weshalb wurde zum Beispiel unser Erziehungssystem einge-

führt?«
George bewegte sich unruhig. Warum fing der Kerl immer wieder davon an? Er sagte kurz: »Weil es das beste denkbare System ist.«
»Aha. Aber warum ist es das beste? Wenn Sie mir einen Augenblick lang zuhören, werde ich es Ihnen erklären. Dann können Sie selbst beurteilen, ob Geschichtsforschung sinnvoll ist. Selbst bevor die Menschheit zu den Sternen fliegen konnte ...« Ingenescu brach ab, als er den erstaunten Ausdruck auf Georges Gesicht wahrnahm. »Dachten Sie etwa, daß die Menschen schon immer dazu fähig gewesen wären?«
»Ich habe nie darüber nachgedacht, Sir.«
»Das glaube ich. Vor fünftausend Jahren war die Menschheit noch auf die Oberfläche der Erde beschränkt. Aber selbst damals war die Kultur hoch technisiert, denn nur durch eine hochentwickelte Technik war die Ernährung der ständig wachsenden Bevölkerung einigermaßen gewährleistet. Allerdings dauerte die Ausbildung der Wissenschaftler um so länger, je weiter die technische Entwicklung fortschritt.
Als schließlich der Raumflug Wirklichkeit wurde, behinderte dieser Engpaß jeden weiteren Fortschritt. Die Besiedlung der Planeten außerhalb unseres Sonnensystems wäre schon fünfzehnhundert Jahre früher möglich gewesen, wenn genügend ausgebildete Männer zur Verfügung gestanden hätten.
Die entscheidende Wendung trat erst ein, als die Vorgänge im Innern des menschlichen Gehirns erforscht worden waren. Von diesem Zeitpunkt an war es möglich, jeden Menschen mit sozusagen vorfabriziertem Wissen zu versorgen. Aber das wissen Sie ja selbst.
Nachdem dieser Schritt einmal getan war, konnten Millionen in kürzester Zeit ausgebildet werden, konnte die Eroberung des Universums beginnen – auf friedlichem Wege. Es gibt jetzt bereits fünfzehnhundert bewohnte Planeten, aber das Ende ist noch nicht in Sicht.
Verstehen Sie, was ich damit sagen will? Die Erde exportiert Erziehungsbänder für weniger spezialisierte Berufe und trägt dadurch dazu bei, daß die Verbindung zwischen den Planeten nicht abreißt. Lesebänder, zum Beispiel, vermitteln uns allen die gleiche Sprache ... Sie brauchen mich nicht so erstaunt anzustarren. Andere Sprachen sind durchaus möglich und wurden in der Vergangenheit auch benützt.
Die Erde exportiert aber auch hochspezialisierte Techniker und verrin-

gert dadurch die Gefahr einer Überbevölkerung. Außerdem erfolgt die Bezahlung für die Bänder und Menschen in Rohstoffen, die wir dringend benötigen. Verstehen Sie *jetzt*, weshalb unser Erziehungssystem das beste ist?«

»Ja, Sir.«

»Begreifen Sie jetzt auch, daß es eine Vorbedingung für die Besiedlung anderer Planeten war?«

»Ja, Sir.«

»Dann müssen Sie auch einsehen, daß die Geschichtsforschung einen bestimmten Zweck erfüllt.« Ingenescu lächelte. »Ich frage mich nur, ob Sie erraten, warum ich mich für Sie interessiere?«

George kehrte wieder in die Gegenwart zurück. Offenbar verfolgte Ingenescu eine bestimmte Absicht und wollte George auf die Probe stellen.

Er zögerte einen Augenblick. »Warum?«

»Die Sozialwissenschaft beschäftigt sich mit Gesellschaftsformen, und jede Gesellschaft besteht aus Menschen.«

»Richtig.«

»Aber Menschen unterscheiden sich von Maschinen. Techniker arbeiten mit Maschinen. Sie haben es leicht, denn über eine Maschine kann man in verhältnismäßig kurzer Zeit alles wissen. Aber Menschen ... Sie sind so voneinander verschieden, daß man sie immer wieder studieren muß, um sein eigenes Fachgebiet zu beherrschen; besonders aber ungewöhnliche Typen.«

»Wie mich«, sagte George tonlos.

»Ich dürfte Sie eigentlich nicht als Typ bezeichnen, aber Sie sind wirklich außergewöhnlich. Wenn Sie nichts dagegen haben, daß ich mich mit Ihnen beschäftige, werde ich Ihnen nach Möglichkeit behilflich sein, Ihr Problem zu lösen.«

»Ich muß einen Augenblick darüber nachdenken«, bat George. Ingenescu nickte zustimmend. Dann sprach George weiter: »Wollen Sie etwas für mich tun, Sir?«

»Wenn ich es kann«, antwortete der Historiker bereitwillig.

»Unser Gespräch ist aber streng vertraulich. Das haben Sie selbst gesagt.«

»Richtig.«

»Dann verschaffen Sie mir ein Interview mit einem einflußreichen Mann von einem anderen Planeten, mit einem . . . Novianer.«
Ingenescu starrte ihn verblüfft an. »Nun, ich . . .«
»Sie können es bestimmt«, sagte George. »Sie sind selbst bedeutend genug. Ich habe den Polizisten beobachtet, als Sie ihm Ihren Ausweis zeigten. Wenn Sie sich weigern, lasse ich mich nicht studieren.«
George hatte selbst das Gefühl, eine leere Drohung ausgesprochen zu haben. Aber auf Ingenescu wirkte sie verblüffend.
Er sagte: »Das ist eine unmögliche Bedingung. Ein Novianer während der Olympischen Spiele . . .«
»Gut, dann lassen Sie mich mit einem Novianer telefonieren, damit ich selbst ein Gespräch vereinbaren kann.«
»Glauben Sie, daß Sie das schaffen?«
»Ich weiß es ganz sicher. Warten Sie nur ab.«
Ingenescu warf George einen nachdenklichen Blick zu und griff dann nach dem Hörer des Visofons.
George wartete gespannt. Jetzt konnte nichts mehr schiefgehen. *Nichts.* Er würde doch noch nach Novia auswandern. Trotz Antonelli und den anderen Trotteln in der Anstalt für Schwachsinnige.

George beobachtete, wie der Bildschirm aufleuchtete. Jetzt mußten gleich einige Novianer darauf zu sehen sein – ein Stück Novia, das auf die Erde verpflanzt worden war. In nur vierundzwanzig Stunden hatte er das alles geschafft.
Zunächst wurde nur lautes Gelächter hörbar, während auf dem Bildschirm undeutliche Gestalten von Männern und Frauen auftauchten und wieder verschwanden. Dann erklang eine laute Stimme. »Ingenescu? Er will mit mir sprechen?«
Nun erschien ein einzelner Mann auf dem Bildschirm. Ein Novianer. Ein echter Novianer. (George zweifelte nicht einen Augenblick daran, denn der Mann wirkte auf unerklärliche Weise fremdartig.)
Er lächelte. »Ladislaus, das geht zu weit. Wir sind darauf vorbereitet, während unseres Aufenthalts auf der Erde überwacht zu werden, aber Gedankenleserei ist doch etwas unverschämt.«
»Gedankenleserei, Ehrenwerter?«
»Geben Sie es lieber gleich zu! Sie haben gewußt, daß ich Sie heute

abend anrufen wollte. Sie haben gewußt, daß ich nur noch austrinken wollte.« Er hob die Hand und zeigte ein Glas, das mit einer hellvioletten Flüssigkeit gefüllt war. »Leider kann ich Ihnen keinen Drink anbieten.«
George saß in einem toten Winkel des Hotelzimmers, wo der Novianer ihn nicht sehen konnte. Er war froh darüber, denn seine Nervosität kannte im Augenblick keine Grenzen. Aber er mußte sich konzentrieren, mußte ruhiger werden . . .
Er hatte recht gehabt. Er hatte sich nicht verschätzt. Ingenescu war ein bedeutender Mann. Der Novianer hatte ihn mit dem Vornamen angesprochen.
Ausgezeichnet! Alles schien zu klappen. Was George durch Antonelli verloren hatte, würde er durch Ingenescu wieder hereinholen. Und eines Tages würde er wieder auf die Erde zurückkommen, sich von jedermann mit »Ehrenwerter« ansprechen lassen und seine Rechnung mit Antonelli begleichen . . .
Er war so in Gedanken verloren, daß er erst einige Minuten später bemerkte, daß er das Gespräch zwischen Ingenescu und dem Novianer nicht weiter verfolgt hatte.
»Das ist nicht stichhaltig«, sagte der Novianer eben. »Unsere Zivilisation ist ebenso fortgeschritten wie eure. Schließlich sind wir nicht Zeston. Deshalb ist es lächerlich, daß wir einzelne Techniker von hier importieren.«
»Nur die letzten Modelle«, meinte Ingenescu beruhigend. »Sie müssen berücksichtigen, daß der Bedarf an neuem Material sich nie ganz sicher feststellen läßt. Die Erziehungsbänder würden genauso viel wie tausend Techniker kosten – und woher wollen Sie wissen, daß Sie nicht nur dreihundert brauchen?«
Der Novianer leerte sein Glas und lachte. (George war darüber beunruhigt, daß der Mann schon wieder nach einem gefüllten Glas griff. War er etwa bereits betrunken?)
»Das ist doch nur eine fromme Lüge, Ladislaus«, sagte der Novianer. »Sie wissen genau, daß wir jede Menge Techniker brauchen können. Allein heute nachmittag habe ich wieder fünf Metallurgen angeworben . . .«
»Ich weiß«, warf Ingenescu ein. »Ich war dort.«
»Aha, Sie spionieren mir also nach!« rief der andere aus. »Hören Sie zu,

ich will Ihnen die Sache erklären. Diese neuen Metallurgen unterscheiden sich von den alten nur dadurch, daß sie den Beeman-Spektrographen bedienen können. Im Grunde genommen sind die Bänder also nicht einmal so viel (er drückte Daumen und Zeigefinger zusammen) von denen verschieden, die letztes Jahr benutzt wurden. Ihr bringt nur immer wieder neue Modelle heraus, um uns dazu zu *zwingen*, mit dem Hut in der Hand auf die Erde zu kommen und sie zu kaufen.«
»Wir *zwingen* euch nicht dazu.«
»Nein, aber ihr verkauft die letzten Modelle an Landonum, und wir müssen darauf achten, daß wir den Anschluß nicht verlieren. Das ist vielleicht ein ganz hübsches Karussell, aber eines Tages finden wir doch noch einen Ausweg.« Er lachte kurz.
»Das hoffe ich ebenfalls«, antwortete Ingenescu ernsthaft. »Aber ich habe eigentlich angerufen, um Sie ...«
»Richtig, *Sie* haben angerufen. Na schön, ich weiß ohnehin, daß wir nächstes Jahr wieder einen Haufen Geld für neue Metallurgen ausgeben werden, weil ihr wieder etwas an ihnen verändert habt, aber ... Also, was wollten Sie von mir, Ladislaus?«
»Ich habe einen jungen Mann hier, der Sie sprechen möchte.«
»Oh?« Der Novianer schien nicht übermäßig begeistert zu sein. »In welcher Angelegenheit?«
»Das kann ich nicht sagen. Er hat es mir nicht erzählt. Er hat mir nicht einmal seinen Namen und seinen Beruf verraten.«
Der Novianer runzelte die Stirn. »Warum soll ich mir dann von ihm meine Zeit stehlen lassen?«
»Er scheint sich ziemlich sicher zu sein, daß Sie an dem Interesse haben werden, was er zu sagen hat.«
»Wirklich?«
»Außerdem würden Sie mir damit einen Gefallen erweisen«, fügte Ingenescu hinzu.
Der Novianer zuckte mit den Schultern. »Schön, lassen Sie ihn an den Apparat. Aber er soll keine langen Reden schwingen.«
Ingenescu trat zur Seite und flüsterte George zu: »Sprechen Sie ihn als ›Ehrenwerter‹ an.«
George schluckte trocken. Der entscheidende Augenblick war gekommen.

George spürte, daß ihm am ganzen Körper der Schweiß ausbrach. Aber trotzdem war er überraschend ruhig und gefaßt, als er seine Gedanken vortrug, die ihm erst in den vergangenen vierundzwanzig Stunden gekommen waren.

George sagte: »Ehrenwerter, ich kann Ihnen einen Ausweg aus dem ewigen Karussell zeigen.« Er benutzte absichtlich das gleiche Bild wie zuvor der Novianer.

Der Novianer sah ihn ernst an. »Welches Karussell meinen Sie?«

»Sie haben selbst davon gesprochen, Ehrenwerter. Das Karussell, von dem Novia nicht mehr herunter kann, so daß Ihr Planet jedes Jahr neue Techniker auf der Erde anwerben muß.« (Er spürte, daß seine Zähne aufeinanderschlugen – aber vor Aufregung, nicht aus Angst.)

Der Novianer nickte. »Sie behaupten also, einen Ausweg gefunden zu haben, durch den wir vermeiden könnten, in Zukunft unsere Nachwuchskräfte von der Erde zu beziehen. Habe ich Sie richtig verstanden?«

»Genau, Sir. Sie könnten ein eigenes Erziehungssystem aufbauen.«

»Hmm. Ohne Bänder?«

»J-ja, Ehrenwerter.«

Der Novianer sah weiterhin George an, als er ausrief: »Ingenescu, lassen Sie sich wieder sehen!«

Der Historiker blieb hinter George stehen und sah ihm über die Schulter.

»Was soll das alles?« erkundigte der Novianer sich. »Anscheinend verstehe ich den jungen Mann nicht ganz.«

»Ich versichere Ihnen«, beteuerte Ingenescu, »daß er alles aus eigenem Antrieb tut, Ehrenwerter. Ich habe ihn nicht dazu angehalten und habe nichts damit zu schaffen.«

»Gut, aber weshalb setzen Sie sich dann für ihn ein? Warum rufen Sie mich seinetwegen an?«

»Er ist ein Studienobjekt, Ehrenwerter«, erklärte Ingenescu dem Novianer. »Für mich ist er wertvoll, deshalb versuche ich ihn bei guter Laune zu halten.«

»In welcher Beziehung ist er wertvoll?«

»Das ist schwer zu erklären; es hängt mit meinem Beruf zusammen.«

Der Novianer lachte kurz. »Schön, jeder auf seine eigene Weise.« Er

wandte sich an die Personen, die hinter ihm zu stehen schienen, obwohl sie im Augenblick nicht sichtbar waren. »Hier ist Ingenescus Protegé, ein junger Mann, der uns erklären will, wie man ein Erziehungssystem ohne Bänder aufbaut.« Er ließ sich ein neues Glas geben und wandte sich wieder an George. »Nun, junger Freund?«
Auf dem Bildschirm waren nun mehrere Männer und Frauen sichtbar. Ihre Gesichter ließen erkennen, daß sie sich von der Unterhaltung mit George einen guten Spaß erhofften.
George versuchte zuversichtlich zu wirken, obwohl er genau wußte, daß er ein schlechter Schauspieler war. Ingenescu saß wieder in seinem Sessel und beobachtete ihn von dort aus.
Dummköpfe, dachte George, alles Dummköpfe. Aber sie würden verstehen, was er zu sagen hatte. Er würde sie dazu *zwingen.*
Er sagte: »Ich habe heute nachmittag den Wettkampf für Metallurgen gesehen.«
»Sie auch?« fragte der Novianer amüsiert. »Offensichtlich war die ganze Erde dort versammelt.«
»Nein, Ehrenwerter, aber ich war dort. Ein Freund von mir nahm daran teil und schnitt sehr schlecht ab, weil diesmal Beeman-Geräte verwendet wurden. Seine Erziehung umfaßte nur Henslers, offenbar ein älteres Modell. Sie selbst sagten vorher, daß die Veränderung geringfügig sei.« George hielt Daumen und Zeigefinger hoch und ahmte bewußt die Geste des Novianers nach. »Und mein Freund hatte schon einige Zeit vorher erfahren, daß die eingehende Kenntnis der Beeman-Geräte erforderlich sein würde.«
»Und was bedeutet das?«
»Mein Freund hatte seit frühester Jugend von einer Auswanderung nach Novia geträumt. Er kannte die Hensler-Geräte. Vermutlich hätte er innerhalb kürzester Zeit auch die heute verwendeten Apparate bedienen können, wenn er zusätzliche Informationen zur Verfügung gehabt hätte. Da sein Ehrgeiz zudem . . .«
»Und wo hätte er sich ein Band mit den zusätzlichen Informationen beschaffen sollen? Oder kann man sich auf der Erde jetzt schon durch Fernlehrgänge erziehen lassen?«
Die Gestalten im Hintergrund lachten pflichtbewußt.
»Eben aus diesem Grund hat er nichts gelernt, Ehrenwerter«, fuhr

George unbeirrt fort. »Er bildete sich nämlich ein, er brauche dazu unbedingt ein Band. Ohne dieses mechanische Hilfsmittel wollte er nicht einmal den Versuch dazu unternehmen, obwohl der Preis wirklich verlockend genug war.«

»Nicht einmal versuchen wollte er es? Vermutlich gehört er also zu der Sorte Menschen, die nicht ohne Flugzeug fliegen wollen.« Als das Gelächter sich wieder gelegt hatte, fuhr der Novianer fort: »Sprechen Sie ruhig weiter, junger Mann. Wir wollen Ihnen gern noch ein paar Minuten lang zuhören.«

»Ich meine es bitter ernst«, beteuerte George. »Bänder sind wirklich nicht so gut, wie die meisten Menschen annehmen. Auf diese Weise lernt man eigentlich zu viel und zu mühelos. Ein Mann, der sie benützt, weiß gar nicht, daß es auch andere Lernmethoden gibt. Wenn nun alle selbst lernen müßten, würden sie sich daran gewöhnen und später nie damit aufhören. Ist das nicht nur logisch? Im Laufe der Zeit ist es vielleicht ratsam, das Gelernte durch Bänder zu vertiefen, aber im Prinzip kann man ohne sie auskommen. Auf diese Weise könnten Sie Ihre Hensler-Metallurgen auf Beeman-Geräte umschulen, ohne auf der Erde neue anwerben zu müssen.«

Der Novianer nickte und nahm einen Schluck aus seinem Glas. »Und woher nimmt man diese Kenntnisse ohne Erziehungsbänder? Aus dem interstellaren Vakuum?«

»Aus Büchern. Indem man die Geräte und ihre Funktion studiert. Indem man *denkt.*«

»Bücher? Wie versteht man Bücher, ohne dazu erzogen zu sein?«

»Bücher bestehen aus Wörtern. Die meisten Wörter sind ohne weiteres verständlich. Spezialausdrücke können von den Technikern erläutert werden, die Sie bereits früher angeworben haben.«

»Und wie sollen die Leute lesen lernen? Wollen Sie auch den Gebrauch von Lesebändern verbieten?«

»Lesebänder sind nicht schlecht, aber im Grunde genommen ist nicht einzusehen, weshalb man nicht auch hier die alte Methode anwenden sollte. Zumindest teilweise.«

Der Novianer sagte: »Damit man sich nicht gleich von Anfang an schlechte Gewohnheiten zulegt?«

»Ja, ganz richtig«, bestätigte George hoffnungsvoll. Endlich schien der

andere ihn zu verstehen.
»Und wie steht es mit Mathematik?«
»Das ist leichter als alles andere, Sir ... Ehrenwerter. Mathematik unterscheidet sich von allen übrigen Wissensgebieten dadurch, daß sie mit einfachsten Grundbegriffen beginnt, auf die sich alles andere logisch aufbaut. Man kann von vorn beginnen und einfach weiterlernen. Wenn man erst einmal genügend Mathematik beherrscht, bieten technische Bücher keine große Schwierigkeit mehr. Schließlich kann man mit einfacheren anfangen.«
»Gibt es einfache Bücher?«
»Selbstverständlich. Aber selbst wenn keine vorhanden wären, könnten Ihre Techniker sie ohne weiteres verfassen. Dadurch würden sie ihre Kenntnisse anderen zugänglich machen.«
»Großer Gott«, sagte der Novianer zu den Umstehenden, »der junge Mann weiß für alles eine Antwort.«
»Das stimmt auch«, meinte George zuversichtlich. »Fragen Sie ruhig weiter.«
»Haben Sie selbst schon aus Büchern zu lernen versucht? Oder ist das nur eine schöne Theorie?«
George warf Ingenescu einen raschen Blick zu, aber der Historiker schien nicht übermäßig interessiert.
»Ja«, antworte George.
»Finden Sie, daß es funktioniert?«
»Ja, Ehrenwerter«, antwortete George rasch. »Nehmen Sie mich nach Novia. Ich kann das Erziehungssystem aufbauen und ...«
»Warten Sie, ich habe noch einige Fragen. Wie lange würden Sie Ihrer Meinung nach brauchen, um sich selbst zu einem Metallurgen auszubilden, der die Beeman-Geräte beherrscht? Natürlich unter der Voraussetzung, daß Sie keine Vorkenntnisse besitzen und keine Erziehungsbänder verwenden.«
George zögerte. »Nun ... vielleicht eine Anzahl von Jahren.«
»Zwei Jahre? Fünf? Zehn?«
»Das kann ich nicht sagen, Ehrenwerter.«
»Endlich eine wichtige Frage, die Sie nicht beantworten können, nicht wahr? Sollen wir fünf Jahre annehmen? Klingt das wahrscheinlich?«
»Ich nehme es an.«

»Ausgezeichnet. Stellen Sie sich also einen jungen Mann vor, der nach Ihrer Methode fünf Jahre braucht, bis er fertig ausgebildet ist. Sie müssen doch zugeben, daß er in dieser Zeitspanne für uns nutzlos ist, weil er uns nur auf der Tasche liegt.«

»Aber . . .«

»Lassen Sie mich ausreden. Bis er also endlich ein Beeman-Gerät gebrauchen kann, sind fünf Jahre vergangen. Glauben Sie nicht auch, daß es bis dahin neue Beemans gibt, die er *nicht* kennt?«

»Aber dann weiß er bereits, wie man richtig lernt, und kann alles Neue in wenigen Tagen dazulernen.«

»Das behaupten *Sie*. Und nehmen wir einmal an, Ihr junger Freund, den Sie vorher erwähnten, hätte alle seine Kenntnisse durch Selbststudium aus Büchern erworben – würde er dann die Beeman-Geräte ebenso gut beherrschen wie seine Konkurrenten, die von Erziehungsbändern gelernt haben?«

»Vielleicht nicht . . .« meinte George.

»Aha«, sagte der Novianer.

»Warten Sie, lassen Sie *mich* ausreden. Selbst in diesem Fall könnte er immerhin weiterlernen – und nur das ist entscheidend. Er könnte neue Erfindungen machen, an die seine Konkurrenten nicht im Traum denken würden. Sie hätten damit ein unerschöpfliches Reservoir an geschulten Denkern zur Verfügung . . .«

»Haben Sie im Laufe Ihres Selbststudiums schon eine neuartige Erfindung gemacht?« erkundigte der Novianer sich.

»Nein, aber ich war auch ganz allein und habe mich noch nicht lange genug mit der Materie befaßt . . .«

»Richtig.« Der Novianer drehte sich zu den anderen um. »Nun, meine Damen und Herren, haben Sie sich ausreichend amüsiert?«

»Warten Sie doch!« rief George entsetzt. »Ich muß Ihnen alles persönlich erklären. Die Details lassen sich nicht innerhalb von wenigen Minuten erläutern. Ich . . .«

Der Novianer sah zu Ingenescu hinüber. »Ladislaus! Sie können nicht sagen, daß ich ungefällig gewesen bin. Aber morgen habe ich wirklich sehr viel zu tun. Leben Sie wohl!«

Der Bildschirm wurde dunkel.

George rüttelte verzweifelt an dem Visofon, als wolle er es dadurch wieder zum Leuchten bringen. »Er hat kein Wort geglaubt! Er hat kein Wort geglaubt!« rief er zutiefst enttäuscht.
»Nein, George«, bestätigte Ingenescu. »Dachten Sie wirklich, daß er auf Ihren Vorschlag eingehen würde?«
George hörte kaum zu. »Aber warum denn nicht? Ich habe doch nicht gelogen! Die Vorteile wären alle auf seiner Seite gewesen. Nicht das geringste Risiko! Ich hätte ihnen alles gezeigt ... Die Ausbildung für ein Dutzend Männer hätte weniger gekostet als jetzt ein einziger Techniker ... Er muß betrunken gewesen sein. Völlig betrunken! Deshalb hat er mich nicht verstanden.«
George sah sich atemlos um. »Wie komme ich zu ihm? Ich muß noch einmal mit ihm sprechen, aber nicht nur am Visofon, sondern in aller Ruhe. Ich brauche einfach mehr Zeit, um ihn zu überzeugen. Wie ...«
»Man wird Sie gar nicht zu ihm vorlassen, George«, warf Ingenescu ein. »Außerdem würde er Ihnen doch nicht glauben.«
»Doch! Wenn er nicht wieder betrunken ist. Er ...« George wandte sich zu dem Historiker um und starrte ihn erstaunt an. »Weshalb nennen Sie mich George?«
»Heißen Sie denn nicht so? George Platen?«
»Sie kennen mich?«
»Ich weiß alles über Sie.«
George blieb wie erstarrt in seiner Ecke stehen.
»Ich möchte Ihnen helfen, George«, fuhr Ingenescu fort. »Ich habe Sie studiert und möchte Ihnen deshalb helfen.«
»Ich brauche keine Hilfe!« schrie George. »Die ganze Welt ist schwachsinnig, aber ich bin es nicht!« Er warf sich herum und stürzte auf die Tür zu.
Als er sie aufriß, tauchten zwei stämmige Polizisten auf und nahmen ihn in ihre Mitte.
Obwohl George sich verzweifelt wehrte, erhielt er eine Beruhigungsspritze, die augenblicklich wirkte. Er nahm nur noch wahr, daß Ingenescu mit einem besorgten Lächeln über ihm stand.

George schlug die Augen auf und starrte die grellweiße Zimmerdecke an. Er erinnerte sich an alles, was geschehen war. Aber in seiner Erinnerung spielte ein anderer die Hauptrolle. Er starrte die Zimmerdecke an, bis seine Augen schmerzten; dann schloß er sie und dachte angestrengt nach.

Er konnte nicht beurteilen, wie lange er so seinen eigenen Gedanken nachgehangen hatte.

Dann hörte er eine Stimme. »Bist du wach?«

Und George nahm zum erstenmal wahr, daß er leise stöhnte. Hatte er auch vorher gestöhnt? Er versuchte den Kopf zu bewegen.

Die Stimme sagte: »Hast du Schmerzen, George?«

George konnte nur flüstern. »Seltsam. Ich wollte so gern von der Erde fort. Ich hatte noch nicht verstanden . . .«

»Weißt du, wo du bist?«

»Wieder in der . . . der Anstalt.« George drehte sich mühsam um. Die Stimme gehörte Omani.

»Seltsam, daß ich das alles nicht vorher verstanden habe«, sagte George.

Omani lächelte. »Du mußt jetzt schlafen . . .«

George schlief.

Und wachte kurze Zeit später wieder auf. Sein Kopf war völlig klar. Omani saß lesend neben seinem Bett, legte aber das Buch fort, als George die Augen öffnete.

George richtete sich in eine sitzende Stellung auf. »Hallo«, sagte er.

»Hast du Hunger?«

»Natürlich.« Er starrte Omani neugierig an. »Ich bin ständig unter Bewachung gewesen, nicht wahr?«

Omani nickte. »Dauernd. Wir wollten dich mit Antonelli zusammenbringen, damit du deinen Aggressionstrieb befriedigen konntest. Wir waren der Meinung, daß du dann größere Fortschritte machen würdest.«

»Ich habe mich geirrt«, gab George verlegen zu.

»Das spielt jetzt keine Rolle mehr. Als du auf dem Flughafen in San Francisco die Anzeigetafel für den Metallurgenwettbewerb anstarrtest, meldete einer unserer Leute die Namen der Teilnehmer. Wir beide hatten uns oft genug über deine Vergangenheit unterhalten, so daß ich die Bedeutung des Namens Trevelyan sofort erfaßte. Du hast dich nach dem kürzesten Weg zu dem Wettkampfort erkundigt; deshalb bestand die Möglichkeit, daß es dort zu der Krise kommen würde, auf die wir gewartet hatten. Folglich wurde Ladislaus Ingenescu in die Halle geschickt.«

»Er spielt eine bedeutende Rolle innerhalb der Regierung, nicht wahr?«

»Ja.«

»Und trotzdem gab er sich mit mir ab. Das läßt mich auch ein bißchen wichtig erscheinen.«

»Du *bist* wichtig, George.«

Das Essen kam. George stürzte sich hungrig darauf. Omani schwieg, bis George fertig war.

Dann sagte George: »Ich bin vorher schon einmal für kurze Zeit aufgewacht.«

»Ja, ich weiß«, antwortete Omani. »Ich war hier.«

»Richtig, jetzt erinnere ich mich wieder. Weißt du, alles war plötzlich verändert. Ich war viel zu müde und erschöpft, um mich von Gefühlen beeinflussen zu lassen. Ich konnte mich nicht einmal ärgern, sondern nur nachdenken. Als ob ich eine Spritze bekommen hätte, die alle Gefühlsregungen lähmte . . .«

»Du hast keine bekommen«, sagte Omani. »Nur ein leichtes Beruhigungsmittel. Aber du hattest dich ausgeruht.«

»Jedenfalls fiel mir zum erstenmal ein, was ich auf Novia hatte tun wollen – ich hatte junge Leute mit Hilfe von Büchern unterrichten wollen. Aber dadurch hätte ich nur eine Anstalt für Schwachsinnige ins Leben gerufen . . . wie hier . . . und auf der Erde gibt es schon einige davon . . . zu viele.«

Omanis weiße Zähne blitzten auf, als er lächelte. »Institut für Erwachsenenbildung wäre vielleicht ein besserer Name dafür.«

»Jetzt sehe ich alles so deutlich, daß ich mich geradezu über meine bisherige Blindheit wundere«, fuhr George fort. »Wer erfindet denn eigentlich die neuartigen Geräte, die nur von neu ausgebildeten Technikern bedient werden können? Wer hat zum Beispiel den Beeman-Spektrographen erfunden? Ein Mann namens Beeman, vermute ich, aber er kann nicht auf die übliche Weise erzogen worden sein, denn wie hätte er dann Verbesserungen erfinden können?«

»Genau.«

»Oder wer stellt eigentlich Erziehungsbänder her? Speziell für diese Aufgabe geschulte Techniker? Aber wer ist für die Bänder verantwortlich, mit denen *sie* ausgebildet werden? Noch besser ausgebildete Techniker? Und wer stellt die Bänder her, mit denen ... Du siehst, was ich damit sagen will. Irgendwann muß diese scheinbar endlose Reihe ein Ende haben. Irgendwo muß es Männer und Frauen geben, die selbständig denken können.«

»Richtig, George.«

George lehnte sich in die Kissen zurück und starrte Omani beunruhigt an.

»Warum hat man mir das nicht von Anfang an erzählt?«

»Wir hätten es gern getan, um uns einige Mühe zu ersparen«, gab Omani bereitwillig zurück. »Wir können zwar feststellen, ob jemand sich für den Beruf eines Architekten oder eines Waldarbeiters eignet, aber die menschliche Erfindungsgabe entzieht sich jeder noch so eingehenden Untersuchung. Wir haben nur ungefähre Anhaltspunkte, mit deren Hilfe wir einzelne Menschen aussondern, denen diese Begabung unter Umständen angeboren ist.

Diese Talente werden bereits am Lesetag festgestellt und gemeldet. Deine Karte erhielt damals auch einen besonderen Vermerk. Aber das geschieht selten genug – vielleicht in einem von zehntausend Fällen. Am Erziehungstag wird die erste Meldung nochmals überprüft, wobei sich bei neunzig Prozent der Betroffenen herausstellt, daß ein Irrtum vorlag. Die restlichen zehn Prozent werden in Anstalten wie dieser hier untergebracht.«

George schüttelte den Kopf. »Ich kann mir nicht vorstellen, daß es schaden würde, wenn man den Leuten klarmachen würde, daß einer von hunderttausend ausgesondert werden wird. Weshalb eigentlich nicht? Dann hätten die Ausgesonderten es leichter.«

»Und die übrigen? Wir dürfen nicht riskieren, daß die anderen sich alle als Versager betrachten. Sie haben ein bestimmtes Berufsziel, das sie vielleicht sogar erreichen. Das ist auch notwendig, damit jeder Mensch seinen Platz innerhalb unserer Gesellschaftsordnung einnimmt, zu dem er befähigt ist.«

»Aber wir?« fragte George. »Der Ausnahmefall unter zehntausend?«

»Wir dürfen nichts davon erfahren. Das ist der endgültige Nachweis. Selbst von zehn jungen Menschen, die nach dem Erziehungstag hierher kommen, sind wieder neun Versager – aber es gibt keine Methode, mit der sich diese Tatsache nachprüfen ließe. Der zehnte muß sich selbst zu erkennen geben; er muß beweisen, daß in ihm ein schöpferisch veranlagtes Genie steckt.«

»Wie?«

»Man bringt ihn in eine Anstalt für Schwachsinnige, und der Mann, der nie mit seiner Einlieferung zufrieden ist, entspricht unseren Vorstellungen. Die Methode ist manchmal geradezu grausam, aber sie funktioniert wenigstens zuverlässig. Man kann nicht einfach zu einem Menschen sagen: ›Du bist ein schöpferisches Genie. Erfinde etwas!‹ Es ist viel sicherer, wenn man darauf wartet, bis er selbst sagt: ›Ich werde etwas erfinden, selbst wenn es euch nicht paßt!‹ Zehntausend Männer und Frauen von deiner Sorte, George, sind für den technischen Fortschritt auf fünfzehnhundert Planeten verantwortlich. Wir können es uns einfach nicht leisten, einen von ihnen unentdeckt verkümmern zu lassen oder unsere Anstrengungen auf einen zu konzentrieren, der das gesteckte Ziel nicht erreicht.«

George stellte seinen Teller beiseite und schenkte sich eine Tasse Kaffee ein.

»Was wird aus den Leuten, die dieses Ziel nicht ganz erreichen?«

»Sie erhalten später doch noch eine konventionelle Ausbildung und werden Sozialwissenschaftler. Ingenescu ist einer. Ich bin ein Registrierter Psychologe. Wir gehören sozusagen zur zweiten Garnitur.«

George trank seinen Kaffee aus. »Ich beschäftige mich nur noch mit einer Frage . . .«, meinte er nachdenklich.

»Welche Frage ist dir nicht klar?«

George warf schwungvoll die Bettdecke ab und stand entschlossen auf. »Weshalb heißen diese komischen Wettbewerbe eigentlich Olympische Spiele?«

MICHAEL MOORCOCK

Umweltproblem

»Ich komme auf Ihre Anzeige«, sagte der Teufel.

»Anzeige?« Greg Morle mußte husten, denn ein erstickender Qualm hatte sich in seinem kleinen, schäbigen Zimmer ausgebreitet, das für ihn seit drei Monaten sein Zuhause war.

»Sie haben doch diese Anzeige in den ›Clarion‹ gesetzt?« Der Teufel runzelte seine rötlichen Brauen. Er schien etwas besorgt, so wie jemand, der ständig von seinem Vorgesetzten eingeschüchtert wird. Mit einem grünen, krallenartigen Finger kratzte er sich nervös hinter dem rechten Horn. Der lange, stachelige Schwanz zuckte.

Von irgendwoher zog er ein leicht angekohltes Exemplar einer Zeitung hervor, suchte die Kleinanzeigenspalte und begann rasch und monoton zu lesen: »Junger Mann, intelligent und aktiv, sucht einen gutbezahlten Job. Falls unmöglich: hat eine nicht ganz weiße Seele zu verkaufen. – Das sind Sie doch, oder? Ich hoffe es jedenfalls, denn . . .«

»Ja, ja. Das bin ich schon«, warf Morle rasch ein. »Das heißt, ich – verstehen Sie – ich – ich habe die Anzeige aufgegeben, weil ich einen Job brauche – aber ich will auf keinen Fall für ein Butterbrot arbeiten. Nie würde ich das tun. Wissen Sie, ich bin sehr ehrgeizig. Ich riskiere was – wenn am Ende was rausspringt. Die Seele habe ich nur hineingenommen, um Aufmerksamkeit zu erregen . . .«

Das Gesicht des Teufels hellte sich ein wenig auf. »Und es hat seinen Zweck erfüllt, Mr. Morle, sehr gut erfüllt sogar. Viele verwenden heute immer noch Pentagramme und anderen Unsinn – aber wir gehen mit der Zeit, wir gehen mit der Zeit. Das andere ist heutzutage nicht mehr nötig.«

Der Teufel ging auf einen alten wurmstichigen Stuhl zu. »Haben Sie was dagegen, wenn ich mich setze?«

»Nur zu, nur zu«, sagte Morle. »Aber ich glaube eigentlich nicht, daß . . .«

Als der Teufel sich setzte, stieg aus dem Lederbezug ein feines Rauchwölkchen auf. Er hielt nun eine Aktentasche in der Hand – Greg hatte sie vorher nicht bemerkt – und zog rasch einige Blätter hervor. Sie sahen

sehr offiziell aus. Greg hatte ein komisches Gefühl in der Magengegend. Er begann sich zu fragen, ob sich die Dinge nicht ein bißchen zu schnell entwickelten. »Eh . . .« Er räusperte sich.
Der Teufel blickte auf. »Sie haben doch nicht bereits ein anderes Angebot, Mr. Morle?«
»Nein, nein, aber . . .«
Der Teufel war offensichtlich ein hartnäckiger Verhandlungspartner. »Nun«, sagte er entschieden, »was für einen Vertrag wollen Sie haben? Es gibt einige ausgesprochen gute. Zum Beispiel: der Vertrag ›Ewiges Leben B, C oder D‹ ist ungemein beliebt. Dann ›Macht J‹ ist sehr interessant und sehr lukrativ. Freilich«, der Teufel kniff ein Auge vielsagend zu, »es gibt dann immer noch den Vertrag ›Liebling der Frauen F‹, wenn Sie . . .«
»Hören Sie«, unterbrach ihn Greg. »Wenn ich Ihnen meine Seele verkaufe – ich habe, wohlgemerkt, nicht gesagt, daß ich dies beabsichtige –, gibt es zunächst einige Dinge, die ich wissen möchte. Das eine ist: Was tun Sie mit meiner Seele, falls Sie sie bekommen? Das zweite: Falls ich sie verkaufen möchte, kann ich einen kleinen Vorgeschmack davon bekommen, was mich erwartet, wenn meine Zeit um ist? Das ist doch nur recht und billig, oder?«
Der Teufel zögerte. »Nun, ich denke schon, Mr. Morle«, sagte er langsam. »Ich denke schon. Um Ihre erste Frage zu beantworten – nun ja, Höllenfeuer. Nichts Außergewöhnliches, nur schlichtes, altmodisches Höllenfeuer. Was die zweite Frage betrifft – nun, ich werde darüber erst mit meinem Vorgesetzten sprechen müssen. Nie hat jemand zuvor die Verdammnis – eh – eine Kostprobe verlangt. Aber ich werde schauen, was sich machen läßt. Warten Sie einen Augenblick . . .«
Es gab einen dumpfen Knall, ein übler Gestank von Schwefel breitete sich aus, und der Teufel war verschwunden. Morle bemerkte, daß er seine Aktentasche vergessen hatte. Die Neugier packte ihn, und er wollte sie durchsuchen, doch da war der Teufel schon wieder da und saß auf seinem Stuhl.
»Tut mir leid, daß es so lange gedauert hat«, entschuldigte er sich. »Aber manchmal bin ich schon zurück, bevor ich überhaupt fort war. Und das ist doch gelegentlich verwirrend.« Dann kam er wieder zur Sache: »Es scheint in Ordnung zu gehen. Sie brauchen nur ja zu sagen, und wir ge-

ben Ihnen eine Probe.«
»Gut, ich werde daran denken«, erwiderte Greg. »Also, wenn ich tatsächlich meine Seele an Sie verkaufe, dann will ich zwanzig Millionen Englische Pfund, Sterling natürlich, außerdem Dollar und Deutsche Mark. Ewiges Leben klingt ganz reizvoll, aber ich verstehe nicht, wie Sie dann noch auf Ihre Kosten kommen wollen. Wo ist der Haken?«
»Wir gehen nur ein geringes Risiko ein, Ewiges Leben ›A‹ zu verlieren, Mr. Morle, der ›Ewige-Jude-Vertrag‹, wie wir – haha – es bei uns in der Agentur nennen. Die anderen drei Verträge haben, was man eine ›Hintertür‹ nennen könnte, zu Ihren Gunsten übrigens. Die Abwandlung ›B‹ zum Beispiel bedeutet ewiges Leben ohne Schutz vor Krankheiten – der Kunde könnte also an Krebs oder so etwas sterben. Die Fassung ›C‹ enthält nicht die Unfall- und Mordklausel, und die Fassung ›D‹ spart die Selbstmordklausel aus. Noch etwas, bevor wir den Vertrag abschließen?«
Greg Morle war stolz auf seine Gerissenheit und seinen Einfallsreichtum. Das war auch der Grund, weswegen er sich so selten nach einem festen Arbeitsplatz umgesehen hatte. Schließlich sollte jemand mit einer derartigen Begabung und Fähigkeit nicht unbedingt auf einen x-beliebigen Beamtenpöstchen versauern. Er überlegte sehr eingehend, bevor er antwortete.
»Ja«, sagte er schließlich, »ja, es gibt noch etwas. Wenn Sie mir zwanzig Millionen in kleinen Scheinen geben – woher kommt das Geld? Ich habe keine Lust, mit zwanzig Millionen gestohlener Kröten aufgegriffen zu werden.«
Der Teufel grinste. »Das ist einfach – und sehr raffiniert, wenn ich so sagen darf. Es gibt zum Beispiel allein in Großbritannien einige zwanzig Millionen arbeitender Bürger. Würden sie großen Wirbel machen, wenn sie entdeckten, daß sie in einer kurzen Zeitspanne ein Pfund zuviel ausgegeben oder verloren haben? Alles, was wir tun, ist, ein Pfund oder etwas Entsprechendes von einer Million Leuten in drei verschiedenen Ländern zu nehmen – oder auch etwas mehr, wenn es möglich ist. Ist doch sehr einfach, finden Sie nicht? Aber todsicher!«
»Hm«, sagte Morle. »Klingt nicht schlecht . . .«
»Es ist nicht schlecht, mein Wort darauf!«
»Und wie holen Sie sich das Geld?«

Der Teufel legte die Klaue an die Nase und blinzelte Greg zu. »Geschäftsgeheimnis«, grinste er.

»Nun ja . . .« Morle runzelte die Stirn. Er mußte den Haken finden. Er wollte sichergehen. Ein so gerissener Bursche wie er sollte eigentlich schon fähig sein, einen Pakt mit dem Teufel zu schließen, der ihm selbst Vorteile einbrachte. Er mußte nur gut überlegen und nichts überstürzen. Er mußte völlig sichergehen.

»Es gibt eine weitere Klausel in unserem Kontrakt. Wenn Sie nämlich angeklagt werden – wohlgemerkt, nur angeklagt –, das Geld gestohlen zu haben, dann verfällt unser Anspruch, Sie aber behalten das Geld – und das unabhängig davon, ob Sie überführt und verurteilt werden oder nicht.«

Die Sache wurde immer schwieriger.

»Scheint in Ordnung zu sein«, mußte Greg – wenn auch zögernd – zugeben. Wenn er die Verhandlung noch etwas hinzog, konnte er vielleicht noch andere Zugeständnisse erhalten. Er warf dem Teufel einen prüfenden Blick zu, doch dieser schien nun einen entschlossenen Zug um den verzerrten Mund zu haben.

»Also, wie steht es nun mit einer kleinen Probe von diesem Höllenfeuer?«

»Moment!« sagte der Teufel und schnippte mit den Fingern.

Es war entsetzlich.

Es gab nur Feuer, brennendes, verzehrendes Feuer. Greg Morle wand sich in unendlicher, unbeschreiblicher Todesqual. Es schien, als koche das Blut in seinen Adern, als stecke sein Kopf in einem Meer aus geschmolzenem Blei, als sei sein Körper überzogen mit dem Film flammenden Benzins. Er hätte eigentlich sterben müssen. Es schien endlos zu dauern. Und es gab keine Hoffnung, daß die entsetzliche Pein ein Ende nahm. Über dem Prasseln des ewigen Feuers schrillten die Schreie von zahllosen verdammten Seelen, mißtönend, unaufhörlich, ohnmächtig, hoffnungslos, für immer gemartert . . .

Doch . . . nach einer endlosen Ewigkeit . . . spürte Greg eine leichte Linderung. Der Schmerz ließ langsam von ihm ab. Allmählich schienen ihm die Flammen nicht mehr unangenehm. Er empfand nur noch eine Spur der Qual, und dies war eher angenehm. Er entspannte sich. Es war

schön. Er begann, sich an das Höllenfeuer zu gewöhnen.
Er kicherte zufrieden. Jeder konnte sich nach einiger Zeit an alles mögliche gewöhnen. Es war gar nicht so schlecht. Nun, nun ... er konnte sich vorstellen, daß er den Teufel übers Ohr hauen würde ... Die Flammen machten ihm jetzt nichts mehr aus.

Plötzlich fand er sich in seinem Zimmer wieder. Der Teufel sah ihn erwartungsvoll an.
Greg schlug die Arme um sich und zitterte vor Kälte. Als der Teufel dies bemerkte, murmelte er etwas und deutete auf Greg. Sofort fühlte Greg sich besser. Er reckte sich und zündete eine Zigarette an. Wohlbehagen erfüllte ihn. Das war nur recht und billig, dachte er, denn er wollte schließlich den Teufel überlisten. Nur sehr wenige würden sich dessen rühmen können. Er lächelte.
»Was finden Sie so lustig?« fragte der Teufel.
»Ach, eigentlich nichts«, entgegnete Morle obenhin.
Der Schwanz des Teufels bewegte sich heftig, dann hellte sich sein Gesicht ein wenig auf. »Was mit Ihnen passierte ... Sie sehen nicht aus, als hätte Ihnen das Höllenfeuer etwas ausgemacht.«
»Da bin ich nicht sicher«, widersprach Morle, doch konnte er sein zufriedenes Schmunzeln nicht völlig verbergen.
»Sie haben sich nach einiger Zeit daran gewöhnt, oder?«
Der Teufel ließ die Schultern hängen. Er setzte sich wieder.
»Nun, ja ...«
Der Teufel streichelte traurig sein rechtes Horn.
»Sie werden es noch ganz wund scheuern, wenn Sie weiterreiben«, sagte Greg. Der Teufel hörte auf.
»Ich nehme an, Sie wollen uns immer noch Ihre Seele verkaufen?«
»Ja, natürlich. Ich habe mich entschlossen – fast entschlossen. Ich möchte nur wissen, ob daran etwas falsch war. Hätte ich es als angenehm empfinden sollen?«
»Natürlich nicht!« gab der Teufel unwillig zurück. »Es ist nur diese – verdammte Anpassungsfähigkeit Ihrer Rasse. Sie scheinen in der Lage zu sein, sich jeder Umgebung anzupassen. Einige passen sich rascher an als andere – Sie gehören zu den ersten.«
»Ich habe mich immer und überall reingefunden«, sagte Greg nachdenk-

lich.
»Oh, halten Sie doch den Mund!« sagte der Teufel kläglich. Er saß mürrisch auf seinem Stuhl und brannte mit dem Zeigefinger Löcher in den Lederbezug.
»Es ist ein bißchen wie beim Zahnarzt«, verfolgte Greg seine Gedanken weiter. »Man hat vorher Angst, dann kommt der Schmerz – und dann nach zehn Minuten, wenn man weggeht, hat man alles vergessen, und alles ist prima.«
»Für Sie ja! Ich wollte überhaupt nicht auf diesen Planeten kommen. Hier gibt es mehr Schwierigkeiten als in der gesamten Galaxie. Ich reiche eine Versetzung ein, so rasch wie möglich. Ich dachte – und hoffte –, daß Sie anders seien. Das hoffe ich immer. Aber nein, wir haben nur sehr selten Glück. Den nächsten Zeitlauf werde ich auf Andromeda 3 verbringen, auch wenn die Geschäfte dort nicht so gut gehen . . .«
Greg hörte nicht zu. Er gratulierte sich selbst, daß er einen Teufel übervorteilen würde. »Wollen wir nicht auf unser Thema zurückkommen?« fragte er in einem scharfen, überheblichen Ton. »Sie haben es schließlich vorgeschlagen, oder?«
»Ich habe es vorgeschlagen? Das hab ich gern! Wer hat die Anzeige in die Zeitung gesetzt? Wer fragt und fragt und macht mich fast verrückt mit allen möglichen Problemen? Wer schaut dem größten geschenkten Gaul auch noch ins Maul? Ich schlug vor . . .« Er unterbrach sich. »Ich hätte meine Kurse in Prophezeiung nicht abbrechen sollen, dann wäre das sicher nicht passiert. Ich wünsche mir nur, daß ich Sie länger quälen kann, wenn Sie dort sind.«
»Nun, das können Sie wohl nicht«, sagte Greg obenhin. »Wenn Sie nicht aufpassen, werde ich einen Weg finden, mit Ihrem Boß in Verbindung zu treten, um ihm zu erzählen, wie Sie zukünftige Kunden behandeln. Sie haben's nötig, über Unhöflichkeiten zu reden!«
»Gut, gut«, beschwichtigte ihn der Teufel hastig. »Ist ja gut. Es tut mir leid, Mr. Morle. Aber Sie müssen doch zugeben, daß Ihre Rasse manchmal recht schwierig ist. Es war nie besonders angenehm, hier zu arbeiten. Und das wird es auch nie werden. Es war ein wenig besser in den guten alten Zeiten – immerhin hatten die Leute noch eine gesunde Furcht vor uns, und wir hatten die Genugtuung, sie zu erschrecken. Al-

les ist anders als früher, sogar hier.« Er seufzte und wühlte in seiner Aktentasche. »Hier, der ›Geldvertrag‹ – sehen Sie ihn sich an. Ich habe die wichtigsten Einzelheiten bereits ausgefüllt. Sie müssen ihn nur mit Ihrem Blut unterschreiben.«

»Was!«

»Was ist denn nun schon wieder los!« rief der Teufel.

»Blut! Muß ich mich schneiden?«

»Natürlich. Es ist Tradition, mit Blut zu unterschreiben.«

»Ich dachte, Sie hätten sich auf moderne Mittel umgestellt – Sie hätten nichts mehr übrig für diesen ganzen Schnickschnack . . .«

»Wir brauchen das Blut für unsere Akten«, erklärte der Teufel. »Wir müssen eine Kartei anlegen, und wir sind an Blutproben gewöhnt, nicht an Fingerabdrücke.«

»Nun . . .«

»Sind zwanzig Millionen Pfund nicht einen Kratzer wert?«

»Doch, ich glaube schon.«

Greg las den Kontrakt sorgfältig durch. Er war auf so etwas wie einer papierdünnen Asbestplatte gedruckt und enthielt, wenn auch in altmodischer Beamtensprache, das wichtigste, was sie bereits besprochen hatten. Er würde zwanzig Millionen Pfund erhalten – kein Haken dabei –, und dafür würde er seine Seele hergeben, wenn er starb.

»Gut«, brummte er. »Er scheint in Ordnung zu sein. Muß ich hier unterschreiben?«

»Auf der gepunkteten Linie«, nickte der Teufel. Er nahm sich eine Zigarette aus Gregs Packung und rauchte genüßlich. Er stieß orangefarbenen Rauch aus, der sich dann in grünen Qualm verwandelte.

»Sie rauchen meinen letzten Glimmstengel«, beschwerte sich Greg.

»In ein paar Stunden können Sie eine ganze Zigarettenfabrik kaufen, wenn Sie wollen. Bitte, unterschreiben Sie. Ich kann mich nicht ein ganzes Jahrhundert hier aufhalten . . .«

»Ist aber trotzdem meine letzte Zigarette«, beharrte Greg. »Und die rauchen Sie!«

»Unterschreiben Sie! Unterschreiben Sie!« rief der Teufel gereizt. »Hier auf dem Becken liegt eine Rasierklinge.«

Greg hob die Rasierklinge vorsichtig auf. Er betrachtete sie und sah dann auf sein Handgelenk. »Was passiert, wenn ich die Schlagader

treffe, oder wie das heißt?«
»In den Daumen, Sie Idiot. In den Daumen!«
Greg hielt inne und wog die Klinge in seiner Hand. »Wenn Sie so weitermachen«, sagte er, »unterschreibe ich den Wisch nicht. Ich denke doch, Sie brauchen die Provision . . .«
Der Teufel sah niedergeschlagen aus. »Woher wissen Sie das?«
»Es stimmt doch, oder?«
»Nun – ja, es stimmt. Ich denke, das ist klar.« Er drückte das Zigarettenende im Aschenbecher aus.
»Ich habe so wie Sie als Vertreter gearbeitet«, erklärte Greg. »Lexika, um genau zu sein. Ich bin geflogen, weil ich zu einem Kunden unhöflich war. Was würde mit Ihnen passieren?«
Der Teufel erschauderte. »Hören Sie auf«, bat er. »Es ist bereits passiert – und man hat mich hierher geschickt. Ich möchte nicht noch weiter weg versetzt werden.«
»Dann passen Sie auf, was Sie sagen«, grinste Greg. Es war sehr angenehm, einen Teufel einschüchtern zu können.
»Warum, zum Satan, kriege ich immer die Schwierigkeiten?« Der Teufel rutschte tiefer in den Sessel. »Schneiden Sie sich in den Daumen und unterschreiben Sie – bitte!«
Greg schnitt sich in den Daumen und unterschrieb den Vertrag. Die Unterschrift war etwas schwach – er hatte eine störrische Feder, und der Schnitt war nicht tief.
»So! Nun bringen Sie mir die zwanzig Millionen!«
»Mit Vergnügen«, grinste der Teufel hämisch und war verschwunden.
Er blieb zehn Minuten fort.
»Wie mühsam!« stöhnte er, als er wieder erschien. »Hier.«
Er reichte Greg mehr als ein Dutzend Bank- und Scheckbücher.
»Was soll ich damit?«
»Sie sind ganz schön undankbar. Wir haben alles für Sie erledigt. Haben das Geld beschafft und es auf der Bank eingezahlt. Keine Angst, wir haben unsere Verpflichtung erfüllt. Sie werden alles bestens in Ordnung finden. Sie werden keine Schwierigkeiten haben. Einige von unseren Technikern haben lebensechte Androiden gebaut, die Ihnen ähnlich sehen und die an sechs verschiedenen Orten zur gleichen Zeit waren. Auf die Minute – moderne Doppelgänger, völlig sicher und zuverlässig. Da

sind die Bankunterlagen, unterschrieben und alles. Wir haben das vorgestern gemacht.«
Bis zu diesem Moment war Greg nicht in der Lage gewesen, die Sache als Realität zu sehen. Doch die Bankschecks überzeugten ihn restlos. Langsam breitete sich ein Grinsen über sein Gesicht. Dann verlor er die Besinnung.
Als er aufwachte, war der Teufel verschwunden. Und Greg begann sein neues Leben wilder Ausschweifungen noch am selben Tag. Es war nur der Anfang.

Greg Morle führte ein hektisches, abwechslungsreiches, wahnsinniges, zügelloses und kurzes Leben.
Mindestens fünf Leute versuchten ihn aus Rache für erlittenes Unrecht zu töten. Der sechste, der es versuchte, wurde zu lebenslänglichem Zuchthaus verurteilt. Er hatte Erfolg gehabt .
Als Morle lebte, hatten ihn seine Reichtümer vor dem Gesetz geschützt. Als er tot war, halfen sie ihm, sich an seinem Mörder zu rächen.

Das letzte, an das sich Greg Morle erinnern konnte, war ein wütender Schmerz am Kopf. Dann stand er vor einem großen Metallschreibtisch und betrachtete einen dicken, fetten Teufel, der etwas in ein Buch schrieb.
Der Teufel blickte auf und lächelte. »Ah, Mr. Morle – Sie haben uns viel Ehre gemacht. Viel Ehre!« Er zeigte auf eine Tür. »Gehen Sie nur durch. Der Meister möchte Ihnen persönlich gratulieren, bevor Sie weiter . . .«
Morle schmunzelte und trat durch die Tür. Er hatte ein schlechtes Leben geführt, und jetzt würde er zwar nicht mit Straffreiheit, so doch mit einem Minimum an Unbequemlichkeit davonkommen. Nicht schlecht, gar nicht schlecht . . .
Satan war etwa doppelt so groß wie Morle und trug einen Hausrock. Auf seinem schönen Gesicht lag ein Ausdruck des Überdrusses, und seine Haltung drückte Langeweile aus. Er hatte das mächtige Feuer in dem verzierten Kamin am anderen Ende des Zimmers geschürt und richtete sich nun auf.
»Ah, Mr. Morle! Jemand nach meinem eigenen – hm – Herzen. Ich

hoffe, Sie werden Ihren Aufenthalt bei uns nicht genießen. Wir haben da etwas, was Sie noch unterschreiben müssen – das Gästebuch. Ich denke, Sie machen keine Schwierigkeiten, hm?«
»Nein«, sagte Greg und lächelte innerlich. »Nein, ich denke nicht.«
»Guter Junge!« Dieser Ausruf schien etwas doppeldeutig zu sein. »Hier ist das Buch.«
Satan holte es, und Greg unterschrieb.
»So viele von denen versuchen noch herauszukommen, müssen Sie wissen. Schließlich ist diese Einrichtung nicht meine Erfindung. Wenn ich einen herausließe, würde mein Kopf rollen. Auch ich muß Vorgesetzten Rechenschaft ablegen, verstehen Sie.«
Greg reichte Satan das Buch zurück.
Satan zupfte sich am Bart. »Ausgezeichnet! Nun, Mr. Morle, nochmals herzlichen Glückwunsch. Eine durch und durch schlechte Laufbahn. Wenn es nur mehr von Ihrer Sorte geben würde . . .«
»Gibt es sie nicht?« fragte Greg leicht überrascht. Und dann gab es wieder nur Höllenfeuer.

Greg Morle schrie und schrie.
Und er schrie und schrie unaufhörlich.
Und dann schien jedes Glied Todesqualen zu leiden, und es schien eine Ewigkeit zu dauern. Vielleicht dauerte es auch so lange, gemessen an der normalen Dauer der Todesqualen. Doch er erinnerte sich schließlich dunkel, daß es irgendwann einmal aufhören würde – und dann würde alles in Ordnung sein. Jetzt allerdings war es kein großer Trost. Er krümmte sich, als die Flammen an ihm fraßen. Der Gestank von Schwefel brannte in seiner Nase, sein Mund war ausgedörrt, und er hatte den Geschmack verbrannten Fleisches auf der Zunge.
Und es ging weiter und weiter.
Überall waren die Flammen. Er schrie und flehte und drohte – doch der Schmerz hielt an.
Dann, allmählich, wurde Greg gewahr, daß da jemand neben ihm war, der ebenfalls schrie und sich wand.
Es war ein Mädchen – ein hübsches Mädchen, soweit er sehen konnte.
Der Schmerz ließ langsam nach, je mehr er sich an das Feuer gewöhnte.
Es war immer noch schlimm, doch er konnte seine Gedanken jetzt lösen,

und er spottete über die verdammte Seele, die plötzlich neben ihm war. Doch auch diese sadistische Freude stumpfte mit der Zeit ab. Das Mädchen mußte nach ihm gekommen sein und litt entsetzlich, so daß sie seinen Spott kaum wahrnahm.

Bald erfüllte ihn Wohlbehagen, er lehnte sich zurück und wartete, bis sie sich ebenfalls angepaßt hatte. Er freute sich darauf. Sie würden viel Spaß zusammen haben – eine Ewigkeit lang, wenn sie sich einmal an die Flammen gewöhnt hatte.

Als sich das Mädchen etwas angepaßt hatte und ihre Umgebung wahrnahm, sah sie zu Greg hinüber. »Ein netter Leidensgefährte sind Sie!« sagte sie.

»Oh, hören Sie doch auf. Ich habe Sie nicht hierher geholt«, antwortete Greg. »Aber da wir nun mal hier sind, hat es keinen Sinn, uns zu streiten. Sehen Sie doch, wie Sie sich an die Hitze gewöhnt haben. Es muß ziemlich heiß sein, doch wir haben uns daran gewöhnt.«

Das Mädchen nickte. »Das also ist passiert.« Sie fuhr mit der Zunge über die Lippen und sah zu ihm hinüber.

»Hm . . .«

Greg schwebte durch die Flammen auf sie zu. Sie nahmen sich bei der Hand, und er war froh, daß alle irdischen Empfindungen auch in der Hölle weiterbestanden. Nicht schlecht, gar nicht schlecht, dachte er wieder. Ein Leben wie Gott in Frankreich auf der Erde und nun . . .

Das Mädchen zuckte zusammen. Die Flammen machten ihr immer noch zu schaffen.

»Keine Angst«, beruhigte Greg sie. »Die Flammen sind jetzt unser natürliches Element. Wir passen uns sehr leicht an . . .« Er beugte sich vor, um sie zu küssen.

Doch er erreichte nie ihre Lippen, denn in diesem Moment drehten sie das Höllenfeuer ab.

Es war plötzlich entsetzlich kalt.

Greg begann wieder zu schreien.

RONALD M. HAHN

Die Welt des Ursprungs

Kim hatte zwar noch nicht viel von der Alten Erde gehört, aber als er sie dann aus nächster Nähe sah, war er doch ziemlich enttäuscht.
Dieser ausgetrocknete, zerklüftete Schlackehaufen, dieser graubraune Steinklotz, dieses unansehnliche Ding, auf dem es nicht einmal mehr offene Wasserflächen gab, sollte die ursprüngliche Heimat der Menschen gewesen sein? Er lugte verstohlen aus dem großen Bullauge, musterte die schartige, ungesund aussehende Landschaft und schüttelte sich.
Gunner Larsson und Gunner Parker, die Leibwächter seines Vaters, schienen sich über seine Abscheu zu amüsieren. »Man sollte das Zeug, das in den alten Büchern steht, nicht immer ernst nehmen, Kim«, sagte Parker augenzwinkernd. Und Larsson fügte hinzu: »Im Grunde weiß kein Mensch genau, ob die Alte Erde wirklich der Planet ist, auf dem alles seinen Anfang nahm. Es gibt Dutzende von bewohnten Welten, die für sich in Anspruch nehmen, die Wiege der Menschheit zu sein. Aber einen hundertprozentigen Beweis für diese Behauptung hat bisher noch keine erbringen können.«
»Im Grunde«, sagte Gunner Parker, »spielen sich die Bewohner all dieser Welten nur auf. Und dabei gibt es Historiker, die fest davon überzeugt sind, daß sie alle einem Mythos aufsitzen. Neuere Theorien besagen, daß die Menschheit von einem Planeten der Sonne Sirius kommt.«
Pah, dachte Kim, die müssen aber auch nicht unbedingt kompetent sein.
Nachdem der Raumwal, der sie sechshundertachtzig Lichtjahre weit durch die Große Leere getragen hatte, in einem staubigen, steinübersäten Tal niedergegangen war, zwang man ihn mit einem Reizimpuls dazu, seine Hauptschließmuskel zu öffnen. Kims Vater und die Angehörigen seines Aufnahmestabs gingen hinaus. Es waren mehr als vierzig Mann, die er für diesen Auftrag angeworben hatte; die meisten waren Techniker, Szenaristen und Kameraleute. Nur ein kleiner Teil der Gruppe war für die Steuerung des Raumwals zuständig. Die fünf schmächtigen Geschöpfe mit den überdimensionalen Köpfen – sie standen mit dem Vakuumwesen in geistiger Verbindung – hielten auch zu

den Menschen nicht viel Kontakt. Während der Reise hatten sie sich meist in dem Abschnitt aufgehalten, der mit Methan vollgepumpt war. Die Steuermänner vertrugen keinen Sauerstoff; die Welt, von der sie kamen, unterschied sich beträchtlich von den Planeten, auf denen die Menschen lebten. Auch jetzt ließen sie sich nicht blicken. Aber die Alte Erde interessierte sie wohl nicht.

Gunner Larsson und Gunner Parker betraten den sandigen Boden der Alten Erde als erste. Kim sah sich neugierig um. Hier und da wuchsen ein paar kümmerlich aussehende rostbraune Pflanzen. Er fragte sich, was es hier wohl Interessantes zu filmen gab.

»Das hier«, sagte Vallon DiMorand, der Rechercheur seines Vaters, »war früher einmal der Boden eines großen Ozeans. Die Berge, die ihr dort rechts am Horizont seht, gehören zu einer ehemaligen Landmasse, die man Amrika nannte.«

Kim nickte. Er hatte von DiMorand erfahren, daß die Alte Erde aus fünf Kontinenten bestand: Amrika, Yurop, Efrica, Esia und Asdralia. Und dann gab es noch ein großes Stück Land am Südpol, aber da hatten nie Menschen gelebt. Überhaupt war es unglaublich, daß hier früher einmal Menschen gelebt haben sollten. Alles war so leblos, so grau, so kalt und windig und tot.

»Das war nicht immer so«, sagte DiMorand auf eine entsprechende Frage von Gunner Larsson. »Auf der Alten Erde muß es früher fast ebenso paradiesisch ausgesehen haben wie auf dem Planeten Eden. Es gab hier sowohl tropische als auch gemäßigte und polare Zonen. Es gab Steppen, Dschungel, Wälder und Wüsten. Es gab Hunderttausende von Seen. Und Tiere. Millionen Tiere: Affen, Löwen, Pferde, Hunde, Katzen, Mäuse . . .«

Kim mußte über manche dieser Namen lachen. Sie klangen aber auch zu komisch. Na gut, Vögel kannte er; die gab es ja auch wirklich überall. Aber Affen? Wie mochten diese Affen ausgesehen haben? Er stellte sich einen vor, aber seine Phantasie reichte wohl nicht aus: immer hatte er das Bild eines arkturischen Urru vor Augen, nur dahingehend abgewandelt, daß er fünf Beine und einen langen Rüssel besaß.

»Hopp, hopp, Männer«, sagte Kims Vater, klatschte in die Hände und gab den Technikern einen Wink. »Zeit ist Geld. Raus mit dem Equipment. Larsson?«

»Hier!«
»Die Drachen sollen sofort aufsteigen, klar? Vielleicht können wir vor Sonnenuntergang noch ein paar gute Aufnahmeorte finden.«
»Verstanden.« Gunnar Larsson eilte los.
Kim sah den Arbeitern zu. Sie schleppten große Leichtmetallkisten aus dem hohlen Bauch des Raumwals. Dann kamen die Piloten mit den Drachen; das waren zusammenklappbare Flugapparate, die bequem drei Männer aufnehmen konnten. Die Piloten standen fest im Sold seines Vaters. Männer wie sie mußten Könner sein, die sich den Luftströmungen der unterschiedlichsten Planeten schnell anpassen konnten.
Kim strolchte ein bißchen in der näheren Umgebung herum, begutachtete die ärmlich aussehenden Bodenpflanzen, untersuchte ein paar glitzernde Steine, drehte den Arbeitern eine lange Nase und kehrte schließlich in den Raumwal zurück, um sich den Staub vom Leib zu spülen, den er mit jedem Schritt aufgewirbelt hatte. Als er später wieder ins Freie trat – er hatte eine enganliegende Kombination und weiche Stiefel angezogen –, waren zwei der drei Drachen bereits aufgestiegen und nur noch als dunkle Pünktchen am Horizont zu erkennen.
»Sie wollen die ehemalige Landmasse in Augenschein nehmen«, sagte Gunner Larsson. Die rote Sonne der Alten Erde war noch ein beträchtliches Stück vom Horizont entfernt. Gunner Parker, der soeben auf den dritten Drachen zuging, drehte sich auf halbem Wege um und rief Kim zu: »Willst du mit?«
Kim warf seinem Vater einen fragenden Blick zu und erntete ein zustimmendes Nicken. Mit einem Jubelruf nahm Kim die Beine in die Hand. Im Inneren des Drachen mußte man hintereinander sitzen. Kim nahm zwischen dem Piloten und Parker Platz. Als das Gefährt abhob, spürte man gar nichts. Plötzlich wurden die Arbeiter und der lange, schwarzglänzende Leib des Raumwals unter ihnen immer kleiner. Ein paar Kameraleute winkten; Kims Vater hatte sich wieder in seine Arbeitspläne vertieft. Der Drachen zog eine große Schleife und hielt dann ebenfalls auf die Landmasse zu. Kim konzentrierte sich auf die Hände des Piloten. Der Mann hantierte an allerlei Gerätschaften herum und unterhielt sich durch ein Mikrofon, das an einem dünnen Schwenkarm vor seinem Mund befestigt war, mit den Leuten am Boden. Die ehemalige Landmasse des Kontinents Amrika kam schnell näher. Als der

Standort des Raumwals nicht mehr zu erkennen war, kniff Kim die Augen zusammen und musterte das riesige, graubraune Kliff, das vor ihnen in den Himmel ragte. Es war immer noch Dutzende von Kilometern von ihnen entfernt.

»Die Wand ist schätzungsweise dreitausend Meter hoch«, sagte der Pilot in sein Mikrofon. Da Kim ihn wegen des Motorengedonners nicht verstand, zuckte er hilflos die Achseln. Gunner Parker setzte ihm schließlich einen Kopfhörer auf. Nun konnte er auch hören, worüber sich der Drachenpilot mit seinen Kollegen unterhielt.

Unter ihnen verschwand der Sand. Der Boden wurde felsig. Überall lagen gewaltige Geröllbrocken herum. Nun schoben sich seltsame Wälder in ihr Blickfeld. Sie bestanden aus langstieligen Gewächsen, deren Wipfel aussahen wie abgeflachte Kopfbedeckungen.

»Riesenpilze«, sagte der Pilot. »Ich habe sowas schon mal auf einem Fomalhaut-Planeten gesehen. Die hier sind aber besonders groß.«

»Wie groß sind sie denn?« brüllte Kim interessiert. Erst als der Pilot erschreckt zusammenzuckte, fiel ihm ein, daß er ganz normal sprechen konnte.

»Schätze um die dreißig Meter«, sagte der Pilot und fügte hinzu: »Brüll nicht so. Ich hätte beinahe das Steuer losgelassen.«

Kim drückte sich die Nase an der Plexiglaskuppel des Drachen platt.

»Soll ich tiefer gehen?« fragte der Pilot.

»Au ja«, erwiderte Kim und nickte. »Ich würde mir diese Dinger mal gerne aus der Nähe ansehen.«

Der Drachen zog eine Schleife und verlor langsam an Höhe. Kurz darauf raste er von Norden her auf den seltsamen Wald zu. Kim schätzte die Flughöhe auf hundert Meter. Aus der Nähe sahen die Riesenpilze wirklich beeindruckend aus. Sie standen ungeheuer dicht und bedeckten ein Areal von schätzungsweise zehn Kilometern im Quadrat. Die Pilze waren von bräunlichgelber Farbe, ihre Stengel hatten Mannesdicke und wirkten wie Holz.

»Die müßten doch vertrocknen«, sagte Gunner Parkers Stimme in Kims Kopfhörer.

Der Pilot lachte. »Sie ziehen Wasser aus dem Boden. Vergiß nicht, daß hier mal ein Ozean war. Es wird wohl noch Wasserreservoirs unter der Erde geben.«

»Da sind auch kleinere Pilze«, sagte Gunner Parker plötzlich und deutete nach unten. »Kaum einen Meter groß.«
»He!« Der Pilot riß den Drachen hoch. Augenblicklich wurde es Kim übel. »Das sind keine ...« Kim starrte nun in den blaugrauen Himmel. Der Drachen schwankte. Aber nur für ein paar Sekunden, dann hatte der Pilot ihn wieder unter Kontrolle. Gunner Parker war ganz grün im Gesicht.
»Das waren keine Pilze, Parker«, sagte der Pilot. »Das waren Menschen – oder etwas Ähnliches.« Er versuchte Verbindung mit dem Lager aufzunehmen.
»Oder etwas Ähnliches?« Kim schauderte bei diesem Gedanken. Was konnte er damit gemeint haben? Er reckte den Hals, aber das, was Gunner Parker gesehen zu haben glaubte, war schon verschwunden. Vielleicht war es überhaupt nicht dagewesen? Kim fragte sich, ob Parker einer Illusion zum Opfer gefallen war.
»Gehen Sie tiefer«, hörte er die Stimme seines Vaters im Kopfhörer. Der Pilot gehorchte, wandte aber ein: »Das wird aber ziemlich gefährlich werden zwischen den Stengeln.«
Während er den Drachen nach Osten zog, um den Wald erneut anzugehen, lauschte Kim atemlos dem Funkverkehr zwischen dem Lager und den beiden anderen Piloten. Sein Vater beorderte sie zurück. Auch sie sollten sich Parkers Entdeckung annehmen. Es würde allerdings eine Weile dauern, bis die beiden am Ort des Geschehens eintrafen, denn sie hatten schon vor mehr als einer Stunde die Landmasse erreicht und ein gutes Wegstück hinter sich gebracht.
Wieder war der Pilzwald unter ihnen. Gunner Parker sah hinaus und sagte: »Ziemlich dichte Landschaft. Da kann sich schon einer verstekken.«
»Ich wußte gar nicht, daß auf der Alten Erde noch Menschen leben«, sagte Kim. »Hat DiMorand nicht gesagt, der Planet sei völlig unbewohnt?«
Parker zuckte nachdenklich die Achseln. »Ich bin mir nicht sicher. Vielleicht habe ich ja auch etwas ganz anderes gesehen.«
Der Pilot grunzte unwillig. »Der Schlag soll mich treffen, wenn das keine Menschen waren«, sagte er.
»Vielleicht waren es nur ein paar Tiere«, sagte Parker.

»Menschenähnliche Tiere?« fragte der Pilot zurück und lachte. »Das wäre wirklich mal was Neues.«
»Mann, die würde ich gerne mal sehen«, sagte Kim und starrte sehnsüchtig in die Tiefe. Aber dort tat sich nichts. Nirgendwo regte sich etwas. Der Pilot rasierte beinahe die Wipfel der Riesenpilze ab, so tief war er gegangen. Kim konnte jetzt sehen, daß die Köpfe der Gewächse groß genug waren, um einem Dutzend Menschen genug Sitzfläche zu bieten. Beeindruckend, sehr beeindruckend, trotz der Ödnis, die die Landschaft umgab.
»Können wir nicht zwischen . . .«
Der Pilot schüttelte den Kopf. »Ausgeschlossen. Tiefer kann ich nicht gehen. Zu eng, das Ganze. Wir können nicht riskieren, irgendwo mit den Schwingen anzustoßen.«
»Da ist eine Schneise«, sagte Gunner Parker und zeigte nach links. »Versuch's doch mal da, Brent.«
Der Pilot wiegte nachdenklich den Kopf. »Ich weiß nicht so recht . . .« Und dann: »Das laß ich lieber bleiben. Ich bin doch nicht lebensmüde.«
»Brent?« hörte Kim seinen Vater sagen. »Schon was gesehen?«
»Nichts. Wir sind jetzt dreißig Meter hoch . . . zweiunddreißig, um genau zu sein. Weiter runter können wir nicht.«
»Machen Sie sich doch nicht in die Hosen, Mann«, sagte Kims Vater. »Wenn Sie wirklich Menschen gesehen haben, wäre das die Sensation des Jahrhunderts.«
»Ich weiß nicht«, sagte der Pilot zögernd. »Wir könnten uns alle den Hals brechen.«
»Denken Sie an die Schlagzeilen«, sagte Kims Vater. In seiner Stimme klang Aufregung mit. »Die letzten Nachkommen der Menschheit . . . Geschöpfe, die schon seit Ewigkeiten auf der Alten Erde ausharren . . . Vielleicht sogar darauf warten, daß man sie endlich von hier wegholt!«
»Wenn sie darauf warten«, murmelte Gunner Parker leise, »würden sie sich ja wohl nicht verstecken . . .«
»Was?« fragte Kims Vater. »Was haben Sie gesagt, Brent?«
»Ich habe nichts gesagt«, erwiderte der Pilot.
»Denken Sie an die Schlagzeilen«, sagte Kims Vater noch einmal. »Unserem Film würde das unheimlich helfen.«
Der Pilot biß sich auf die Unterlippe. Kim sah ihn von der Seite an. Kein

Zweifel, hinter Brents hoher Stirn arbeitete es. Gewiß fragte er sich, was er jetzt tun sollte. Niemand konnte ihn zum Tiefergehen zwingen. Schließlich war er der einzige, der die Lage beurteilen konnte. Andererseits hatte er einen Arbeitsvertrag unterschrieben, der alle zwölf Standardmonate erneuert werden mußte.
»Ihr Junge ist an Bord, Mr. Moreno«, sagte er in einem letzten Aufwallen von Widerspruch.
»Kim ist fast erwachsen«, hörte Kim seinen Vater sagen. Er errötete vor Stolz, immerhin war er ja erst vierzehn. »Und Gunner Parker ist ja auch bei Ihnen.«
Kim wußte zwar nicht, wie Gunner Parker ihm helfen sollte, wenn der Pilot die Kontrolle über den Drachen verlor, aber die anderen Argumente seines Vaters waren nicht aus der Luft gegriffen. Wenn auf der Alten Erde wirklich noch Menschen lebten, würde diese Nachricht im Sternenreich wie eine Bombe einschlagen. Und die Filmdokumentation würde Milliarden einspielen.
»Die letzten Nachkommen der Menschheit . . . einsam und verlassen auf einem toten Stern . . . unter den primitivsten Umständen dahinvegetierend . . . bittend die Hände zum Himmel erhoben . . . Sternenfahrer, helft uns!« So ungefähr würde die Ankündigung des Films aussehen. Im Formulieren von verkaufsträchtigen Werbeslogans war Kims Vater ein wahrer Meister.
Aber hatten Larsson und Parker nicht gesagt, die Wissenschaft zweifle an, daß die Alte Erde die Ursprungswelt der Menschheit sei? Daß da noch mehrere Dutzend andere Planeten waren, die dies für sich beanspruchten?
Parker lächelte, als Kim es erwähnte.
»Ach, weißt du, Kim«, meinte er, »wenn man den Leuten eine solche Sensationsmeldung vorsetzen kann, fragen sie nicht mehr nach der Wahrheit. Die anderen Planeten, die von sich behaupten, die Wiege der Menschheit zu sein, sind ja alle zivilisiert. Wenn die Öffentlichkeit erfährt, daß auf der Alten Erde noch intelligente Lebewesen hausen, macht man sie automatisch zur Keimzelle unserer Rasse.«
Der Pilot murmelte etwas vor sich hin und zuckte die Achseln. Offenbar war er jetzt zu einer Entscheidung gelangt. Er folgte den Anweisungen seines Chefs und ging tiefer. Obwohl er ein Meister seines Fachs war

und der Drachen ihm optimal gehorchte, passierte es irgendwann doch: Die rechte Schwinge des Gefährts krachte plötzlich gegen den harten Kopf eines riesigen Pilzgewächses und zerbrach.
Kim hatte nicht einmal mehr die Zeit, einen Schrei auszustoßen. Der Drachen trudelte ab, scherte aus, prallte gegen einen anderen Riesenpilz, verlor auch noch seine zweite Schwinge und näherte sich mit rasender Schnelligkeit dem Boden. Der Pilot fluchte. Kim riß die Hände vors Gesicht. Der Aufprall war ungeheuer. Die Plexiglaskuppel zersplitterte und übersäte die Insassen mit einem Scherbenregen. Kim verlor auf der Stelle das Bewußtsein, und als er wieder zu sich kam, lag er zehn Meter von dem zerschellten Drachen entfernt auf dem harten Boden. Der Pilot hing angeschnallt in seinen Gurten. Seine Augen waren offen, aus seiner Nase lief Blut. Er hatte den Absturz nicht lebend überstanden. Gunner Parker war ebenfalls aus dem Inneren der Maschine herausgeschleudert worden. Er lag am Fuße eines bräunlichen Pilzgewächses und rührte sich nicht mehr.

Kims erster Gedanke war: Dreh jetzt nicht durch. Er befand sich zwar mutterseelenallein in einem unbekannten Gebiet, aber Hilfe war im Anmarsch. Die beiden Drachen, die sein Vater von der Festlandmasse zurückbeordert hatte, mußten schließlich irgendwann hier eintreffen. Und er hatte eine Waffe, wenn er auch nicht wußte, wie er damit umgehen sollte. Die große Nadelpistole steckte noch in Gunner Parkers Halfter. Kim näherte sich zögernd und ängstlich dem toten Mann und berührte ihn. Zum Glück lag Parker mit dem Gesicht nach unten. Kim nahm ihm die Waffe ab, steckte sie in die Tasche seiner Kombination, legte eine Hand an die Stirn und suchte den Himmel ab. Das Funkgerät im Inneren des zerstörten Drachen quäkte etwas. Kim kletterte durch die kaputte Plexiglaskuppel zu Brent hinein und nahm ihm den Kopfhörer ab. Er gab mehrmals durch, daß sie abgestürzt waren und Hilfe brauchten, aber es deutete nichts darauf hin, daß man seine Worte auch verstanden hatte. Der Sender war entweder zerstört oder verstellt. Allen Bemühungen zum Trotz kam keine Verbindung mit dem Lager zustande.
Was sollte er tun? Ein Feuer anzünden, damit man anhand der Rauchwolke seine Position ausmachen konnte? Die Pilze sahen knochentrokken aus. Sicher würden sie wie Zunder brennen. Aber nicht nur sie. Kim

schüttelte den Kopf. Feuermachen durfte er auf gar keinen Fall. Das war viel zu gefährlich. Also besser hier sitzen bleiben und auf die anderen Drachen warten? Das würde wohl das beste sein.
Erst jetzt bemerkte er, daß er den Absturz nicht ohne Wunden überstanden hatte. Möglicherweise hatte er unter einem Schock gestanden und deswegen nichts gespürt. Er hatte sich den rechten Fuß verstaucht und eine lange, blutende Rißwunde auf der Stirn. Da er den Erste-Hilfe-Kasten nicht fand, nahm er Brents Pilotenschal und wickelte ihn sich wie ein Stirnband um den Kopf. Der Schal war hellrot. Er würde die blutende Wunde bedecken und ihn möglicherweise auch von oben besser erkenntlich machen.
Da ihm der Anblick der beiden Toten nicht gerade behagte, humpelte Kim ein paar Dutzend Schritte nach Norden. Sobald er die Schneise hinter sich ließ, wurde der Pilzwald dichter und dunkler. Der Unterboden war weich und schwarz und sah an manchen Stellen geradezu feucht aus. Wohin man auch sah, der Wald schien kein Ende zu nehmen. Und dabei hatte er aus der Luft so klein gewirkt. Was hatte Gunner Parker gesagt? Zehn Kilometer im Quadrat?
Um sich nicht zu verirren, versuchte Kim Sichtkontakt zum zerbrochenen Leib des Drachen zu halten. Da sein rechter Fuß nun noch mehr zu schmerzen anfing, setzte er sich auf den Stengel eines umgestürzten Pilzes und dachte nach. Bald würde Hilfe kommen. Vielleicht nicht nur aus der Luft, sondern auch vom Lager her. Da Brent nicht mehr auf die Anrufe seines Vaters reagierte, würde man im Lager aufs höchste alarmiert sein. Es war keine Frage: Sicher hatte sein Vater schon zwei und zwei zusammengezählt und ein Geländefahrzeug ausgeschickt. Die Kettenraupe würde zwar mehrere Stunden brauchen, um die Strecke vom Lager bis zum Pilzwald hinter sich zu bringen, aber der fast ebenmäßige Boden des ehemaligen Ozeanbeckens bot ihm kaum Hindernisse. Sie würden ihn finden, vielleicht schon sehr bald.
Aber es wurde dunkel. Damit hatte Kim so schnell nicht gerechnet. Die große, rote Sonne der Alten Erde war bereits zu einem Drittel hinter der steilaufragenden Felsenklippe Amrikas verschwunden. Wenn sie weiter so schnell sank, würde er in einer halben Stunde im Dunkeln sitzen. Und wie sollten die beiden Drachen ihn dann finden? Und er hatte nicht einmal eine Signalpistole!

Er hatte sich verrechnet. Es dauerte nur zwanzig Minuten, dann war die Finsternis da. Sie war undurchdringlich und nahezu tiefschwarz. Nur der Mond spendete etwas Licht. Ein sanftes Brummen erklang. Die Drachen! Sie waren endlich gekommen, um nach ihm zu suchen!
Kim sah das Aufblitzen eines Scheinwerfers. Sie suchten aus der Luft den Pilzwald ab. Dann sah er einen zweiten. Er sprang auf, vergaß seinen verstauchten Fuß, ruderte wild mit den Armen und eilte auf die Schneise zurück. »Hier bin ich! Hier! Hier!« schrie er, aber das Brummen der Drachenmotoren übertönte jeden anderen Laut. Die beiden Suchscheinwerfer befanden sich über einem Gebiet, das gut zwei Kilometer nördlich von ihm war. Kim fluchte. Wenn er sich doch nur irgendwie bemerkbar machen könnte! Die zweite Maschine drehte jetzt ab. Der Pilot ließ seinen Scheinwerfer in einem Rhythmus aufblitzen, der Kim etwas sagte: Sie hatten keinen Treibstoff mehr und mußten zum Lager zurück, um aufzutanken.
Als hätte das Lichtsignal dem anderen Piloten eine Idee eingegeben, leuchtete nun auch der Scheinwerfer des zurückgebliebenen Drachen rhythmisch auf. Kim kniff die Augen zusammen. War das eine Nachricht für ihn? Er schaute genau hin. Natürlich! Die Symbole wiederholten sich laufend. Der Pilot benutzte das Morsealphabet, um ihm etwas mitzuteilen.
Lang – Kurz – lang: das war ein K!
Kurz – kurz: ein I!
Lang – lang: ein M!
KIM! Also doch. Kim holte tief Luft und konzentrierte sich auf die Blinksignale, die nun langsamer abgestrahlt wurden. Zur Sicherheit wiederholte der Drachenpilot jedes einzelne Wort dreimal. Kim las:
H-a-b-e-n k-a-u-m n-o-c-h T-r-e-i-b-s-t-o-f-f
K-e-h-r-e-n u-m
R-ü-c-k-k-e-h-r-e-n b-e-i T-a-g-e-s-l-i-c-h-t
Und dann: K-o-p-f h-o-c-h . . . H-a-l-t-e a-u-s
Na, dann gute Nacht, dachte Kim. Das Motorengebrumm wurde leiser. Auch der zweite Drachen kehrte zum Lager zurück. Zumindest hatte man die Hoffnung nicht aufgegeben, daß er noch lebte. Daß man ihn persönlich ansprach, konnte nur bedeuten, daß man seinen Funkspruch aufgefangen hatte. Diese Erkenntnis verlieh Kim zwar neuen Mut, aber

die Tatsache, daß er in nachtschwarzer Dunkelheit allein im Wald eines fremden Planeten saß, war nicht dazu angetan, ihn in eine heitere Stimmung zu versetzen.
Plötzlich fiel ihm Parkers Entdeckung wieder ein. Was war, wenn Brent und der Gunner sich tatsächlich nicht geirrt hatten? Wenn dieser seltsame Wald tatsächlich menschliche Lebewesen beherbergte? Hatten sie den Absturz des Drachen beobachtet?
Eine bleierne Müdigkeit überkam ihn. Kim setzte sich auf den weichen Boden, lehnte sich mit dem Rücken gegen einen Felsbrocken und schloß die Augen. Er schlief sofort ein.

Ein leises Rascheln weckte ihn. Es war immer noch dunkel. Kim tastete nach der Waffe und sah sich um. Spielten ihm die überreizten Nerven einen Streich? Hatte der Wind ihn aufgeweckt? Aber es war absolut windstill.
Und dann ...
Unter normalen Umständen hätte er sicher geschrien, denn Kim war sich der Tatsache, erst vierzehn zu sein, im Gegensatz zu seinem Vater durchaus bewußt. Ob es an den Nachwirkungen des Schocks lag oder an etwas anderem: er war plötzlich vor Schreck wie gelähmt.
Die dunklen Gestalten, die ihn in einem Abstand von etwa fünf Metern umringt hatten, sprachen kein Wort. Kim stellte fest, daß sie viel kleiner waren als er. Sie trugen pilzkopfähnliche Hütchen. Hatten sie überhaupt Gesichter? Zu erkennen waren sie jedenfalls nicht. Kim stand langsam auf und machte einen Schritt zurück. Unter seinen Stiefeln knackte es. Die kleinen Gestalten hielten in ihren Bewegungen inne. Täuschte er sich, oder wisperten sie jetzt miteinander?
Kim zitterte, als er nach dem Nadler griff. Die Waffe kam ihm ungeheuer schwer vor. Er hob sie hoch und stammelte: »K-k-keinen Schritt w-weiter! Ich sch-sch ...«
Die kleinen Gestalten duckten sich. Wollten sie ihn anspringen? Dann flammte ein Licht auf. Kim sah die Silhouette einer altertümlichen Laterne. Ihr Schein kroch langsam auf ihn zu. »Mensch?« piepste ein zaghaftes Stimmchen. »Du Mensch?«
»Ja, ja«, erwiderte Kim hastig. »Ich bin ein Mensch. Wer seid ihr? Versteht ihr, was ich sage?«

»Versteht dich«, piepste eine andere Stimme. Sie klang ziemlich aufgeregt, aber nicht feindlich. Der Lichtschein wanderte über Kims Körper dahin, bis er in seinem Kegel gefangen war. Die kleinen Gestalten schienen ihn eingehend zu mustern. »Oh!« hörte er jemanden sagen. Und dann auch die anderen, wie aus einem Munde: »Oh!«
»Groß Mensch«, sagte jemand. »Viel groß Mensch. Du Hilfe?«
»Ja«, stotterte Kim. Seine Kehle war vor Aufregung ganz trocken. »Ich brauche Hilfe. Ich bin abgestürzt.« Sein Vater und die anderen würden Augen machen, wenn sie von seiner Begegnung erfuhren. Plötzlich hatte er gar nicht mehr den Eindruck, einer Gefahr ausgesetzt zu sein. Warum hielt er bloß noch die Waffe in der Hand?
Die kleinen Gestalten kamen langsam näher. Es waren drei. Erst jetzt konnte Kim ihre Gesichter sehen. Sie sahen wie Kinder aus, aber ihre Augen straften diesen Eindruck Lügen. Sie hatten riesengroße leuchtende Augen und trugen Umhänge aus schuppiger Fischhaut. Die Fremden liefen barfuß und mochten etwa achtzig Zentimeter groß sein. Aber es waren Menschen, daran gab es keinen Zweifel. Nur eben kleine Menschen.
»Wer seid ihr?« wiederholte Kim seine Frage. »Seid ihr Zwerge?« In irgendeinem Buch hatte er einmal gelesen, daß auf der Alten Erde auch Zwerge gelebt hatten. Er hatte sogar einmal das Bild eines Zwerges gesehen. Je näher er die Fremden in Augenschein nahm, desto mehr zweifelte er daran, daß sie Zwerge waren, denn sie hatten keine langen Bärte und trugen auch keine roten Zipfelmützen.
»Wir Menschen«, erwiderte der Gnom mit der Laterne in seiner piepsigen Sprache. »Wir auch Menschen. Komm mit. Wir Hilfe.«
»Danke«, sagte Kim. Er steckte die Nadelpistole wieder ein und nickte. Einer der Gnome bedeutete ihm, ihnen zu folgen. Die kleine Gestalt mit der Laterne ging voraus. Kim ging hinter ihm her; die beiden anderen kamen nach. Ein paar Minuten lang marschierten sie schweigend durch den finsteren Wald, ohne daß Kim die Richtung feststellen konnte. Er wußte nur, daß sie sich von der Absturzstelle des Drachen entfernten. Sein unbekannter Führer hielt schließlich an. Vor ihnen breitete sich eine kleine Lichtung aus. In ihrer Mitte ragte ein besonders dicker Pilz aus dem Boden, aber er war nur etwa drei Meter hoch. Unter seinem »Hut«, der sicherlich einen Durchmesser von zehn Metern hatte, saßen an

einem kleinen Feuer zehn bis zwölf weitere kleine Gestalten. Die Gnome begrüßten die Ankömmlinge in einer hellen, singenden Sprache, und Kim hatte den Eindruck, als sei er ein verlorener Sohn, der nach langer Abwesenheit in den Schoß der Familie zurückkehrt. Winzig kleine Hände betasteten ihn freundlich. Nun erst fiel ihm auf, daß etwa die Hälfte der kleinen Menschen weiblichen Geschlechts waren.

Abseits des Feuers, unter dem Pilzdach, wartete eine Überraschung auf ihn: Gunner Parker lebte! Er saß mit dem Rücken gegen den Stamm des Pilzes gelehnt und winkte Kim zu. Er war ziemlich blaß. Man hatte einen Fetzen Stoff um seine Stirn gewickelt.

»Parker!« Kim kam sich plötzlich vor wie jemand, der einen Freund im Sterben verlassen hat.

»Hallo, Kim«, sagte Parker schwach. »Freut mich, dich zu sehen. Hast mich für tot gehalten, was?«

Kim nickte. Noch immer war ihm die Kehle wie zugeschnürt. Die Gnome klopften dem sitzenden Parker auf die Schultern und lachten. Offenbar machte es ihnen Spaß, die beiden Riesen zusammenzubringen.

»Mach dir keine Vorwürfe.« Parker stöhnte. »Ich war auch wirklich mehr tot als lebendig. Diese kleinen Burschen« – er wies mit dem Kinn auf die Gnome – »haben mich gefunden und hierher getragen. Während die einen nach dir gesucht haben, habe ich mich mit den anderen ein bißchen unterhalten.«

»Die beiden anderen Drachen kommen morgen zurück«, platzte Kim jetzt heraus. »Sie hatten keinen Treibstoff mehr. Sie haben gemorst. Sie kommen morgen zurück, ganz bestimmt.«

Parker nickte. »Gut. Im Hellen können sie uns leichter finden.« Er sah plötzlich nachdenklich aus. »Aber was wird dann aus unseren neuen Freunden?«

Kim sah ihn verdutzt an. »Was soll aus ihnen werden? Was meinen Sie damit?«

Parker spitzte die Lippen. »Ich glaube, ich verdanke ihnen mein Leben«, sagte er. »Und dafür haben sie Dank verdient. Verstehst du, was ich meine?«

Kim schüttelte unentschlossen den Kopf. »N-nein, nicht ganz. Das heißt, überhaupt nicht. Warum sollte sich jemand ihnen gegenüber undankbar zeigen?«

»Aus Unwissenheit«, sagte Gunner Parker. Er war wirklich sehr blaß. Und er schien große Schmerzen zu haben. »Oder um aus ihrer Existenz Kapital zu schlagen.« In einem Tonfall, der Kim an seinen Vater erinnerte, sagte er: »Mitarbeiter von Wardon Morenos Filmteam von Ureinwohnern der Alten Erde gerettet! Kolossale Entdeckung: Die Alte Erde ist die Ursprungswelt der Menschheit!« Parker kniff die Augen zusammen. »Na, sagt dir das etwas?«
Kim schoß die Schamröte ins Gesicht. Parkers Worte hatten nicht nur nach seinem Vater geklungen – sie hatten nach ihm klingen *sollen*. Natürlich würde sein Vater aus dieser Entdeckung Schlagzeilen machen. Er war Geschäftsmann. Die Reisen zu weit entfernten Planeten kosteten viel Geld. Und je mehr Propaganda die Medien für seinen neuen Film machten . . .
»Verstehst du, was ich meine?« fragte Parker. Die Gnome hatten inzwischen am Feuer Platz genommen. Sie musterten neugierig und stumm ihre Gäste.
»Sie wollen ihre Existenz verschweigen?« fragte Kim.
Parker nickte.
»Aber warum denn?« fragte Kim. Das verstand er nicht.
»Weil sie Menschen sind und keine exotischen Tiere. Weil dein Vater – entschuldige, daß ich das sage – aus ihnen eine Zirkusnummer machen wird. Wenn er verbreitet, daß die Alte Erde noch Leben trägt, werden Tausende von reichen Nichtstuern hierherkommen. Sie werden den Pilzwald zertrampeln und alles fotografieren, um zu Hause damit prahlen zu können, den letzten Menschen der Alten Erde persönlich begegnet zu sein. Geschäftsleute werden zur Alten Erde kommen. Sie werden den ganzen Planeten absuchen, die Pilzwälder mit Energiezäunen umgeben und Eintritt dafür kassieren, daß man die Bewohner dieser Welt besichtigen kann. Ich will nicht, daß es soweit kommt, Kim. Es würde diesen Leuten ihre Menschenwürde nehmen . . .« Parker hustete trocken. Es ging ihm wohl ziemlich schlecht.
Kim nahm Platz und dachte nach.
»Warum erzählen Sie mir das alles?« fragte er nach einer Weile.
»Weil du der Sohn deines Vaters bist. Weil ich ihn anlügen werde und du der einzige bist, der mich verraten kann.« Er versuchte sich aufzurichten. »Im Augenblick interessiert sich niemand wirklich dafür, ob die

Alte Erde der Ursprungsplanet der Menschheit ist. Aber wenn unsere Entdeckung bekannt wird ... Ich meine, ist es wirklich so wichtig, daß man erfährt, wo alles angefangen hat? Da draußen« – er deutete auf den Himmel und das schimmernde Band der Galaxis – »ist Platz genug für alle. Muß man aus der Alten Erde unbedingt ein Raritätenkabinett machen?«
»Ich ... w-weiß nicht«, sagte Kim.
»Aber dein Vater lebt davon, daß er Sensationen produziert«, fuhr Gunner Parker fort. »Er hat einen großen Stab, der bezahlt werden muß. Er muß viel Umsatz machen. Aber ist das noch eine Rechtfertigung, wenn man weiß, wie die Folgen aussehen? Muß man die menschliche Würde nicht achten, auch wenn die, die es angeht, nicht so aussehen wie wir?« Parker deutete auf die kleine Gruppe, die immer noch schweigend dasaß. »Diese paar Menschen hier«, sagte er, »sind möglicherweise die letzten ihrer Art. Jedenfalls haben sie keinen Kontakt mehr zu anderen. Sie haben seit einem Jahrhundert keine Kinder mehr bekommen. Sie sind alt, viel älter, als du glaubst. Aber sie werden aussterben; vielleicht in fünfzig oder hundert Jahren. Ich schätze, daß der jüngste von ihnen um die zweihundert Jahre alt ist.«
»Aber wenn wir schweigen«, sagte Kim, »wird man niemals erfahren, daß die Alte Erde wirklich der Ursprungsplanet der Menschheit ist.«
»Nein.« Parker schüttelte den Kopf. »Ich habe große Kopfschmerzen«, sagte er dann und fuhr übergangslos fort: »Wahrscheinlich nicht. Es sei denn, du sagst es der Öffentlichkeit. In fünfzig oder hundert Jahren.«
»So lange lebe ich nicht«, sagte Kim niedergeschlagen.
»Du bist erst vierzehn, Kim. Du kannst noch gut hundert Jahre leben. Früher sind die Menschen nicht so alt geworden.«
Kim biß sich auf die Unterlippe. »Ich weiß nicht. Und wenn ich bei einem Unfall sterbe?« Er dachte nach. »Verlangen Sie, daß ich meinen Vater anlüge?«
Parker hustete. Er wurde ganz blau im Gesicht. Zwei der Gnome sprangen auf und hielten ihn fest. Ein dritter – eine dritte, besser gesagt – flößte ihm eine grüne, sauer riechende Flüssigkeit ein. Schließlich beruhigte Parker sich wieder, und die kleinen Gestalten gingen verängstigt und murmelnd zum Feuer zurück.
»Ich bin so müde«, murmelte Parker heiser.

»Sterben Sie bitte nicht«, flehte Kim. »Die anderen müssen wirklich bald kommen.«
Gunner Parker lächelte matt. »Ich werde mir die größte Mühe geben.«

Noch in der gleichen Nacht erfuhr Kim, daß es auf der Alten Erde nicht nur Menschen, sondern offensichtlich auch noch Raubtiere gab. Ein dumpfes Grunzen riß ihn eine Stunde später zum zweitenmal aus dem Schlaf. Als er die Augen öffnete, hörte er einen hellen Entsetzensschrei. Die Gnome sprangen von ihren Lagern auf und ergriffen ihre Lanzen. Auf vier haarigen Beinen kam ein entsetzliches Lebewesen auf die Lichtung zugehumpelt. Es sah einer Spinne ähnlich und hatte einen langen, spitzen Schnabel. Zwei rotgeränderte, bösartige Augen starrten ihn an; der Schnabel klappte auf und entblößte vier Reihen haifischähnlicher Zähne. Kim taumelte entsetzt zurück.
Gunner Parker murmelte im Schlaf, dann wurde er wach und stöhnte. Die Gnome hielten todesmutig ihre Lanzen vor sich hin und versuchten das Untier einzukreisen. Im Kampf gab es offenbar keine Unterschiede zwischen Männern und Frauen. Ob sie sich selbst Mut machen oder das Tier mit ihrem Gebrüll vertreiben wollten, wußte Kim nicht, aber sie schrien ununterbrochen »Ai! Ai!«, sprangen behend von einem Bein auf das andere und taten alles, um den furchterregenden Angreifer in die Zange zu bekommen. Kim faßte Gunner Parker an die Schulter und rüttelte ihn. Doch der Mann schien ihn nicht wahrzunehmen. Er phantasierte.
»Schnell«, zischte Kim ihm zu. »Stehen Sie auf! Wir müssen . . .«
»Vorsicht, Brent«, murmelte Parker. »Die rechte Schwinge . . . Der Pilz . . .«
Kim ließ ihn los und beobachtete fasziniert das Vorgehen ihrer Beschützer. Die Bestie stand jetzt zehn Meter von ihm und Parker entfernt. Sie bewegte sich unentschlossen hin und her. Offenbar hatte sie schon einmal Bekanntschaft mit den Lanzen der kleinen Menschen gemacht. Aber ihr Zögern war nur eine Finte. Plötzlich machte sie direkt aus dem Stand heraus einen Riesensatz, übersprang die Kette der Verteidiger und jagte auf das Feuer zu.
Kim schrie auf, aber die Kleinen reagierten schnell. Noch ehe er Parkers Nadler in der Hand hatte, flogen die ersten beiden Lanzen durch die

Luft. Eine traf. Sie bohrte sich in den haarigen Leib des vierbeinigen Ungetüms. Die Kreatur fiel hin, schlug einen Purzelbaum, gelangte wieder auf die Beine und wandte sich um. Sie fauchte wütend. Wieder flog eine Lanze. Sie traf eines der Vorderbeine, prallte aber ab. Kim hob seine Waffe und legte an. Aber er konnte nicht abdrücken, da sich das Tier nun genau zwischen ihm und den anderen befand.

Das schreckliche Wesen ging erneut zum Angriff über. Es erwischte einen der Kleinen und schleuderte ihn wie eine Puppe beiseite. Ein zweiter Verteidiger stolperte über einen Stein und fiel hin. Bevor der Angreifer ihn erreichte, wurde er vom Schlag eines dicken Knüppels gestoppt. Aber dies schien ihn nur noch mehr zur Raserei anzustacheln. Laute Grunzlaute ausstoßend, eilte er auf flinken Beinen auf zwei der Gnome zu. Für die anderen schien dies ein Signal zum Angriff zu sein. Mit einem vielstimmigen Schrei stürzten sie sich mit gezückten Lanzen und Messern auf das Biest. Kim fuhr zurück und ließ den Nadler sinken. Jetzt konnte er überhaupt nicht mehr schießen, ohne Unschuldige zu treffen. Der Kampf ging in fast völliger Stille vor sich. Auf der Lichtung balgte sich ein Knäuel aus Menschenleibern. Zwei, drei Gnome wurden beiseite geschleudert und blieben liegen. Dann kreischte das spinnenähnliche Wesen auf und kippte endlich um. Es streckte die Beine in die Luft und zuckte noch ein letztes Mal.

Sofort rappelten sich die Kleinen wieder auf. Nur einer blieb liegen. Es war der, der Kim mit seiner Laterne geleuchtet hatte. Die anderen umringten ihn stumm, untersuchten ihn, nahmen einander bei den Händen und stimmten einen traurigen Gesang an. Parker hustete trocken. Sein Atem rasselte, und er hatte einen fiebrigen Blick, als er Kim ansah und verständnislos murmelte: »Sind wir schon da?«

Kim schluckte. Er biß die Zähne zusammen, um nicht loszuheulen. Ein Schleier legte sich auf seine Augen, als er die verdammte, nutzlose Nadelpistole anstarrte, die er immer noch in der Hand hielt.

Eine halbe Stunde später sah er den anderen zu, die ihren toten Kameraden begruben. Kim reihte sich in den Kreis der Trauernden ein, hielt ihre Hände und weinte. Der Leichnam der seltsamen vierbeinigen Spinne wurde ebenfalls begraben, wahrscheinlich, damit er keine gefährlichen Aasfresser anlockte. Die ganze Nacht hindurch wachten die Gnome am Feuer. Kim schlief irgendwann vor Erschöpfung wieder ein.

Als am Horizont die ersten Lichtstreifen erschienen, wurde er wach und stellte fest, daß Gunner Parker im Schlaf gestorben war. Sein Kopfverband war verrutscht, und seine Adlernase wirkte so spitz wie eine Dolchklinge. Die Gnome umringten ihn in der gleichen Weise wie ihren gefallenen Freund, sangen ihm ein Totenlied und nahmen Kim nacheinander in die Arme. In ihren kleinen Gesichtern stand aufrichtiges Mitleid; wahrscheinlich hatte jedes intelligente Lebewesen auf ihrer leeren Welt den gleichen Stellenwert. Jeder Tote brachte ihr Volk einen weiteren Schritt dem Ende näher.

Kim dachte an Brent und seinen Vater, an Parker und die Risikobereitschaft der Männer, die jetzt nicht mehr lebten. Sie waren für eine vermeintliche Sensation gestorben und waren in gewisser Weise auch schuld am Tod des Gnomen mit der Laterne. Hätten sie sich den Anweisungen seines Vaters widersetzt, wäre alles anders ausgegangen.

Parkers Worte bekamen nun Sinn für ihn, und als das Gebrumm der sich nähernden Drachen hörbar wurde, versuchte Kim sich den toten Gunner über die Schulter zu legen. Er hatte einen Entschluß gefaßt, aber ohne die Hilfe der Bewohner der Alten Erde war er nicht durchführbar. Kim war zu schwach.

»Groß Mensch tragen«, versuchte er das Idiom seiner Retter nachzuahmen. »Wegtragen.« Und mit einigen Handbewegungen deutete er an, sie sollten Parker an den Platz zurückbringen, an dem sie ihn gefunden hatten. Obwohl die Gnome ihn ein wenig ratlos ansahen und einander fragend musterten, gaben sie seiner Bitte schließlich nach. Mit vereinten Kräften wurde Parker durch die Wildnis getragen. Jetzt im Tageslicht brauchte man bis zur Absturzstelle nur fünf Minuten.

Als das Motorengedröhn immer lauter wurde, legten sie Parker auf den Boden.

»Geht weg«, sagte Kim nervös. »Geht weg! Man darf euch nicht sehen. Versteckt euch!«

»Versteckt euch?« fragte einer der Gnome mit seiner hellen Kinderstimme. »Klein Mensch geht weg? Gefahr?«

»Ja«, sagte Kim und deutete zum Himmel hinauf. »Gefahr! Klein Mensch verstecken!«

Die Gnome schienen zu verstehen. Lautlos tauchten sie im Dickicht des Pilzwaldes unter und verschmolzen mit der Umgebung. Kim winkte

ihnen noch einmal hinterher. Dann tauchte der erste Drachen über der Absturzstelle auf. Während er über dem Wald kreiste, setzte der zweite vorsichtig zur Landung an. Der Pilot war ein Künstler, denn er hatte kaum mehr als fünfzig Quadratmeter zur Verfügung.
Kim rannte mit ausgebreiteten Armen auf seinen Vater zu. Gunner Larsson und ein anderer Mann sprangen aus der Maschine und eilten auf das Wrack zu.
»Wir sind abgestürzt«, schluchzte Kim, der nun seine Beherrschung verlor. »Ich weiß auch nicht, wie das passiert ist. Sie sind tot . . . Sie sind tot, alle beide . . .«
»Beruhige dich doch, mein Junge«, sagte sein Vater und schloß ihn in die Arme. Er führte ihn zu dem wartenden Drachen zurück. »Du siehst ja schlimm aus«, fügte er hinzu. »Wo bist du verletzt?«
Bald darauf kehrten Larsson und der Pilot zurück. Eine Raupe war zum Pilzwald unterwegs, um die Toten abzuholen. Sie war noch in der Nacht aufgebrochen und mußte jeden Moment eintreffen.
Als Gunner Larsson berichtete, daß Brent und Parker nicht mehr zu helfen sei, sagte Kims Vater: »Schade um sie. Die beiden waren erstklassige Leute. So rasch werde ich die nicht ersetzen können.« Er schüttelte den Kopf. »Daß Brent allerdings so leichtsinnig war, hätte ich nicht gedacht. Meinen Sohn einer solchen Gefahr auszusetzen!«
Kim schluckte. Er wollte schon sagen: »Du hast es ihm doch befohlen«, als der Pilot meldete: »Startklar, Mr. Moreno. Sollen wir?«
»Abheben«, sagte sein Vater knapp. »Kassim kann bis zum Eintreffen der Raupe hier Stellung beziehen.« Der Drachen stieg auf. Unter ihnen wurde aus dem großen Pilzwald wieder ein flacher, brauner Teppich, in dem sich nichts regte. Kim sah hinaus. Er betete darum, daß Kassim, der Pilot des anderen Drachen, die Gnome nicht zufällig entdeckte.
»Sag mal«, warf sein Vater ein, als der Pilzwald hinter ihnen verschwand, »hast du irgend etwas da unten bemerkt, das Parkers Beobachtung bestätigen würde?«
Kim dachte an den toten kleinen Mann mit der Laterne und sagte, ohne zu zögern: »Nicht die Spur.«
»Habe ich mir doch gleich gedacht«, murmelte sein Vater. »Alles Hirngespinste! Und dafür haben die das Leben meines Jungen riskiert!«
Kim schwieg. Und der Drachen nahm Kurs auf das Lager.

WILLIAM JON WATKINS

Mutprobe in der Hensonröhre

Lobber kam hereingerannt und schrie wie am Spieß. »Keri ist Himmelsspringen gegangen! Keri ist Himmelsspringen gegangen!« Er war der Typ eines unscheinbaren Jungen, den man üblicherweise ignoriert, deshalb schrie er immer, wenn er etwas zu sagen hatte. Ich ignorierte ihn. Moody nicht, aber das war auch egal. Lobber schrie weiter. »Ich hab ihn mit seinen Flügeln zur Zylinderklappe gehen sehen!«

Moody schrie im gleichen Tonfall zurück: »Warum hast du ihn nicht aufgehalten?!«

»Wer? Ich?! Niemand kann Keri aufhalten, wenn er sich etwas in den Kopf gesetzt hat. Er ist verrückt!«

Lobber hatte natürlich recht. Keri war verrückt. Er brachte sich dauernd aus lauter Übermut in Gefahr, aber ihm passierte eigentlich nie irgend etwas. Er war nicht zu stoppen. Selbst Moody schaffte das nicht, und immerhin war Moody sein älterer Bruder.

Moody griff sich einen Feldstecher und lief zur Tür. »Er sollte besser nicht Himmelspringen! Er ist noch zu jung!«

Das brachte mich wirklich zum Lachen, denn schließlich waren wir dafür alle zu jung. Moody hatte es vor zwei Jahren gemacht, ohne erwischt zu werden, und ich tat es vor einem Jahr. Lobber würde es niemals tun. Ich nehme an, das war der Grund, warum er immer so schrie. Schlug man ihm vor, es auch einmal zu versuchen, sagte er jedesmal: »Bist du nicht bei Trost? Man kann dabei draufgehen!«

Und damit hatte er natürlich auch recht. Alle paar Jahre wartete jemand zu lange, bevor er die Flügel öffnete, oder er öffnete sie zu oft – in beiden Fällen brauchte er sich dann über seine Zukunft keine Gedanken mehr zu machen. Auch die relativ geringe Schwerkraft in der Hensonröhre ließ derartige Fehler nicht mehr als einmal zu. Mein Vater hatte seinen besten Freund sterben sehen, weil der die Flügel zu spät geöffnet hatte, und ich konnte mich noch gut daran erinnern, wie Keri gebrüllt hatte, als er Moody aus der Luft herniedersausen sah und wir alle glaubten, er würde seine Flügel nicht mehr öffnen und nicht mehr zum Gleitflug kommen.

Wenn man in der Hensonröhre ein gewisses Alter erreicht hat, fährt man in einer Kabine quer durch die Station und hinauf zur Zylinderkappe. Etwa in der Mitte der Beförderungsschiene springt man ab. Das ist nicht wirklich gefährlich, wenn man die Flügel rechtzeitig öffnet. Die Art, wie die Schwerkraft in der Hensonröhre wirkt – oder auch in der anderen Raumstation –, macht die ganze Sache weniger gefährlich als auf der Erde.

Die Unterschiede in der Wirkungsweise der Schwerkraft in der Hensonröhre werden durch ihre Form bestimmt. Sie ähnelt einem Reagenzglas, das an beiden Enden verschlossen ist. Die Menschen leben an den Innenseiten der Röhre, während sich der Zylinder um die eigene Achse dreht, um die nötige Schwerkraft zu erzeugen. Auf der einen Seite der Röhre kann man mit einem Teleskop hinter den Wolken Land sehen, aber die andere Seite ist fünf Kilometer entfernt. Das ist ein langer Weg, wenn es senkrecht nach oben geht.

Wenn man – wie wir alle – in einem Zylinder geboren wurde, erscheint es einem nicht ungewöhnlich, in einem Zwei-Minuten-Rhythmus eine Umdrehung zu vollziehen, und sogar Touristen bemerken zunächst wegen all der Felsen, Bäume und des anderen Zeugs keinen großen Unterschied zur Erde – bis sie nach oben schauen. Selbstverständlich macht sie die halbe Schwerkraft an den Bodenwänden ein wenig nervös, aber das eigentlich Ungewöhnliche ist die Schwerkraft im Zentrum des Zylinders. An der unsichtbaren Zentrumsachse in Längsrichtung gibt es keine Schwerkraft. Dort ist der Punkt, an dem die Beförderungskabine von einer Zylinderkappe zur anderen wechselt. Und dort ist der Ort, wo der Absprung beginnt.

Auf halbem Wege steigst du aus der Kabine aus und treibst sehr langsam auf eine Seite des Zylinders zu. Aber sehr bald beginnt der Boden unter dir vor deinen Augen zu rotieren, während dich gleichzeitig der Wind um die Zentrumsachse herum drückt. Allerdings vollzieht dein Körper keinen geschlossenen Kreis, denn der Absprung hat dir etwas Antrieb gegeben, der sich in Schwerkraft umsetzt, so daß du dich spiralförmig dem Boden entgegen bewegst – immer etwas langsamer als die Rotationsgeschwindigkeit des Zylinders selbst.

Je mehr du dich den Innenseiten näherst, desto schneller drehen sich die Bodenwände um dich herum. Die Schwerkraft hängt dabei davon ab,

wieviel Auftrieb dir die Rotationsgeschwindigkeit des Zylinders verschafft. Wenn du keine Flügel benutzen würdest, wäre der Aufschlag so hart, daß du getötet werden würdest – einmal durch den Sturz selbst und zum anderen deshalb, weil der Boden schnell an dir vorbeirauscht, wenn du auftriffst. Wenn du die Flügel benutzt, bremsen sie deinen Fall, aber andererseits bekommst du mehr Auftrieb, so daß du dich fast genauso schnell bewegst wie der Zylinder. Erst wenn du dich schneller bewegst als dieser, ist deine Schwerkraft stark genug, um landen zu können. Genau in diesem Moment mußt du mit den Flügeln abbremsen, um eine zu harte Landung zu vermeiden. Du landest wahrscheinlich eine halbe Umdrehung vom gewünschten Landepunkt entfernt und wirst einen langen Weg zurück nach Hause haben.
Normalerweise springst du mit an den Körper gelegten Armen und gefalteten Flügeln aus der Beförderungskabine. Du breitest die Arme erst aus, wenn du denkst, daß der richtige Zeitpunkt erreicht ist. Die Flügel verlangsamen die Fallgeschwindigkeit. Wenn du nicht zu lange damit wartest, hast du es geschafft. Wenn du zu lange wartest, werden deine Arme von der Kraft des Windes wie eine Taschenmesserklinge nach oben geklappt; die Flügel werden wie ein umgekippter Regenschirm aussehen und nicht in der Lage sein, deinen Sturz aufzuhalten. Die meisten Menschen, die beim Himmelspringen verletzt wurden, hatten ihre Flügel zu früh oder zu oft geöffnet. Die meisten Menschen, die beim Himmelspringen getötet wurden, hatten ihre Flügel zu spät geöffnet. Vor allen Dingen durfte man nicht in Panik geraten. Keri hatte noch niemand in panischer Angst gesehen.
Das waren ungefähr die Gedanken Moodys, als er zur Tür rannte, und auch die meinen, als ich nach dem Feldstecher griff, der Keri gehören mußte. Moody folgte. Lobber rannte schreiend hinter uns beiden her. Wir gelangten hinaus. Die silberne, kugelförmige Beförderungskabine hatte etwa ein Drittel ihres Weges zurückgelegt, und wir konnten nichts tun als warten, bis sie sich direkt über uns befinden würde.
Anfangs konnten wir Keri nicht entdecken und glaubten, er hätte die Kabine verpaßt, aber dann sahen wir ihn auf der Beförderungsschiene unter der Kabine sitzen, mit über den Rand baumelnden Beinen. Lobber versuchte mir den Feldstecher zu entreißen und schrie: »Laß mich sehen! Laß mich sehen!« Ich ignorierte ihn ohne Erfolg, bis Moody ihn schüt-

telte und rief: »Halt die Klappe, Lobber, halt endlich die Klappe!« Lobber machte ein Gesicht, als ob er sich im nächsten Moment schreiend beschweren wollte, aber die Kabine war nun genau über uns, und Lobber hielt tatsächlich die Klappe und blickte hinauf.
Als die Kabine dort angelangt war, wo Keri sie haben wollte, stand er auf, hielt einen Moment nach Orientierungspunkten Ausschau und sprang dann ab. Zuerst fiel er langsam, direkt auf uns zu. Aber bald glitt er in einer immer größer werdenden Spirale vor und zurück, während der Zylinder rotierte. Eine Sekunde lang sah es so aus, als würde er in der Luft stehen und die davonfahrende Kabine und uns betrachten.
Dann wechselte er in wenigen Augenblicken von der Größe meines Daumens bis zur Größe meines Handtellers. Die Schwerkraft hatte ihm bereits eine ansehnliche Geschwindigkeit gegeben, und er wurde immer schneller. Er hielt den Kopf vorn in den Wind und streckte den Körper nach hinten, um den Luftwiderstand zu verringern und noch schneller zu werden. Wir wußten, daß er bald etwas unternehmen mußte, wenn die Situation nicht gefährlich werden sollte.
Als er etwa eine halbe Meile über uns war, hatte er die Flügel immer noch nicht geöffnet. Moody setzte seinen Feldstecher ab und schüttelte seinen Kopf, als glaubte er, Keri würde seine Flügel niemals öffnen. Als er wieder hinaufsah, war Keri dem Boden schon wesentlich näher gekommen, und seine blauen Flügel waren immer noch vor der Brust gekreuzt.
Es ist schwer, vom Boden aus zu beurteilen, wann man den Punkt überschritten hat, an dem die Flügel geöffnet werden müssen, aber für uns sah es so aus, als hätte Keri diesen Punkt bereits überschritten. Und er hatte seine Flügel immer noch nicht ausgebreitet.
»Öffnen!« schrie Moody. »Öffnen!« Für eine kurze Zeit öffnete Keri die Schwingen tatsächlich und flog in einer der Zylinderkrümmung entsprechenden Kurve zurück. Aber lange vor dem richtigen Zeitpunkt kreuzte er seine Arme wieder vor der Brust und sauste erneut herab. Alles, was Lobber sehen konnte, war ein flirrender blauer Punkt, der sich auf das Schachbrettmuster der entfernten Seite des Zylinders zubewegte. »Er hat die Kontrolle verloren!« schrie Lobber.
Das war natürlich dummes Zeug. Aus irgendwelchen unerfindlichen Gründen hatte es Keri absichtlich so gemacht, aber als ich Lobber ge-

rade auffordern wollte, den Mund zu halten, stellte ich fest, daß mein Gaumen zu trocken zum Sprechen war. Das spielte jedoch keine Rolle, da Lobber plötzlich ruhig wurde. Moody starrte durch seinen Feldstecher und murmelte: »Öffnen, Keri! Öffnen!«

Es kam uns wie eine Ewigkeit vor, bis Keri schließlich die Flügel öffnete. Fast konnte man das Aufblähen des blauen Stoffes hören, als er seine Arme auseinanderwarf. Sie klappten zurück, und ich glaubte, sie würden ihm abgerissen, aber er kämpfte sie erneut nach vorn und hielt sie gerade.

Aber es sah immer noch so aus, als hätte er zu lange gewartet. Er segelte ein wenig zurück, fiel jedoch immer noch, und zwar schnell. Ich sah, wie er sich gegen die Gewalt des Falles anstemmte und versuchte, sie zu überwinden, aber ich glaubte nicht, daß er es schaffen würde.

Ich wollte nicht zusehen, wie er langsam, aber unaufhaltsam, auf den Boden fiel. Ich erinnerte mich an die Geschichte, die mein Vater über das Aussehen seines Freundes erzählt hatte, der auf dem Boden aufgeprallt war. So wollte ich Keri nicht sehen. Aber kurz bevor ich mich abwenden wollte, machte Keri das Verrückteste, das ich je in meinem Leben gesehen habe. Während er kopfüber und mit ausgebreiteten Armen herabfiel, warf er plötzlich seinen Körper nach vorn und den Kopf nach hinten und spreizte den ganzen Körper. Seine Flügel knallten wie eine platzende Brötchentüte.

Moody stöhnte, und ich fühlte, wie mein Atem in die Luftröhre eindrang. Aber es stellte sich heraus, daß Keri mehr über Himmelspringen wußte als jeder von uns. Durch sein Manöver hatte er fast die Bodengeschwindigkeit erreicht und war so nahe an den Boden herangekommen, daß ich es kaum für möglich hielt.

Keri wäre jedoch nicht Keri, wenn er nicht seine Flügel einen Bruchteil zu lange geöffnet gehalten hätte. Er schoß nach oben, preßte die Arme an den Körper und plumpste rückwärts nach unten. Man konnte es fast knirschen hören, als er auftraf. Er überschlug sich mehrmals, bevor er zur Ruhe kam. Eine Sekunde lang standen wir wie angewurzelt, dann rannten wir alle auf ihn zu, Moody allen voran.

Als wir Keri erreichten, setzte er sich auf, nahm die Flügel ab und rieb sich die Schultern. Seine Arme waren zerschrammt und zerschunden, aber nicht gebrochen. Obwohl er einen Helm trug, war ein Auge ge-

schwollen. Aber er lächelte.
Moody erreichte ihn zuerst und half ihm auf die Beine. »Du bist übergeschnappt, Keri! Weißt du das?! Du könntest tot sein. Weißt du das?! Weißt du das?!« Ich habe Moody nie so außer sich gesehen. Er hörte sich an wie sein Vater. »Sieh dich an! Du hast verdammtes Glück gehabt, daß du nicht tot bist!«
Aber Keri grinste nur, und je lauter Moody wurde, desto mehr grinste Keri, bis sich Moody verärgert abwandte. Für kurze Zeit sprach niemand ein Wort, auch Lobber nicht. Schließlich sagte Keri: »Laß es gut sein, Moody. Ich habe nicht so einen Tanz aufgeführt, als *du* herunterkamst.«
Moody sah ihn an, als wüßte er, daß Keri recht hatte, aber er wollte ihm den Schrecken noch nicht verzeihen, in den er uns versetzt hatte. »Ja, aber ich habe nicht gewartet, bis ich fast den Boden berührte, bevor ich die Flügel öffnete. Ich habe niemanden halb zu Tode erschreckt mit meinen Manövern.«
Keri sah ihn an und kicherte. »Tatsächlich nicht?«
»Das war nicht dasselbe!« beharrte Moody, wußte es aber wohl insgeheim besser. Schließlich hob er Keris Flügel vom Boden auf. »Ich nehme sie lieber an mich, bevor du sie ganz demoliert hast.«
Keri lachte und zwinkerte mir mit seinem gesunden Auge zu. »Es ist nicht leicht, sich wieder an festen Boden unter den Füßen zu gewöhnen, nicht wahr?« Ich nickte. Moody schnaubte und faltete die Flügel zusammen. Ich wartete gespannt, ob Lobber wieder anfangen würde zu schreien, aber er tat es nicht. Er sah nur zu der Stelle hoch, an der die Kabine vorbeigefahren war, und als er sprach, war seine Stimme leise und ehrfürchtig. Sie klang so, als wüßte er, daß er selbst niemals Himmelspringen würde, sosehr er sich das auch wünschte. »Was ist das für ein Gefühl, Keri?« fragte er.
Keri zuckte mit den Achseln, und ich wußte, warum. In diesem Fall, der immer schneller und schneller wird, und in dem Anblick des vorbeirasenden Bodens, der wie der sichere Tod auf dich zukommt, liegt etwas verborgen, das nicht zu erklären ist. Ich konnte dieses Gefühl von Freiheit immer noch in Keris Augen blinken sehen. »Plötzlich fühlst du, daß du lebst.«

ROBERT A. HEINLEIN

Das Versteckspiel

Am Vormittag, nachdem wir auf dem Mond gelandet waren, fuhren wir nach Rutherford hinüber. Paps und Mr. Latham – Mr. Latham ist der Mann von Harriman Trust, den Paps in Luna City aufsuchte –, Paps und Mr. Latham mußten sowieso hin, geschäftlich. Ich nahm Paps das Versprechen ab, mich mitzunehmen, weil das meine einzige Chance zu sein schien, auf die Mondoberfläche hinauszukommen. Luna City ist in Ordnung, aber kein Mensch kann einen Tunnel dort von einem unterirdischen Wohnviertel in New York unterscheiden – nur, daß man eben sehr leicht auf den Beinen ist.

Als Paps in unser Hotelapartment kam, saß ich auf dem Boden und spielte mit meinem kleinen Bruder Messerwerfen. Mutter hatte sich hingelegt und mich gebeten, den Knirps zu beaufsichtigen. Sie war auf dem ganzen Weg von der Erde hierher fallkrank gewesen und schien sich immer noch nicht ganz erholt zu haben. Der Knirps hatte mit der Beleuchtung gespielt, und sie von »Dämmerung« bis »Wüstenbräune« geschaltet und wieder zurück. Ich packte ihn beim Kragen und setzte ihn auf den Boden.

Ich selber spiele natürlich längst nicht mehr Messerwerfen, aber auf dem Mond ist das ein ganz ordentliches Spiel. Das Messer schwebt praktisch, und man kann alles mögliche damit anstellen. Wir erfanden eine ganze Menge neuer Regeln.

Paps sagte: »Alle Pläne umgeworfen, meine Liebe. Wir fahren sofort nach Rutherford. Nimm dich zusammen.«

Mutter sagte: »Oh, mein Gott! – Ich glaube nicht, daß ich es schaffe. Fahr du nur mit Dickie. Baby und ich verbringen hier einen ruhigen Tag.«

»Baby« ist der Knirps.

Ich hätte ihr gleich sagen können, daß sie es falsch anpackte. Er fragte gleich: »Wer? Was? Ich geh auch mit. Gehn wir.«

Mutter sagte: »Aber nein, Baby – sei brav. Wir gehen ins Kino, nur wir zwei.«

Der Knirps ist sieben Jahre jünger als ich, aber man darf ihn nicht

»Baby« nennen, wenn man etwas von ihm will. Er begann zu heulen.
»Du hast gesagt, daß ich mitdarf!« kreischte er.
»Nein, Baby. Ich habe nicht davon gesprochen. Ich –«
»Paps hat gesagt, ich darf mit!«
»Richard, hast du zu Baby gesagt, daß er mitkann?«
»Ich? Nein, meine Liebe, nicht, daß ich wüßte. Vielleicht –«
Der Knirps fuhr sofort dazwischen. »Du hast gesagt, ich darf überall mit, wohin Dickie geht. Du hast es versprochen, du hast es versprochen, du hast es versprochen.« Man muß es ihm lassen; in Nullkommanichts stritten sich die Erwachsenen darüber, wer was zu wem gesagt hatte. Jedenfalls standen wir zwanzig Minuten später mit Mr. Latham am Raketenflughafen und bestiegen die Fährrakete nach Rutherford.

Der Flug dauerte nur etwa zehn Minuten, und man sieht nicht viel; nur kurz einmal die Erde, solange die Rakete noch in der Nähe von Luna City ist, und dann nicht einmal mehr das, weil die Atomfabriken, wohin wir wollten, natürlich auf der Mondrückseite stehen. Zehn oder zwölf Touristen flogen mit, und sie wurden sofort krank, als wir in den freien Fall übergingen. Mutter natürlich auch. Manche Leute gewöhnen sich nie an Raketen.
Aber Mutter war sofort wieder auf dem Damm, als wir landeten und unter der Erde waren. Rutherford ist nicht Luna City; statt einen Tunnel bis zum Flughafen hinauszubohren, schickte man einen Druckwagen an die Raketenschleuse, und man wird eineinhalb Kilometer weit gefahren, bis zum Eingang in den Untergrund. Das gefiel mir und dem Knirps auch. Paps mußte mit Mr. Latham geschäftlich weg, so daß Mutter, ich und der Knirps mit den Touristen die Führung durch die Labors mitmachten.
Es war ganz interessant, aber nicht aufregend. Soviel ich sehe, ist eine Atomfabrik wie die andere; Rutherford hätte genausogut die Großfabrik bei Chicago sein können. Ich meine damit, daß alles verborgen ist, eingeschlossen, abgeschirmt. Man sieht nur ein paar Instrumententafeln und Leute, die davor sitzen. Fernsteuerung – wie in Oak Ridge. Der Führer erzählt von den Experimenten, und man bekommt ein paar Filme zu sehen – das ist alles.
Unser Führer gefiel mir Er sah aus wie Tom Jeremy in der Fernsehserie

»Die Weltraumhelden«. Ich fragte ihn, ob er Raumfahrer sei, er sah mich komisch an und meinte, nein, nur ein Kolonialangestellter. Er wollte wissen, wo ich zur Schule gegangen und ob ich Pfadfinder sei. Er erzählte, er sei Pfadfinderführer von Trupp eins, Rutherford City.
Es gab nur den einen – wenig Pfadfinder auf dem Mond, nehme ich an.
Paps und Mr. Latham kamen zurück, als wir mit der Führung fertig waren, und Mr. Perrin – der Führer – erklärte: »Die Führung durch Rutherford schließt einen Ausflug an die Oberfläche des Mondes ein, wo der Teufelsfriedhof und der Schauplatz der Großen Katastrophe von 1984 besichtigt werden. Die Teilnahme ist freiwillig. Es besteht keine besondere Gefahr, wir haben auch noch nie einen Unfall gehabt, aber die Vorschriften verlangen, daß ein Revers unterschrieben wird, wenn Sie diesen Ausflug mitmachen wollen. Er dauert etwa eine Stunde. Die Zurückbleibenden können Filme sehen und Erfrischungen zu sich nehmen.«
Paps rieb sich die Hände. »Das ist das Richtige für mich«, verkündete er. »Mr. Latham, ich bin froh, daß wir rechtzeitig zurückgekommen sind. Das hätte ich um nichts in der Welt versäumen mögen.«
»Es wird Ihnen Spaß machen«, meinte Mr. Latham zustimmend, »und Ihnen auch, Mrs. Logan. Ich würde am liebsten selber mitgehen.«
»Warum tun Sie's nicht?« fragte Paps.
»Nein, ich möchte die Unterlagen für Sie und den Direktor zur Unterschrift fertig haben, bevor Sie nach Luna City zurückfliegen. Ich komme aber mit und helfe Ihnen in die Raumanzüge.«
Wir marschierten in den Garderoberaum, und ich sah mich um, während Mr. Perrin alle hereintrieb und sie die Zettel unterschreiben ließ. Am anderen Ende des Raumes die Luftschleuse zur Oberfläche, mit einem Bullauge. Man konnte hindurchgucken und die Mondoberfläche sehen: Heiß und hell und irgendwie märchenhaft, trotz der dunklen Glasscheibe. An der Längswand hing eine doppelte Reihe von Raumanzügen, wie leere Menschen. Ich kroch herum, bis Mr. Perrin zu unserer Gruppe kam.
»Wir tragen Sorge dafür, daß der Kleine der Hostess im Café übergeben wird«, sagte er zu Mutter. Er fuhr dem Knirps übers Haar. Der Knirps versuchte ihn zu beißen, und er riß schnell die Hand weg.
»Danke, Mr. Perkins«, sagte Mutter. »Das ist wohl das Beste – obwohl

ich vielleicht lieber mit ihm hierbleiben sollte.«
»Perrin, gnädige Frau«, sagte Mr. Perrin geduldig. »Das ist nicht nötig. Die Hostess kümmert sich um ihn.«
Warum reden Erwachsene von Kindern, als verstünden sie nichts? Man hätte ihn einfach in das Café schieben sollen. Aber der Knirps hatte schon gemerkt, daß man ihn abladen wollte. Er sah sich kampfeslustig um. »Ich gehe auch mit«, sagte er laut. »Du hast es versprochen.«
»Aber Baby«, versuchte Mutter ihn zu bremsen. »Mama hat dir nicht gesagt –«, aber es war nutzlos; der Knirps tischte die Toneffekte auf.
»Du hast gesagt, ich kann überall hin, wo Dickie hindarf. Du hast es versprochen, als ich krank war. Du hast es versprochen, du hast es versprochen –«, und so weiter und so weiter, während seine Stimme immer höher und lauter wurde.
Mr. Perrin machte ein verlegenes Gesicht. Mutter sagte: »Richard, du mußt dich um den Buben kümmern. Schließlich warst du derjenige, der es ihm versprochen hat.«
»Ich?« sagte Paps überrascht. »Außerdem finde ich da gar nichts Kompliziertes dabei. Wenn wir ihm wirklich versprochen haben sollten, daß er tun kann, was Dickie darf – dann nehmen wir ihn einfach mit, das ist alles.«
Mr. Perrin räusperte sich. »Tut mir leid. Ich kann Ihrem größeren Buben einen Frauen-Raumanzug geben; er ist groß für sein Alter. Aber auf kleine Kinder sind wir nicht eingerichtet.«
Na, auf der Stelle gab es ein Mordsspektakel. Der Knirps kann Mutter nach Belieben verrückt machen. Mutter hat dieselbe Wirkung auf Paps. Er wird rot im Gesicht und dann zornig auf mich. Eine Art Kettenreaktion, ich bin der letzte und kann es an keinen weitergeben. Man kam auf eine ziemlich einfache Lösung – ich sollte hierbleiben und mich um unser Baby kümmern.
»Aber Paps, du hast gesagt –«, fing ich an.
»Ruhe!« brauste er auf. »Ich will nichts mehr hören!«
Ich war verzweifelt. »Hör mal, Paps«, sagte ich, »wenn ich auf die Erde zurückkomme, ohne wenigstens einmal einen Raumanzug angehabt zu haben und auf der Mondoberfläche gewesen zu sein, kannst du für mich gleich eine andere Schule suchen. Nach Lawrenceville gehe ich nicht zurück; ich wäre ein Spaß für den ganzen Ort.«

»Das besprechen wir, wenn wir zu Hause sind.«
»Aber Paps, du hast mir ausdrücklich versprochen –«
»Das genügt, junger Mann. Die Sache ist erledigt.«
Mr. Latham hatte in der Nähe gestanden und das Gespräch schweigend verfolgt. Er zog plötzlich die Brauen hoch und sagte ganz leise zu Paps: »Na, R. J. – ich dachte, auf Ihr Wort könnte man bauen?«
Ich sollte es eigentlich nicht hören, und außer mir hörte es auch niemand – zum Glück, denn es ist unklug, Paps zu zeigen, daß man ihn im Unrecht weiß; es wird nur schlimmer. Ich wechselte hastig das Thema. »Paps, vielleicht können wir alle hinaus. Wie ist es mit dem Anzug da drüben?« Ich deutete auf ein Gestell hinter einem abgeschlossenen Gitter. Es enthielt etwa ein Dutzend Raumanzüge, und ganz hinten, kaum zu sehen, hing ein kleiner – die Stiefel reichten kaum bis zur Hüfte der anderen Anzüge.
»Was?« Paps' Miene hellte sich auf. »Na, genau richtig! Mr. Perrin! Mr. Perrin – einen Augenblick bitte! Ich dachte, Sie hätten keine kleinen Anzüge, aber hier hängt einer, der genau passen müßte.«
Paps rüttelte an dem Gitter. Mr. Perrin hastete herbei. »Den können wir nicht nehmen, Sir.«
»Was? Warum denn nicht?«
»Alle Anzüge dort sind Privateigentum, nicht zu verleihen.«
»Was? Quatsch – Rutherford ist ein öffentliches Unternehmen. Ich möchte diesen Anzug für meinen Sohn.«
»Sie können ihn nicht nehmen.«
»Dann spreche ich mit dem Direktor.«
»Das werden Sie wohl müssen. Der Anzug ist eigens für seine Tochter angefertigt worden.«
So kam es, Mr. Latham holte den Direktor an den Apparat, Paps sprach mit ihm, dann sprach der Direktor mit Mr. Perrin und wieder mit Paps. Der Direktor war geneigt, den Anzug auszuleihen, an Paps jedenfalls, aber er könne Mr. Perrin nicht befehlen, ein kleines Kind mit auf die Oberfläche hinauszunehmen.
Mr. Perrin blieb störrisch, ich konnte es ihm nicht verargen, aber Paps beruhigte ihn, und dann stiegen wir alle in unsere Anzüge, man prüfte Druck und Sauerstoff und schaltete die Funksprechgeräte ein. Mr. Perrin verlas über Funk die Liste und erinnerte uns, daß wir alle über die

gleiche Welle verfügten und besser ihn reden ließen; wir sollten möglichst keine beiläufigen Bemerkungen machen, sonst könne keiner etwas verstehen. Dann standen wir in der Luftschleuse, und er mahnte uns, beieinander zu bleiben und nicht zu probieren, wie schnell wir laufen oder wie hoch wir springen könnten. Mein Herz klopfte aufgeregt.

Die Außentür der Schleuse ging auf, und wir marschierten hintereinander auf die Mondoberfläche hinaus. Es war genauso herrlich, wie ich es mir vorgestellt hatte, aber ich war so durcheinander, daß es mir gar nicht richtig zum Bewußtsein kam. Die Sonne schien so grell, und die Schatten waren so tintenschwarz, daß man kaum in sie hineinsah. Man konnte nichts hören als die Stimmen im Funkgerät, und das ließ sich abschalten.

Der Sand war weich und stieg unter dem Tritt auf wie Rauch und sank langsam herunter, wie in der Zeitlupe. Sonst rührte sich nichts. Es war die einsamste Gegend, die sich denken läßt, wenn man sich so ausdrükken darf.

Wir blieben auf dem Pfad und hielten uns eng aneinander, bis auf zweimal, als ich dem Knirps nachrasen mußte, als er herausfand, daß er sechs Meter hoch springen konnte. Ich hätte ihm am liebsten eine heruntergehauen, aber wie macht man das, wenn jemand einen Raumanzug trägt?

Mr. Perrin bat uns nach einer Weile, stehenzubleiben, damit er mit seinem Vortrag anfangen konnte. »Sie befinden sich jetzt im Teufelsfriedhof. Die beiden Spitzen oder Monumente sind nach Apokryphen oder Sagengestalten benannt, weil man sich gesagt hat, daß diese phantastische Szenerie einem riesigen Friedhof ähnele. Beelzebub, Schiwa, Kain, Seth –« Er wies um sich. »Lunologen sind sich über den Ursprung dieser merkwürdigen Formen nicht einig. Manche behaupten, Anzeichen des Einflusses von Wasser und Luft ebenso wie von Vulkantätigkeit zu bemerken. Wenn das zutrifft, müssen diese Spitzen seit urdenklichen Zeiten stehen, denn der Mond ist, wie Sie ihn heute sehen –« Es war das übliche Gerede, wie man es jeden Monat auch im »Raummagazin« lesen kann, aber wir hatten eben alles in Lebensgröße vor uns, und das ist etwas anderes.

Die Berge erinnerten mich ein wenig an die Felsen unter dem Forsthaus im Garten der Götter von Colorado, wo wir im vergangenen Sommer waren, nur sind die Berge hier viel höher, und statt des blauen Himmels

sieht man nur undurchdringliche Schwärze und scharf abgegrenzte Sterne über sich. Unheimlich.
Ein zweiter Führer, der eine Kamera trug, hatte sich unserer Gruppe angeschlossen. Mr. Perrin versuchte noch etwas zu sagen, aber der Knirps begann zu quatschen, und ich mußte sein Funkgerät abschalten, damit die anderen nichts hörten. Ich ließ es abgeschaltet, bis Mr. Perrin mit seiner Rede zu Ende war.
Er schlug vor, daß wir uns zu einem Gruppenbild mit den Spitzen und dem schwarzen Himmel als Hintergrund aufstellen sollten. »Recken Sie den Kopf in Ihrem Helm vor, damit man Ihr Gesicht sieht. Und lächeln. Fertig!« fügte er hinzu, während der andere das Bild schoß. »Die Abzüge sind bei Rückkunft für Sie bereit, das Stück zu zehn Dollar.«
Ich überlegte. Für mein Zimmer in der Schule brauchte ich unbedingt eines, und eines wollte ich verschenken an – na ja, ich brauchte eben noch eines. Ich hatte vom Geburtstagsgeld noch achtzehn Dollar übrig, um den Rest konnte ich Mutter bitten. Also bestellte ich zwei Stück.
Wir stiegen einen langen Abhang hinauf, und plötzlich starrten wir hinaus auf den Krater, die Unglücksstelle, die Überreste des ersten Laboratoriums. Er dehnte sich weit, dreißig Kilometer im Durchmesser, und der Boden war mit schimmerndem, blasigem grünen Glas bedeckt anstelle von Sand. Vor uns ein Denkmal. Ich las die Inschrift

HIER RINGS UM EUCH LIEGEN DIE
STERBLICHEN ÜBERRESTE
VON
Kurt Schaeffer
Maurice Feinstein
Thomas Dolley
Hazel Hayakawa
C. Washington Slappey
Sam Houston Adams
DIE FÜR JENE WAHRHEIT STARBEN
DIE MENSCHEN FREI MACHT
am elften Tag im August 1984

Ich bekam ein komisches Gefühl in der Magengrube und ging zu Mr. Perrin, um ihm zuzuhören; Paps und ein paar von den anderen Männern stellten ihm Fragen. »Genau weiß man es nicht«, erwiderte er. »Es blieb nichts übrig. Wir funken jetzt alle Angaben nach Luna City, wie sie von den Instrumenten abgelesen werden, aber das hier passierte noch, bevor die Sichtlinien-Relais aufgestellt wurden.«

»Was wäre geschehen«, fragte ein Mann, »wenn sich diese Explosion auf der Erde ereignet hätte?«

»Das möchte ich Ihnen lieber nicht auseinandersetzen – schließlich hat man genau aus diesem Grund das Labor auf die Rückseite des Mondes verlegt.« Er warf einen Blick auf die Uhr. »Es wird Zeit, daß wir umkehren.« Man drängte sich heran, die Leute liefen den Weg hinunter, als Mutter aufschrie.

»Baby! Wo ist Baby?«

Ich war erstaunt, aber zunächst nicht erschrocken. Der Knirps rennt immer herum, einmal hier, dann dort, aber er verzieht sich nie allzuweit, weil er immer jemanden braucht, den er ansäuseln kann.

Mein Vater hatte den Arm um Mutter gelegt, mit der anderen Hand winkte er mich herbei. »Dick«, fauchte er, »was hast du mit deinem Bruder gemacht?«

»Ich?« sagte ich. »Was willst du von mir – als ich ihn das letztemal sah, hatte ihn Mutter an der Hand und ging mit ihm den Abhang hinauf.«

»Keine Ausreden, Dick. Mutter ruhte sich aus, als wir oben waren, und sie hat dir den Kleinen geschickt.«

»Kann ja sein, eingetroffen ist er bei mir aber nicht.« Und dann begann Mutter im Ernst zu schreien. Natürlich hatten alle zugehört – es blieb ihnen nichts anderes übrig, wegen der einen Welle. Mr. Perrin kam heran und schaltete Mutters Funkgerät ab. Es wurde plötzlich totenstill.

»Kümmern Sie sich um Ihre Frau, Mr. Logan«, befahl er und fügte hinzu: »Wann haben Sie ihr Kind zuletzt gesehen?«

Paps konnte ihm nicht helfen; nachdem man Mutter wieder in die Funkverbindung eingeschaltet hatte, gab man es schnell auf. Sie konnte uns nichts sagen, aber unsere Ohren dröhnten. Mr. Perrin wandte sich an die übrigen. »Hat jemand das kleine Kind gesehen, das wir bei uns hatten? Bitte nicht antworten, wenn Sie nichts Brauchbares beizusteuern haben. Hat ihn jemand weglaufen sehen?«

Niemand hatte ihn beachtet. Ich stellte mir vor, daß er sich verdrückt haben mußte, als alle Leute den Krater betrachtet hatten. Das sagte ich auch zu Mr. Perrin. »Wahrscheinlich«, meinte er. »Achtung! Bitte hören Sie mir zu! Ich werde das Kind suchen. Bleiben Sie hier und rühren Sie sich nicht vom Platz. Ich bin nicht länger als zehn Minuten fort.«
»Warum machen wir uns nicht alle auf die Suche?« fragte jemand.
»Weil ich im Augenblick nur eine Person suchen muß«, erwiderte Mr. Perrin. »Ich möchte nicht hinter einem Dutzend her sein müssen.« Er machte sich auf den Weg, mit großen, leichten Sprüngen, vorbei an uns allen, wobei er jeweils mindestens fünfzehn Meter zurücklegte.
Paps wollte ihm nach, überlegte es sich aber schnell, und das war gut, denn plötzlich kippte Mutter um, knickte in den Knien ein und schwebte sanft zu Boden. Alles begann auf einmal zu reden. Irgendein Idiot wollte ihr den Helm abnehmen, aber Paps ist ja schließlich nicht verrückt. Ich schaltete mein Funksprechgerät ab, um in Ruhe denken zu können, und begann mich umzusehen, ohne wegzulaufen. Ich stellte mich an den Kraterrand und versuchte, so weit wie möglich zu sehen.
Ich schaute auf die Strecke, die wir zurückgelegt hatten; es hatte keinen Sinn, in den Krater zu sehen, dort wäre er auf dem Präsentierteller gewesen.
Außen war der Krater von anderer Art; man hätte in einem Bereich von ein paar Hundert Quadratmetern ein ganzes Regiment verstecken können; überall standen häusergroße Felsblöcke mit gewaltigen Löchern und Tunnels herum, es gab Spitzen und Schluchten – ein furchtbares Durcheinander. Ab und zu sah ich Mr. Perrin, der immer noch herumsprang und beachtliche Strecken zurücklegte.
Er schien buchstäblich zu fliegen. Wenn er einen großen Felsblock erreichte, übersprang er ihn einfach und legte sich oben flach, um besser sehen zu können.
Dann kam er zu uns zurück; ich schaltete das Gerät wieder ein. Es wurde immer noch geredet. Irgend jemand sagte: »Wir müssen ihn vor Sonnenuntergang finden«, und ein anderer erwiderte: »Unsinn, die Sonne geht eine Woche lang noch nicht unter. Mit dem Sauerstoff hapert es, sage ich Ihnen. Der Vorrat in den Anzügen reicht nur für vier Stunden.« Die erste Stimme meinte: »Oh!« und fügte dann leise hinzu: »Wie ein Fisch im Trockenen –« Und da bekam ich es mit der Angst zu

tun.
Eine halberstickte Frauenstimme sagte: »Der arme, arme Kleine! Wir müssen ihn finden, bevor er erstickt«, und die Stimme meines Vaters fuhr dazwischen: »Hören Sie auf, solches Zeug zu reden!« Ich konnte jemanden schluchzen hören. Vielleicht war es Mutter.
Mr. Perrin hatte uns fast erreicht, und er warf ein: »Ruhe bitte! Ich muß den Stützpunkt verständigen.« Dann sagte er drängend: »Hier Perrin, ich rufe Schleuse zwo, Perrin an Schleuse zwo.«
Eine Frauenstimme erwiderte: »Bitte melden, Perrin.« Er berichtete, was vorgefallen war, und sagte schließlich: »Schicken Sie Smythe heraus, damit er die Leute zurückbegleitet; ich bleibe. Alle verfügbaren Männer und zusätzliche Freiwillige sollen sich bei mir einfinden. Den ersten geben Sie einen Funkrichtungssucher mit.«
Wir hatten nicht lange zu warten; sie schwärmten wie Heuschrecken aus. Sie hatten eine Geschwindigkeit von fünfzig oder sechzig Kilometer pro Stunde.
Paps wollte nicht mit zurück, aber Mr. Perrin brachte ihn zum Schweigen. »Wenn Sie nicht so eigensinnig gewesen wären, hätten wir jetzt nicht diese Sorgen. Wenn Sie sich um Ihren Sohn gekümmert hätten, wäre er nicht verlorengegangen. Ich habe selbst Kinder; ich lasse sie nicht auf die Mondoberfläche, solange sie sich nicht selbst helfen können. Kehren Sie um – ich kann mich nicht auch noch mit Ihnen belasten.«
Paps hätte sich vielleicht auf einen Streit mit ihm eingelassen, wenn Mutter nicht wieder umgekippt wäre. Wir gingen mit den anderen zurück.

Die nächsten Stunden waren schrecklich. Wir durften vor dem Kontrollraum sitzen, von wo wir Mr. Perrin über den Lautsprecher die Suche dirigieren hörten. Ich dachte zuerst, sie fänden den Knirps, sobald sie den Funkrichtungssucher einsetzten – man mußte ja den Batteriestrom orten, wenn er nichts sagte –, aber soviel Glück hatten wir nicht. Man glaubte es zuerst, aber man fing nichts auf. Die Sucher fanden auch nichts.
Das Schlimmste war, daß weder Mutter noch Paps versuchten, mir die Schuld zu geben. Mutter weinte still vor sich hin, und Paps tröstete sie. Er sah mit merkwürdiger Miene zu mir herüber. Ich glaube nicht, daß er mich richtig gesehen hat, aber ich nahm an, er dachte, wenn ich nicht

darauf bestanden hätte, mit hinausgenommen zu werden, wäre das Ganze nicht passiert. Ich sagte: »Du brauchst mich nicht so anzusehen, Paps. Niemand hat mir gesagt, daß ich auf ihn aufpassen soll. Ich dachte, er ist bei Mutter.«

Paps schüttelte stumm den Kopf. Er wirkte erschöpft und irgendwie eingefallen. Aber Mutter hörte zu weinen auf und lächelte mich an. »Komm her, Dickie«, sagte sie und legte den Arm um mich. »Niemand gibt dir die Schuld, Dickie. Was auch immer geschehen mag, du kannst nichts dafür. Vergiß das nicht, Dickie.«

Ich ließ mir einen Kuß geben und blieb eine Weile bei ihnen sitzen, aber mir war schlimmer zumute als vorher. Ich mußte immer an den Knirps denken, irgendwo da draußen, während sein Sauerstoff zu Ende ging. Vielleicht war es wirklich nicht meine Schuld, aber ich hätte es verhindern können, das wußte ich genau.

Der Knirps ist zwar oft eine wahre Landplage, aber ich konnte mir nicht vorstellen, wie ein Leben ohne ihn aussah.

Nach einer Weile war ich davon überzeugt, daß ich ihn finden konnte, wenn man mich nur heranlassen wollte. Aber daran dachte natürlich keiner.

Dr. Evans, der Direktor, tauchte wieder auf – er hatte uns bei der Ankunft begrüßt – und erkundigte sich, ob er irgend etwas für uns tun könne und wie sich Mrs. Logan fühle. »Sie wissen, daß mir nichts schrecklicher sein kann als dieser Vorfall«, meinte er. »Wir tun, was wir können. Ich lasse von Luna City Erzdetektoren herüberfliegen. Vielleicht finden wir das Kind durch die Metalle in seinem Anzug.«

Mutter wollte Suchhunde eingesetzt haben, und Dr. Evans lachte sie nicht einmal aus. Paps schlug Hubschrauber vor, korrigierte sich aber schnell und machte Raketen daraus. Dr. Evans meinte, es sei unmöglich, von einer Rakete aus den Boden genau zu betrachten.

Nach einer Weile zog ich ihn beiseite und bat ihn, mich an der Suche beteiligen zu dürfen. Er blieb höflich, war aber unbeeindruckt, also setzte ich nach.

»Warum glaubst du, daß du ihn finden kannst?« fragte er mich. »Wir haben die erfahrensten Leute draußen. Ich fürchte, daß du dich nur verirrst oder dich verletzt, wenn du mit ihnen Schritt halten willst.«

»Aber ich kenne doch den Knirps, Doktor«, sagte ich, »ich meine, mei-

nen kleinen Bruder, besser als irgendein anderer Mensch. Ich verirre mich bestimmt nicht – ich meine, ich verirre mich auf genau dieselbe Weise wie er. Dann können Sie mir jemanden nachschicken.«
Er dachte lange nach. »Versuchen können wir es ja«, meinte er plötzlich. »Ich gehe mit. Ziehen wir uns an.«

Wir liefen schnell, mit zehn Meter langen Schritten – mehr schaffte ich nicht, obwohl Dr. Evans mich beim Gürtel hielt, um mich vor einem Sturz zu bewahren. Mr. Perrin erwartete uns. Er schien von meinem Plan nicht begeistert zu sein. »Vielleicht funktioniert es«, meinte er vorsichtig, »aber die Suchaktion lasse ich normal weiterlaufen. Hier, Kleiner, nimm die Stablampe. In dem Schatten kannst du sie brauchen.«
Ich stand am Kraterrand und versuchte mir einzubilden, ich sei der Knirps, ein bißchen gelangweilt und vielleicht auch ein bißchen beleidigt, weil sich niemand um mich kümmerte. Was würde ich tun?
Ich lief den Abhang hinunter, ohne besonderes Ziel, genau wie es der Knirps immer macht. Dann blieb ich stehen und schaute mich um, weil ich sehen wollte, ob Mutter, Paps und Dickie mich beobachtet hatten. Man folgte mir wirklich; Dr. Evans und Mr. Perrin waren mir auf den Fersen. Ich tat so, als sehe mich niemand, und lief weiter. Ich hatte inzwischen fast den ersten Felszacken erreicht und versteckte mich dahinter. Er war nicht hoch genug, um mich zu verbergen, aber für den Knirps hätte er ausgereicht. Es kam mir so vor, als könnte er es genauso gemacht haben; er spielte zu gerne Verstecken – dadurch wurde alles auf ihn aufmerksam.
Ich dachte darüber nach. Wenn der Knirps Verstecken spielte, kroch er immer unter irgend etwas, unter ein Bett, ein Sofa, ein Auto, oder vielleicht sogar unter den Ausguß. Ich schaute mich um. Es gab viele geeignete Stellen; die Felsen waren voller Löcher und Überhänge. Ich suchte sie der Reihe nach ab. Es schien hoffnungslos zu sein; in der nächsten Umgebung allein gab es Hunderte solcher Verstecke.
Mr. Perrin kam heran, als ich aus der vierten Höhle kroch. »Wir haben überall hineingeleuchtet«, sagte er. »Ich glaube nicht, daß es viel Zweck hat.«
»Okay«, sagte ich, aber ich gab es nicht auf. Hoffentlich hatte der Knirps nicht gerade eine Stelle gefunden, wo es sogar für mich zu eng

war.
Immer wieder dasselbe, ich begann zu frieren, verkrampfte und fühlte mich hundemüde. Das direkte Sonnenlicht auf dem Mond ist sehr heiß, aber sobald man in den Schatten kommt, wird es eiskalt. Die Anzüge für uns Touristen waren isoliert, aber vor allem in den Handschuhen, Stiefeln und im Hosenboden – während ich die meiste Zeit auf dem Bauch lag und mich irgendwo hineinzwängte.
Ich war so erstarrt, daß ich mich kaum rühren konnte, und vorne schien ich ganz vereist zu sein. Außerdem brachte mir das eine Sorge mehr – was war mit dem Knirps? Fror es ihn auch so?
Wenn ich nicht daran gedacht hätte, wie den Fischen im Trockenen zumute sein mußte und daß der Knirps vielleicht erfroren sein würde, wenn ich ihn nicht bald fand, hätte ich aufgegeben. Ich war fast erledigt, außerdem ist es in diesen Löchern recht unheimlich – man weiß nicht, was einem als nächstes begegnet.
Dr. Evans nahm mich beim Arm, als ich wieder einmal hochkam, und berührte meinen Helm mit dem seinen, so daß ich seine Stimme hören konnte. »Es hat ja doch keinen Zweck. Du machst dich nur kaputt, und wir sind kaum vorwärtsgekommen.«
Die nächste Stelle war ein kleiner Überhang, keine dreißig Zentimeter über dem Boden. Ich leuchtete hinein. Das Loch war leer und schien auch nicht weiterzuführen. Dann sah ich eine Biegung. Ich legte mich auf den Boden und kroch hinein. Die Biegung weitete sich ein bißchen und fiel nach unten ab. Ich hielt es nicht für lohnend, weiterzusehen, weil der Knirps im Dunkeln sicher nicht sehr weit vorgedrungen sein konnte, aber ich zwängte mich noch ein Stück voran und leuchtete hinunter.
Ich sah einen Stiefel herausragen.
Das war's denn auch. Ich hätte mir beinahe den Helm eingeschlagen, als ich hastig zurückkroch, aber den Knirps zerrte ich hinter mir her. Er war schlaff wie eine Katze, und sein Gesicht sah ganz komisch aus. Mr. Perrin und Dr. Evans fielen über mich her, als ich herauskam, schlugen mir auf die Schultern und schrien.
»Ist er tot, Mr. Perrin?« fragte ich, als ich wieder zu Atem gekommen war. »Er sieht schrecklich aus.«
Mr. Perrin sah ihn sich ganz genau an. »Nein ... ich sehe den Puls am

Hals schlagen. Schock und Kälte, aber der Anzug ist eine Sonderanfertigung – wir haben ihn bald wieder auf dem Damm.«
Zehn Minuten später war der Knirps in Decken eingewickelt und trank heißen Kakao. Ich auch. Alle redeten durcheinander, und Mutter weinte, aber sie sah wieder normal aus, und Paps wirkte nicht mehr hager.
Er versuchte, Mr. Perrin einen Scheck auszuschreiben, aber ohne Erfolg. »Ich brauche keine Belohnung. Ihr Junge hat ihn gefunden. Sie könnten mir aber einen Gefallen tun . . .«
»Ja?« sagte Paps eifrig.
»Bleiben Sie vom Mond weg. Sie gehören nicht hierher; Sie sind nicht der Typ dafür.«
Paps schluckte es. »Das habe ich meiner Frau schon versprochen«, erwiderte er schlicht. »Sie brauchen sich keine Sorgen zu machen.«
Ich ging Mr. Perrin nach, als er sich verabschiedet hatte, und sagte zu ihm: »Mr. Perrin – ich wollte Ihnen nur sagen, daß ich wiederkomme – wenn es Ihnen nichts ausmacht.«
Er schüttelte mir die Hand und meinte: »Das habe ich gleich gewußt.«

BOB BUCKLEY

Schimären

»Eine schöne Schweinerei«, sagte Poulton mürrisch, während er ihr seitenlastiges, beschädigtes Schiff überprüfte, das den gewundenen Korridor einer Wolkenschlucht entlangschlingerte.
Neely antwortete nicht; er war zu beschäftigt damit, die Sicherungsseile zu überwachen. Ihr Tintenfischlein, die *Kühnstürzende Geliebte*, war ohne Antrieb; ihre Maschinen waren nur Stunden zuvor, nachdem sie Himmelsstation Sieben verlassen hatten, durch eine unerklärliche Explosion ausgefallen. Danach, als sie noch dabeigewesen waren, die Segelspieren zu entfalten, hatte ein Sturm sie gepackt, eine jener gefürchteten schnellen Umwälzungen der Turbulenzen, die den irdischen Unwettern zwar ähnlich waren, sie aber um das Zehnfache übertrafen. Umherge-

worfen von der Gewalt des Windes, hatten sie sich abgekämpft, um die dünne Fläche aus verstärktem Nylon, die als Notsegel diente, zurechtzuzerren. Irgendwie war es ihnen gelungen, in ruhigere Winde zu entkommen, und irgendwie hatten sie die Ausleger, mit denen sie die Hauptsegel ausbreiteten, hinausgeschwungen.
Aber die *Kühnstürzende Geliebte* war durch die Hölle geflogen, und man merkte es ihr an. Das Radio und fast alles vom Instrumentenbord war weggerissen gewesen, als sie sich nicht mehr krümmte, war mit einem aufzuckenden Sprung abgesprengt worden. Die Kunststoffflächen, die den Rumpfrahmen überdeckten, knarrten und krachten mit jeder Windbö. Die Segel gaben ihnen zwar Bewegungsfreiheit, aber sie konnten keinen Kontakt herstellen und mußten als verschollen gelten, denn in der oberen Atmosphäre der Venus gab es keine Wegweiser, nur die endlosen Bänke der Säurewolken mit ihren zwischen ihnen liegenden kropfförmigen Ansammlungen von Algen und Luftgewächsen, die das Leben der spärlichen menschlichen Bevölkerung des Planeten gewährleisteten.
»Wie steht's mit den Tanks?« fragte Neely unvermittelt. Die Gastanks, eigentlich nur taschenförmig aufgepumpte Kunststoffblasen, sicherten ihnen das Überleben, waren das einzige, das sie oben hielt. Es war ein langer Fall bis zur Oberfläche des Planeten, die höllisch brannte und von einem ungeheuren atmosphärischen Gewicht zusammengepreßt wurde. Die Himmelsstationen und die kompliziert und kunstvoll erschaffene Flora und Fauna, die die Winde mit einer Vielzahl grüner Ballons, gestaltet von einem drogenumnebelten Bildhauer des Fleisches, erfüllten, blieben an den oberen Grenzen der Atmosphäre, wo der Druck und die Temperatur erdnormal waren. Tod lauerte über und unter ihnen; es gab nur die Wahl zwischen Eis und Feuer.
Aber die Venus war weit angenehmer als früher. Die obere Atmosphäre enthielt heute Sauerstoff, obwohl die Säurewolken und der hohe Anteil des Gases Menschen davon abhielt, sie ungefiltert zu benutzen. Kunststoffkombinationen und Atemgeräte gehörten zur üblichen Ausstattung. Erstaunlich daran blieb vor allem, daß all dies in nur zweihundert Jahren vollbracht worden war.
Doch weder Poulton noch Neely kümmerten sich im Augenblick um derlei Dinge. Sie waren müde und hungrig, und ihr Proviant lag

irgendwo dort unten, kochte auf der felsigen Oberfläche, vorausgesetzt, daß er beim Fall durch die Atmosphäre nicht vollständig verbrannt war.
»Eine Lichtung voraus«, sagte Poulton plötzlich und zeigte darauf.
Neely nickte; er hatte die Verbreiterung der Schlucht bereits gesehen.
Der grüne Dunst verdichtete sich. Das Sonnenlicht strahlte hier kräftiger, und die Knäuel der mikroskopischen Algen gediehen prächtig.
Dann sauste ein aufgeblähtes, beutelähnliches Ding, das unvermittelt in ihrem Sichtfeld erschien, aus einem Wolkenwall hervor, trieb gemächlich quer zum Kurs des Tintenfischleinschiffes entlang und entfernte sich dann längsseits.
Poulton holte seine Streupistole hervor.
»Vergiß es, du Johann!« stieß Neely unduldsam hervor.
»Eine Redliche Schmerle! Du weißt doch, wie sie schmecken! Wir hängen uns für ein paar Minuten an sie an und werden im Zentrum der Algendrift sein. Dort wird's was Besseres zum Jagen geben.«
Poulton senkte die Waffe, steckte sie aber nicht weg. Die Schmerle, von ihrer Unverwundbarkeit überzeugt, ignorierte das Schiff, als sie es passierte und für einen Augenblick die Sonne verfinsterte.
Weitere Schatten wurden sichtbar, so wie Neely es vorhergesagt hatte.
Er ließ ab von den Segeln, und die *Kühnstürzende Geliebte* begann aus der Steuerrichtung zu fliegen und ruckte, als der Wind nichts anderes als die plumpe Masse ihres Rumpfes ergattern konnte.
Vor ihnen tauchte, vom Algennebel verdunkelt, ein beträchtlicher Schatten auf, der sich fast parallel zu ihrem Kurs bewegte.
»Ein Luftwal«, sagte Poulton mit Befriedigung. Er ging zum ausgefransten Loch am Bug des Tintenfischleins. »Dreh uns langsam nach Backbord«, schlug er vor.
Neely zog an den Leinen, die die Segel justierten. Die *Kühnstürzende Geliebte* bewegte sich, darauf reagierend. Der Luftwal kam in Sicht.
Er war ungefähr halb so groß wie die *Kühnstürzende Geliebte* und durchscheinend, seine Haut ein trübes, mit scharlachroten Flecken übersätes Grün. Sein Schweif lag zusammengefaltet zwischen zwei Walschwanzflossen; die hatten ihm den Namen gegeben. Er besaß keine anderen Auswüchse, und je näher man ihm kam, desto weniger ähnlich sah er einem Wal. Das Maul war ein Netz transparenter Membranen, zusammengehalten von knorpligen Gräten. Er hatte keine Augen, nur

zahllose lichtempfindliche Sichtpusteln, die den Fleischwulst, der das netzähnliche Maul scharf umgrenzte, mit Pünktchen übersprenkelten.

Neely band die Leinen fest, bückte sich und griff nach der Hakenlanze. Er stellte sich zu Poulton. Die gefleckte Hülle des Wals war jetzt so nah, daß sie die kleinen parasitären Räuberpflanzen sehen konnten, die mit schwänzelnden Bewegungen über seine Seite huschten, um dem näher kommenden Schiffchen aus dem Weg zu gehen; ihre einziehbaren Wurzeln zappelten wie Strähnen schlohweißen Haares auf ihren grünlichen Rücken.

Poultons Streupistole entlud sich mit einem lauten Knall. Ein Hagel gezackter Glasscherben blitzte aus ihrer Trichtermündung und fraß sich durch den Wal. Sofort war ein schrilles Zischen zu hören, und der Wal fiel, absinkend, in sich zusammen. Aber Neely hatte zum gleichen Zeitpunkt, als die Pistole abgefeuert wurde, mit der Lanze in ihn hineingestochen, und die Enterhaken waren ebenfalls schon angebracht. Er zog, und mit Poultons Hilfe lag der schlappe Wal bald sicher festgetäut längsseits.

Poulton zog sein Messer und begann damit, das Geschöpf, das durch sein Äußeres etwas zu sein vorgab, was es nicht war, mit gekonnten Hieben auszuweiden; er schälte die Haut ab, schnitt den Gassack, der Luft abgelassen hatte, frei, legte schließlich die ziemlich dünne Gräten- und Rippensektion bloß, wo sich das eigentliche Fleisch des Tieres befand.

Neely war zu den Segeln zurückgekehrt. Er setzte sie und gestattete dem Tintenfischchen, vor dem Wind zu segeln. Diese Richtung war so gut wie jede andere.

Poulton ließ einen Laut der Enttäuschung hören. »Der Wasserbeutel ist fast trocken«, klagte er, indem er Neely das gerunzelte, durchsichtige Organ mit der Flüssigkeitslache darin zeigte.

»Wir finden noch andere«, sagte Neely zu ihm. »An Durst werden wir nicht sterben.«

Poulton machte mit seiner Arbeit weiter. Bald hatte er zwei Steaks herausgeschnitten, die er im Öfchen briet. Das restliche Fleisch hatte er in das Kompaktgefrieraggregat, das am Kielbaum des Schiffes angebracht war, gelegt. Plötzlich lachte er auf.

Neely warf ihm fragend einen flüchtigen Blick zu.

»Ich habe gerade an Brackett gedacht und daran, warum er uns hinaus-

schickte«, erklärte Poulton. »Daß wir noch immer nicht einmal das Weidegebiet gefunden haben, geschweige denn jenes legendäre Wesen, das die Erntevorräte gestohlen hat.«
»Brackett glaubt nicht an ein Monstervieh. Er schickte uns hinaus, damit er der Viehzüchtergilde beweisen kann, daß er etwas unternimmt, um ihre Interessen zu schützen.«
»Viehzüchter sind bei Licht besehen nicht eben die phantasiebegabtesten Besatzungsmitglieder einer Himmelsstation«, sagte Poulton. »Und irgend etwas macht sich mit dem *Windfleisch* davon – was Brackett nicht leugnen kann.«
»Dies hier ist eine gefährliche Gegend«, antwortete Neely ruhig. »Alles kann es gewesen sein. Krankheiten, der Wind, der Regen – schwer zu beurteilen, wenn die Faunaforscher kein einziges Objekt bekommen können. Hier draußen wartet der Tod nicht lange darauf, bis man seine Bekanntschaft zum Zweck der Untersuchung macht!«
»Also, ich glaube, es ist ein Monster«, sagte Poulton mit fester Stimme. »Schließlich wurde dieses ganze Ökosystem durch genetische Manipulation künstlich erschaffen. Wenn man Genmuster aufbricht, sie durcheinanderschüttelt und dann wieder zusammenbringt, gerade so, wie es einem in den Kram paßt, kann man leicht ein paar Überraschungen erleben. Erst im letzten Monat, auf dem Mars, wurde eines dieser unheimlichen Schimärenungeheuer, die sich dort tummeln und in den Zwingerbergwerken benutzt werden, zu einem wahren Alptraum. Es verschluckte drei Faunaforscher, ehe die Minenwache es niederbrennen konnte.«
Neely zuckte mit den Schultern.
Der Alarm des Öfchens tönte, und die Diskussion über Ungeheuer war zugunsten der weit schwierigeren Aufgabe des Essens beiseite geschoben. Die Anzüge waren für abgepackte Mahlzeiten, wie sie von der Versorgungsgilde der Himmelsstationen ausgegeben wurden, entworfen worden. Das hieß nicht, daß sie das Fleisch nicht hätten essen können; sie konnten schon, aber diese Angelegenheit war umständlich und unangenehm, wenn nicht sogar gefährlich.
Nach einiger Zeit hatten sie ihr Mahl beendet. Die Sonne stand tief über dem Horizont; die Wolkenbänke wurden von einem scharlachroten Glühen, der Farbe frisch vergossenen Bluts ähnlich, überflutet. Den ve-

nusianischen Sonnenuntergang mußte man erlebt haben, wenn man ihn glauben sollte.

Poulton wählte die erste Wache und entlastete Neely an den Sicherungsseilen.

Neely kontrollierte aus Gewohnheit das Schiffchen, schaltete die Fluglampen ein, verkroch sich in seine Hängematte und versuchte zu schlafen.

Es wurde ihm schwergemacht. Die Ereignisse des Tages hörten nicht auf, in ihm herumzuschwirren, jagten seine Träume, und mehr als einmal fuhr er, jäh erwachend, auf und war mit kaltem Schweiß bedeckt. Das Abendrot entschwand langsam. Als die Dunkelheit kam, war sie so vollkommen wie die schwärzeste Tinte.

Im letzten Traum sprach Brackett zu ihnen; sein fettiges Haar war in Locken um den kühnen Dom seines Kopfes aufgewickelt, und er ermahnte sie, jenes Ungeheuer zu erschlagen, das sie dabei beobachteten, wie es gerade vor dem ungeheuren, plastikgeschützten Balkon hinter den Schreibtisch des Administrators flatterte. Es griff mit Medusententakeln, die sich wie sterbende Schlangen aus einem Nest wanden und schlängelten, nach Brackett.

Neely setzte sich abrupt auf und wäre fast aus der Hängematte gestürzt. Das Tintenfischlein war allein in der Dunkelheit. Das einzige Licht kam vom schwachen Glimmen der Fluglichter. Poulton war ein nur zu ahnender Schatten am Bug; sein Helm formte einen grünlichen Schimmer um den Kopf.

Neely ging nach vorn.

»Ich übernehme jetzt«, sagte er leise.

Poulton nickte müde.

»Irgendwas passiert?«

Poulton schüttelte den Kopf – nein. Er erhob sich, streckte sich und stolperte nach achtern. Sein einziges Ziel: Die Hängematte und schlafen.

Neely beneidete den anderen um seine Erschöpfung, als er sich unter dem Kunststoffgitter des Decks niederließ. Poulton zumindest würde schlafen können.

Poulton hatte die Hauptsegel gerefft und die *Kühnstürzende Geliebte* von den Auslegern in ruhiger, langsamer Geschwindigkeit durch die Nacht tragen lassen. Ohne den Radiokompaß hatten sie keine Möglich-

keit, ihren Standort zu bestimmen. Doch die Dunkelheit hatte einen Vorteil: Falls es in der Nähe eine Himmelsstation gab, würden sie deren Lichter, die die Wolken beschienen, entdecken.
Neely beschloß, eine Richtungsänderung zu versuchen.
Er zählte langsam bis tausend, dann ließ er das Tintenfischlein nach Backbord schwingen und kreuzte gegen den Wind. Das war schwieriger, und er zählte bis zweitausend, ehe er das Schiff sich zurückdrehen ließ. Nun segelte die *Kühnstürzende Geliebte* statt eines gradlinigen, enggefaßten Kurses eine lange, taumelnde Linie.
Die Stunden schleppten sich schrecklich langsam dahin. Die Dunkelheit wurde durch nichts gestört. Gelegentlich schlugen Pflanzen gegen den Rumpf des Schiffchens oder schwebten durch den offenen Bug herein und wurden zerquetscht, wenn sie gegen Neely stießen. Sie waren schwach und schlabbrig, diese Dinge der Nacht; Aasfresser, die von jenen Pflanzen lebten, die im Sommerschlaf lagen und sich mit dem Wind treiben ließen, auf ihr Erwachen wartend.
Neely ertappte sich dabei, wie er gegen seine innere Bereitschaft, einzudösen, ankämpfte. Jetzt, da er nicht schlafen durfte, war die Versuchung, sich gehenzulassen, in ihrer Beharrlichkeit hinterhältig.
Das Auflodern des Lichts überraschte ihn.
Er war eingeschlafen; Neely war sich dessen bewußt, als er den Kopf schüttelte, um den Nebel, der seine Gedanken umwogte, zu vertreiben.
Das Innere der *Kühnstürzenden Geliebten* leuchtete erneut scharlachrot, aber das kam nicht vom Sonnenaufgang. Der Schein kroch über die Wolkendecke, um danach erlöschend hinabzurinnen. Dunkelheit legte sich wieder über die Landschaft. Das Aufleuchten eines Raumschiffantriebs, entschied Neely, während er sich die Richtung einzuprägen suchte. Ein Pendelverkehrsschiff, das an einer der Stationen anlegen wollte, mußte eingetaucht sein. Er steuerte die *Kühnstürzende Geliebte* auf Gegenkurs und setzte die sich aufschwellenden Hauptsegel. Das Tintenfischlein sprang vorwärts, die Rumpfflächen knackten im Fahrtwind. Zum ersten Mal seit ihrer Havarie erlaubte er sich ein Grinsen. Es gab Geschichten von Schiffchen und ihren Besatzungen, die die Wolkenwüsten jahrelang durchwanderten, in ihnen umherschwirrten und sich wie Piraten, bei jeder Gelegenheit etwas Nützliches stehlend, durch-

schlugen. Diesem Schicksal wenigstens waren sie entronnen.
Nicht ganz eine Stunde später leistete Poulton ihm wieder Gesellschaft. Neely berichtete ihm, wie er das Pendelschiff gesehen hatte, und erklärte ihm die Lage.
Poulton hörte aufmerksam zu und starrte hinaus in die Dunkelheit.
»Vielleicht kann ich ein paar Lichter montieren«, sagte er schließlich. »Ein bißchen Saft ist in den Batterien noch zurückgeblieben. Und wir haben Ersatzbirnen, die wir benutzen können, sogar dann, wenn die Suchlampen beim Sturm runtergegangen sein sollten.«
Neely sagte ihm, daß er sich tummeln und seine Aufmerksamkeit darauf richten solle, das stampfende Tintenfischlein durch die Nacht zu bringen. Die beiden Hauptgefahren bestanden darin, in einen Sturm zu geraten oder einen Luftwal zu rammen.
Aber die Nacht blieb ruhig, und nach einiger Zeit sprang ein mattes Bündel Lichtstrahlen durch den Schiffsrumpf hinaus.
»Besser krieg ich es nicht hin«, sagte Poulton dazu. »Das heißt – wenn ich einen Windgenerator für die Batterien reparieren würde, könnten sie aufgefrischt werden.« Er schwang die tragbare Suchlampe herum und sandte das vorwärtsspringende Licht durch den Spalt am Bug. Die Wolkennebel wallten und wogten wild in seinem Strahl.
»Laß es hier!« meinte Neely. »Wie wär's mit etwas mehr vom Wal? Ich bin am Verhungern!«
Sie wechselten sich am Steuer ab; erst aß Neely, schließlich Poulton.
Dann fielen die Wolken ab, und sie erreichten eine Lichtung. Neely zog, plötzlich beunruhigt, die Segel ein. Die Besorgnis zahlte sich aus, denn unvermittelt füllte der Strahl sich mit den tropfenden grünen Schemen von *Windfleisch,* das vom Licht angezogen wurde.
Poulton beleuchtete die Markierung eines ganz in der Nähe liegenden Stückes.
»Das ist Gildefleisch. Ich frage mich, wo die Hüter sind. Sie hätten unser Licht inzwischen bemerken und neugierig geworden sein müssen!«
»Hier ungefähr habe ich das Schiffsleuchten gesehen«, sagte Neely zu ihm. »Vielleicht sind sie zur Himmelsstation zurückgekehrt?«
»Und zahlen einen Zehntagelohn als Strafe dafür, daß sie die Herde verlassen haben? Sei nicht albern!«
Neely zuckte mit den Schultern und begann das Tintenfischlein aus der

Herde hinauszumanövrieren. Poulton schaltete das Suchlicht aus, damit das *Windfleisch* nicht von dem Licht angelockt wurde und ihnen folgte.
»Was ist das?« Poulton zeigte nach vorn auf einen vernebelten Schimmer vor Steuerbord und berührte erregt Neelys Schulter. »Die Station?«
»Muß es wohl sein«, stimmte Neely zu. »Außer uns gibt's hier draußen kein Licht. Und das erklärt, wohin die Hüter gegangen sind. Sie müssen die Herde zur Station gebracht haben.«
Neely schickte das Schifflein in Sprüngen voran. Die *Kühnstürzende Geliebte* hatte ihren Weg nach Hause gefunden.
Das *Windfleisch* kreuzte ihren Weg in langen Strömen und in Büscheln von Einzelgängern. Es bestand eigentlich aus stromlinienförmigen *Vegetarfleisch*-Säcken, die in den Schatten, die sie warfen, den Luftwalen ähnlich, aber nur halb so umfangreich waren, und sie besaßen eine lange Rückenflosse, die ihnen im Flug Stabilität verlieh.
Das vernebelte Gebiet gewann deutlichere Gestalt. In seinem Umkreis lag das *Windfleisch* als dicke Anhäufung.
Plötzlich schrie Poulton.
Neely sprang voller Furcht auf. »Mann, was hast du?«
»Hast du das gesehen?« zischte der andere. »Irgend etwas grapschte nach einem Stück und quetschte es platt wie einen Käfer! Sah aus wie 'ne Schlange!«
Neely lachte. »Hier oben gibt es keine Schlangen, alter Kumpel. Die Dunkelheit muß deine Augen getäuscht haben.«
»Gut, wenn das der Fall war, dann wird's jetzt für dich gespielt! Da, sieh!«
Knapp hinter dem nächsten *Windfleisch* näherte sich mit schlangengleichen Bewegungen ein dünner Fleischstreifen. Schnell wie ein Blitz schlug er sich um das *Windfleisch* und zerquetschte es. Der Luftsack des Fleischstücks platzte mit einem Knall und ließ die Luft heraus. Die Schlange zog sich mit ihrer Beute, die sie fest im Griff behielt, außer Sichtweite zurück.
Neely erschauerte, als er die *Kühnstürzende Geliebte* zur Seite abdrehen ließ. Sobald die Segel den Wind gefangen hatten, setzte er die Hauptsegel. Das Tintenfischlein nahm Fahrt auf.
»Richte das Suchlicht hinüber und sieh nach, was das war!« befahl er.

Poulton war schon längst dabei, den Befehl auszuführen. Der Strahl bohrte sich hinaus und huschte über einen zwiebelförmigen Schatten, der nicht weiter als fünfzig Fuß entfernt war.
Poultons Stimme war kalt, als er den Strahl über die Umrisse der Kreatur schickte. »Was immer das auch sein mag, es erfüllt alle Anforderungen an ein Ungeheuer! Laß uns von hier verschwinden, ehe es ihm zu langweilig wird, mit dem *Windfleisch* herumzuspielen, und es sich dazu entschließt, größerer Beute nachzustellen!«
Aber auch Neely war das bereits klargeworden. Er schlang die Seilenden um einen Holm und schnellte nach vorn, hob das Fliegende Vorsegel auf, das bis jetzt mit festgezurrten Leinen auf dem Deck gelegen hatte, und warf es in die Nacht hinaus. Der Wind fing es und blies es auf, so daß es sich wie ein riesiger, rot- und goldenfarben gestreifter Fallschirm vor dem Schiff ausbreitete. Nun bewegte sich die *Kühnstürzende Geliebte* erst richtig!
Er wankte zurück zu den Seilen, nahm ihre Enden wie die Zügel eines Kampfwagens in seine behandschuhten Hände und ließ sie über die Flaschenzüge vor- und zurückgleiten. Poulton schwang die Suchlampe für einen Augenblick nach achtern.
»Es kommt uns nach!« berichtete er grimmig. »Bete, daß sich im Vorsegel kein *Windfleisch* fängt.«
»Dann gib mir ein bißchen Licht, verdammt noch mal!« stieß Neely, angestrengt an den Seilen arbeitend, hervor.
Sie eilten den Rand der Lichtung entlang und brachen dabei durch zufällig auf ihrem Kurs liegende Wolkenwände. In ihrem Kielstrom folgte der ihnen nachfliegende Schatten, ein Nest unruhig rollender Tentakel, die hinter ihm herbaumelten, als er das Schiff einzufangen versuchte. Immer näher schwappte er heran, bis Neely zuletzt, ungeachtet der Gefahr, nach Backbord abdrehte. Die *Kühnstürzende Geliebte* verschwand in der dunklen Masse einer Wolkenbank. Gleichzeitig löschte Poulton die Suchlampe und die Lauflichter.
Sie flohen stumm und blind durch die Dunkelheit; das Geflüster des Windes strich am Rumpf vorüber.
»Etwas Leuchtendes ist hinter uns!« zischte Poulton. »Kommt näher!«
Kaum hatte er gesprochen, als ein mit Bändern aus blauem und rotem Feuer ausgerüsteter Schatten über ihnen schwebte, so nahe, daß beide

Männer die ausladenden Steuerflossen auf der Spitze des wurstähnlichen Schwanzschattens und das aufgerissene Maul des Hauptsiphons, das nach mehr Luft gierte, erkennen konnten. Die *Kühnstürzende Geliebte* erzitterte, als sie gezwungen wurde, plötzlich abzustoppen. Neely fluchte, als die Sicherungsseile seinem harten Griff entrissen wurden. Einen Augenblick später rissen die Seile mit einem Kreischen des geschundenen Gewebes und flatterten in die Nacht hinaus.
Sie wurden in einem höllischen Leuchten gebadet, während Nester schlangengleicher Arme, mit runden, maulgroßen Saugnäpfen versehen, über den Rumpf schlugen und sich hereinwanden.
Neely fühlte, wie er um die Taille gepackt wurde. Dann hörte er Poultons Streupistole aufbellen, und der Arm fiel mit zerfetzten Enden zu Boden.
Er griff nach der Lanze und stach auf einen Arm ein, der sich von hinten an Poulton heranmachte.
Ein Gasbehälter platzte mit donnerndem Schlag! Zwei Arme wurden von der Explosion auseinandergeblasen, aber vier weitere schwappten als Ersatz für sie herein.
Poulton feuerte erneut, aber der Schuß verfehlte das Ziel, und eine weitere Gaszelle explodierte. Nun rollte die *Kühnstürzende Geliebte* ab und überschlug sich dabei. Als er fiel, hörte Neely Poultons Schrei, aber er hatte keine Zeit, um nachzusehen, warum er schrie. Er schnappte blitzschnell nach einer Aluminiumverstrebung. Sie schlug ihm gegen die Brust, und er klammerte sich eisern daran, denn unter ihm warteten fünfzig Meilen leerer Luft darauf, ihn in sich aufzunehmen. Er zappelte wild mit den Beinen und kämpfte um festen Halt. Aus den Augenwinkeln sah er, wie Poulton von einem Saugnapfarm, der sich um seinen Hals geschlungen hatte, weggetragen wurde.
Ein anderer Arm schwankte in Sicht. Er berührte Neelys Beine, hielt inne und kam zu einer zweiten Besichtigung zurück. Neely brüllte, als er sich um ihn legte und ihn heftig von der Verstrebung wegzog! Als er von dem Arm herumgewirbelt wurde, bemerkte er, daß er sich mit all seiner Kraft an dem schmierigen Fleisch festhielt, sich eher vor dem Fallen als vor dem Ungeheuer fürchtend.
Einen Augenblick später wurde er durch einen klaffenden Schlund in ein trübglimmendes Loch geworfen, das mit den wimmelnden Körpern von

zahllosem *Windfleisch* mit zerstörten Gassäcken angefüllt war. Der Arm entledigte sich seiner und entschwand, ließ ihn allein in der alptraumhaften Grube zurück.

Nun, nicht ganz allein – weiter entfernt sah er einen vertrauten Fuß, der aus einem Fleischhaufen herausragte. Er stapfte hinüber, räumte ihn frei und entdeckte einen bewußtlosen Poulton.

Er schüttelte ihn wach und beantwortete die unvermeidliche »Was-war-los«-Frage. Als Poulton informiert war, wollte er sofort und auf der Stelle seine Pistole gegen das Tier einsetzen. Aber Neely sagte ihm, er solle warten. Sie konnten nirgendwo hin.

Also warteten sie. Der einzig angenehme Gedanke war, daß sie in ihren Anzügen vor den Magensäften der Kreatur geschützt waren. Aber anscheinend gab es gar keine Säfte.

Das *Windfleisch* schlingerte nur unkomfortabel herum, wie ein Netz voller Sardinen, die in den Aufbewahrungsraum einer schwimmenden Konservenfabrik gefallen waren.

»Das ist vielleicht ein lustiges Vieh«, sagte Poulton nach einer schnellen Untersuchung der Eingeweideinhalte mit gedämpfter Stimme. Sie wurden allmählich dazu gezwungen, sich auf nur noch einer Seite aufzuhalten, als mehr und mehr *Windfleisch* in das Loch und damit durch den Magen geworfen wurde. Das Abernten ging offenbar weiter und weiter.

»Sieht nicht so aus, als ob es sehr hungrig wäre, obwohl es eine wahrhaftig riesige Kapazität hat«, stimmte Neely zu. Er hatte sich entlang des inneren Magenrands bewegt und die dicke und gefaltete Innenhaut zu untersuchen begonnen.

»Was wir jetzt brauchen«, sagte er sanft, »ist ein Bullauge.«

Damit begann er mit seinem Messer dort zu schaben, wo sich die Haut zwischen zwei geblähten Gaszellenrippen spannte. Die Kreatur erschauderte gewaltig, und beide Männer wurden auf die Knie geworfen.

»Das mag es überhaupt nicht«, stellte Poulton fest.

»Trotzdem!« Neely kratzte weiter. Bald hatte er ein faustgroßes Loch durch die Magenwand gegraben, und er erhaschte durch die durchsichtige Oberhaut einen flüchtigen Blick auf die *Kühnstürzende Geliebte,* die sprunghaft in die nebligen Tiefen der unteren Wolkenschichten in ewiges Vergessen sank. Überall um sie herum spielten Blitze in den Schluchten und über den zu Vorsprüngen aufgetürmten Wolken, bemalten die Nacht mit Schleiern bläulichen Lichts. Vielleicht donnerte es auch zu den Blitzen, aber Neely konnte bei dem schrillen Kreischen des verkrüppelten Fleisches nichts vernehmen.

Poulton schlug ihm auf die Schulter.

»He, die Ernte ist vorbei!«

Erkennbar genug erschien kein *Windfleisch* mehr. Und trotz des Getümmels konnten sie hören, wie die Gaszellen stöhnten, als sie sich füllten. Irgendwo im weiten Balg der Kreatur wandelten sie den Säurenebel in Wasserstoff um. Sie stiegen auf. Trotz des »Fensters« erkannte Neely nicht, wohin es ging. Es war eine furchterregende Situation, in den Eingeweiden einer riesenhaften Bestie wie in einer Falle gefangen zu sein und gemeinsam mit Hunderten von *Windfleisch*-Brocken herumgeworfen zu werden ... Auch die klagenden Schmerzensschreie waren kaum geeignet, die Stimmung zu heben.

Poulton schien, wie Neely beobachtete, allmählich durchzudrehen. Verständlich, denn vorher hatten sie ihre Lage immer noch bis zu einem gewissen Grade unter Kontrolle gehabt; jetzt, hilflos, wie sie waren, konnte ein Mann schon die Beherrschung verlieren.

»Los, finden wir heraus, wie dieses Biest von innen aussieht!« schlug Neely vor.

»Warum?« stieß Poulton hervor. »Wir sind geliefert.«

Unbeholfen zog Neely sich auf die Füße. Ein Beispiel zu geben war die beste Überredungskunst. Aber es war ungemein schwierig, auf dem schlingernden *Windfleisch* in der Senkrechten zu bleiben. Er rollte seitwärts, dem Hintergrund des Magens entgegen, und winkte Poulton, ihm zu folgen. Zuerst schien es, als ob Poulton dort zu bleiben gedachte, wo er war. Dann stand er jedoch langsam auf und stolperte Neely nach.

Sie benutzten die Magenwand als Handstütze. Sie krümmte sich, von den fluoreszierenden Chromoforen, die in dem dicken Gewebe eingebettet lagen, schwach glimmend. Schließlich erreichten sie einen großen Schließmuskel; seine Lippen waren faltig und fest geschlossen.

»Zutritt verboten«, scherzte Neely und fuhr mit seiner behandschuhten Hand über die Klappe. »Also, ich bezweifle, daß dahinter was ist, das uns irgendwie interessieren könnte. Laß uns weitergehen!«

Sie schritten entlang der Wand weiter und folgten ihrer flachen Kurve.

Massive Muskelstränge zeigten sich in der Magenverlängerung. Große Blutgefäße klopften wie Trommeln.
Neely schrie unvermittelt »Halt!« und zeigte auf etwas. Ein Geschwür zeigte seinen entzündeten Rand unmittelbar über den wimmelnden Parasiten. Neely verscheuchte die Tierchen und schnitt hinein, um die Wunde zu untersuchen.
»Die Innenhaut ist hier sehr dünn. Ich glaube, wir könnten uns unseren Weg hindurch erzwingen.«
»Wozu?« fragte Poulton unglücklich.
»Willst du etwa im Magen bleiben?«
Schnell schüttelte Poulton den Kopf – nein!
»Was soll ich tun?«
»Zieh mit den Händen, wenn ich es dir sage.«
Sie stellten sich gemeinsam zurecht, und auf Neelys Befehl hin zogen sie. Die Haut riß ein, und sie schlitterten zusammen mit einigen Fleischstücken jäh aus dem Magen und hinein in eine Körperhöhle des Ungeheuers. Sie kollerten herum und prallten von elastischen Gekrösebändern ab, ehe sie oberhalb einer breiten Verstrebung liegenblieben; sie befestigte den Hauptnervenstrang, der Ähnlichkeit mit einem rudimentären Rückgrat hatte und hier durch den Bauch des Monsters führte.
Neely war hoch erfreut, als er entdeckte, wo sie sich befanden. Er riß in der schattenhaften Finsternis an Poultons Arm und rappelte sich auf.
»Wohin gehen wir?« wollte Poulton wissen. Die Muskelstränge erforderten es, auf Händen und Knien zu kriechen.
Neely entgegnete nichts. Nach einigen Augenblicken war eine Antwort auch unnötig geworden. Sie fanden sich in einer helleuchtenden Fleischhöhle wieder, in deren Mitte eine leichenweiße Geweberöhre wie ein großer Baumstrunk lag.
»Das Zentralganglion«, erklärte Neely. »Von hier aus können wir das Tier kontrollieren.« Er stapfte voran und preßte seine Hände, ein Beispiel demonstrierend, auf die Oberschicht des »Gehirns«. Das Ungeheuer begann in der Luft herumzuspringen und sich zu winden, als einige seiner Lebensreflexe falsch geschaltet wurden oder eine unverzügliche Antwort versagten.
»Durch Druck allein kann ich das Biest nicht besonders gut beherrschen. Er hat nur zur Folge, daß die Nervenreaktion abgetötet wird. Eine nega-

tive Kontrolle. Aber ich denke, ich kann eine bessere Methode entwikkeln.«
Er nahm die Taschenlampe aus dem Gürtel und entfernte die Linsenabdeckung und die Birne. Dann brach er die Drähte und zog sie so aus dem Gehäuse hervor, daß sie vorn aus der Box herausragten.
»Mal sehen, was das bewirkt«, sagte Neely grinsend und bohrte die Drähte in einen Knopf aus Nervengewebe.
Das Monster begann Gas abzulassen und sank schnell. Neely unterbrach den Stromkreis.
Das Absinken hörte auf.
»Gut – jetzt muß ich nur noch den Bewegungskreis festlegen. Geh nach vorn und kratze noch ein Fenster heraus, damit wir etwas sehen können! Ich benötige ein bißchen freie Aussicht!«
Nach einer halben Stunde hatte Neely das Ungeheuer so weit, daß es alles außer Männchen machen und sich totstellen tat. Dann machte er etwas für Poulton Unverständliches, setzte sich hin, schärfte seinem Kameraden ein, aufmerksam zu wachen, und hielt ein Nickerchen.
Ein sehr langes Schläfchen wurde es nicht ... Fünfzehn Minuten später rief Poulton, er solle aufwachen. Ein Pendelschiff käme näher, und seine Betriebslampen blinkten in einem eigentümlichen Muster, welches das Monster zu erkennen scheine, denn es ändere den Kurs und begänne, dem Raumschiff entgegenzujagen. Seine Außenhaut habe in hellen, gestreiften Regenbogenfarben zu leuchten begonnen.
Wieder grinste Neely. »Ich dachte mir schon, daß Menschen mit diesem Tierchen in Verbindung stehen«, sagte er leichthin, während er durch das kleine Loch, das Poulton mit seinem Messer geschnitten hatte, hinausspähte. »Sie öffnen die Frachtraumluke. Ich habe den Verdacht, daß dieses Ungeheuer alles außer einem kleinen Teil zu seiner eigenen Verfügung in das Schiff abladen wird, wenn es anlegt.«
»Sollen wir das zulassen?« fragte Poulton ruhig.
»Ich würde sagen: nein!« brummte Neely, während er die umgebaute Taschenlampe bereithielt. Er schlitterte durch den engen Tunnel zu dem Ganglionknoten zurück.
»Sag mir, was geschieht! Schrei, wenn wir zwanzig Meter vom Schiff entfernt sind! Ich werde mit dieser Kreatur kämpfen, als sei sie ein Kampfwagen!«

Poulton nickte, und die beiden Männer warteten nervös; inzwischen schwamm das krakenhafte Ungeheuer näher und näher an sein ahnungsloses Opfer heran.
»Jetzt!« schrie Poulton.
Neely fing an, leicht und vorsichtig mit dem Draht über die Motorikknöpfchen zu streichen.
»Die Arme schlagen eben über die Laderaumluke und deren Ränder!« rief Poulton aufgeregt. »Sie finden Halt!«
Neely verursachte eine entgegengesetzte Bewegung.
Poulton pfiff überrascht. »Wir reißen gerade die Frachtraumluke weg!« berichtete er. »Dieses Baby ist unglaublich stark!«
Das hatte Neely schon vermutet. Nun ließ er die Arme am Heck des Schiffes entlangschlingern und ließ sich von Poulton beschreiben, wie sie sich an die Gleitflügel für den Flug in der Atmosphäre gekrallt hatten. Ein paar rasche Berührungen des Drahtes, und die Flügel waren ruiniert und zu Klumpen nutzlosen Metalls verbogen.
»Nun kommt der Höhepunkt!« sagte Neely. Es gab einen heftigen Ruck, als das Monster sich über das Pendelschiff zog und sich wie ein Blutegel anhängte. Seine Arme schlugen nach dem Bug und zerbrachen dort die Einstiegsöffnungen, während zwei lange Tentakel mit ihren saugenden Kissen die Aussichtslöcher aufrissen und hineinschnellten, um an Treibstoffkabeln und Führungskontrollen zu zerren.
Neely schwitzte in seinem Anzug fürchterlich. Das überlastete Umwandleraggregat heulte erbärmlich auf, als er um das Ganglion herumflitzte; er spielte auf dem reagierenden Fleisch eine Melodie der Zerstörung! Sie hatten so wenig Zeit! Falls die Haupttriebwerke des Pendelschiffs aktiviert werden würden, verbrannten sie zu Staub; er versuchte verzweifelt, das zu verhindern. Aber seine Kontrolle war ungenau, unvollkommen. Er war wie ein Neugeborenes, das lernte, wie es seinen Körper benutzen konnte.
»Sie verlassen das Schiff!« rief Poulton glücklich. »Ich kann das Raketenfeuer ihrer Fluganzüge sehen!«
Neely entspannte sich. »Gut!« sagte er und veranlaßte das Tier, vom Pendelschiff abzulassen. Dieses schwebte nun fort; seine Hilfstriebwerke waren unbrauchbar. Kraftlos, unkontrolliert, sank es in die wolkenverhangene Nacht, und das Glimmen seiner auf- und abblinkenden Flug-

lampen erlosch allmählich.
»Was jetzt?« rief Poulton ihm zu.
»Wir folgen! Mit etwas Glück werden sie uns nach Hause führen.«
Und genau dies geschah. Neely befahl dem Ungeheuer, das Flimmern seiner Haut abzuschwächen, und derart verdunkelt blieben sie auf der Spur der angsterfüllten *Windfleisch*-Diebe. Bald begann die birnenförmige Leuchtglocke einer Himmelsstation die Wolken nachzuzeichnen, und als die Diebe versuchten, sich auf einer der Eingangsterrassen in Sicherheit zu bringen, ließ Neely das Tier vorwärtsschnellen und sie von der Kreatur verschlingen. Er brachte das Schimärenungeheuer, das jetzt ein fliegendes Gefängnis war, nahe an die Station heran und sandte Farbwellen in Streifen über die Haut des Wesens; hinauf und hinab. Durch die Reflexion in einer großen Glasfläche konnte Poulton Neelys Kommunikation korrigieren. Es dauerte nicht lange, und die Seiten des Tieres glänzten in der gedrängten Botschaft, herauszukommen und zu helfen.
Tintenfischlein schossen aus den Hängerbuchten hervor. Sie umrundeten das Ungeheuer. In kurzer Zeit war es geborgen.

Epilog

Die *Kühnstürzende Geliebte II* schwamm übermütig durch die endlosen Wolkenbänke. Vor ihr verflüchtigten sich die Nebel, und bald kam sie an ein weites, klares Feld. Eine Herde *Windfleisch* bewegte sich als dichte Masse in ihm.
Neely studierte die Orteranlage. »Ich habe ein paar Versprengte bei drei Uhr. Wir treiben sie zur Herde zurück.«
Poulton nickte und schickte das Ungeheuer mit sachverständigen schwachen Schlägen seines Elektrosporns zum Ziel. Ein paar unheilverkündende Schwünge der riesigen Arme sandten das aufgeschreckte *Windfleisch* dorthin zurück, wo es hingehörte.
Luftkommissar Jives nickte anerkennend. Er sah sich im Innern des erst kürzlich eingerichteten Kontrollraums um, der wie ein künstlicher Schädel in den Kopf des Tieres eingebaut worden war.
»Die *Windfleisch*-Diebe waren faul«, sagte Neely zu ihm. »Sie kontrollierten ihr Spielzeug durch eine Serie antrainierter Reaktionen auf einen

Farbencode. Es war simpel. Vielleicht hat es ihnen deshalb gefallen. Aber wie fast alle Diebe waren sie dumm. Dieses Wesen ist doppelt soviel wert wie das, was sie für ihr gestohlenes Gut zu erhalten hofften, was auch immer ihre irdischen Kontaktleute für illegales Fleisch zu bieten bereit gewesen wären. Es ist ein perfekter Ersatz für unsere Tintenfischlein; ist sogar viel besser – und es sieht aus wie ein Tintenfisch.«
Der Kommissar hatte eine Antwort darauf. »Sie haben die riesigen Kraken der irdischen Ozeane als Vorlage benutzt. Offenbar hatten sie Zutritt zu einem Kloninglabor.«
»Was wird mit ihnen geschehen?« fragte Poulton.
Der Kommissar wurde ernst. »Brackett und die anderen wurden des Diebstahls in großem Umfang sowie des Versuchs, unregistriertes Fleisch zu exportieren, für schuldig befunden. Das Urteil lautete auf zehn Jahre verschärfte Zwangsarbeit für den venusianischen Staat. Angesichts ihrer speziellen Kenntnisse werden sie zur Erzeugung von weiteren Kreaturen dieser Art herangezogen. Ich möchte annehmen, daß sie im Lauf der Zeit, in der sie ihre Strafe ableisten, vom Anblick der Tintenfische und des *Windfleisches* ziemlich die Nase voll haben werden.«
Poulton und Neely sahen einander an und grinsten.
Wenig später schwang sich die *Kühnstürzende Geliebte II* herum, stürmte in eine Wolkenbank hinein und kehrte damit von ihrer Jungfernfahrt, die ein großartiger Erfolg gewesen war, nach Hause zurück.

GEORGE R. R. MARTIN

Bestien für Norn

Haviland Tuf entspannte sich in einem Bierhaus auf Tamber, als er von dem dünnen Mann gefunden wurde. Tuf saß allein in dem dunkelsten Winkel der fahl erleuchteten Taverne, die Ellbogen auf den Tisch aufgestützt, und sein kahler Schädel berührte fast die niedrigen Holzbalken der Decke. Vor ihm standen vier leere Krüge, nur noch am Boden mit Schaum bedeckt, während ein fünfter, halb gefüllt, von seinen riesigen, schwieligen Händen gehalten wurde.

Falls Tuf die seltsamen Blicke bemerkte, die ihm die anderen Gäste von Zeit zu Zeit zuwarfen, so ließ er es sich nicht anmerken; methodisch schlürfte er sein Bier, und sein Gesicht – kalkweiß und völlig haarlos wie sein ganzer Körper – war undurchdringlich. Er war ein Mann von beeindruckender Gestalt, dieser Haviland Tuf, ein Riese mit einem gleichermaßen riesigen Wanst, und er wirkte auf merkwürdige Weise einsam, wie er allein in der Nische sein Bier trank.

Allerdings war er nicht *wirklich* allein, um die Wahrheit zu sagen; sein schwarzer Kater Dax lag schlafend vor ihm auf dem Tisch, ein Ball aus dunklem Pelz, und Tuf setzte dann und wann den Bierkrug ab, um nachdenklich seinen stummen Gefährten zu streicheln. Dax rührte sich nicht von seinem bequemen Platz zwischen den leeren Krügen. Die Katze war im Vergleich zu anderen Katzen so groß wie Haviland Tuf im Vergleich zu anderen Menschen.

Als sich der dünne Mann Tufs Nische näherte, hüllte sich Tuf in Schweigen. Er blickte lediglich auf, blinzelte und wartete, daß der andere beginnen würde.

»Sie sind Haviland Tuf, der Tierhändler«, stellte der dünne Mann fest. Er war in der Tat krankhaft dünn. Das Gewand aus schwarzem Leder und grauem Fell schlotterte an seinem Körper und warf überall Falten. Aber er war kein armer Mann, denn unter seinem schwarzen Haarschopf verborgen trug er einen schmalen Messingreif um die Stirn, und Ringe schmückten seine Finger.

Tuf streichelte Dax, blickte die Katze an und begann mit ihr zu reden. »Hast du das gehört, Dax?« fragte er. Tuf sprach sehr langsam, seine Stimme war ein voller Baß mit geringer Modulation. »Ich bin Haviland Tuf, der Tierhändler. Zumindest bezeichnet man mich so.« Dann sah er wieder zu dem dünnen Mann auf, der ungeduldig dastand. »Sir«, begann er, »ich bin tatsächlich Haviland Tuf. Und ich verkaufe tatsächlich Tiere. Allerdings halte ich mich nicht für einen Tierhändler. Ich bin ein Ökologischer Ingenieur.«

Der dünne Mann bewegte seine Hand in einer grimmigen Gebärde und ließ sich unaufgefordert gegenüber von Tuf nieder. »Ich weiß, daß Sie ein Brutschiff des alten Ökologischen Korps besitzen, aber das macht Sie nicht zu einem Ökologischen Ingenieur, Tuf. Diese Leute sind alle seit vielen Jahrhunderten tot. Aber wenn Sie es vorziehen, daß man Sie einen Ökologischen Ingenieur nennt, soll es mir recht sein. Ich benötige Ihre Dienste. Ich möchte von Ihnen ein Ungeheuer kaufen, eine große, wilde Bestie.«

»Ah«, machte Tuf und wandte sich wieder an die Katze. »Dieser Fremde, der sich selbst hier eingeladen hat, möchte ein Ungeheuer kaufen.«

»Mein Name ist Herold Norn, wenn es das ist, was Sie stört«, erklärte der dünne Mann. »Ich bin der Senior-Bestienmeister meines Hauses, einem der Zwölf Großen Häuser von Lyronica.«

»Lyronica«, wiederholte Tuf. »Ich habe von Lyronica gehört. Die Nachbarwelt in Richtung Milchstraßenrand, nicht wahr? Berühmt für ihre Kampfarenen.«

Norn lächelte. »Ja, ja«, bestätigte er.

Haviland Tuf liebkoste Dax mit einem seltsamen rhythmischen Kraulen hinter den Ohren, und der Kater streckte sich gemächlich, gähnte und blickte hinauf zu dem dünnen Mann. Eine Welle der Beruhigung durchströmte Tuf; sein Gast war wohlgesinnt und ehrlich, wie es schien. Laut Dax. Alle Katzen verfügen über geringe Psi-Kräfte. Bei Dax waren sie besonders ausgeprägt; die genetischen Zauberer des vergangenen Ökologischen Korps hatten dafür gesorgt. Er war Tufs Gedankenleser.

»Es kommt Licht in die Angelegenheit«, bemerkte Tuf. »Vielleicht sind Sie so freundlich und tragen weiter zur Klärung bei, Herold Norn?«

Norn nickte. »Gewiß, gewiß. Was wissen Sie über Lyronica, Tuf? Abgesehen von den Kampfarenen?«

Tufs schläfriges und starres weißes Gesicht blieb ausdruckslos. »Nur wenig. Vielleicht nicht genug, um mit Ihnen ins Geschäft zu kommen. Sagen Sie, was Ihnen in den Sinn kommt, und Dax und ich werden die Sache überdenken.«

Herold Norn rieb sich die dünnen Hände und nickte wieder. »Dax?« fragte er. »Oh, natürlich. Ihre Katze. Ein schönes Geschöpf, obwohl ich nicht sehr viel für Tiere übrig habe, die nicht kämpfen können. Wahre Schönheit liegt in der Macht zum Töten, sage ich immer.«

»Eine merkwürdige Einstellung«, kommentierte Tuf.

»Nein, nein«, widersprach Norn, »nicht ganz. Ich hoffe, daß Ihre Arbeit hier Sie nicht mit der Überempfindlichkeit der Tamberkin infiziert hat.«

Schweigend leerte Tuf seinen Krug und bestellte dann mit einem Wink

zwei neue. Der Barkeeper brachte sie kurze Zeit später.
»Danke, danke«, sagte Norn, als der Krug mit der goldenen, schäumenden Flüssigkeit vor ihm stand.
»Prost.«
»Ja. Also, die Zwölf Großen Häuser von Lyronica konkurrieren miteinander in den Kampfarenen, wie Sie wissen. Es begann – oh, vor Jahrhunderten. Früher bekriegten sich die Häuser. Dieses System ist viel besser. Die Familienehre wird bewahrt, Reichtum errungen, und niemand kommt zu Schaden. Sehen Sie, jedes Haus kontrolliert große, über den ganzen Planeten verstreute Gebiete, und da das Land sehr dünn besiedelt ist, wimmelt es von tierischem Leben. Die Lords der Großen Häuser beschlossen während einer Periode des Friedens vor vielen Jahren, Tierkämpfe einzuführen. Es war ein vergnüglicher Zeitvertreib, dessen Ursprünge bis weit zurück in die Geschichte reichen – möglicherweise kennen Sie die alte Sitte der Hahnenkämpfe, und vielleicht haben Sie auch von dem altirdischen Volk der Römer gehört, das verschiedene wilde Tierarten in großen Arenen gegeneinander kämpfen ließ.«
Norn verstummte und trank etwas Bier, wartete auf eine Antwort, aber Tuf streichelte lediglich den wachsamen Dax und sagte nichts.
»Wie dem auch sei«, fuhr der dünne Mann schließlich fort und wischte sich mit seinem Handrücken den Schaum vom Mund. »Das war der Beginn des Sports, wie Sie sehen. Jedes Haus besitzt eigene, unverwechselbare Ländereien, eigene, besondere Tiere. Das Haus Varcour beispielsweise befindet sich im heißen, sumpfigen Süden, und sie lieben es, riesige Eidechsenlöwen in die Kampfarenen zu schicken. Feridian, ein Bergreich, hat ein Vermögen mit einer Rasse von Felsaffen gewonnen und verteidigt, die man naheliegenderweise *Feridians* nennt. Mein eigenes Haus, Norn, erhebt sich auf den Prärien des großen nördlichen Kontinents. Wir haben hundert verschiedene Bestien für die Kämpfe in den Arenen aufgestellt, aber hauptsächlich sind wir durch unsere Eisenzähne berühmt geworden.«
»Eisenzähne?« wiederholte Tuf.
Norn schenkte ihm ein verschmitztes Lächeln. »Ja«, sagte er stolz. »Als Senior-Bestienmeister habe ich Tausende von ihnen trainiert. Oh, sie sind liebliche Tiere! So groß wie Sie, mit einem Fell von wunderbarer blauschwarzer Farbe, wild und unbarmherzig.«

»Hunde?«
»Aber *solche* Hunde«, sagte Norn und nickte.
»Trotzdem verlangen Sie von mir ein Ungeheuer.«
Norn trank erneut einen Schluck Bier. »Wahr, wahr. Besucher von mehr als einem Dutzend benachbarter Welten reisen nach Lyronica, um die Bestien in den Arenen kämpfen zu sehen und auf den Ausgang Wetten abzuschließen. Größtenteils strömen sie in die Bronzene Arena, die seit sechshundert Jahren in der Stadt Aller Häuser besteht. Dort werden die größten Kämpfe ausgetragen. Der Wohlstand unserer Häuser und unserer Welt beruht darauf. Ohne die Kämpfe wäre Lyronica so arm wie die Farmer von Tamber.«
»Ja«, bestätigte Tuf.
»Aber wissen Sie, dieser Reichtum verteilt sich auf die Häuser nach ihrem Ruhm, nach ihren Siegen. Das Haus Arneth ist durch die vielen tödlichen Bestien seiner verschiedenen Ländereien zu dem größten und mächtigsten geworden; die anderen folgen nach der Zahl ihrer Triumphe in der Bronzenen Arena. Der Erlös eines jeden Kampfes – all das Geld, das von den Zuschauern und Wettern gezahlt wird – geht an den Sieger.«
Haviland Tuf kraulte Dax wieder hinter den Ohren. »Das Haus Norn steht also in der Rangfolge an letzter Stelle der Zwölf Großen Häuser von Lyronica«, stellte er fest, und der Impuls, den er von Dax empfing, sagte ihm, daß er recht hatte.
»Sie wissen es«, murmelte Norn.
»Sir, es war offensichtlich. Aber ist es nach den Gesetzen Ihrer Bronzenen Arena ethisch, ein außerweltliches Ungeheuer zu kaufen und einzusetzen?«
»Es gibt Präzedenzfälle. Vor rund siebzig Standardjahren kam ein Spieler von der Alt-Erde nach Lyronica und brachte ein Wesen mit, das er einen Steppenwolf nannte und das er selbst dressiert hatte. Das Haus Colin unterstützte ihn in einem Anfall von geistiger Umnachtung. Seine arme Bestie kämpfte gegen einen Norner Eisenzahn, der sich der Aufgabe mehr als gewachsen erwies. Es gibt noch weitere Beispiele. In den letzten Jahren haben sich unsere Eisenzähne unglücklicherweise nicht ausreichend vermehrt. Die wildlebende Spezies ist auf den Prärien fast ausgestorben, und die wenigen, die überlebten, sind außerordentlich

schnell und deshalb durch unsere Hausmänner schwer zu fangen. In den Zuchtanlagen scheint die Brut trotz all meiner Bemühungen und den Anstrengungen der Bestienmeister von mir zu verweichlichen. In der letzten Zeit hat Norn nur wenige Siege errungen, und ich werde nicht mehr lange Senior bleiben, wenn nicht bald etwas geschieht. Wir verarmen. Als ich hörte, daß ein Brutschiff nach Tamber gekommen ist, entschied ich mich, Sie aufzusuchen. Ich will für Norn eine neue Ära des Ruhms einleiten – mit Ihrer Hilfe.«

Haviland Tuf saß bewegungslos da. »Ich verstehe. Gleichwohl pflege ich keine Ungeheuer zu verkaufen. Die *Arche* ist ein altes Brutschiff und wurde vor Jahrtausenden von den irdischen Kaisern in den Dienst gestellt, um mit einem Ökokrieg die Hranganer zu dezimieren. Ich kann tausend Krankheiten entfesseln, und in den Zellbanken befindet sich Kloning-Material von mehr Bestien, als Sie zählen können. Jedenfalls mißverstehen Sie die Natur eines Ökokrieges. Die tödlichsten Feinde sind keine großen Raubtiere, sondern kleine Insekten, die die Ernte einer Welt vernichten können, oder Heuschrecken, die sich vermehren und vermehren und alles andere Leben auslöschen.«

Herold Norn sah niedergeschlagen drein. »Dann haben Sie also nichts für mich?«

Tuf streichelte Dax. »Nicht viel. Eine Million Arten von Insekten, hunderttausend Arten kleiner Vögel, ebenso viele Fische. Aber Ungeheuer, Ungeheuer – nur ein paar . . . vielleicht tausend. Sie werden von Zeit zu Zeit benötigt, teilweise aus psychologischen Gründen.«

»Tausend Ungeheuer!« Norn wirkte aufgeregt. »Das ist mehr Auswahl als nötig! Sicher werden wir darunter eine Bestie für Norn finden!«

»Vielleicht«, winkte Tuf ab. »Was meinst du, Dax?« fragte er seinen Kater. »Ja? Aha!« Er sah wieder zu Norn. »Diese Angelegenheit interessiert mich, Herold Norn. Und meine Aufgabe hier ist erledigt. Ich habe den Tamberkin einen Vogel gegeben, der ihre Wurzelwurmplage beseitigen wird, und der Vogel arbeitet gut. Also werden Dax und ich die *Arche* nach Lyronica bringen und uns dort die Kampfarenen anschauen, und dann werden wir entscheiden, was zu tun ist.«

Norn lächelte. »Ausgezeichnet«, sagte er. »Lassen Sie mich diese Runde Bier bezahlen.« Und Dax teilte Haviland Tuf lautlos mit, daß der dünne Mann mit dem Gefühl des Sieges verschwand.

Die Bronzene Arena befand sich im Zentrum der Stadt Aller Häuser, an jener Stelle, wo die von den Zwölf Großen Häusern beherrschten Sektoren wie die Stücke einer gewaltigen Torte zusammentrafen. Jeder Sektor der weitläufigen steinernen Stadt war von einer Mauer umgeben, über jedem flatterte eine Flagge mit den jeweiligen Farben der Häuser, jeder besaß einen eigenen Baustil und eine unverwechselbare Atmosphäre; aber alle trafen sie sich in der Bronzenen Arena.

Die Arena war nicht wirklich aus Bronze, sondern bestand größtenteils aus schwarzem Stein und poliertem Holz. Sie war größer als alle anderen Gebäude mit Ausnahme einiger weniger Türme und Minarette, die es in der Stadt gab, und gekrönt wurde sie von einer glänzenden bronzenen Kuppel, die in den orangenen Strahlen der untergehenden Sonne funkelte. Aus Stein gemeißelte und mit Bronze und Gußeisen verzierte Wasserspeier blickten aus den schmalen Fenstern des Gebäudes. Die großen Tore in den schwarzen steinernen Mauern bestanden ebenfalls aus Metall, und es gab zwölf von ihnen, so daß jeder Durchgang in einen anderen Sektor der Stadt Aller Häuser führte. Die Farben und die Ziselierungen der einzelnen Tore waren mit denen der jeweiligen Häuser identisch.

Lyronicas Sonne war eine Faust aus rotem Feuer, die den westlichen Horizont beschmutzte, als Haviland Tuf von Herold Norn zu den Spielen begleitet wurde. Die Hausmänner hatten kurz zuvor Gasfackeln entzündet, metallene Obelisken, die wie dunkle Zähne die Bronzene Arena ringförmig umgaben, und das rohe alte Gebäude thronte zwischen flakkernden Säulen aus blauroten Flammen. Inmitten einer großen Gruppe von Spielern und Wettern folgte Tuf Herold Norn durch die halbverlassenen Straßen der nornischen Slums, die in einen Pfad aus zermalmten Steinen mündeten. Er zog sich zwischen zwölf bronzenen Eisenzähnen entlang, die, in zeitlosen Posen erstarrt, knurrend und fauchend den Weg säumten, und dann durchschritten sie das geöffnete Norntor, dessen Flügel aus reinem, messingbeschlagenem Ebenholz bestanden. Die uniformierten Wächter, die wie Herold Norn mit schwarzem Leder und grauem Fell bekleidet waren, erkannten den Bestienmeister und ließen ihn und Tuf passieren; die anderen mußten warten und ihren Eintritt mit Gold- und Eisenmünzen bezahlen.

Die Arena war die größte des ganzen Planeten; sie *war* eine Arena mit einem sandigen Schlachtfeld tief unter den Rängen, von einer vier Meter hohen Steinmauer umgeben. Daran schlossen sich die Sitzreihen an, wanden sich kreisförmig und in emporsteigenden Spiralen um die Arena und endeten knapp vor den Toren. Genug Plätze für dreißigtausend Besucher, obwohl jene im Hintergrund bestenfalls über geringe Sicht verfügten und andere Plätze von eisernen Säulen behindert wurden. Überall in dem Gebäude waren Wettannahmeschalter zu finden.

Herold Norn führte Tuf zu den besten Plätzen der Arena, die der Norn-Sektion gegenüber lagen und wo man nur durch eine steinerne Brüstung vor dem vier Meter tiefen Sturz in das Schlachtfeld bewahrt wurde. Die Sitze hier waren keine wackeligen Eisen- und Holzgestelle wie jene weiter hinten, sondern Throne aus Leder, groß genug, um selbst Tufs gewaltiges Gewicht ohne Schwierigkeiten aufzunehmen, und sie erwiesen sich als außerordentlich bequem. »Jeder Sitz besteht aus der Haut einer Bestie, die stolz dort unten gefallen ist«, erklärte Herold Norn, als sie Platz genommen hatten. Unter ihnen zerrten mehrere Männer in einteiligen blauen Coveralls den Kadaver eines dunkelgefiederten Tieres zu einem der Ausgänge. »Ein Kampfvogel des Hauses Wrai Hill«, bemerkte Norn. »Die Bestienmeister von Wrai ließen ihn gegen einen Eidechsenlöwen von Varcour antreten. Nicht gerade eine glückliche Wahl.«

Haviland Tuf schwieg. Er saß steif und aufgerichtet da, bekleidet mit einem grauen, an den Schultern wattierten Vinylmantel, der bis zu seinen Knöcheln fiel, und einer grüngrauen Schirmmütze, auf der das goldene Theta, das Wappen des Ökologischen Korps, zu erkennen war. Seine großen, schwieligen Hände waren über seinem hervorquellenden Bauch verschränkt, während Herold Norn unaufhörlich weiterschwatzte.

Dann meldete sich der Arenaansager, und der Donner seiner verstärkten Stimme ließ alles andere verstummen. »Fünfter Kampf«, sagte er. »Aus dem Hause Norn ein männlicher Eisenzahn, zwei Jahre alt. Gewicht 2,6 Quintal, trainiert von Junior-Bestienmeister Kers Norn. Neu in der Bronzenen Arena.« Direkt unter ihnen scharrte Metall rauh auf Metall, und eine Alptraumgestalt hüpfte in die Arena. Der Eisenzahn war ein zottiger Riese mit eingesunkenen roten Augen und einer doppelten Reihe gekrümmter Zähne, von denen Speichel tropfte; ein Wolf von riesigen Ausmaßen, der mit einem Säbelzahntiger gekreuzt worden war, die Beine so dick wie junge Bäume, und das blauschwarze Fell, welches das Spiel der Muskeln verbarg, täuschte nur wenig über seine Schnelligkeit und tödliche Anmut hinweg. Der Eisenzahn knurrte, und die Arena warf das Geräusch zurück; vereinzelt brandete Beifallsgeschrei auf.

Herold Norn lächelte. »Kers ist ein Cousin von mir und einer unserer vielversprechendsten Junioren. Er sagte mir, daß wir stolz auf diese Bestie sein werden. Ja, ja. Ich glaube, es sieht ganz danach aus, meinen Sie nicht?«

»Da ich neu auf Lyronica und in Ihrer Bronzenen Arena bin, besitze ich keine Vergleichsmöglichkeiten«, gab Tuf mit matter Stimme zur Antwort.

Der Ansager meldete sich wieder. »Aus dem Hause Arneth-in-den-vergoldeten-Wäldern ein Würgeaffe, sechs Jahre alt, mit einem Gewicht von 3,1 Quintal, trainiert von Senior-Bestienmeister Danel Leigh Arneth. Ein dreifacher Veteran der Bronzenen Arena, dreimal siegreich.«

An der gegenüberliegenden Seite der Arena öffnete sich ein anderes Tor – jenes, das mit Gold und Karmesinrot verziert war –, und eine weitere Bestie hüpfte auf zwei Beinen herein und blickte sich um. Der Würgeaffe war klein, aber immens breit, mit einem dreiteiligen Rumpf und einem kugelförmigen Kopf, dessen Augen tief unter einer breiten Knochenleiste verborgen lagen. Seine muskulösen Arme besaßen doppelte Gelenke, und sie schleiften durch den Sand der Arena. Vom Kopf bis zu den Zehen war die Bestie völlig haarlos, nur auf der Unterseite ihrer Arme befanden sich Tupfer aus dunkelrotem Fell; die Haut war ein schmutziges Weiß. Und der Würgeaffe stank. Selbst über die Entfernung hinweg bemerkte Haviland Tuf den moschusartigen Duft.

»Er schwitzt«, erklärte Norn. »Danel Leigh hat ihn zur Raserei getrieben, bevor er ihn in den Kampf schickte. Seine Bestie ist reicher an Erfahrung, verstehen Sie, und der Würgeaffe ist außerdem ein wildes, ungezähmtes Tier. Im Gegensatz zu seinem Verwandten, dem Bergferidian, ist er ein Fleischfresser und benötigt wenig Training. Aber Kers' Eisenzahn ist jünger. Der Kampf dürfte interessant werden.« Der Bestienmeister von Norn beugte sich nach vorn, während Tuf still und reglos sitzen blieb.

Der Affe drehte sich, tief aus seiner Brust drang ein Grollen, und im glei-

chen Moment schnellte der Eisenzahn auf ihn zu, knurrend, ein blauschwarzer Schatten, der den Sand der Arena aufwirbelte. Der Würgeaffe breitete seine mächtigen knotigen Arme aus und erwartete ihn, und Tuf hatte den undeutlichen Eindruck, daß die große Bestie von Norn die Distanz mit einem einzigen schrecklichen Sprung überwand. Dann prallten die beiden Tiere aufeinander, überschlugen sich, verbissen sich rasend vor Zorn ineinander, rollten durch den Sand, und die Arena wurde von einer Symphonie greller Schreie erschüttert. »Die Kehle«, brüllte Norn. »Zerreiß seine Kehle! Zerreiß seine Kehle!«
So plötzlich, wie sie aufeinandergeprallt waren, trennten sich die Bestien auch wieder. Der Eisenzahn wirbelte davon und begann langsam den Gegner zu umkreisen, und Tuf bemerkte, daß einer seiner Vorderläufe verkrümmt und gebrochen war und er auf den drei verbliebenen Läufen humpelte. Trotzdem trabte er weiter. Der Würgeaffe gab sich keine Blöße, sondern bewegte sich lauernd und behielt den umherstreifenden Eisenzahn im Blickfeld. Aus langen, klaffenden Wunden ergoß sich Blut über die breite Affenbrust, die von den Säbeln des Eisenzahns aufgerissen worden war, aber die Bestie von Arneth schien nur wenig geschwächt. Neben Tuf begann Herold Norn leise vor sich hin zu murmeln.
Unzufrieden mit der Kampfpause, stimmten die Zuschauer in der Bronzenen Arena ein rhythmisches Lied an, ein leises, wortloses Geräusch, das zu größerer und größerer Lautstärke anschwoll, als neue Stimmen hinzukamen und in den Choral einfielen. Tuf erkannte mit einem Mal, daß der Gesang die Tiere unten in der Arena erregte. Sie begannen jetzt zu knurren und zu fauchen, ließen mit wilden Stimmen ihre Schlachtrufe ertönen, und der Würgeaffe stapfte von einem Bein auf das andere, hin und her, in einem makabren Tanz, während Geifer in dünnen Bächen aus dem aufgerissenen Rachen des Eisenzahns lief. Der Chor wuchs und wuchs – Herold Norn fiel ein, und sein magerer Körper bewegte sich leicht im Takt des wortlosen Summens –, und Tuf durchschaute die Natur des grausamen, mordlustigen Liedes. Die Bestien unter ihm wurden dadurch zur Raserei getrieben. Plötzlich setzte der Eisenzahn zu einer neuen Attacke an, und die langen Arme des Affen griffen nach dem Gegner, um den wilden Ansturm abzuwehren. Die Gewalt des Aufpralls warf den Würger nach hinten, aber Tuf sah, wie die

Fänge des Eisenzahnes ins Leere schnappten und gleichzeitig der Affe seine Hände um die blauschwarze Kehle legte. Der Eisenzahn schlug wild um sich, aber schnell erlahmten seine Kräfte, und die beiden Tiere rollten durch den Sand. Dann ertönte ein durchdringendes, schreckliches, lautes Knirschen, und das Wolfswesen war nur noch ein lebloses Fellbündel, während der Kopf in einem grotesken Winkel zur Seite hing. Die Zuschauer brachen ihren murmelnden Gesang ab und begannen zu klatschen oder zu pfeifen. Später glitt die goldene und karmesinrote Tür wieder auf, und der Würgeaffe kehrte dorthin zurück, wo er hergekommen war. Vier Männer in dem Grau und Schwarz des Hauses Norn erschienen und schleppten den Kadaver des Eisenzahnes fort.
Herold Norn blickte mürrisch drein. »Eine weitere Niederlage. Ich werde mit Kers sprechen. Seine Bestie hat die Kehle nicht gefunden.«
Haviland Tuf erhob sich. »Ich habe Ihre Bronzene Arena gesehen.«
»Sie wollen gehen?« fragte Norn ängstlich. »Aber doch nicht so schnell! Es gibt noch fünf weitere Kämpfe. Im nächsten trifft ein Riesenferidian auf einen Wasserskorpion von der Insel Amar!«
»Ich habe genug gesehen. Es wird Zeit, daß ich Dax fütterte, und ich muß zurück zur *Arche*«.
Norn sprang auf und legte Tuf eine ängstliche Hand auf die Schulter, um ihn zurückzuhalten. »Werden Sie uns ein Ungeheuer verkaufen?«
Tuf löste sich aus dem Griff des Bestienmeisters. »Sir, ich schätze es nicht, daß man mich berührt. Beherrschen Sie sich.« Als Norns Hand verschwand, sah ihm Tuf in die Augen. »Ich muß meine Aufzeichnungen, meine Computer zu Rate ziehen. Die *Arche* befindet sich in der Umlaufbahn um Lyronica. Kommen Sie übermorgen zu mir. Es gibt ein Problem, und ich werde mich bemühen, es zu lösen.« Dann drehte sich Haviland Tuf ohne ein weiteres Wort um und verließ die Bronzene Arena, begab sich zurück zum Raumhafen der Stadt Aller Häuser, wo seine Planetenfähre auf ihn wartete.

Herold Norn war offensichtlich nicht über die *Arche* informiert. Als sein schwarzgraues Boot angelegt und Tuf ihn eingeschleust hatte, machte der Bestienmeister keinen Versuch, seine Verwunderung zu verbergen. »Ich hätte es wissen müssen«, wiederholte er. »Die Größe dieses Schiffes, die *Größe*. Aber natürlich hätte ich es wissen müssen.«

Haviland Tuf stand reglos da, hielt Dax im Arm und streichelte langsam die Katze. »Alt-Erde baute größere Schiffe als die modernen Welten. Die *Arche* muß groß sein, denn sie ist ein Brutschiff. Einst besaß sie zweihundert Besatzungsmitglieder. Jetzt nur noch eins.«

»Sie sind das einzige Besatzungsmitglied?« fragte Norn.

Die Katze riet Tuf plötzlich, wachsam zu sein. Der Bestienmeister dachte mit einem Mal in feindseligen Bahnen. »Ja«, bestätigte Tuf. »Das einzige Besatzungsmitglied. Aber natürlich ist Dax noch da. Und es gibt programmierte Verteidigungsanlagen, die verhindern, daß ich die Kontrolle über die *Arche* verliere.«

Norns Pläne verflogen plötzlich, teilte Dax mit. »So ist das«, sagte er. Dann, begierig: »Also, zu welchen Ergebnissen sind Sie gekommen?«

»Folgen Sie mir«, bat Tuf und wandte sich ab.

Er führte Norn aus dem Empfangsraum in einen engen Korridor, der in einen größeren mündete. Dort bestiegen sie ein dreirädriges Fahrzeug und fuhren durch einen langen Tunnel, den gläserne Behälter in allen Größen und Formen säumten. In ihnen befand sich eine freundlich gluckernde Flüssigkeit. Eine Reihe Behälter waren in winzige Fächer aufgeteilt, klein wie der Fingernagel eines Menschen; im Gegensatz dazu gab es einen einzelnen Behälter, der groß genug war, um das Innere der Bronzenen Arena in sich aufzunehmen. Er war leer, aber in einigen der mittelgroßen Bottiche schwebten in transparenten Beuteln lebhafte dunkle Schatten. Tuf, in dessen Schoß Dax zusammengerollt lag, blickte während der Fahrt starr geradeaus, aber Norn sah sich verwundert nach allen Seiten um.

Schließlich verließen sie den Tunnel und erreichten einen kleinen, mit Computerkonsolen überfüllten Raum. In den vier Ecken des quadratischen Zimmers befanden sich vier schwere Sessel, auf deren Armlehnen Kontrollknöpfe angebracht waren; der Boden zwischen den Sesseln bestand aus einer runden blauen Metallplatte. Haviland Tuf legte Dax in einen der Sessel, bevor er sich in einen anderen setzte. Norn blickte sich um, nahm dann in dem Sessel gegenüber von Tuf Platz.

»Ich muß Sie über einige Dinge informieren«, begann Tuf.

»Ja, ja«, nickte Norn eifrig.

»Ungeheuer kosten Geld«, fuhr Tuf fort. »Ich verlange einhunderttausend Standard.«

»Wie? Das ist Wucher! Wir benötigen hundert Siege in der Bronzenen Arena, um diese Summe aufzubringen. Ich sagte Ihnen, Norn ist ein armes Haus.«

»Aha. Vielleicht wird dann ein reicheres Haus den geforderten Preis bezahlen. Das Ökologische Ingenieurkorps existiert seit Jahrhunderten nicht mehr, Sir. Von seinen Schiffen blieb nur die *Arche* erhalten. Das Wissen des Korps ist fast völlig vergessen. Die Technik des Kloning und der genetischen Manipulation, wie sie das Korps praktiziert hat, kennt man nur noch auf Prometheus und Alt-Erde selbst, wo solche Geheimnisse streng bewacht werden. Und die Promethaner verfügen nicht mehr über das Stasisfeld, so daß ihre Klone auf natürlichem Wege reifen und wachsen müssen.« Tuf blickte zur Seite, wo Dax vor den mild blinkenden Dioden der Computerkonsolen in seinem Sessel lag. »Und trotzdem, Dax, hält Herold Norn meinen Preis für zu hoch.«

»Fünfzigtausend Standard«, bot Norn an. »Diesen Preis können wir gerade noch bezahlen.«

Haviland Tuf schwieg.

»Also achtzigtausend Standard! Ich kann unmöglich mehr bieten. Das Haus Norn steht vor dem Bankrott! Man wird unsere bronzenen Eisenzähne zerreißen und das Tor von Norn schleifen!«

Haviland Tuf schwieg.

»Verflucht seien Sie! Schon gut, schon gut, hunderttausend! Aber nur, wenn Ihre Ungeheuer unsere Anforderungen erfüllen.«

»Sie werden die ganze Summe bei Lieferung bezahlen.«

»Unmöglich!«

Erneut versank Haviland Tuf in Schweigen.

»Oh, also gut.«

»Was das Ungeheuer betrifft, so habe ich Ihre Anforderungen streng geprüft und meine Computer damit gefüttert. Hier auf der *Arche* lagern tiefgefroren in den Zellbanken Tausende und aber Tausende Raubtiere, von denen viele inzwischen auf ihren Heimatwelten ausgestorben sind. Einige wenige, glaube ich, könnten die Ansprüche der Bronzenen Arena erfüllen. Und von diesen, die in Frage kommen, sind eine Reihe aus verschiedenen Gründen unbrauchbar. Beispielsweise habe ich die Auswahl auf jene Bestien begrenzt, die sich mit Erfolg auf den Ländereien des Hauses Norn fortpflanzen können. Ein Wesen, das sich nicht selbst wieder reproduziert, wäre eine armselige Investition. Gleichgültig, wie unbesiegbar es sein mag, würde das Tier dennoch bald altern und sterben, und die Siege von Norn wären beendet.«

»Ein wichtiger Punkt«, bestätigte Herold Norn. »Von Zeit zu Zeit haben wir versucht, Eidechsenlöwen und Feridians und andere Bestien der Zwölf Häuser zu züchten, aber mit wenig Erfolg. Das Klima, die Vegetation . . .« Er machte eine bezeichnende Geste.

»Genau. Deshalb habe ich Lebensformen auf Silikonbasis aussortiert, die sicherlich auf Ihrer auf Kohlenstoff basierenden Welt sterben würden. Ebenfalls unberücksichtigt blieben Tiere von Planeten, deren Atmosphären zu stark von Lyronicas Lufthülle abweichen, und Bestien aus anderen Klimazonen. Sie werden hoffentlich die verschiedenartigen und vielfältigen Schwierigkeiten meiner Suche verstehen.«

»Ja, ja, aber kommen Sie zur Sache. Was haben Sie gefunden? Was ist das für ein Ungeheuer, das hunderttausend Standard kostet?«

»Sie haben die Wahl zwischen mehr als dreißig Tieren«, erklärte Tuf. »Passen Sie auf!«

Er berührte einen leuchtenden Knopf an der Armlehne seines Sessels, und plötzlich hockte eine Bestie auf der blaumetallenen Platte zwischen ihnen. Sie war zwei Meter lang, besaß eine gummiartige rosagraue Haut und dünnes weißes Haar, das Gesicht wurde von einer niedrigen Stirn, einem schweineartigen Rüssel und einer Reihe häßlicher, gekrümmter Hörner bestimmt, und an den Händen verfügte sie über dolchartige Klauen.

»Ich möchte Sie nicht mit den wissenschaftlichen Bezeichnungen der einzelnen Spezien belästigen, da ich beobachtet habe, daß in der Bronzenen Arena wenig Wert darauf gelegt wird«, bemerkte Haviland Tuf. »Dies ist das sogenannte Schleichschwein von Heydey, gleichermaßen im Wald und in der Steppe beheimatet. Hauptsächlich ist es ein Aasfresser, aber es hat gelernt, daß frisches Fleisch ebenfalls gut schmeckt, und es kämpft voller Wildheit und Tücke, wenn es angegriffen wird. Man hält es für recht intelligent, aber es läßt sich nicht zähmen. Das Schleichschwein ist außerordentlich fruchtbar. Die Kolonisten von Gulliver haben nach kurzer Zeit ihre Siedlung auf Heydey wegen dieser Tierart aufgegeben. Das war vor etwa zweihundert Jahren.«

Herold Norn kratzte sich den Kopf zwischen dem dunklen Haaransatz und dem Messingreifen. »Nein. Es ist zu dünn, zu leicht. Schauen Sie sich den Nacken an! Und stellen Sie sich vor, was ein Feridian damit anfangen würde.« Energisch schüttelte er den Kopf. »Nebenbei ist es *häßlich.* Es gefällt mir nicht. Es paßt einfach nicht zu uns. Das Haus Norn züchtet stolze Kämpfer, Bestien, die mit ihren eigenen Waffen töten – und keine Aasfresser, die den Boden der Arena säubern!«

»Aha«, machte Tuf. Er berührte den Knopf, und das Schleichschwein verschwand. An seiner Stelle, dick und lang genug, um die Platte an den Rändern zu berühren und sie zu verschlingen, befand sich ein massiver Ball aus gepanzertem grauen Fleisch, so reizlos wie eine Schlachtplatte.

»Der Heimatwelt dieses Geschöpfes wurde nie ein Name verliehen, niemals wurde sie besiedelt. Eine Expedition von Alt-Poseidon erforschte sie aus irgendwelchen Gründen und brachte Zellkulturen mit zurück. Exemplare in Tiergärten lebten kurz, aber sie gediehen nicht gut. Der Bestie gab man den Spitznamen Walzenramme. Ausgewachsene Exemplare wiegen annähernd sechs Tonnen. Auf den Steppen ihrer Heimatwelt erreichen die Walzenrammen eine Geschwindigkeit von mehr als fünfzig Kilometern pro Standardstunde und zermalmen alles unter sich. Die Bestie ist ein einziges Maul. Aus diesem Grund, da jede Stelle der Haut Verdauungsenzyme produzieren kann, legt es sich einfach über sein Opfer, bis das Fleisch absorbiert ist.«

Herold Norn, der sich in die verschwommene Holografie vertieft hatte, wirkte beeindruckt. »Ah, hm. Besser, viel besser. Ein ehrfurchtgebietendes Geschöpf. Vielleicht . . . aber nein.« Sein Tonfall änderte sich unvermittelt. »Nein, nein, das ist nicht das richtige. Ein Wesen, das sechs Tonnen wiegt und so schnell rollt, könnte vielleicht aus der Bronzenen Arena ausbrechen und Hunderte von unseren Kunden töten. Nebenbei bemerkt, wer wird gutes Geld ausgeben, um zu sehen, wie dieses Ding einen Eidechsenlöwen oder einen Würger zerquetscht? Nein. Das wäre nicht fair. Ihre Walzenramme ist zu monströs, Tuf.«

Ungerührt drückte Tuf erneut den Knopf. Die gewaltige graue Masse machte einer geschmeidigen, fauchenden Katze Platz, groß wie ein Eisenzahn, mit geschlitzten gelben Augen und mächtigen Muskelbündeln unter dem Kleid aus dunkelblauem Fell. Hier und da war das Fell von Streifen durchzogen; lange, dünne Linien aus hellem Silber zogen sich in Längsrichtung bis hinunter zu den Flanken des Tieres.

»Ahhh«, rief Norn. »Eine Schönheit, wirklich, wirklich.«
»Der Kobaltpanther von Celias Welt«, erklärte Tuf, »wird oft auch Kobaltkatze genannt. Einer der größten und tödlichsten Vertreter der Großkatzen oder ihrer Verwandten. Die Bestie ist tatsächlich ein überragender Jäger, ein Wunder der Evolution. Sie kann im Infrarotbereich sehen, um in der Nacht zu jagen, und die Ohren – achten Sie auf die Größe und Form, Bestienmeister –, die Ohren sind außerordentlich empfindlich. Als Geschöpf der Katzenlinie besitzt der Kobaltpanther psionische Fähigkeiten, aber in diesem Fall sind die Fähigkeiten stärker ausgeprägt als normal. Furcht, Hunger und Blutdurst bilden den Auslöser, und die Kobaltkatze wird zum Gedankenleser.«
Norn blickte überrascht auf. »Was?«
»Gedankenleser, Sir. Ich sagte Gedankenleser. Die Kobaltkatze ist ein tödlicher Feind, einfach, weil sie weiß, welche Bewegungen der Gegner machen wird, bevor er sie ausführen kann. Sie antizipiert. Verstehen Sie?«
»Ja.« Norns Stimme klang heiser. Tuf sah zu Dax hinüber, und der große Kater – der sich nicht im geringsten an der Parade der geruchlosen Phantome gestört hatte, die aufblitzten und wieder verschwanden – übermittelte ihm, daß die Begeisterung des dünnen Mannes ehrlich war.
»Hervorragend, hervorragend! Ja ich wage sogar zu sagen, daß wir diese Bestien so trainieren können, wie wir den Eisenzahn trainiert haben, eh! Eh? Und *Gedankenleser!* Hervorragend! Selbst die Farben sind richtig, dunkelblau, wissen Sie, und unsere Eisenzähne sind blauschwarz, so daß die Katzen ausgezeichnet zu Norn passen, ja, ja!«
Tuf berührte die Sessellehne, und die Kobaltkatze verschwand. »Dann gibt es also keinen Grund fortzufahren. Die Lieferung erfolgt in drei Standardwochen, wenn es Ihnen recht ist. Für die vereinbarte Summe erhalten Sie drei Paare, je zwei männliche und weibliche Jungtiere zur Weiterzucht und ein zusammengehörendes Paar ausgewachsener Tiere, die sofort in der Bronzenen Arena eingesetzt werden können.«
»So bald ...«, begann Norn. »Schön, aber ...«
»Ich benutze das Stasisfeld, Sir. Eingeschaltet erzeugt es temporale Verzerrungen, es beschleunigt die Zeit, wenn Sie so wollen. Ein normaler Prozeß. Die Technik der Promethaner würde erfordern, so lange zu

warten, bis die Klone alt genug sind, um natürlich zu reifen, was manchmal äußerst lästig und unvorteilhaft ist. Es wäre vielleicht ratsam, nur drei Tiere vorzuzeigen, obwohl ich das Haus von Norn mit sechs beliefere. Die *Arche* verfügt über drei verschiedene Kobaltkatzen-Zellkulturen. Ich werde aus jeder Spezies ein männliches und ein weibliches Exemplar klonen, und ich hoffe auf lebensfähige genetische Kombinationen, wenn sie sich auf Lyronica kreuzen.«

Dax erfüllte Tufs Bewußtsein mit einer merkwürdigen Mischung aus Triumph und Verwirrung; Herold Norn hatte demnach nichts von dem verstanden, was Tuf ihm gesagt hatte, oder zumindest war dies eine mögliche Erklärung. »Schön, wie dem auch sei«, erklärte Norn, »ich werde die Schiffe rechtzeitig losschicken, um die Tiere abzuholen, und an Bord werden sich ausbruchssichere Käfige befinden. Dann erhalten Sie Ihre Bezahlung.«

Betrug, Mißtrauen, Alarm! sendete Dax.

»Sir, Sie werden den vollen Betrag bezahlen, bevor ich Ihnen irgendeine Bestie übergebe.«

»Aber Sie sagten, bei Lieferung.«

»Zugegeben. Allerdings neige ich zu impulsiven Entscheidungen, und eine Laune sagt mir, zuerst kassieren ist besser, als alles gleichzeitig zu erledigen.«

»Oh, also schön«, stimmte Norn zu. »Obwohl Ihre Forderung willkürlich und maßlos ist. Mit diesen Kobaltkatzen sollten wir unser Geld bald wieder hereinbekommen.« Er wollte sich erheben.

Haviland Tuf hob einen einzigen Finger. »Einen Augenblick. Sie haben mich weder in geeigneter und ausreichender Form über die Ökologie von Lyronica noch über die Besonderheiten der Ländereien von Norn aufgeklärt. Zum Beispiel, ob es genügend Beutetiere gibt. Ich muß Sie darauf aufmerksam machen, daß sich Ihre Kobaltkatzen nicht fortpflanzen werden, wenn es nicht genug zu jagen gibt. Sie benötigen geeignetes Wild.«

»Ja, ja, natürlich.«

»Dann lassen Sie mich noch folgendes erwähnen. Für zusätzliche fünftausend Standard würde ich Ihnen ein Gestüt celianischer Känguruhs klonen, köstlich mundende, pelzige Pflanzenfresser, die auf einem Dutzend Planeten für ihr wohlschmeckendes Fleisch berühmt sind.«

Herold Norn fröstelte. »Pah, Sie sollten sie uns eigentlich umsonst überlassen. Sie haben uns genug Geld abgepreßt, Händler, und . . .« Tuf erhob sich und zuckte träge die Achseln. »Der Mann beschimpft mich, Dax«, beklagte er sich bei seiner Katze. »Was soll ich tun? Mir geht es lediglich um ein ehrenvolles Leben.« Er sah Norn an. »Eine weitere meiner Launen überkommt mich. Irgendwie habe ich das Gefühl, daß Sie sich nicht erweichen lassen, selbst wenn ich Ihnen einen hervorragenden Rabatt einräumen würde. Deshalb gebe ich nach. Die Känguruhs gehören Ihnen. Umsonst.«
»Gut. Ausgezeichnet.« Norn wandte sich zur Tür. »Wir werden sie zur gleichen Zeit wie die Kobaltkatzen übernehmen und auf unserem Besitz aussetzen.«
Haviland Tuf und Dax begleiteten ihn aus dem Zimmer, und sie fuhren in Schweigen gehüllt zurück zu Norns Schiff.

Der Kaufpreis wurde von dem Hause Norn einen Tag vor der Lieferung überwiesen. Am folgenden Nachmittag betraten ein Dutzend Männer die *Arche* und schleppten sechs betäubte Kobaltkatzen aus Haviland Tufs Nährbottichen in die wartenden Käfige ihrer Schiffe. Tuf bot ihnen ein gleichmütiges Lebewohl und hörte nichts mehr von Herold Norn. Aber er beließ die *Arche* im Orbit um Lyronica.
Weniger als drei von Lyronicas kurzen Tagen waren vergangen, als Tuf erfuhr, daß seine Klienten eine Kobaltkatze für einen Kampf in der Bronzenen Arena vorgeschlagen hatten. Am folgenden Abend verkleidete er sich so gut, wie sich ein Mann wie er verkleiden konnte – mit einem falschen Bart und einer Perücke aus schulterlangen roten Haaren, dazu einem protzigen, puffärmeligen Mantel von kanariengelber Farbe und einem Fellturban –, und schwebte hinunter zur Stadt Aller Häuser in der Hoffnung, kein Aufsehen zu erregen. Als der Kampf angesagt wurde (es war der dritte laut Plan), saß Tuf im Hintergrund der Arena. In seinem Rücken befand sich eine rauhe Steinmauer, und er hockte in einem schmalen, hölzernen Sitz, der versuchte, sein Gewicht zu tragen. Für den Einlaß hatte er ein paar Eisenmünzen bezahlt und war den Wettschaltern gewissenhaft aus dem Weg gegangen.
»Dritter Kampf«, schrie der Ansager, als die Arbeiter die zerschmetterten fleischigen Überreste des Verlierers im zweiten Kampf hinausschaff-

ten. »Aus dem Hause Varcour ein weiblicher Eidechsenlöwe, neun Monate alt, Gewicht 1,4 Quintal, trainiert von Junior-Bestienmeister Ammari y Varcour Otheni. Einfacher Veteran der Bronzenen Arena, einmal siegreich.« Die Zuschauer neben Tuf begannen zu rufen und wild zu winken – er hatte sich entschlossen, die Arena diesmal durch das Tor von Varcour zu betreten, war einer grünen Betonstraße gefolgt und durch den klaffenden Rachen einer riesigen goldenen Eidechse in die Halle gelangt –, und in der Ferne glitt eine grüngolden geschmückte Tür auf. Tuf besaß ein abgenutztes Fernglas. Er hob es an die Augen und sah den Eidechsenlöwen hervorkriechen; ein zwei Meter messendes, geschupptes grünes Reptil mit einem peitschenartigen Schwanz, der dreimal so lang war wie der Rumpf, und mit der langen Schnauze eines altirdischen Alligators. Sein Kiefer öffnete und schloß sich lautlos, entblößte eine stattliche Reihe eindrucksvoller Zähne.

»Aus dem Hause Norn, importiert von einer Außenwelt zu Ihrem Vergnügen, eine weibliche Kobaltkatze. Alter . . . Alter drei Wochen.« Der Ansager verstummte. »Alter drei Wochen«, sagte er schließlich, »Gewicht 2,3 Quintal, trainiert von Senior-Bestienmeister Herold Norn. Neu in der Bronzenen Arena.« Die metallene Kuppel über ihren Köpfen dröhnte unter dem kakophonischen Geschrei aus dem Norn-Sektor; Herold Norn hatte die Bronzene Arena mit seinen Hausmännern vollgestopft.

Langsam schlich die Kobaltkatze aus dem Dunkel, mit vorsichtiger, geschmeidiger Grazie, und ihre goldenen Augen strichen durch die Arena. Sie war bis ins Detail jene Bestie, die Tuf versprochen hatte; ein Bündel tödlicher Muskeln und kalter Bewegung, bis auf einen einzelnen silbernen Streifen am ganzen Körper blau. Tuf war so weit von dem Geschehen entfernt, daß ihr Grollen fast nicht zu hören war, aber er sah ihren geöffneten Rachen in seinem Fernglas.

Der Eidechsenlöwe erblickte sie ebenfalls und watschelte vorwärts, seine kurzen, schuppigen Beine bohrten sich in den Sand, während der lange, unmögliche Schwanz wie der Stachel eines reptilischen Skorpions in die Höhe ragte. Dann, als die Kobaltkatze ihre geschlitzten Augen auf den Feind richtete, bewegte der Eidechsenlöwe den Schwanz nach unten. Mit einem knochenbrechenden Knirschen schnellte die Peitsche nach vorn, aber die Kobaltkatze glitt geschmeidig zur Seite, und nur Luft und

Sand wurden zerschmettert.
Die Katze umkreiste ihren Feind und fauchte. Der Eidechsenlöwe drehte sich unerbittlich und erhob erneut den Schwanz, öffnete seinen Kiefer, stieß vorwärts. Die Kobaltkatze entging der Peitsche und den Zähnen. Erneut krachte der Schwanz, und noch einmal; die Katze war zu schnell. Jemand im Publikum begann das Mordlied zu summen, andere griffen es auf, stimmten ein; Tuf drehte sein Fernglas und sah die Norn-Sitze schwanken. Der Eidechsenlöwe knirschte rasend mit dem Kiefer, schmetterte seine Peitsche gegen eine nahe Tür und begann um sich zu schlagen. Die Kobaltkatze entdeckte eine Blöße, sprang mit einem anmutigen Satz hinter ihren Feind, packte den um sich schlagenden Eidechsenlöwen mit einer ihrer großen blauen Tatzen und riß mit ihren Klauen die zartgrünen Flanken und den Bauch in Fetzen. Rasch, nach einigen wenigen nutzlosen Hieben seiner Peitsche, die die Katze nur kurz ablenkten, lag der Eidechsenlöwe reglos da.
Die Norner schrien ohrenbetäubend laut ihre Begeisterung heraus. Haviland Tuf – riesig und vollbärtig und prunkvoll gekleidet – erhob sich und ging davon.

Wochen vergingen; die *Arche* verblieb im Orbit um Lyronica. Haviland Tuf hörte mit seinem Schiffskom die Kampfergebnisse aus der Bronzenen Arena ab und erfuhr, daß die Kobaltkatzen von Norn einen Kampf nach dem anderen gewannen. Trotzdem verlor Herold Norn gelegentlich eine Auseinandersetzung – immer dann, wenn er einen Eisenzahn verwendete, um seine Arenapflichten zu erfüllen –, aber diese Niederlagen wurden ohne Mühe von den Siegen überwogen.
Tuf saß da, während Dax zusammengerollt in seinem Schoß lag, und trank Krüge mit braunem Bier aus der Brauerei der *Arche* leer und wartete.
Einen Monat nach dem Debüt der Kobaltkatzen näherte sich ein Schiff; eine schlanke, nadelförmige Planetenfähre von grüner und goldener Farbe. Nach kurzem Komkontakt legte das Schiff an, und Tuf nahm seine Besucher im Begrüßungsraum in Empfang. Er trug Dax auf dem Arm, und die Katze las in ihnen ausreichend freundliche Absichten, daß er darauf verzichten konnte, die Verteidigungsanlagen einzuschalten.
Es waren vier, alle bekleidet mit einer metallenen Rüstung von grüner

und goldener Farbe. Drei standen steif da und beobachteten wachsam die Umgebung. Der vierte, ein korpulenter Mann, der mit einem goldenen Helm, auf dem ein Federbusch mildgrün glänzte, seinen Kahlkopf verbarg, trat nach vorn und streckte eine fleischige Hand aus.
»Ich akzeptiere Ihre Motive«, erklärte Tuf und preßte seine beiden Hände eng an Dax, »aber ich ziehe es vor, nichts zu berühren. Ich benötige Ihren Namen und Ihren Beruf, Sir.«
»Morho y Varcour Otheni«, begann der Anführer.
Tuf hob seinen Arm. »Aha. Und Sie sind der Senior-Bestienmeister des Hauses Varcour, und Sie sind gekommen, um ein Ungeheuer zu kaufen. Genug, ich wußte es die ganze Zeit, wie ich zugeben muß. Ich wollte lediglich – aus einer Laune heraus – feststellen, ob Sie die Wahrheit sagen würden.«
Die Lippen des dicken Bestienmeisters spitzten sich zu einem O.
»Ihre Hausmänner werden hierbleiben«, sagte Tuf bestimmt, als er sich umdrehte. »Folgen Sie mir.«
Haviland Tuf begleitete Morho y Varcour Otheni, ohne auch nur ein weiteres Wort zu verlieren, bis sie den Computerraum erreicht hatten und einander schräg gegenübersaßen. »Sie haben von mir durch die Norner gehört«, sagte Tuf dann. »Habe ich recht?«
Morho lächelte zähnebleckend. »Es trifft tatsächlich zu. Ein Hausmann von Norn wurde überredet, die Herkunft der Kobaltkatzen zu verraten. Zu unserem Glück befand sich Ihre *Arche* noch immer im Orbit. Es scheint, Sie finden Lyronica unterhaltsam.«
»Es gibt Probleme. Ich hoffe, sie zu lösen. Ihre Probleme beispielsweise. Varcour ist aller Wahrscheinlichkeit nach jetzt das letzte der Zwölf Großen Häuser. Ihre Eidechsenlöwen flößten mir keinen Respekt ein, und ich weiß, daß Ihre Landgüter hauptsächlich aus Sumpfgebieten bestehen. Die Auswahl unter brauchbaren Kampftieren ist demnach begrenzt. Habe ich die wesentlichen Ursachen Ihrer Schwierigkeiten genannt?«
»Hm. Ja, tatsächlich, Sie durchschauen mich, Sir. Und das sehr gut. Bevor Sie sich hier einmischten, erzielten wir ausreichend hohe Gewinne; aber seither haben wir nicht einen einzigen Sieg gegen Norn errungen, und sie waren früher unsere wichtigsten Erfolge. Einige wenige armselige Siege über Wrai Hill und Insel Amar, ein glücklicher Triumph über Feridian, ein paar unentschiedene, tödlich endende Duelle gegen Arneth

und Sin Doon – das war alles im vergangenen Monat. Pfui! Wir können so nicht überleben. Man wird aus mir einen Brutwärter machen und mich zurück auf das Land schicken, wenn ich nicht etwas unternehme.«
Tuf brachte Morho mit einer Handbewegung zum Schweigen. »Wir brauchen nicht weiter zu reden. Ihre Not ist bekannt. In der Zeit nach meiner Hilfe für Norn hatte ich glücklicherweise ein wenig Muße und Gelegenheit, die Macht des Verstandes zu bemühen und mich mit den Problemen der Großen Häuser zu beschäftigen. Auf jeden Fall wird es teuer werden.«
Morho grinste. »Ich bin vorbereitet gekommen. Wir haben von Ihren Preisen gehört. Sie sind hoch, kein Zweifel, aber wir sind bereit zu zahlen, wenn Sie . . .«
»Sir«, unterbrach Tuf, »ich bin ein Mann der Barmherzigkeit. Norn war ein armes Haus, Herold fast ein Bettler. Mildtätig habe ich ihm einen niedrigen Preis gewährt. Die Domänen von Varcour sind reicher, seine Standards wertvoller, seine Siege wurden wilder besungen. Ihnen muß ich dreihunderttausend Standard berechnen, um die Verluste auszugleichen, die ich bei dem Handel mit Norn gemacht habe.«
Morho gab einen entsetzten gurgelnden Laut von sich, und seine Schuppenpanzerung klirrte metallisch, als er sich in seinem Sessel bewegte. »Zuviel, zuviel«, protestierte er, »ich flehe Sie an. Zugegeben, wir sind ruhmreicher als Norn, aber wir sind nicht so groß, wie Sie annehmen. Um Ihnen den Preis zu zahlen, müßten wir verhungern. Eidechsenlöwen werden unsere Wälle überrennen. Unsere Städte werden im Schlamm versinken und unsere Kinder ersticken.«
Tuf blickte Dax an. »Ganz recht«, sagte er, als er seine Augen wieder Morho zuwandte. »Sie haben mich tief gerührt. Zweihunderttausend Standard.«
Morho y Varcour Otheni begann erneut zu protestieren und zu flehen, aber diesmal saß Tuf lediglich still da, die Arme auf die Lehnen gelegt, bis der Bestienmeister schwitzend und mit rotem Gesicht schließlich aufgab und sich bereit erklärte, den geforderten Preis zu bezahlen.
Tuf betätigte die Armkontrollen. Die Holografie einer riesigen Eidechse materialisierte zwischen ihm und Morho; sie hockte da, drei Meter lang, bedeckt mit graugrünen, platten Schuppen und auf zwei dicken, klauen-

bewehrten Beinen stehend. Der auf einem kurzen Hals sitzende Kopf war überproportional lang, mit einem Kiefer, der groß genug war, um Kopf und Schulter eines Mannes mit einem einzigen Biß zu verschlingen. Aber die auffälligsten Merkmale waren ihre Vorderbeine: kurze, dicke Muskelbündel mit meterlangen farblosen Knochenspornen.

»Der *tris neryei* von Cables Landung«, erklärte Tuf, »das heißt, so wurde er von den Fyndii genannt, deren Kolonisten auf dieser Welt den Menschen ein Jahrtausend zuvorkamen. Der Ausdruck bedeutet übertragen ›Lebendes Messer‹. Er wird von den Menschen auch Klingentyrannt genannt, eine Bezeichnung, die auf der Ähnlichkeit der Bestie mit dem Tyrannosaurier oder *tyrannosaurus rex* beruht, einem seit langem ausgestorbenen Reptil der Alten Erde. Eine oberflächliche Ähnlichkeit nur, um die Wahrheit zu sagen. Aufgrund seiner schrecklichen Vorderläufe, jenen Schwertern aus Knochen, die er mit einer furchtbaren instinktiven Grausamkeit einsetzt, ist der *tris neryei* ein weitaus effizienterer Fleischfresser, als der Tyrannosaurus jemals war.«

Morho lehnte sich nach vorn, bis sein Sessel unter ihm knarrte, und Dax erfüllte Tufs Bewußtsein mit hitziger Begeisterung. »Hervorragend«, lobte der Bestienmeister, »obwohl die Namen ein wenig kompliziert sind. Wir sollten ihn Tyrannoschwert nennen, eh?«

»Nennen Sie ihn, wie Sie wollen, es spielt für mich keine Rolle. Die Tiere haben eine Reihe deutlicher Vorteile für das Haus Varcour«, erwiderte Tuf. »Wenn Sie sie nehmen, werde ich Ihnen obendrein – ohne zusätzlichen Aufpreis – eine Zucht cathadaynischer Baumschnecken geben. Sie werden feststellen, daß . . .«

Sobald er Gelegenheit hatte, verfolgte Tuf die Nachrichten aus der Bronzenen Arena, obwohl er niemals wagte, den Boden von Lyronica zu betreten. Die Kobaltkatzen fuhren fort, alles, was sich ihnen in den Weg stellte, auszulöschen; in der letzten übertragenen Begegnung hatte eine von Norns Bestien einen favorisierten Würgeaffen von Arneth und einen Fleischfrosch von der Insel Amar in einem ungewöhnlichen Dreikampf getötet.

Aber auch das Glück Varcours war im Aufschwung; die neu eingeführten Tyrannoschwerter hatten sich mit ihren dröhnenden Schreien, ihrem schweren Schritt und den unausweichlich tödlichen Knochenschwertern

als Sensation der Bronzenen Arena erwiesen. In drei Kämpfen waren ein riesiger Feridian, ein Wasserskorpion und eine Spinnenkatze von Gnethin der Echse von Varcour unterlegen gewesen. Morho y Varcour Otheni geriet in Verzückung. In der nächsten Woche sollten ein Tyranoschwert und eine Kobaltkatze in einer Entscheidungsschlacht aufeinanderprallen, und eine ausverkaufte Arena wurde erwartet.
Herold Norn meldete sich kurz nach den ersten Siegen der Tyrannoschwerter. »Tuf!« sagte er finster. »Sie sollten mit den anderen Häusern keine Geschäfte machen.«
Haviland Tuf erwiderte milde, während er Norns verzerrtes Stirnrunzeln betrachtete und Dax streichelte: »Etwas Derartiges war niemals im Gespräch. Ihre eigenen Ungeheuer leisten das, was erwartet wurde. Beschweren Sie sich, weil nun ein anderer Ihre Erfolge teilt?«
»Ja. Nein. Das ist – gut, von mir aus. Ich befürchte, ich kann es ohnehin nicht verhindern. Falls die anderen Häuser Tiere erhalten, die unsere Katzen auf irgendeine Weise besiegen können, erwarten wir von Ihnen, daß Sie uns etwas liefern, das alles schlagen kann, was Sie *denen* verkaufen. Sie verstehen?«
»Natürlich, Sir.« Er blickte Dax an. »Herold Norn bittet nun um mein Verständnis.« Dann sah er wieder auf. »Ich werde Ihnen alles verkaufen, was Sie bezahlen können.«
Herold Norn schnitt auf dem Komschirm ein finsteres Gesicht. »Ja, ja. Nun, bis dahin werden uns unsere Siege genug Geld bringen, um jeden ausländischen Preis zu bezahlen, den Sie verlangen.«
»Ich hoffe, alles andere ist in Ordnung?« erkundigte sich Tuf.
»Nun, ja und nein. In der Arena, ja, ja, ohne Einschränkungen. Aber andererseits, nun, da ist etwas, worüber ich mit Ihnen sprechen möchte. Die vier jungen Katzen scheinen aus verschiedenen Gründen nicht an einer Fortpflanzung interessiert zu sein. Und unser Brutwärter beschwert sich darüber, daß sie abmagern. Er glaubt, sie sind nicht gesund. Nun, ich persönlich weiß es nicht genau, weil ich mich hier in der Stadt befinde und die Tiere sich auf den Prärien um das Haus Norn aufhalten. Aber es gibt Schwierigkeiten. Die Katzen befinden sich natürlich in Freiheit, aber wir beobachten sie, so daß wir . . .«
Tuf hob eine Hand. »Zweifellos hat die Brunstzeit der Kobaltkatzen noch nicht begonnen. Haben Sie das nicht berücksichtigt?«

»Ah! Nein, nein, ich glaube nicht. Das erscheint mir richtig. Ich glaube, es ist nur eine Frage der Zeit. Das andere Problem, das ich mit Ihnen besprechen wollte, betrifft Ihre Känguruhs. Wir setzten sie aus, wie Sie wissen, und bei ihnen gab es keine Schwierigkeiten mit der Fortpflanzung. Die Stammweiden von Norm sind leergefressen. Es ist ein wirkliches Ärgernis. Sie hüpfen überall herum. Was sollen wir nur machen?«

»Züchten Sie Kobaltkatzen«, schlug Tuf vor. »Sie sind hervorragende Jäger und werden die Känguruhplage beenden.«

Herold Norn blickte verwirrt und leicht bekümmert drein. »Ja, ja«, sagte er.

Er wollte noch weitersprechen, aber Tuf erhob sich. »Ich fürchte, ich muß unsere Unterhaltung abbrechen«, erklärte er. »Eine Planetenfähre ist in einen Anlegeorbit um die *Arche* eingeschwenkt. Vielleicht können Sie sie identifizieren. Sie ist stahlblau und besitzt große dreieckige, graue Tragflächen.«

»Das Haus Wrai Hill!« entfuhr es Norn.

»Faszinierend«, sagte Tuf. »Guten Tag.«

Bestienmeister Denis Lon Wrai bezahlte dreihunderttausend Standard für sein Ungeheuer, ein außerordentlich kräftiges, rotfelliges Ursoid aus den Bergen von Vagabund. Haviland Tuf besiegelte das Geschäft mit einem Paar Galoppfaultier-Eier.

In der folgenden Woche besuchten vier Männer in orangenen Seidengewändern und mit flammendroten Umhängen die *Arche.* Um vierhundertfünfzigtausend Standard ärmer und mit einem Vertrag über die Lieferung von sechs großen, gepanzerten Giftelchen und einer kostenlos überlassenen Herde hranganischer Grasschweine kehrten sie zum Hause Feridian zurück.

Der Bestienmeister von Sin Doon erhielt eine Riesenschlange; die Abgesandten der Insel Amar entschieden sich für einen Godzilla. Eine Delegation, die aus einem Dutzend Senioren von Dant in milchweißen Gewändern und mit silbernen Schnallen bestand, war von dem geifernden Garghoul begeistert, den Haviland Tuf ihnen zusammen mit einem unbedeutenden Geschenk anbot. Und so suchten ihn die anderen der Zwölf Großen Häuser nacheinander auf, jedes erhielt sein Ungeheuer, jedes bezahlte einen ständig wachsenden Preis.

Zu diesem Zeitpunkt waren zwei von Norns kämpfenden Kobaltkatzen tot; die erste wurde geschwind von dem Knochenschwert des Varcour-Tyrannoschwertes entzweigeschnitten, die andere von den mächtigen Klauenpfoten des Ursoids von Wrai Hill zerschmettert (obwohl im letzteren Fall der Ursoid ebenfalls gestorben war). Falls die großen Katzen ihr Schicksal vorausgesehen hätten, war es ihnen trotzdem nicht gelungen, es zu verhindern. Herold Norn versuchte jeden Tag die *Arche* anzurufen, aber Tuf hatte seinen Computer angewiesen, die Sendungen nicht zu beantworten.

Schließlich, nachdem bereits elf Häuser zu seinen Kunden zählten, saß Haviland Tuf im Computerraum Danel Leigh Arneth gegenüber, Senior-Bestienmeister von Arneth-in-den-vergoldeten-Wäldern, einst das größte und mächtigste der Zwölf Großen Häuser von Lyronica und nun das Schlußlicht. Arneth war ein hochgewachsener Mann, der selbst Tufs Größe erreichte, aber nicht so dickleibig war; seine Haut wirkte wie hartes Ebenholz, unter dem die Muskeln hervortraten, sein Kopf war eine hakennasige Axt, sein Haar kurz und eisengrau. Der Bestienmeister kam zu der Besprechung in goldenen Gewändern, mit karmesinrotem Gürtel, gleichfarbigen Stiefeln und einer kleinen karmesinroten Baskenmütze, die schief auf seinem Kopf saß. Den Dressierstab der Trainer trug er wie einen Spazierstock.

Dax las erhebliche Feindseligkeit und Tücke sowie mühsam unterdrückten Zorn in den Gedanken des Mannes. Aus diesem Grunde nahm Haviland Tuf einen kleinen Laser an sich und verbarg ihn unter seinem Mantel.

»Die Stärke von Arneth-in-den-vergoldeten-Wäldern hat immer auf Vielseitigkeit beruht«, begann Danel Leigh Arneth. »Als die anderen Häuser von Lyronica ihr Glück mit einer einzigen Bestie zu machen versuchten, arbeiteten unsere Väter und Vorväter mit Dutzenden. Gegen jedes Tier der anderen verfügten wir über eine optimale Auswahl, konnten strategisch planen. Dies war unsere Größe und unser Stolz. Aber gegen Ihre Dämonenbestien können wir keine Strategie entwickeln. Gleichgültig, welchen Kämpfer wir in den Arenasand schicken, er kommt tot zurück. Wir sind gezwungen, mit Ihnen zu handeln.«

»Nein«, berichtigte Haviland Tuf. »Ich zwinge niemanden. Schauen Sie sich meine Tiere an. Vielleicht wird Ihnen das Glück Ihre strategische

Überlegenheit zurückgeben.« Er berührte die Knöpfe an seiner Sessellehne, und eine Ungeheuerparade materialisierte und verschwand wieder vor den Augen des Bestienmeisters von Arneth; pelzige und geschuppte und gefiederte und gepanzerte Kreaturen; große und kleine Raubtiere, Aas- und mörderische Pflanzenfresser. Und Danel Leigh Arneth bestellte schließlich mit fest zusammengepreßten Lippen je vier Paare von dem Dutzend der größten und tödlichsten Spezien und zahlte einen Preis von zwei Millionen Standard.

Der Abschluß der Transaktion – wie bei den anderen Häusern mit dem Geschenk von einigen kleinen harmlosen Tieren verbunden – war nicht geeignet, Arneths üble Laune zu vertreiben. »Tuf«, sagte er, als das Geschäft besiegelt war, »Sie sind ein raffinierter und unredlicher Mann, aber Sie können mich nicht zum Narren halten.«

Haviland Tuf schwieg.

»Sie haben ein riesiges Vermögen gemacht, und Sie haben alle betrogen, die von Ihnen gekauft haben, auch wenn jene hoffen, davon zu profitieren. Beispielsweise die Norns – ihre Kobaltkatzen sind wertlos. Norn war ein armes Haus; Ihr Preis brachte es genau wie alle anderen an den Rand des Ruins. Norn hoffte, das Geld durch Siege wieder hereinzubekommen. Pah! Es wird keine Siege mehr für Norn geben! Und auch nicht für die anderen Häuser, die bei Ihnen gekauft haben, um einen Vorteil über jene zu erlangen, die zuvor eine Bestie erhielten. Somit bleibt Arneth das größte Haus von allen, denn es hat als letztes gekauft. Unsere Ungeheuer werden Verwüstung bringen. Der Sand der Bronzenen Arena wird sich von dem Blut der schwächeren Bestien dunkel verfärben.«

Tufs Hand ruhte auf der Wölbung seines Bauches. Sein Gesicht war milde.

»Sie haben nichts geändert! Die Großen Häuser bleiben so, wie sie waren: mit Arneth an erster und mit Norn an letzter Stelle. Alles, was Sie getan haben, war, uns zu schröpfen, Sie Schieber. Die Häuser warten nun auf Siege, aber alle Siege werden Arneth gehören. Wir allein werden nicht betrogen, weil ich zuletzt kaufe und dadurch das Beste erhalte.«

»Aha«, machte Haviland Tuf. »Dann sind Sie ein weiser und scharfsinniger Bestienmeister, falls Ihre Vermutungen zutreffen. Trotzdem be-

streite ich, daß ich jemanden betrogen habe.«
»Lassen Sie die Wortklaubereien!« brüllte Arneth. »Von nun an werden Sie nicht mehr mit den Großen Häusern handeln, Norn hat kein Geld, um erneut von Ihnen zu kaufen, aber wenn Sie es dennoch versuchen, dürfen Sie mit ihnen keine Geschäfte machen. *Verstehen Sie mich?* Wir wollen uns nicht ewig im Kreise drehen.«
»Natürlich«, erklärte Tuf. Er sah zu Dax. »Nun pocht Danel Leigh Arneth auf meine Einsicht. Ich werde immer mißverstanden.« Sein ruhiges Antlitz wandte sich wieder dem zornigen, rot und gold gekleideten Bestienmeister zu. »Ihr Anliegen, Sir, stößt auf Wohlwollen. Vielleicht wird es Zeit für mich, Lyronica zu verlassen. Auf jeden Fall werde ich weder Norn noch einem anderen der Großen Häuser noch einmal etwas verkaufen. Dies ist ein närrischer Einfall – denn ich schwöre damit riesigen Gewinnen ab –, aber ich bin ein gütiger Mensch, der zumeist seinen Launen folgt. Hochgeachteter Danel Leigh Arneth, ich beuge mich gehorsam Ihrem Wunsch.«
Dax teilte ihm lautlos mit, daß Arneth dankbar und beruhigt war; er hatte Tuf eingeschüchtert und den Sieg für sein Haus davongetragen. Seine Rivalen würden keine weiteren Erfolge erringen, und das Geschehen in der Bronzenen Arena würde sich von nun an wieder in kontrollierbaren Bahnen bewegen. Zufrieden verschwand er.
Drei Wochen später erschien eine Flotte von zwölf glitzernden goldenen Booten mit einem Dutzend Männern in goldenen und karmesinroten Rüstungen, um die Bestellungen des Danel Leigh Arneth abzuholen. Haviland Tuf streichelte den schlaff und faul daliegenden Dax, wartete, bis sie wieder fort waren, und begab sich dann durch die langen Korridore der *Arche* zurück in den Kontrollraum, um einen Anruf von Herold Norn entgegenzunehmen.
Der dünne Bestienmeister ähnelte einem Skelett. »Tuf!« rief er. »Alles ist schiefgegangen. Sie müssen uns helfen.«
»Schiefgegangen? Ich löse Ihr Problem.«
Norn verzerrte sein Gesicht zu einer Grimasse und kratzte sich unter dem Messingreifen an seiner Stirn. »Nein, nein, hören Sie zu. Die Kobaltkatzen sind alle tot oder krank. Vier von ihnen starben in der Bronzenen Arena – natürlich wissen wir, daß das zweite Paar zu jung war, verstehen Sie, aber als wir das erste Paar verloren hatten, blieb uns keine

andere Wahl. Entweder dieses oder zurück zu den Eisenzähnen. Nun verbleiben uns nur noch zwei. Sie fressen nicht viel – nur wenn sie hin und wieder ein Känguruh fangen, aber das ist auch schon alles. Und wir können sie nicht trainieren. Sobald ein Trainer den Käfig mit einem Dressierstab betritt, wissen die verdammten Katzen, was er vorhat. Sie sind immer ein Stück voraus, verstehen Sie? In der Arena reagieren sie in keiner Weise auf das Mordlied. Es ist schrecklich. Und am schlimmsten ist, daß sie sich nicht vermehren. Wir benötigen mehr von ihnen. Wie sollen wir es nur schaffen, in der Kampfarena anzutreten?«

»Die Brunstzeit der Kobaltkatzen hat noch nicht begonnen«, bemerkte Tuf.

»Ja, ja. Aber *wann* beginnt die Brunstzeit?«

»Eine faszinierende Frage. Eine Schande, daß Sie sie nicht schon früher gestellt haben. Wenn ich alles richtig verstanden habe, dann wird der weibliche Kobaltpanther jedes Frühjahr läufig, wenn die Schneebüsche auf Celias Welt blühen. Ich führe einige Arten dieses biologischen Auslösers mit mir.«

»Ich – Tuf, Sie haben das *geplant.* Auf Lyronica gibt es keine Schneepflanzen. Ich fürchte, Sie werden nun versuchen, uns ein Vermögen für diese Blumen abzunehmen.«

»Natürlich nicht, Sir! Läge die Entscheidung bei mir, würde ich sie Ihnen mit Freuden geben. Ihre Qual bedrückt mich. Ich bin betroffen. Aber wie dem auch sei, ich habe Danel Leigh Arneth mein Wort gegeben, nie mehr mit den Großen Häusern von Lyronica Handel zu treiben.« Bedauernd zuckte er die Achseln.

»Wir errangen Siege mit Ihren Katzen«, sagte Norn mit einem verzweifelten Unterton in seiner Stimme. »Unsere Schätze sind gewachsen – wir besitzen jetzt rund vierzigtausend Standard. Sie gehören Ihnen. Verkaufen Sie uns diese Blumen. Oder besser ein neues Tier. Größer. Wilder. Ich habe die Garghouls von Dant gesehen. Verkaufen Sie uns etwas Ähnliches. Wir besitzen nichts mehr für die Kämpfe in der Bronzenen Arena.«

»Nein? Was ist mit Ihren Eisenzähnen? Der Stolz von Norn, wie man mir sagte.«

Herold Norn machte eine ungeduldige Geste. »Probleme, verstehen Sie, wir haben Probleme. Ihre Känguruhs fressen alles, fressen immer. Sie sind außer Kontrolle geraten. Überall gibt es sie jetzt. Millionen, die das ganze Gras und die ganze Ernte fressen. Die Dinge, die sie dem Weideland angetan haben ... Die Kobaltkatzen lieben sie, ja, aber wir haben nicht genug Kobaltkatzen. Und die wilden Eisenzähne rühren die Känguruhs nicht an. Vermutlich sagt ihnen der Geschmack nicht zu. Ich weiß es nicht genau. Aber, verstehen Sie, all die anderen Grasfresser verschwanden, wurden von den Känguruhs vertrieben, und die Eisenzähne folgten ihnen. Wohin, das weiß ich nicht. Fort, einfach fort. In die wilden Gebiete, in das Hinterland von Norn. Es gibt dort einige Städte, eine Handvoll Farmer, aber sie hassen die Großen Häuser. Alle stammen von den Tamberkin ab, und sie führen nicht einmal Hundekämpfe durch. Wahrscheinlich werden sie sogar versuchen, die Eisenzähne zu zähmen, wenn sie auf sie stoßen.«

»Aha«, machte Tuf. »Aber Sie haben doch noch Ihre Zwinger, oder?«

»Jetzt nicht mehr«, gestand Norn. Es klang sehr gequält. »Ich befahl, sie zu schließen. Die Eisenzähne verloren jeden Kampf, vor allem ab jenem Zeitpunkt, an dem Sie mit den anderen Häusern gehandelt haben. Es erschien mir als närrische Verschwendung, totes Gewicht mitzuschleppen. Nebenbei, die Kosten – wir benötigten jeden Standard. Sie haben uns bis aufs Blut geschröpft. Wir mußten das Arenafutter bezahlen, und natürlich mußten wir wetten, schließlich mußten wir die Rechnungen für die Nahrungsmittel begleichen, die wir von Tamber einführten, um unsere Hausmänner und Trainer zu ernähren. Ich fürchte, Sie werden niemals glauben, was die Känguruhs mit unserer Ernte angerichtet haben.

»Sir«, erklärte Tuf, »Sie beleidigen mich. Ich bin Ökologe. Ich bin sehr gut über die Känguruhs und ihre Lebensgewohnheiten informiert. Soll ich Sie so verstehen, daß Sie Ihre Eisenzahnzwinger aufgegeben haben?«

»Ja, ja. Wir schlossen die nutzlosen Einrichtungen, und nun sind sie mit ihren wildlebenden Artgenossen verschwunden. Was sollen wir nur tun? Die Känguruhs überrennen die Prärien, die Katzen wollen sich nicht vermehren, und unser Vermögen wird bald aufgebraucht sein, wenn wir auch weiterhin Nahrungsmittel importieren und Arenafutter ohne Hoffnung auf einen Sieg bezahlen müssen.«

Haviland Tuf faltete seine Hände. »Sie stehen tatsächlich einer Reihe delikater Probleme gegenüber. Und ich bin der einzige Mensch, der Ihnen bei der Lösung helfen kann. Unglücklicherweise habe ich Danel

Leigh Arneth mein Wort gegeben.«
»Also ist es hoffnungslos? Tuf, ich komme zu Ihnen als Bettler, ich, ein Senior-Bestienmeister von Norn. Bald wird man uns von den Spielen ausschließen. In Kürze haben wir kein Kapital mehr, um das Arenafutter oder die Wetten zu bezahlen, und dann werden uns die Tiere fehlen, um uns an den Wettbewerben zu beteiligen. Wir sind vom Unglück schwer getroffen. Kein Großes Haus hat jemals versäumt, seinen Anteil an Kämpfern bereitzustellen, nicht einmal Feridian während der Zwölfjährigen Trockenzeit. Schande über uns. Das Haus von Norn wird seine stolze Geschichte damit beschließen, Hunde und Katzen in den Sand zu schicken, damit diese von den riesigen Ungeheuern, die Sie den anderen Häusern verkauft haben, schimpflich zerrissen werden.«
»Sir«, sagte Tuf. »Wenn Sie mir eine ungehörige Bemerkung gestatten – und vielleicht auch eine, die keine Grundlage besitzt –, wenn Sie mir dies erlauben – nun, dann werde ich Ihnen meine Meinung sagen. Ich habe eine Ahnung – hm, *Ahnung*, ja, dies ist das richtige Wort und ein seltsames dazu –, eine Ahnung, wie ich sagte, daß die Ungeheuer, die Sie fürchten, in den folgenden Wochen und Monaten nur noch in geringer Zahl verfügbar sein werden. Beispielsweise werden die erwachsenen Ursoids von Vagabund in kürzester Frist in den Winterschlaf verfallen. Sie sind weniger als ein Jahr alt, wie Sie wissen. Ich hoffe, daß die Lords von Wrai Hill davon nicht übermäßig aus der Fassung gebracht werden, obwohl ich es befürchte. Vagabund, ich bin mir sicher, daß Sie dies wissen, beschreibt eine extrem unregelmäßige Bahn um seine Sonne, so daß seine langen Winter annähernd zwanzig Standardjahre dauern. Die Ursoide sind auf diesen Zyklus eingestimmt. Bald werden sich ihre Körperprozesse verlangsamen und fast auf Null fallen – oft wurde ein schlafender Ursoid für tot gehalten, wie Sie wissen –, und ich glaube nicht, daß es leicht sein wird, sie aufzuwecken. Wenn die Trainer von Wrai Hill Männer von edlem, gutem Charakter und klarem Verstand sind, finden sie vielleicht einen Weg. Aber ich neige eher zu der Überzeugung, daß sie den Großteil ihrer Kräfte und ihres Geldes dazu verwenden werden, um ihre Bevölkerung zu ernähren, wenn man den gefräßigen Appetit der Galoppfaultiere bedenkt. Auf ähnliche Weise wird den Leuten aus dem Haus von Varcour nicht erspart bleiben, sich mit einer wahren Explosion cathadaynischer Baumschnecken auseinanderzusetzen. Die Baum-

schnecken sind besonders faszinierende Geschöpfe. An einem bestimmten Punkt ihres Lebenszyklus verwandeln sie sich in leibhaftige Schwämme und schwellen zu doppelter Größe an. Eine ausreichende Zahl ist sogar in der Lage, ein äußerst ausgedehntes Sumpfgebiet auszutrocknen.« Tuf machte eine Pause, und seine dicken Finger trommelten in einem dumpfen Rhythmus auf seinen Bauch. »Ich schweife zu stark ab, Sir. Verstehen Sie trotzdem, was ich sagen will? Warum ich so darauf drängte?«
Herold Norn wirkte wie ein toter Mann. »Sie sind verrückt. Sie haben uns vernichtet. Unsere Wirtschaft, unsere Ökologie ... aber *warum?* Wir haben Sie gut bezahlt. Die Häuser, die Häuser ... keine Bestien, kein Geld. Wie können die Spiele noch weitergehen? *Niemand* wird mehr Kämpfer in die Bronzene Arena schicken!«
Haviland Tuf hob schockiert seine Hände. »Wirklich?« fragte er.
Dann schaltete er den Monitor aus und erhob sich. Er lächelte ein kleines, verkniffenes Lächeln und begann mit Dax zu plaudern.

THOMAS F. MONTELEONE

Der Junge, der die Welt bewegte

Jeden Morgen, wenn Harry erwachte, konnte er die *Kraft* in seinen Fingerspitzen fühlen. Dies Gefühl war schwierig zu beschreiben. Er verglich es gewöhnlich mit einem Strom von Niedrig-Volt-Elektrizität, was dort in seinen weichen Fingerkuppen klopfte und pulsierte. Es war, als ob kleine, rasend wilde Tiere in seinem Fleisch gefangen seien, die ständig aus ihrem Käfig auszubrechen versuchten.
Da er die Kraft in sich spürte, wußte Harry, daß er anders war als alle anderen Jungen in Unionville. Er war zu groß für sein Alter und klapperdürr; seine Arme und Beine waren wie Schilfhalme, die beim leisesten Windstoß zerbrechen konnten. Seine Haut war von pergamentener Blässe; wenn sie im Sommer nur wenige Tage lang der sengenden Sonne ausgesetzt war, verfärbte sie sich krebsrot. Sein Vater sorgte immer dafür, daß die Haare des Jungen bis über die Ohren gestutzt wurden, so

daß sein aschblonder Haarschopf wie eine Palme seinen Kopf krönte. Nein, Harry war durchaus kein interessanter Anblick. *Aber er hatte die Kraft.* Weil er die Gabe hatte, alle Dinge in Bewegung zu setzen, alles so zu fügen, wie er es wollte, war der Junge sehr beliebt bei seinen Schulkameraden und den anderen Leuten in der kleinen hinterwäldlerischen Stadt. Allerdings war das nicht immer so gewesen.
Ihm fiel der Moment wieder ein, in dem er zum ersten Mal erkannt hatte, was die Kraft für ihn tun konnte.
Er hatte unten auf der Wiese Baseball gespielt. Nein, das war nicht ganz richtig. Er war zwar dort, aber er spielte nicht mit, denn in jener Zeit war er weder gut im Sport noch in irgendeinem anderen Bereich. Seine Besenstielgliedmaßen waren einfach zu nichts zu gebrauchen. Also hatte er nur dabeigestanden und dem Spiel zugesehen, als Johnny Burrows, ein großer, fetter, schmieriger Junge, von einem scharf geschlagenen Ball am Kopf getroffen wurde. Auf seiner Stirn schwoll eine dunkelrote Beule sehr rasch an, es sah so aus, als wollte ihm dort ein drittes Auge wachsen.
»Ohne einen Mann am dritten Base können wir nicht spielen«, sagte Huey Whitman, einer der älteren Spieler.
»Ja, was sollen wir denn jetzt machen?« fragte ein anderer.
Harry tat schüchtern einen Schritt vor und sagte leise: »He, ich kann doch mitspielen.«
Einige Jungen auf dem Spielfeld lachten. Ein paar andere kicherten höhnisch.
Harry wußte, daß sie ihn nicht wollten.
»Jetzt haltet mal die Klappe, Jungs!« schaltete Huey sich ein. »Ihr wollt doch spielen, oder nicht?«
Das Gelächter verstummte. Ein paar Jungen senkten den Kopf, stießen mit den Füßen kleine Staubwolken vom trockenen Spielfeld auf und sahen zu, wie sie die leichte Brise verwehte.
»Okay«, sagte Huey, der zuletzt als Werfer gespielt hatte. »Komm, Harry, du kannst mitspielen.«
In Harrys Brust regte sich etwas, das er nicht beschreiben konnte. Eine seltsame Mischung von Gefühlen – Überraschung, Mißtrauen und übermütige Freude – erfüllte seinen schwachen Körper mit neuer Energie. Zum ersten Mal durfte er bei einem Spiel der anderen Kinder mitma-

chen.
Das bedeutete Harry mehr, als sich die anderen vorstellen konnten.
Er hob einen alten, rissigen, staubigen Handschuh vom Boden auf. Das Ding sah viel eher wie ein eigentümlicher ausgefranster Pfannkuchen als wie ein Handschuh aus. Harry lief zum dritten Base hinüber. In seinem Kopf drängten neue Gefühle an die Oberfläche. Furcht, Unsicherheit, Angst. Wenn gleich der Ball in seine Richtung geworfen würde, würde er ihn fangen können? Er wußte, daß er ein völlig unsportlicher Typ war, aber er wollte doch so gern mitspielen. Er wollte so gern dazugehören!
Zack! Ein überraschendes Geräusch riß ihn aus seinen Tagträumen.
Er sah, wie der blaßgelbe Ball auf ihn zuschoß, genau auf seine Stirn. Er wurde größer, heller und dicker. Von allen Dingen im Universum sah Harry nur noch diesen Ball. Er wurde starr. Er war unfähig, irgend etwas zu tun.
Dann riß er in verzweifeltem Schwung den Handschuh hoch. Der Ball rauschte über seinen Kopf und flog zwischen den gespreizten Fingern des Handschuhs hindurch. Buhrufe und Gelächter waren zu hören. Böse Zurufe bahnten sich einen Weg in Harrys benommenen Verstand. »O Gott! Seht euch den blöden Harry an! Der Bursche ist wirklich das Letzte! Ich habe gleich gesagt, daß er ihn nicht kriegt! Hahaha! Schick ihn endlich weg, Huey!«
Die Worte waren wie Pfeile, sie drangen tief ein und rissen schmerzende Wunden. Harry wollte nach Hause laufen. Er wünschte, daß er nie ums Mitspielen gebeten hätte.
Es schien unendlich lange zu dauern, bis die Hohnrufe endlich verklangen und Huey zum nächsten Schläger warf. Harry konnte nicht vergessen, was geschehen war. Und plötzlich fühlte er, wie sich tief in seinem Innern etwas regte, etwas, das die Kraft hatte, seine Zweifel und Ängste zu verjagen. In ihm wuchs ein beherrschender Wunsch. Er wünschte, daß er einen Baseball fangen und daß er den Schläger so schwingen könnte, daß der Ball weit über alle Spieler hinausfliegen würde. Auch während Harrys Mannschaft die Plätze am Schläger einnahm, verließen ihn diese Gedanken nicht.
Nachdem zwei andere Jungen an der Reihe gewesen waren, hörte Harry, wie Huey ihn aufrief. »Okay, Harry, du bist dran!«

Lautes Hohngeschrei der anderen Spieler klang über das Feld, als Harry den Schläger aufnahm. In seinen viel zu zarten Händen schien er sich in einen Baumstamm zu verwandeln. Das Gewicht war ungeheuer, und Harry fragte sich, ob er ihn überhaupt in die Luft heben könnte, vom Treffen des Balles ganz zu schweigen. Er ging auf seinen Platz auf dem Spielfeld zu und dachte weiter daran, wie stark er es sich *wünschte*, daß der Ball genau die richtige Flugbahn haben würde, damit er ihn erwischen konnte.

Der erste Wurf sauste an ihm vorbei, direkt in den Griff des Fängers. Es geschah so schnell, daß Harry nicht einmal sagen konnte, ob er den Ball überhaupt gesehen hatte. Jetzt aber werde ich ihn treffen, dachte er. Und da fühlte er zum ersten Mal, wie sich die Kraft in seinem Körper regte.

Seine Nerven vibrierten wie unter einer elektrischen Ladung. Durch seine dürren Glieder strömte etwas Urtümliches, Nacktes, Machtvolles. Irgendwie wußte Harry, daß niemand sonst dies Gefühl haben konnte. Er sah, wie der Werfer zum zweiten Mal ausholte. Dann zischte ihm der Ball entgegen. Harry *dachte* an den Ball und er *dachte* an den Schläger. Der Ball segelte heran, dem Fänger entgegen. Wie eine Feder bewegte sich, im Zeitlupentempo, in Harrys Händen der Schläger! Das Holz beschrieb einen Bogen durch die Luft, und als der Schläger und der Ball zusammenprallten, hörte Harry ein dumpfes *tock*!

Die anderen Kinder starrten ihn entgeistert an, und Harry stand reglos da und schaute dem entschwindenden Ball nach. Wie ein von einem Jagdhund aufgescheuchter Vogel schoß der Ball davon. Endlich hatte Harry den anderen Kindern gezeigt, daß auch er etwas konnte. Er hatte den Ball getroffen! Harry dachte still bei sich, daß er gern wollte, daß der Ball noch weiterflöge. Der Junge auf dem Spielfeld rannte, doch der Ball flog hoch über seinem Kopf davon und verschwand hinter den Baumwipfeln am Rand der Wiese. Es war bestimmt der weiteste Ball, der je auf dem Spielfeld von Unionville geschlagen wurde. Harry rannte zögernd um die Bases, vor Freude und Triumph brannten seine Wangen, und seine Mannschaftskameraden jubelten ihm zu. Er konnte das ungläubige Erstaunen in ihren Augen erkennen, aber nun, da er die Kraft hatte, war er voll Selbstvertrauen.

Das Ganze hatte sich natürlich bereits vor einigen Jahren zugetragen.

Seit damals hatte Harry sein Talent so gut in den Griff bekommen, daß er fast jeden Gegenstand nach Belieben beherrschen konnte. Er konnte bewirken, daß sie sprangen, rollten, flogen, sich drehten, anhielten oder was sonst er von ihnen erwartete. Mit der Kraft kamen verschiedene Fähigkeiten zu ihm. Er galt als großartiger Athlet, Akrobat, Artist und als geschickter Handwerker. Er hatte viele Freunde gewonnen und zahlreiche glückliche Tage erlebt.
Das Eigentümlichste an Harry aber war, daß es ihm gelang, seine Kraft vor allen Menschen in Unionville zu verbergen. Niemand bemerkte je, daß er Gegenstände bewegen konnte, ohne sie zu berühren. Auch seine Eltern ahnten es nicht. Er hatte keine Geschwister, aber er wußte genau, daß er auch einem Bruder oder einer Schwester nichts von seiner Kraft erzählt hätte.
An diesem besonderen Tag, früh im rotbraunen Herbst von Unionville, hatte Harrys Talent zunächst nichts zu tun. Er saß gelassen im Schulbus, gemeinsam mit ungefähr fünfzehn anderen Kindern, sah aus dem Fenster und schaute den ausgetrockneten Büschen nach, die gelegentlich im Wind hinter dem Auto herrollten. Der Bus erklomm soeben den Hang an der Flanke der Harkerschlucht. Harry achtete nicht auf die Gespräche im Bus und auch nicht auf die vorn sitzenden Mädchen, die sich immer wieder umsahen und ihm mit flatternden Wimpern zulächelten. Bei all seiner neu gewonnenen Beliebtheit war Harry doch der Ansicht, daß die Sache mit den Mädchen noch warten konnte.
Endlich hatte der Bus die Paßhöhe am Ende der Schlucht erreicht und begann nun mit der langen Abfahrt auf der anderen Seite des steilen Hanges. Direkt hinter der Leitplanke konnte Harry hinab in die dunkle Tiefe blicken. Plötzlich hörte man ein Krachen im Getriebe und quietschende Bremsen. Sofort brachen alle Gespräche im Bus unvermittelt ab, alle spürten, daß da etwas nicht stimmte. Der Fahrer, Mr. Henry, kurbelte verzweifelt am Lenkrad, sein Fuß trat immer wieder auf das Bremspedal. Die Geschwindigkeit des Fahrzeugs erhöhte sich rasch, während es ungebremst die Serpentinen der Straße hinabrollte. Harry spürte, daß der Bus in jeder Kurve zu kippen drohte. Noch schneller ging es hinab. Die Bremsen sind defekt! dachte Harry.
Chaos. Schreiende Kinder. Quietschende Reifen. Harry fühlte, wie er aus dem Sitz geschleudert wurde. Bücher, Butterbrotdosen, Tücher und

Schreibzeug flogen durch die Luft. Harry sah, wie der Fahrbahnrand unter dem Bus hindurchschlüpfte, während dieser darüber hinausschoß, hinunter in die Schlucht.
Der ohrenbetäubende Aufprall vermischte sich mit dem Kreischen von Metall und dem Prasseln von herabfallenden Felsbrocken. Kinderleiber flogen wie Stoffpuppen durch den Innenraum des Busses. Knochen zerbrachen, Blut spritzte.
Plötzlich war alles still.
Es war wie im Sumpf nach einem Sommerregen. Still, unbewegt, gespenstisch. Harry lag an der Seitenwand des Busses und spürte ein scharfes Stechen in seinen Rippen. Schnell betastete er sich und stellte fest, daß er keine schwere Verletzung hatte. Ein paar Schrammen vielleicht, aber nichts Ernstes.
Dann war die lähmende Stille plötzlich wieder zu Ende. Die Kinder in Harrys Umgebung begannen durch den verwüsteten Innenraum zu kriechen. Andere lagen bewegungslos da. Sie schrien und bluteten. Ganz vorn war Mr. Henry hinter dem Lenkrad eingeklemmt, von einer Blutlache umgeben. Der Mann bewegte sich nicht.
Harry schlüpfte durch ein zersplittertes Fenster ins Freie. Der Bus war in einem schrägen Winkel liegengeblieben, er hatte sich an einem Felsgrat verfangen. Der vordere Teil sah aus wie eine aufgeplatzte Erbsenschote, und einige Kinder waren herausgeschleudert worden. Harry stand auf. Sein Kopf dröhnte, und er fragte sich, was er jetzt tun sollte. In diesem Augenblick entdeckte er, daß Linda Carter unter dem Bus eingeklemmt war.
Harry rannte zu ihr hinüber und sah, daß sie nicht bei Bewußtsein war. Ihre Augäpfel waren verdreht, und ihr Mund stand offen. Die untere Hälfte ihres Körpers wurde vom Bus verdeckt, und bei der Vorstellung, wie schrecklich zugerichtet sie sein konnte, wurde es Harry übel. Ihm war klar, daß sie schnell ins Krankenhaus nach Berryton gebracht werden mußte.
Er bemerkte gar nicht, daß sich die nur leichter verletzten Kinder, nachdem sie aus dem Bus geklettert waren, um ihn und Linda Carter geschart hatten. Neben Mr. Henry schien Linda die schwersten Verletzungen erlitten zu haben. »Also los, Leute«, sagte Harry. »Wir müssen versuchen, Hilfe zu holen.«

Mehrere Kinder nickten mit dem Kopf. »Ich werde versuchen, zur Straße hinaufzuklettern«, sagte ein Junge, der offensichtlich kaum Schaden genommen hatte. »Vielleicht kann ich ein Auto anhalten.«
Harry nickte, und der Junge machte sich daran, den steilen Hang zur Straße zu erklimmen.
Als Harry sich wieder Linda zuwandte, wurde ihm klar, daß er dafür sorgen mußte, daß sich der Bus von ihren Beinen hob, damit man sie herausziehen konnte. »Also, jetzt hört alle mal zu«, sagte er mit zitternder Stimme, »ich werde versuchen, sie herauszubekommen. Wenn der Bus sich hebt, dann zieht ihr sie vorsichtig hervor.«
»Harry, du kannst doch den Bus nicht bewegen«, sagte Nathaniel Wilks. »Du hast ja den Verstand verloren.«
»Halt's Maul!« erwiderte Harry. »Tut genau, was ich euch sage!«
Harry legte die Fingerspitzen so sachte an den Bus, daß sie ihn kaum berührten. Er hatte noch nie versucht, einen so großen Gegenstand zu bewegen, er wußte nicht, ob es ihm gelingen würde. Aber er dachte an die Kraft, und er spürte den vertrauten elektrischen Strom in seinen Armen und Händen tanzen. Er wollte, daß der Bus sich hob und das Mädchen freigab. In Harrys Gehirn brauste ein Feuersturm auf, er kämpfte gegen das gewaltige Gewicht des zertrümmerten Busses. Stromstöße jagten durch seine Fingerspitzen, durch die Nervenenden in den Händen. Es war, als ob seine Finger in Flammen stünden.
Eine unheimliche Stimmung lag über der Schlucht, alle Blicke verharrten gebannt auf der Stelle, wo Harrys Fingerspitzen auf der Karosserie des Busses lagen. Harry sah aus, als würde er unter der Anspannung ohnmächtig werden. Plötzlich ging ein Raunen durch die Menge, denn der Bus begann leicht zu schwanken. Dann, ganz plötzlich, hob die Kraft in Harrys Fingerspitzen den schweren Rumpf des Busses von Lindas zerquetschtem Leib.
Einige Kinder schrien vor Überraschung, andere starrten nur stumm, die beherztesten zogen Lindas Körper behutsam unter dem Bus hervor. Harry wartete ab, bis er sah, daß sie außer Gefahr war, dann löste er seinen unsichtbaren Griff von dem riesigen Bus. Mit einem malmenden Geräusch sank das tonnenschwere Wrack auf den Felsrand zurück. Nun schrien alle Kinder durcheinander vor ängstlichem Erstaunen über Harrys Leistung, aber er hörte den wirren Lärm um sich herum kaum.

Er hatte soeben nach oben geblickt und den Streifenwagen, das Ambulanzauto und die vier Männer am Fahrbahnrand entdeckt. Er fragte sich, ob sie wohl gesehen hätten, was er getan hatte ...

Am nächsten Tag berichtete das Lokalblatt von Unionville ausführlich über Harrys Tat. Es wurde genau beschrieben, wie er den Bus von Lindas eingeklemmtem Körper gehoben hatte. Danach hatte man sie sofort zur Unfallstation transportiert, und nun hatte sie gute Chancen, mit dem Leben davonzukommen.

Und das war noch nicht alles. Wissenschaftler von der Hochschule wollten mit Harry sprechen, denn niemand hatte eine Erklärung dafür, wie der Junge den Bus bewegt haben konnte.

Harry war vorher noch nie in einem College gewesen. Viele Männer und Frauen eilten durch lange Gänge und überquerten die Rasenflächen zwischen den Gebäuden. Harry wurde in einen völlig weißen Raum geführt. Dort gab es viele Maschinen, bestückt mit Kabeln und Skalen. Alle Menschen in diesem Zimmer trugen lange, weiße Kittel und stellten Harry eine Menge Fragen.

Ein Mann, Dr. Weiss, bestritt den größten Teil des Gespräches. »Weißt du, warum man dich hierher gebracht hat, Harry?«

Der Junge schaute den Mann an, betrachtete seine dicken Brillengläser und den gepflegten, kurzen Spitzbart. »Ja, ich glaube, ich weiß es. Sie wollen mich fragen, wie ich das gemacht habe, was ich gemacht habe?«

Der Mann nickte. »Ein Polizist hat uns erzählt, du hättest den Bus mit den Händen angehoben. Stimmt das?«

»Nicht genau«, antwortete Harry.

»Was meinst du mit ›nicht genau‹?«

»Ich meine, ich habe ihn berührt, aber ich habe ihn nicht angehoben.«

»Wie hast du es denn gemacht?« Dr. Weiss war sehr ruhig und geduldig.

Harry schluckte schwer. Er wußte, daß er das, was geschehen war, nicht abstreiten konnte, aber wenn er es genau erklärte, würde ihm niemand glauben. »Ich habe einfach daran *gedacht* ... und der Bus hat sich bewegt.«

»Aha.« Dr. Weiss nickte verständnisvoll. »Hast du so etwas schon mal gemacht?«

Harry hatte sich immer vor diesem Augenblick gefürchtet, und nun war

er da. Jetzt würde der Mann alles erfahren. Er senkte seinen Blick und sprach sehr leise.
»Ja, ich habe es schon oft getan.«
Die Augenbrauen des Doktors ruckten hoch. »Seit wie vielen Jahren hast du schon diese . . .« Er zögerte.
»Kraft«, sagte Harry. »Ich weiß, daß es eine Kraft ist.«
»Ja, so könnte man es nennen«, sagte der Mann. »Ich habe schon ähnliche Fälle studiert, aber ich habe noch niemanden gesehen, der das konnte, was du kannst. Du weißt, daß es niemanden gibt, der es dir nachmachen könnte, nicht wahr?«
»Ja, das habe ich mir gedacht.« Nun, da er nichts mehr verheimlichen mußte, fühlte sich Harry etwas besser. Er brauchte sich keine Sorgen mehr zu machen und war froh, daß er sein Geheimnis nicht mehr allein mit sich herumschleppte.
»Du bist einzigartig, mein Sohn«, sagte der Doktor. »Wir möchten dich und deine Kraft gerne untersuchen. Das verstehst du doch, nicht wahr?«
Harry nickte. »Aber sie werden mir doch gewiß nicht weh tun, oder?«
»Nein, Harry, natürlich nicht.« Der Doktor lächelte. »Wir werden dir nicht weh tun.«

Aber sie verletzten ihn doch. Auf eine Art, die sie gar nicht bemerkten.
In den nächsten drei Monaten wurde Harry dazu gezwungen, alles zu tun, was die Menschen im College von ihm verlangten. Er ging nicht mehr in seine Schule in Unionville. Er wohnte im College und durfte nirgendwo hingehen, ohne daß ein Erwachsener ihn begleitete. Täglich erschien eine andere Meute von Zeitungsreportern von überallher aus dem Land, sogar aus dem Ausland kamen sie. Sie drängten und bettelten und machten sich zum Narren, nur damit sie einmal mit Harry reden konnten, mit Harry, dem »Wunderknaben«, wie sie ihn getauft hatten. Sein Bild wurde im Fernsehen gezeigt, und bald gab es im ganzen Land niemanden mehr, der ihn nicht kannte.
Und sein Leben wurde noch unerträglicher.
Zu Anfang bemerkte Harry nicht, was da vor sich ging. Er entdeckte nur, daß immer ein großer, kräftiger Mann in seiner Nähe war, und wenn dieser Mann einmal fortging, dann nahm ein anderer großer kräf-

tiger Mann seinen Platz ein. Es stand sogar ein Mann vor seiner Tür, wenn er nachts in seinem Bett lag.
Eines Tages öffnete einer dieser Männer seine Jacke, und Harry sah, daß er eine Pistole trug. Da wußte er es. Er hatte einen Leibwächter. Die ganze Zeit schon. Und das konnte nur bedeuten, daß er in Gefahr war. Es war ein ernüchternder Gedanke, und Harry verlor alle Lust, seine Kraft zu gebrauchen. Dr. Weiss und die anderen versuchten, ihn für neue Experimente zu interessieren, doch Harry machte sich nichts daraus. Sie machten ihm keinen Spaß mehr, überhaupt keinen. Er konnte nur noch daran denken, daß es irgendwo jemanden gab, der ihm weh tun wollte.
Dann erschienen eines Morgens die Soldaten im College. Sie kamen in Dr. Weiss' Laborraum und redeten eine lange Zeit auf ihn ein. Einer der Soldaten war ein zigarrenrauchender General namens Raenke; er war groß, mit einem gewaltigen Brustkorb, hatte viele Falten um die Augen und weich herabhängende Backen, seine Stimme war sehr tief. Der General erzählte Harry, daß er ihn zu einem echten Luftwaffenstützpunkt mitnehmen wolle und daß die Regierung vorhätte, dort ein paar »besondere Tests« mit Harry und seiner Kraft zu unternehmen.
Dr. Weiss schien das nicht für eine gute Idee zu halten, und Harry hatte das gleiche Gefühl, doch der General sagte, daß Harry von großer Bedeutung für die »Nationale Sicherheit« sei, und schließlich zuckte Dr. Weiss mit den Achseln.
»Es scheint festzustehen, daß du über eine wunderbare Kraft verfügst, Harry«, sagte General Raenke, dessen Uniform von Goldlitzen, Orden und vielfarbigen Spangen förmlich überquoll. »Aber diese Kraft ist noch nicht voll entwickelt. Wir glauben, daß man noch an ihr ... äh ... arbeiten sollte.«
Harry starrte den Mann wortlos an.
»Du brauchst eine Führung, mein Sohn. Und die wollen wir dir geben.«
»Wann darf ich denn wieder nach Hause?«
Aber General Raenke rauchte seine Zigarre und schien die Frage überhört zu haben. Er redete einfach weiter von »Potentialen«, »äußerster Leistungsgrenze« und ähnlichen Dingen.
Es machte Harry traurig, daß ihm offensichtlich niemand zuhörte, aber er hatte das Gefühl, daß diese Erwachsenen besser wußten, was gut für

ihn war, und so ging er mit den Soldaten mit.
Monate verstrichen. Harry erfuhr, daß er in einem abgeschiedenen Versteck, umgeben von Bergen, untergebracht war. Dies hatte er selbst herausgefunden, denn er ging jeden Tag unter strenger Bewachung spazieren, um ein wenig Bewegung zu machen. »Der Junge soll es gut haben«, hörte er seine Bewacher sagen. Aber was war denn gut daran, mit einer Bande von Erwachsenen spazierenzugehen? Harry machte diese »Bewegung« nicht den geringsten Spaß.
Und die Tests, die man ihm abverlangte, mochte er auch nicht. Er hatte es allmählich satt, wieder und wieder seine Kraft vorzuführen. Nachts hatte er Kopfschmerzen. Seine Hände und Fingerspitzen waren dauernd taub, es war so, als ob ständig Hochspannungsenergie durch sie hindurchströmte. Er mochte auch diese Leute nicht, ganz gleich, wer sie sein mochten. Den General haßte er. Er wollte heim zu seinen Freunden, seinen Eltern. Er wollte in den Wäldern umherstreifen, auf den Wiesen, im Sumpf, das alles fehlte ihm.
Eines Morgens brachten die Wärter – so nannte Harry sie im stillen – ihn in einen großen Raum, der voller Maschinen war, die nichts anderes taten, als kleine Lichtfelder blinken zu lassen. An einigen waren runde Scheiben befestigt, die sich erst in eine Richtung und dann in die andere drehten. Männer waren da, die unaufhörlich auf Fernsehschirme starrten, doch Harry bemerkte, daß außer Zahlen und dünnen Linien auf den Bildschirmen gar nichts zu sehen war.
Harry wurde von General Raenke aufgefordert, sich vor einen solchen Schirm zu setzen.
»So«, sagte der General, »behalte diesen Schirm genau im Auge. Bald wird dort ein Flugzeug zu sehen sein. Es fliegt über uns. Denk an das Flugzeug, Harry. Denk daran, daß das Flugzeug auseinanderbricht. Verstehst du mich?«
»Sie wollen, daß ich es zertrümmere, nicht wahr?« fragte Harry. Dabei schaute er zu dem General auf und entschied ein für allemal, daß er buschige Augenbrauen nicht ausstehen konnte und daß er niemals Zigarren rauchen würde.
»Genau, mein Sohn! Ich möchte, daß du das Flugzeug zerplatzen läßt, daß die Fetzen nur so fliegen!« Der General stieß eine dicke Rauchwolke aus, die sich wie ein Nebelschleier um Harrys Kopf legte.

Harry hatte ein seltsames Gefühl in der Magengrube. Er wollte nicht tun, was der General von ihm verlangte, aber er wußte, daß er nicht anders konnte. Er hatte die Kraft noch nie dazu benutzt, etwas zu zerstören; er hatte sie nie *gegen* eine Sache oder einen Menschen verwendet. Und nun wollten diese Männer ihn zwingen, genau das zu tun.

Plötzlich wurde der Bildschirm hell, und ein schlankes Schwenkflügelflugzeug war zu sehen, wurde ständig größer. Im Hintergrund hatte jemand von oben herunter zu zählen begonnen. Harry begriff, daß es sich um einen Countdown handelte. »Bei Null jagst du es hoch, Junge«, sagte der General und stieß Harry mit seinem fleischigen Finger in die Schulter.

Harry starrte auf den Bildschirm. Das Flugzeug füllte sein ganzes Bewußtsein aus. Er dachte an all die kleinen Teile, die vielen Einzelteile, aus denen sich ein Flugzeug zusammensetzte. Der Countdown hielt an, die Stimme leierte die Zahlen herunter. Harry dachte, daß all die Einzelteile sich voneinander lösen könnten, daß sie in verschiedene Richtungen davonflogen. ». . . eins . . . null!«

Die letzte Zahl.

Harrys Verstand explodierte, als ob eine Axt in seinen Schädel gefahren wäre. Schmerzende Nadeln durchbohrten ihn. Sein Unterkiefer sackte herab, er war unfähig zu schlucken oder Luft zu holen. Er spürte, daß er dicht vor einer Ohnmacht stand.

Auf dem Bildschirm verschwand das dunkle Dreieck des Flugzeugs. Einen Augenblick lang sah man eine glitzernde Wolke, so, als habe jemand eine Handvoll silbernes Konfetti in die Luft geworfen. Aber auch dies verschwand sehr schnell. Nebelhaft hörte Harry die Hurrarufe der Erwachsenen im Zimmer.

Harry fühlte sich senr schwach. Der Raum begann sich wie rasend um ihn zu drehen. Und dann erinnerte er sich an gar nichts mehr.

Er wachte in seinem Zimmer auf. Ein Arzt und eine Krankenschwester standen neben seinem Bett. Er blieb mehrere Tage liegen und erholte sich. Dann kamen seine Peiniger ihn holen. Der Doktor sagte, er sei kräftiger als je zuvor.

Harry wünschte sich, daß er nie irgend jemandem von seiner Kraft erzählt hätte. Er sagte sich, daß es ihm ohne seine Gabe besser ginge. Sie

hatte ihm nur Unglück gebracht und Einsamkeit, noch mehr als in den Jahren, bevor er sie entdeckt hatte.
Der General lobte ihn sehr. Er versprach, daß man ihm neue »Tricks« beibringen und daß er zur wichtigsten Person auf der ganzen Erde werden würde.
Harry wollte nicht die wichtigste Person auf der Erde sein. Und er wollte all die Dinge nicht tun, die man ständig von ihm verlangte. Seit einiger Zeit dachte er an Flucht. Plötzlich kam ihm ein neuer Gedanke: Vielleicht konnte er auch sich selbst bewegen? Durch die Luft fliegen und allen entkommen?
Eines Abends saß er in seinem Zimmer und probierte seine neue Idee aus. Er konzentrierte sich auf seinen Körper und dachte daran, ihn vom Boden zu erheben. Unvermittelt hatte er ein seltsames Gefühl in den Füßen, so, als ob ein Gewicht von ihnen genommen wäre. Er stellte fest, daß er einige Zentimeter über dem Boden schwebte. Er dachte an eine Vorwärtsbewegung – und er schwebte nach vorn. Dann zurück – auch das funktionierte!
Harry wunderte sich darüber, daß er vorher noch nie auf diese Idee gekommen war. Nun schwebte er dicht unter der Decke seines Zimmers. Es war genauso, als ob man im Schlaf vom Fliegen träumte. Und jetzt konnte er es wirklich tun! Vielleicht war seine Kraft immer noch im Wachsen begriffen. Mit jedem Tag konnte er sie besser steuern.
Stundenlang erfreute sich Harry an seiner neuen Fähigkeit. Die ganze Zeit dachte er darüber nach, wie er von diesem schrecklichen Ort entfliehen könnte. Es war schon spät, und sicher dachten alle, daß er längst eingeschlafen sei. Vielleicht war dies die beste Zeit für einen Fluchtversuch?
Neue Gedanken kamen ihm, und er sagte sich, daß er sie am besten jetzt gleich ausprobieren sollte. Er hoffte, daß seine Kraft stark genug dafür sei. Er dachte an die Berge, die rings um sie her aufragten, und er dachte, daß sich die Berge und all der Stahl und Beton *bewegen* sollten. Nicht viel, nur ein bißchen, gerade soviel, daß jedermann Angst bekam.
Urplötzlich begann der Boden zu zittern; er bebte wie eine nervöse Hand. Tiefe, grummelnde Geräusche waren zu hören. Sie kamen von hier und dort, aus allen Richtungen.
Vor der Zimmertür schrien Männerstimmen durcheinander, Leute liefen

den Gang entlang. Vorsichtig öffnete Harry die Tür einen Spaltbreit und stellte fest, daß sein Wächter beim Aufzug stand und mit einem Soldaten redete; beide fuchtelten mit den Händen durch die Luft und waren sehr aufgeregt. Lichter flackerten im Gang, und aus den Lautsprechern knarrten Alarmmeldungen. Harry konnte die Worte kaum verstehen, aber er begriff ihren Sinn.
Nun sah er, daß sein Leibwächter zurückkehrte, vermutlich um ihn zu einem Schutzraum zu bringen. Das durfte nicht sein! Harry dachte an den Wächter; er ließ ihn rückwärts taumeln und gegen eine Türe prallen. Es gab einen dumpfen Laut, und der Mann sank besinnungslos zu Boden.
Harry wußte, daß er sich jetzt beeilen mußte. Wohin? Dann fiel es ihm ein. Das Dach! Wenn er es bis zum Dach schaffen würde, könnte er von dort fortfliegen.
Harry schlüpfte hinaus auf den Gang, der in rotes Licht getaucht war, die Alarmbeleuchtung. Er lief zum nächsten Aufzug, drückte den Knopf, trat durch die auseinandergleitenden Schiebetüren. Die Türen schlossen sich, bevor ihn jemand entdeckt hatte. Die Aufzugkabine stieg hinauf, wurde dann wieder langsamer und hielt in einer höheren Etage. Harry dachte an die Aufwärtsbewegung des Aufzugs, und es ging weiter hinauf. Nach oben, nach oben, dachte Harry, bis der Aufzug endlich die oberste Etage erreicht hatte. Bevor sich die Türen öffneten, dachte Harry, daß in diesem Stockwerk alle Lichter verlöschen sollten.
Als er die Aufzugstüren öffnete, umgab ihn tiefe Finsternis. Männer schrien und fluchten, liefen an ihm vorüber. Die Berge rumorten noch immer, und Harry wußte, daß jedermann an ein Erdbeben glaubte.
Auf den Jungen achtete niemand. Er konnte in Ruhe nach der Luke suchen, die aufs Dach hinaufführte. Er zog sich mit den Händen an den Wänden entlang, schwebte hoch über dem Boden. Dann fühlte er etwas Hartes, Kaltes: die Stahlluke. Er stieß dagegen, aber sie war verschlossen. Harry dachte, daß er sie sprengen wollte, und sie flog nach oben aus den schweren Angeln. Helles Morgenlicht strömte durch die rechteckige Öffnung, plötzlich heulten Alarmsirenen. Die Lautsprecher setzten wieder ein. Harry verstand nur das Wort »Gefahr«.
Sie wußten jetzt, wo er war. Harry stürmte hinaus aufs Dach. Er versuchte seine Kraft zu benutzen, aber er hörte einen wilden Lärm aus

dem Inneren des Gebäudes. Er lief zur Luke zurück und schaute hinunter. Sechs oder sieben Männer mit Stahlhelmen und Gewehren rannten durch den Gang. Sie sahen ihn und zeigten hinauf, schrien ihm etwas zu. Harry *dachte* sie ein Stück von sich weg, und sie prallten gegen die Wand. Sie würden ihn nicht mehr stören.
Erneutes Stiefelgetrampel im Gang. Der Junge wollte nichts mehr hören. Er dachte nur ans Fliegen. Und dann hob sich sein Körper in die Luft und schwebte dem tiefblauen Himmel im Westen entgegen. Höher, dachte er. Höher und schneller!
Die Luft fuhr kühl durch sein Haar und preßte ihm das Nachthemd an den Leib. Harry holte tief Atem. Ein starkes Gefühl von Freiheit durchdrang ihn. Tief unten wurde sein Gefängnis mit jeder Sekunde kleiner; schließlich verschwand es ganz. Harry schwebte hoch über den Bergen, segelte schnell und lautlos über Schluchten und Flüsse, die im Sonnenlicht glitzerten.
Während er flog, lachte er plötzlich laut auf. Nun war er frei. Frei von den Plänen des Generals. Frei von den ständig wachsenden Forderungen dieser Leute, die ihn und seine Kraft wie eine Maschine benutzen wollten. Er vermutete, daß sie ihn verfolgten, aber sie würden ihn gewiß nicht bekommen. Nein, meine Herren, niemals wieder!
Er sah auf die Erde hinab, deren Schönheit sich ihm erschloß. Er wußte nicht, welche Richtung er einschlagen mußte, um nach Unionville zu fliegen.
Aber er würde es schon herausfinden.

STEPHEN GOLDIN

Dickschädel

Frederick von Burling der Dritte war ein Quälgeist.
Im Alter von fünf Jahren fragte er seine Mammi: »Kaufst du mir eine Super-Duper-Rakete und eine Astronautenausrüstung?«
»Nein, Freddy«, sagte daraufhin seine Mammi. »Das kostet achtundzwanzig Dollar und fünfundneunzig Cent. Nun sei ein braver Junge,

und fang nicht an zu heulen.«
»Ich werde aber trotzdem heulen«, erwiderte Klein Frederick und stampfte wütend mit dem Fuß auf. »Und außerdem werde ich so lange die Luft anhalten, bis ich ganz blau werde.«
Klein Frederick tat sogar noch mehr als das. Er wurde violett.
Es ist natürlich keine Frage, daß er schließlich doch zu seiner Super-Duper-Rakete und der Astronautenausrüstung kam.
Im Alter von zehn Jahren fragte Klein Frederick seinen Papa: »Kaufst du mir ein wirklich-echt-garantiert-benutzbares Pony?«
»Nein, Freddy«, sagte daraufhin der Papa. »Das kostet zweihundertneunundachtzig Dollar und fünfzig Cent. Nun sei ein braver Junge, und fang nicht an zu heulen.«
»Ich werde aber trotzdem heulen«, erwiderte Klein Frederick und stampfte wütend mit dem Fuß auf. »Und außerdem werde ich mich mit dem Kopf nach unten in die Ecke dort stellen, eine ganze Stunde lang.«
Klein Frederick tat sogar noch mehr als das. Er blieb ganze drei Stunden mit dem Kopf nach unten in der Ecke stehen.
Keine Frage, daß er schließlich doch noch zu seinem wirklich-echt-garantiert-benutzbaren Pony kam.
Im Alter von zwanzig Jahren fragte Klein Frederick seinen Onkel: »Kaufst du mir einen glitzernd-verchromt-zweitaktig-rasanten Sportwagen?«
»Nein, Freddy«, sagte daraufhin der Onkel. »So ein Schlitten kostet zweitausendachthundertfünfundneunzig Dollar. Nun sei ein braver Junge, und fang nicht an zu heulen.«
»Ich werde aber trotzdem heulen«, erwiderte Klein Frederick und stampfte wütend mit dem Fuß auf. »Und außerdem werde ich noch mit Selma Schatzburger, unserem Dorftrampel, ausgehen.«
Klein Frederick machte sogar noch mehr als das. Er verlobte sich mit Selma Schatzburger, dem Dorftrampel.
Keine Frage, Leute, daß er auf diese Weise doch noch zu seinem glitzernd-verchromt-zweitaktig-rasanten Sportwagen kam.
Im Alter von dreißig Jahren fragte Klein Frederick seine Familie: »Bezahlt ihr mir einen weltumspannend-luxuriös-erholsam-vollpensionierten Trip um die Welt?«
»Nein, Freddy«, sagte daraufhin die Familie. »Das kostet achtundzwan-

zigtausendneunhundertfünfzig Dollar. Nun sei ein braver Junge, und fang bloß nicht an zu heulen.«
»Genau das werde ich aber tun«, erwiderte Klein Frederick und stampfte wütend mit dem Fuß auf. »Und außerdem werde ich auf diesem Punkt hier stehenbleiben und überhaupt nicht mehr von ihm weggehen.«
Nun, Kinder, die Erde pflegt mit einer Geschwindigkeit von ungefähr eintausend Meilen in der Stunde (am Äquator) um ihre eigene Achse zu rotieren. (Die Geschwindigkeit nimmt ab, je mehr man sich den Polen nähert, aber das tut jetzt nichts zur Sache.)
Zusätzlich rotiert die Erde mit einer Geschwindigkeit von ungefähr achtzehn Meilen in der Sekunde um die Sonne. (Erde und Mond kreisen also um ein gemeinsames Gravitationszentrum, aber dieser Punkt befindet sich innerhalb der Erde und braucht uns jetzt nicht aufzuhalten.)
Zugleich bewegt sie die Sonne auf einen Stern namens Wega zu – mit einer Geschwindigkeit von zwölf Meilen in der Sekunde. Und des weiteren rotiert sie mit der gesamten Galaxis, an deren Rand sie sich befindet, mit einer Geschwindigkeit von einhundertfünfundsiebzig Meilen in der Sekunde.
Außerdem bewegt sich auch die Galaxis von den anderen Galaxien mit einer Geschwindigkeit von etwa sechzig Meilen in der Sekunde dem Ende des Universums entgegen. Das bedeutet, Kinder, daß eine Galaxis, die von der unsrigen eine Million Lichtjahre entfernt ist, sich mit einer Geschwindigkeit von sechzig Meilen in der Sekunde fortbewegt, genau wie unsere Galaxis dies ebenfalls tut; ist sie zwei Millionen Lichtjahre von uns entfernt, sind das schon einhundertzwanzig Meilen in der Sekunde.
Und das, Kinder, ist ziemlich schnell.
Klein Frederick sah darin natürlich keinen Grund zur Beunruhigung.
Keine Frage, daß er zumindest das bekam, was ihm zustand.

LISA TUTTLE

Das Lied der Meerjungfrauen

Teddy sah es zuerst, ein Glänzen am Himmel, ein silbernes Blinken, ganz dicht über dem Boden. Eine Landefähre! Aber dies war keine Hafenstadt. Es gab keinen Grund, warum eine Landefähre hier niedergehen sollte.

Hinter ihr schnappte das Schloß der Hoftür. »Hallo, Teddy!«

»Daddy!« Teddy sprang von ihrer Sandkastenstadt auf. »Sieh doch nur, eine Fähre!«

Die Augen ihres Vaters hatten den glänzenden Gegenstand sofort entdeckt. Teddy sah, wie er seine Lippen aufeinanderpreßte, während er das abwärts sinkende Gefährt beobachtete.

»Wie kommt die Fähre hierher, Daddy? Wo ist sie jetzt?« Es wurde ihr sofort klar, wo sie gelandet war: außer Sicht, hinter dem Hügel auf der Wiese.

»War nur 'n Hubschrauber«, sagte er mürrisch und wandte sich ab. Der Himmel war wieder leer.

»Aber . . .« Wahrscheinlich hatte er nicht richtig hingesehen, dachte sie. Jedes Kind weiß, wie ein Hubschrauber aussieht.

»Ein Hubschrauber.« Die Stimme des Vaters war jetzt freundlicher. »Er hat in der Sonne geglänzt . . . Zuerst habe ich auch gedacht, es wäre eine Fähre. Aber wozu sollte eine Landefähre hierherkommen?«

»Vielleicht muß sie repariert werden?«

Kopfschüttelnd lächelte er ihr zu, und da glaubte Teddy beinahe selbst, daß es ein Hubschrauber gewesen wäre. So sehr konnte sich der Vater nicht irren, er irrte sich nie.

»Auf jeden Fall können wir ihn uns einmal ansehen«, schlug sie vor. »Laß uns doch zur Wiese gehen.«

»Was, nur um einen Hubschrauber anzugucken?«

»Dann gehe ich eben allein«, sagte sie, doch sie fühlte sich nicht wohl dabei. Bestimmt würde er sich über sie lustig machen, wenn sie zurückkäme.

»Wenn du möchtest? Ich hatte gehofft, daß du mir bei der Arbeit an meinem neuen Schiff helfen würdest.«

»Au ja«, rief sie. Sie sah so gern dabei zu, wenn der Vater an seinen Modellschiffen arbeitete. Allerdings war dies ein Privileg, das ihr nur äußerst selten gewährt wurde. Vater haßte jede Art von Ablenkung. Sie lief ihm ins Haus nach. Natürlich war es nur ein Hubschrauber gewesen.

Ihr Vater baute Schiffe, winzige Nachbildungen jener Fahrzeuge, die in ferner Vergangenheit – lange vor dem Großen Aufbruch – Frachtgut und Menschen über die Ozeane der Erde befördert hatten. Teddy liebte es, seine großen Hände zu beobachten. Wenn sie sich bewegten, waren sie viel zärtlicher und geschickter, als man es sich vorstellen konnte, wenn der Vater sie ruhig hielt. Sie schnitzten, fügten die Teile zusammen und bemalten schließlich die winzigen Rümpfe aus Plastik und Holz. Der Vater hatte ein großes Wissen über die Schiffe, deren Nachbildungen er baute, und manchmal sprach er, wie zu sich selbst, während er bastelte. Gebannt lauschte Teddy dann einer Poesie, die sie nur zum Teil verstand. Sie hörte Geschichten von Meerjungfrauen und Seeungeheuern, von Schlachten und Piraten. Auf dem Planeten, wo sie lebten, gab es nur einen einzigen großen Ozean, und sie hatte ihn noch nie gesehen, doch von ihrem Vater, der niemals auf der Erde gewesen war, hatte sie alles über das Weltmeer erfahren.

»Würdest du zur Erde reisen, wenn du könntest?« fragte sie ihn.

Seine Hände zitterten nie, sie spannten hauchdünne Fäden von Mast zu Mast. »Einmal hätte ich gekonnt«, sagte er.

Sie wartete darauf, daß er fortfuhr.

»Vielleicht würde ich hinreisen«, sagte er, »wenn ich dich und deine Mutter mitnehmen könnte. Vielleicht täte ich es auch nicht. Wir müßten unser Haus und alle unsere Freunde verlassen. Und wenn wir dort ankommen, kann es sein, daß die Meere ausgetrocknet sind und niemand mehr dort lebt. Und wenn wir dann zurückfliegen und wieder hier ankommen, ist mit diesem Planeten vielleicht das gleiche geschehen.«

Zu früh, entschieden zu früh kam die Mutter, um Teddy ins Bett zu bringen.

Am Morgen sagte Teddys Vater, daß er mit ihr zur Schule gehen werde. Das war etwas, das nur äußerst selten vorkam. Während sie vor der Tür stand und auf ihn wartete, hörte sie, wie er sich mit leiser Stimme mit

der Mutter unterhielt. »Bestimmt ist es jetzt wieder fort«, sagte die Mutter.
»So schnell fliegen sie nie wieder weg.«
»Sie ist doch so jung, sie hat es schon wieder vergessen . . .«
»Sie hat nicht geglaubt, daß es ein Hubschrauber ist. Und gerade weil sie so jung ist, ist sie ja in Gefahr. Sie locken sie mit sich fort.«
Auf dem ganzen Schulweg dachte sie über diese Worte nach. Hatte der Vater sie belogen? Auf dem Heimweg ging sie an der Wiese vorbei.
Sie hatte schon öfters Raumfähren gesehen, aber immer nur in der Szenerie eines Raumhafens. Hier auf der Wiese war der Anblick phantastisch, und Teddy rechnete jeden Augenblick damit, daß die Fähre flakkerte und verschwand, daß ein Drei-D-Empfänger an ihrer Stelle erschien. Teddy stand oben auf dem Hügel und sah auf die Fähre hinab. Dann lief sie los, und fast wäre sie gestürzt, als sie die Talsohle erreichte. Jetzt war die Fähre ganz nahe. Sollte sie noch dichter herangehen? Was war, wenn die Fähre startete? Sie wollte sie berühren, um sich zu vergewissern, daß sie wirklich da war. Vielleicht . . .
Da waren auch Menschen. Eine große Frau mit schwarzem Haar, in das ein silberner Streifen eingeflochten war, sie trug Kleider, die funkelnd um ihren Körper flossen. Hinter ihr standen andere, auch sie sahen fremdartig aus, hatten silberne oder rote Lippen. Ihre Augen waren wie Juwelen, eingesetzt in aufgeschminkte Spinnennetze oder Schmetterlinge; Kleider, die wie ein farbiger Hauch die Körper umwehten. Die Menschen drängten sich um Teddy zusammen, ihre Stimmen hingen in der Luft, prallten gegen Teddys Ohren. Manche Wörter waren wie Musik, manche wie Eis, und manche konnte sie verstehen.
Ein Kind
Eine Bekehrte
Sollen wir sie mit uns nehmen?
»Fürchtest du dich vor uns?« fragte die Frau mit dem Silberstreif im Haar.
Teddy sah ihr in die Augen, sie waren purpurrot.
Hat Angst
Ist einfältig
Welche Sprache spricht sie?
»Warum bist du hergekommen?« Die Kleider wirbelten und schillerten.

Vielleicht waren auch die Kleider lebendig.
Teddy schaute auf die Fähre und dann wieder in die purpurnen Augen. Rote Lippen lächelten.
Mutig
Dumm
Ob die anderen Dorfbewohner auch bald kommen?
»Weiß jemand, daß du hier bist?«
Teddy schloß die Augen. Das alles war sicher nur ein Traum.
Krank
Ein Opfer?
Warum sagt sie nichts?
Ein Spiel vielleicht?
Nein
Warum nicht
Später
Teddy öffnete die Augen wieder. Bis auf die Frau mit dem Silberstreif waren alle verschwunden.
»Wer bist du?« fragte Teddy.
Die Frau lächelte. Ihre Kleider hörten auf, sich zu verändern und sich zu ringeln. Sie sahen fast normal aus. Ein langes Kleid, oder waren es doch Hosen? War das dort oben ein Umhang? Nein, Teddy hatte keinen Grund enttäuscht zu sein, auch aus der Nähe waren die Kleider noch ungewöhnlich genug.
»Hast du denn noch nie von uns gehört?« fragte die Frau.
Teddy schüttelte den Kopf. Sie entdeckte eine kleine Rose unten am rechten Mundwinkel der Frau, tätowiert oder aufgemalt.
»Haben dich deine Eltern nicht vor uns gewarnt?« fragte die Frau.
Teddy dachte: Irgendwie schon, aber ich habe nicht darauf geachtet.
»Sie wissen nicht, daß du hier bist?«
Wieder schüttelte Teddy den Kopf. »Dies ist kein Hafen«, sagte sie. »Warum seid ihr hier gelandet?«
Die Frau lachte. »Wir gehen, wohin wir wollen, und wir tun, was wir wollen. Niemand kann uns irgendwo festhalten oder über uns bestimmen.« Die Ringe um ihre Handgelenke waren sicher aus Kupfer, und ihr Rock war leuchtend rot, oder?
»Wer seid ihr?«

»Wir sind Zigeuner«, antwortete die Frau. »Hast du denn nie Geschichten über uns gehört?«
»Nein.« Sie versuchte, sich zu erinnern. Die alten Geschichten, die ihr Vater erzählte, über Piraten, Meerjungfrauen und ertrunkene Seeleute. Was aber waren Zigeuner?
»Sternenstreuner«, sagte die Frau. »Umherziehende, Vagabunden, Nomaden, Landstreicher. Fahrendes Volk, Irre, Schurken, Ausgestoßene ... Ich weiß nicht, wie man uns auf dieser Welt nennt.«
»Aber wo kommt ihr her?«
»Von den Sternen.«
»Wo lebt ihr denn? Wo ist eure Heimat?«
»Teddy!« Die Stimme ihres Vaters, sehr zornig. Teddy sah sich um. Er kam den Hügel herab, ging mit hastigen, langen Schritten, gab acht, nicht zu stürzen, aber hatte es doch sehr eilig.
»Mein Vater«, sagte sie zu der Frau.
Jetzt war er bei ihnen. Die Frau beachtete er gar nicht, er sagte: »Geh nach Hause zu deiner Mutter. Sie macht sich Sorgen.«
»Warum fürchten Sie sich vor uns?« fragte die Frau.
Jetzt wandte er sich doch der Zigeunerin zu.
»Dies ist Privatbesitz.«
»Ihrer?«
»Das spielt keine Rolle. Das hier ist weder ein Landeplatz noch ein Zeltplatz.«
»Vielleicht haben wir eine Genehmigung.«
»Niemand würde Ihnen erlauben, hier zu landen. Wenn Sie landen wollen, dann suchen Sie sich einen Hafen!«
»Ein Platz im Hafen kostet Geld.«
»Kein Geld! Daß ich nicht lache!« Er war sehr verärgert. »Für euch ist doch alles nur ein Spiel. Eure Vorstellungen habt ihr von alten Bändern, von sentimentalen Schilderungen des Zigeunerlebens. In Wahrheit waren sie nur eine Horde von umherziehenden Dieben, und sie sind schon lange verschwunden. Wenn es im Universum noch Zigeunerblut gibt, dann fließt es gewiß nicht in euren Adern. Ihr seid nichts als drittklassige Nachahmungen!«
»Aber ihr!« spottete sie. »Kocht in eurem Vorstadtsaft. Ihr seid in der Vergangenheit steckengeblieben, habt die Geschichte eingefroren und

macht euch nun vor, daß ihr das wahre Leben lebt. Das wahre Leben war schon immer nur eine Legende!«
»Theodosia«, sagte der Vater energisch. Teddy drehte sich um und begann zu rennen, hinter ihr drein klangen die höhnischen Worte der Frau.
»Ihr mit eurem pathetischen Ahnenkult, eurem paranoiden . . .«
Als Teddy zu Hause ankam, sagte ihre Mutter nur: »Deck bitte den Tisch, Liebes!«
Im Haus roch es sehr gut. Zum Nachtisch gab es sicher Apfelkuchen. Teddy dachte über alles nach, was sie gesehen und gehört hatte, während sie das Silberbesteck und die gefalteten Servietten an ihre Plätze legte.
Der Vater ließ nicht lange auf sich warten. Er zog die Tür etwas zu heftig ins Schloß und sprach so leise mit der Mutter, daß man ihre Worte im Eßzimmer nicht verstehen konnte.
»Teddy!«
Sie drehte ihren Teller so, daß die aufgemalten Hühnchen nicht mehr auf dem Kopf standen, und blickte auf.
»Ich möchte, daß du nicht mehr zur Wiese gehst, solange diese Leute dort sind. Ich werde dir sagen, wann du wieder hingehen kannst.«
Er wartete nicht auf eine Antwort. Darüber war sie froh. Sie wußte, daß sie ihm nicht gehorchen konnte, und sie war glücklich, kein Versprechen brechen zu müssen.

Ihre Augen hatten sich an die Dunkelheit gewöhnt, denn sie hatte wach gelegen, außer sich vor Spannung, und darauf gewartet, daß es im Haus still wurde. Endlich sprang sie aus dem Bett und stieß das Fenster auf; ihre Geduld war erschöpft. Unter dem Nachthemd trug sie ihren Spielanzug, doch ihre Füße waren bloß. Das Gras war naß und kalt. Sie begann zu laufen, entzückt von der warmen Nachtluft, dem riesigen, goldenen Mond und dem gewaltigen, schwarzen Himmel.
Die Hülle der Fähre schimmerte im Mondlicht. Teddy hörte singende Stimmen. Jetzt lief sie nicht mehr, sondern ging langsam, zögernd voran, gab acht auf Grasbüschel. Auf der anderen Seite der Fähre erkannte sie ein künstliches Lagerfeuer, umgeben von den seltsamen Leuten. Sie schienen sie erst zu bemerken, als das Licht der Plastikflammen auf sie

fiel aber auch dann unterbrachen sie ihren Gesang nicht.
Die Frau, die schon am Mittag mit ihr gesprochen hatte, kam auf sie zu und ergriff sie bei der Hand. Jetzt trug sie nicht mehr das Flimmergewand, sondern einen buntbedruckten, langen Rock. Ihre Füße waren nackt, und an Hand- und Fußgelenken klingelten Glöckchen.
»Komm mit mir«, sagte sie und zog Teddy dicht an ihre Seite. Sie ließ sich auf den Boden nieder, und Teddy hockte sich gehorsam neben sie. Ein Mann mit Schlitzaugen und einem goldenen Ohrring hielt ihr einen Napf mit Eintopf hin. Sie nahm ihn an, kostete aber nicht davon. Alle beobachteten sie. Ein junger Mann mit weißem Haarschopf ließ seine Ukulele sinken und sagte: »Achtest du unsere Gastfreundschaft so gering?«
Ein Mädchen zu seinen Füßen kicherte. »Die Prinzessin mag wohl nicht aus einem Blechnapf essen?«
»Kein Blech, Aluminium«, widersprach ein blauhäutiger Junge.
»Nun iß doch!« drängte der Mann, der ihr den Napf gegeben hatte. Seine Zähne blitzten im künstlichen Feuerschein. Teddy spürte plötzlich Furcht. Die Frau an ihrer Seite legte ihr beruhigend die Hand auf den Arm.
»Wenn du nicht willst, brauchst du nicht zu essen.«
»Ich habe keinen Löffel.«
Ein Mädchen mit bleichem Gesicht, riesigen Augen und blutroten Lippen hielt ihr einen silberglänzenden Löffel hin. Vermutlich auch aus Aluminium, dachte Teddy. Sie entdeckte eine Schlange, die sich bewegte, auf dem Arm des Mädchens. Aufgemalt. Das Mädchen folgte Teddys Blick und lächelte; nun war es einem Vampir nicht mehr so ähnlich. Teddy fühlte sich wieder sicherer.
Sie probierte von der Speise im Napf. Der Eintopf war zu scharf gewürzt, aber er schmeckte. Was für ein Fleisch darin war, konnte sie nicht sagen, aber das Gemüse – Bohnensprossen, rote Bete, Petersilie – war ihr nicht fremd.
Sie schaute vom Essen auf und stellte fest, daß alle sie anlächelten. Der weißhaarige Mann begann wieder seine Ukulele zu schlagen, die anderen träumten vor sich hin. Teddy lehnte sich gegen die Frau.
»Wo lebt ihr?« fragte sie. »Ich meine, wenn ihr nicht auf Reisen seid?«
»Wir sind immer auf Reisen«, antwortete die Frau. »Wir wohnen in

einem großen Schiff da oben am Himmel und ziehen von Ort zu Ort.«
Teddy nahm noch einen Löffel Eintopf. Er schmeckte immer besser, außerdem stellte sie fest, daß sie hungrig war.
»Hast du diesen Planeten schon einmal verlassen?« fragte die Frau.
Teddy schüttelte den Kopf. »Nein, natürlich nicht.«
»Und deine Eltern, wurden sie hier geboren?«
»Ja.«
»Möchtest du noch etwas?« Der Napf war leer. Ohne Teddys Antwort abzuwarten, gab sie die Schüssel an das Mädchen mit der Schlange weiter. Teddy sah dem Mädchen dabei zu, wie es eine neue Packung aufriß. Sie fragte sich, ob das Essen wohl von diesem Planeten stammte oder von einer fremden Welt.
»Auf unserem Schiff sind viele Dinge, die von fernen Planeten stammen«, sagte die Frau, als hätte sie Teddys Gedanken gelesen. »Vielleicht kannst du . . .« Teddy spürte, wie die Frau zusammenzuckte. »Versteck dich!« sagte sie. »Laß dich eine Zeitlang nicht sehen!«
Das bleiche Mädchen, das ihr vorhin den Löffel gegeben hatte, zog Teddy am Arm fort und stieß sie hinter einen Tisch, der von Geschirrbergen, Kleiderhaufen, Stoffballen und einem Musikapparat umgeben war. Teddy hatte sich schon gefragt, woher wohl die niemals endende Musik kommen mochte, zu der die Ukulele übrigens überhaupt nicht paßte, denn das kleine Ding klang schrecklich schief. Sie machte es sich hinter den Lautsprechern gemütlich und fand eine Stelle, von der sie das Feuer beobachten konnte, ohne selbst gesehen zu werden.
Da stand ein Mann, ihr Vater. Teddy erschrak, doch dann fiel ihr ein, daß man sie hier unmöglich sehen konnte. Sicher hatte er entdeckt, daß ihr Bett leer war, und jetzt war er gekommen, sie zu holen.
»Haben Sie Ihre Meinung geändert?« Die Frau, mit der sich Teddy angefreundet hatte, trat ein paar Schritte vor und stellte sich Teddys Vater gegenüber.
»Morgen müssen Sie fort von hier«, sagte er. Sein Gesicht sah besorgt aus. Teddy überlegte, ob er sich wohl ihretwegen Sorgen machte und ob sie sich zeigen sollte.
»Vermutlich sobald die Sonne aufgeht? So ist es immer.« Sie begann sich leicht im Takt der Musik zu wiegen.
»Ich habe den Besitzer dieses Grundstücks informiert, und wenn Sie

nicht . . .«
»Wir werden gehen«, sagte die Frau geistesabwesend, scheinbar stand sie ganz im Bann der Musik, die immer lauter wurde. Jemand schien eine Fernbedienung für das Gerät zu betätigen. »Wir haben keinen Gefallen an diesem Planeten gefunden, an keinem Planeten . . .«
»Dann ist es ja gut«, sagte Teddys Vater. Er schien ratlos. Was zu erledigen war, war abgewickelt. Dennoch ging er nicht.
»Mögen Sie etwas? Wollen Sie uns Gesellschaft leisten?« bot das Mädchen mit der Eintopfschüssel an.
Er schüttelte den Kopf. »Nein«, sagte er barsch und schob die angebotene Schüssel zurück.
»Sie beneiden uns«, sagte die Frau. »Das tun alle, die auf ihren Planeten festsitzen. Darum sind Sie auch jetzt hierher gekommen.«
»Ihr tut mir leid.«
»Wie können *Sie,* der Sie noch nie die Sterne oder den Raum dazwischen gesehen haben, uns bemitleiden?« Ihre Stimme war sehr nüchtern.
»Weil ihr kein Zuhause habt. Weil ihr keine . . . keine Wurzeln habt. Ihr wißt ja gar nicht, was das heißt, eigenes Land zu besitzen, zu wissen, wohin man gehört, Sicherheit zu spüren. Ihr streunt aus reiner Neugierde umher, habt keine Freunde, keine Familie, keine Heimat.«
»Wir sind uns selbst Freund und Familie, etwas anderes brauchen wir nicht. Wir brauchen nur solche Freunde, die den Mut haben, mit uns zu ziehen. Tapfere. Freie. Das ganze Universum ist unsere Heimat. Sicherheit . . .« Sie schüttelte verächtlich den Kopf. »Das ist doch Illusion. Zu wertlos, um dafür die Sterne aufzugeben. Wie kann man die Freiheit der Sicherheit opfern?«
»Aber warum tut ihr das? Was hat es für einen Sinn, keine Heimat zu suchen und endlos umherzuziehen?«
Teddy stellte fest, daß alle das Gespräch zwischen ihrem Vater und der Frau mit der Rose verfolgten. Die Augen der um das Kunstfeuer gelagerten Schar glänzten. Ihr Vater und die Frau spielten eine Szene aus einem Schauspiel.
Die Zigeunerin hörte auf, sich leise zur Musik zu wiegen, und fuhr sich mit den Fingern durch das lange Haar. »Eines Tages werden wir zu diesem Planeten zurückkommen, und ihr werdet alle tot sein. Alles wird

sich verändert haben, nichts wird gleichgeblieben sein. Dieser Planet ist dann vielleicht nur noch eine Trümmerwüste . . .«

»Wir sind ein friedfertiges Volk.«

». . . aber wir werden weiterleben. Wir sind unsterblich. Ich kann die verkohlten Klumpen nicht mehr zählen, die einst friedliche Planeten gewesen sind. Generationen leben und sterben, gestrandet auf diesen Schlammklößen, die sie Heimat nennen, doch wir leben immer weiter. Irgendwann werden wir vielleicht wieder einmal zu diesem Planeten zurückkehren und womöglich ein Volk vorfinden, das in die schwärzeste Barbarei verfallen ist; vielleicht ist es auch nur moralisch verkommen, oder es langweilt sich stumpfsinnig dahin in diesem Seerosenteich, in dem es sich jetzt befindet. Vielleicht werdet ihr auch alle verschwunden sein und wie wir zu Zigeunern geworden sein.« Sie lächelte. »Das ist gerade das Interessante an unserem Leben: wir wissen nie, was wir wieder finden werden.«

»Es gibt auch gute Argumente für die Sicherheit«, entgegnete Teddys Vater ruhig.

»Es gibt auch Argumente für das Sterben.«

Beide verstummten.

Das Feuer verlosch plötzlich. Teddy hörte Murren, Rumoren und Poltern, als die Zigeuner nach dem Schalter suchten. Die Flammen flackerten kurz auf, brannten dann wieder normal. Sie stellte fest, daß sich ihr Vater und die Frau nicht von der Stelle gerührt hatten, vielleicht hatten sie gar nicht bemerkt, daß das Feuer ausgegangen war.

Ihr Vater sprach wieder. »Und wenn ich doch nur bestätigt fände, was ich bereits weiß, wenn ich erkenne, daß ich nur sinnloser, verführerischer Neugierde erlegen bin, daß ein Leben als Entwurzelter für mich nichts taugt: Was ist dann? Zu diesem Zeitpunkt, nach einem Monat oder einem Jahr an Bord des Schiffes, werde ich alles verloren haben. Alles, was mir etwas wert ist, was für mich zählt. Die Welt, so wie ich sie kenne, mein ganzes Leben, wird sich geändert haben. Ich würde zu einer Welt zurückkehren, die ich nicht wiedererkenne. Ich müßte ganz von vorn beginnen, noch einmal ganz von vorn.«

»Ich weiß«, sagte sie leise, doch er schien ihre Worte nicht gehört zu haben.

»Als ich noch ein Junge war, habe ich diesen Fehler gemacht. Ich bin ausgezogen, um im interstellaren Raum mein Heil zu suchen, um fremde Welten zu sehen. Damals wußte ich, daß ich es nicht ertragen würde, nach Hause zurückzukehren, wo sich meine jungen Freunde in spießige Fettwänste mit zänkischen Ehefrauen verwandelt hatten. Aber ich konnte auch nicht für immer im Weltraum bleiben. Diese ständige Suche nach etwas, das vielleicht gar nicht existiert, ist doch kein Leben! Also bin ich hierher gekommen, denn nach Hause konnte ich nicht. Ich habe neue Freunde gefunden, ich habe geheiratet und mich häuslich eingerichtet. Ich habe mich an den Gedanken gewöhnt, daß dieser Planet meine Heimat ist.«

Teddy musterte das Gesicht ihres Vaters im Feuerschein. Sie sah Falten um seinen Mund, die ihr noch nie aufgefallen waren, verstand Dinge, an die sie noch nie zuvor gedacht hatte.

»Teddy!« rief die Zigeunerin. Der Vater zuckte zusammen. Sie kroch aus ihrem Versteck hervor und ging langsam zu ihm hinüber. Sie konnte ihm nicht in die Augen sehen.

»Wie . . .« Er wandte sich heftig zu der Zigeunerin um, die seine Verwirrung zu genießen schien. »Warum?« Seine Stimme klang schmerzerfüllt. Teddy wußte, daß die Frage nicht an sie gerichtet war.

»Nehmen Sie Ihre Tochter mit nach Hause«, sagte die Frau mit gesenkter Stimme. Teddy hörte hinter sich unruhiges Füßescharren, die Musik war verstummt. Offenbar interessierten sich die anderen Zigeuner für den Ausgang dieses Gesprächs.

»Wir starten in der Morgendämmerung.« Majestätisch wandte sich die Frau von Teddy und ihrem Vater ab, unsichtbare Schmuckgehänge klimperten an ihr.

Teddy ergriff den Vater bei der Hand und führte ihn heim. Bei Sonnenaufgang standen sie gemeinsam am Fenster und sahen zu, wie das winzige Luftfahrzeug im Sonnenlicht blinkend in den Himmel stieg. Es sah wirklich fast wie ein Hubschrauber aus.

Der Vater atmete schwer. »Teddy, Teddy, bleib zu Hause, bitte! Das Leben lohnt sich, auch wenn man den Weltraum nicht gesehen hat und nicht die Sterne und die Planeten. Wenn du einmal dort draußen bist, dann wirst du es bereuen, glaub mir! Hier ist deine Heimat, du darfst sie nicht aufgeben.«

Teddy verbarg ihr Gesicht an seiner Brust. Sie preßte sich eng an ihn, weil sie es nicht ertragen konnte, die Tränen in seinen Augen zu sehen. Und weil sie ihm das Versprechen nicht geben konnte, das er stumm von ihr verlangte.

RACHEL COSGROVE PAYES

Halbleben

Als Benji im Dake Cent den Abwasch nach dem Mittagessen machte, erinnerte ihn die Tätowierung auf dem rechten Handrücken daran, daß ihn nur zwei kurze Monate von Halbleben trennten, und er hatte sich noch auf keinen Verfallenen eingetragen. Es war schwerer für Dake-Cent-Kinder, denn sie hatten keine Eltern, die sie verwenden konnten. Er mußte suchen gehen, einen Verfallenen für sich finden, der noch nicht verbucht war, und sich in der Hoffnung eintragen, daß ihm damit noch niemand zuvorgekommen war. Benji war seiner Mutter weggenommen worden, als er erst drei war, zu jung, um sich anders als wie an einen vagen Traum an sie erinnern zu können. Und sein Vater war vor fünf Jahren verschwunden.

Marc, der in der Koje über ihm schlief, kam zum Waschen herein.

»He, Benji, schon eingetragen?«

»Noch nicht.« Er wünschte, Marc würde aufhören, danach zu fragen – und sich in Wirklichkeit hämisch zu freuen. Marc hatte einen Einsiedler in den ausgebombten Gebäuden unten am Fluß entdeckt und sich bereits auf ihn angemeldet.

»Wie wäre es mit dem Alten Mann aus den Bergen? He, Benji? Er dürfte so alt sein, daß du den Preis für dieses Jahr gewinnen müßtest.«

Jeder wußte, daß der Alte Mann aus den Bergen ein Mythos war, von den Grausamen erschaffen, um die zu verhöhnen, die bis zum Meldetermin keinen Verfallenen aufgespürt hatten. Benji warf noch einen verstohlenen Blick auf seine Hand. Die Tätowierung verspottete ihn. Die Zahlen waren unauslöschlich, unveränderlich, unerbittlich. Sein Geburtsdatum: 21. Juni 2020, und seine ID-Nummer. Und heute war der 15. März 2035. In nur drei Monaten und sechs Tagen würde Benji fünfzehn sein – Halbleben. Wenn er sich nicht mindestens zwei Wochen vor diesem Datum eintrug und vor seinem eigenen Halbleben eine Hand einbrachte, würde man ihm ein großes, rotes X über das Datum auf seiner Hand tätowieren, was ihn automatisch als Technisch-Verfallenen klassifizierte, obwohl er erst fünfzehn war, statt des gesetzlichen Endalters von dreißig. Dann würde er ständig sein eigenes Leben hüten müssen, damit sich niemand, der sich Halbleben näherte, auf ihn eintrug und ihn seiner tätowierten Hand wegen tötete, um die Forderungen des Gesetzes zu erfüllen und den eigenen Immun-Status zu wahren, bis dieser in weiteren fünfzehn Jahren verfiel.

In der heutigen Zeit überlebte kaum jemand sein dreißigstes Lebensjahr. Jedes Jahr gab es einen Preis für die älteste abgegebene Hand – dieser Preis war eine königsblaue Handtätowierung, die dem glücklichen Gewinner ein zusätzliches Lebensjahr schenkte, bevor er verfiel.

Benji beschloß, damit anzufangen, bei Tagesanbruch aufzustehen, um die Stadt zu durchstreifen, zu versuchen, versteckte Verfallene aufzustöbern. Aber als eine weitere Woche verging, ohne daß er einen nicht-gezeichneten Verfallenen gefunden hatte, geriet er in Panik. Im Morgengrauen huschte er lautlos an den Rändern von Kahnstadt umher, wo verfallene alte Boote und Kähne die verseuchten Wasser des Flusses verklumpten. Er behielt die Kähne eine ganze Woche lang unter Beobachtung, nahm das selbstgebastelte Fernrohr kaum von den Augen.

Dann erspähte er eine Person mit einem roten X über der Tätowierung, ein Infragekommender. Er war sogar in der Lage, die ID-Nummer auszumachen, ohne sich selbst blicken zu lassen.

Sicher war er der erste, der sich auf diesen Verfallenen eintragen ließ, da der Junge auf der Flußseite der Kähne blieb und sich niemals dem Ufer näherte. Deshalb lief Benji zurück, eilte ins Halbleben-Büro und trug die ID-Nummer ein, die er durch sein Fernrohr gelesen hatte.

»Laß sie sofort durch den Computer laufen«, bat er den gelangweilten Programmierer.

Benjis Empfindungen waren ein Gemisch aus Besorgnis und Frohlocken. Er war sicher, daß es eine gute ID-Nummer sein würde. Dann würde es sein einzig verbliebenes Problem sein, den Technisch-Verfallenen zu töten, seine tätowierte rechte Hand abzuschneiden und sie zum Beweis mitzubringen.

Die Computerlichter flackerten, die Bandspulen drehten sich, der Ausdrucker klapperte, und der Techniker zog den Papierstreifen heraus. »Vor zwei Stunden eingetragen. Den kannst du nicht gebrauchen.«

Draußen auf der Straße merkte Benji, daß er zitterte. Es war nicht nur Angst; es war eine Kombination aus vielen Empfindungen – Hoffnungslosigkeit, Wut, Verzweiflung. Und in diesem Augenblick fiel ihm Marcs Hohn und der Alte Mann aus den Bergen ein. Vielleicht gab es *wirklich* jemanden dort draußen, in den zerklüfteten, bewaldeten Hängen, im Norden der Stadt. Er würde sich eine besondere Erlaubnis besorgen müssen, damit er hinausgehen durfte, aber da sich sein Halbleben sehr rasch näherte, war er sicher, daß er das Okay bekommen würde.

Benji hatte Glück, denn der Beamte, der die Erlaubnis für die Jagd außerhalb der Stadt ausgab, hatte bis zu seinem eigenen Halbleben vor zwei Jahren in Benjis Dake Cent gewohnt.

»Ich werde dir sogar einen Flitzer geben, wenn du dir Batterien klauen kannst.«

Benji lächelte freudig erregt. Er wußte, wo er eine oder zwei Batterien stehlen konnte, und wenn er mit einem Flitzer unterwegs war, dann würde er viel mehr Zeit haben, die Berge zu durchsuchen, bevor er in die Stadt zurückkehren mußte, um sein Halbleben zu feiern.

»Danke, Jon. Komm zu meiner Halbleben-Party.«

Er wartete die Dunkelheit ab, zerrte ein gelockertes Brett von einem rückwärtigen Fenster, glitt leise in den verschlossenen Flitzerreparaturladen hinein und nahm zwei Batterien, eine als Reserve. *Ich bezahle sie, wenn ich Halbleben erreicht habe und zur Arbeit berechtigt bin,* versprach er sich selbst.

Beim ersten Licht des Tages war er am Nordtor, saß rittlings auf dem Flitzer, die Erlaubnismarke fest an seinem Handgelenk befestigt.

»Suchst einen Alten Mann in den Bergen, Junge?« fragte ihn der Wachposten scherzhaft, während er den gerollten Stacheldraht gerade weit genug zur Seite zog, damit Benji durch die Lücke kam. »Vergiß nicht, daß du rechtzeitig zu deinem Halbleben zurückkommen mußt.«

Benji beschleunigte, schnurrte die schadhafte, überwucherte alte Straße entlang, die sich durch die Ausläufer der Berge nach Norden schlängelte. Vorn lockte das dunkle Grün an den Hängen, und Benji hauchte einen stummen Dank an Jon, weil er ihm den Flitzer gegeben hatte.

Ohne den wäre er tagelang gelaufen, nur um erst einmal die Berge zu erreichen.
An diesem ganzen ersten Tag des Dahinflitzens auf zunehmend unwirtlichen Wegen, die stetig in die Berge aufstiegen, sah er niemanden, aber es gab viele Häuserruinen. Einmal fuhr er sogar durch die verlassenen Straßen einer Geisterstadt. Zur Zeit der Unruhen waren alle in die Stadt gekommen, um die Tunnel-Schutzräume aufzusuchen. Niemand kehrte nach draußen zurück.
Seine anfänglich gehobene Stimmung verwandelte sich rasch in Sorge. Hier lebte niemand mehr. Die Geschichten von dem Alten Mann waren eben nur Geschichten, keine Tatsache. Am Ende des dritten Reisetages war Benji außer Sichtweite der zerstörten Türme der Stadt und hoch in den Bergen, die mit jeder Meile, die er fuhr, wilder wurden. Er mußte Batteriestrom für die Rückfahrt sparen
Benji begann seinen Entschluß zu bedauern. Niemals hatte jemand einen Verfallenen außerhalb der Stadt gefunden. Er hätte zu Hause bleiben und die Straßen und Tunnel durchstreifen sollen. Irgendwann hätte er jemanden gefunden. Jetzt hatte er kostbare Tage für diesen Unsinn verschwendet. Er würde bis zum Bergkamm hinauffahren, dieser schwachen Spur entlang, die das einzige Überbleibsel einer einstigen Straße war. Wenn er kein Zeichen von Leben sah, würde er umkehren und sein Glück auf vertrautem Territorium suchen.
Nachdem er die Anhöhe erreicht hatte, sah Benji in ein kleines Tal hinunter. Dort unten schimmerte das blaue Oval eines Sees, Bäume wuchsen bis fast ins Wasser hinein, außer auf der einen Seite, wo es eine recht große Lichtung gab – und eine kleine Hütte, die keine der üblichen Ruinen war, wie er sie bisher gesehen hatte. Aufgeregt kletterte er von dem Flitzer herunter und legte sich der Länge nach auf den Boden, das Fernrohr am Auge. Die Szene sprang zu ihm hoch. Es war ein kleines Haus, keine Ruine. Eine winzige Rauchfahne stieg aus einem hohen Steinkamin. Jemand wohnte dort unten. Noch während Benji mit vor Erregung trockenem Mund beobachtete, sah er die Hüttentür sich öffnen, und ein Mann trat heraus, aber die Entfernung war zu groß, die Tätowierung des Mannes war nicht zu sehen. Er würde seinen Flitzer hier auf dem Kamm verstecken und zu Fuß in das Tal hinuntergehen. So bestand weniger Gefahr, daß ihn der Mann entdeckte und floh.

Dreißig Minuten später hatte sich Benji vorsichtig bis auf tausend Fuß an das Haus herangearbeitet. Die Abenddämmerung brach herein. Während er in einem Dickicht aus Beerenbüschen kauerte, öffnete sich die Hüttentür abermals, und der Mann stand als Silhouette im Eingang. Benji nahm sein Fernrohr ans Auge und stellte es scharf auf die rechte Hand des Mannes ein. Das Datum war nun deutlich erkennbar, obwohl es rot durchkreuzt war – 14. 2. 90. Der Mann dort war fünfundvierzig Jahre alt! Benji hatte noch nie zuvor jemanden gesehen, der so alt war. Er würde den Preis gewinnen und sich ein zusätzliches Lebensjahr verdienen.

Dann traf ihn ein furchtbarer Gedanke. Er hatte sich nicht auf diesen Mann eingetragen. Ordnungsgemäß mußte er sich vor dem Töten eintragen. Wie hatte er das nur vergessen können? Das bedeutete die lange Fahrt zur Stadt zurück, sich eintragen, die Bestätigung bekommen, dann die Erlaubnis, wieder nach draußen zu gehen. Er würde seinen eigenen Weg zurückverfolgen und hoffen müssen, daß der Mann dann noch immer hier lebte. Es würde mindestens eine Woche dauern, und wenn er keine weiteren Flitzerbatterien für die zweite Fahrt stehlen konnte, zu Fuß noch viel länger. Er war vielleicht gar nicht in der Lage, es in der vorgeschriebenen Zeit zu schaffen.

Die Verzweiflung brachte Benji zu einem schrecklichen Entschluß. Er würde den Mann jetzt töten, die Hand mitnehmen und nach Hause zurückfahren. Bevor er durch das Tor ging, würde er die Hand verstecken. Wenn er sich dann auf den Mann in dieser Hütte eingetragen hatte, konnte er wieder hinausgehen, den grausigen Beweis aus dem Versteck holen und so tun, als hätte er den Mann unmittelbar außerhalb der Stadt getötet.

Vielleicht wäre es am besten, zu warten, bis der Mann eingeschlafen war. Benji hatte die alten Geschichten von mächtigen Kriegern gehört, die im Alter schwächer wurden, aber dieser Mann sah robust aus. Nur mit seinem Messer als Waffe konnte Benji keinen offenen Kampf riskieren.

Dunkelheit brach herein, der alte Mann ging wieder in die Hütte, und Benji schlich näher heran. Plötzlich hörte er etwas so Schönes, daß sein Herz schmerzte und Tränen in seine Augen traten. Es ist Musik, vermutete er, aber nicht dieses Gestampfe, das er gewohnt war. Die Töne stiegen in die Höhe, hoch, hoch hinauf, rieselten dann hinunter, ein Wasserfall, der in einen Teich plätscherte, wie der, den er gestern auf seinem Weg gesehen hatte. Es war unheimlich: keine Spur von dem harten Rhythmus des Stampfens. Doch so unbekannt diese Musik ihm war, sie rief in einer Sprache nach Benji, von der er wußte, daß es die seine war.

Er mußte herausfinden, was den prächtigen Klang machte. Wie ein Gespenst schwebte er dicht an die Hütte heran. An der einen Seite drang Licht aus einem nur teilweise verhängten Fenster. Benji hielt den Atem an, schob sich noch näher, so daß er durch ein Loch in dem groben Tuch blicken konnte, das das Innere verbarg.

Der Mann saß vor etwas, das wie eine umgebaute Computerkonsole aussah. Weiße und schwarze Tasten liefen auf der einen Seite entlang, und der Mann drückte sie mit seinen Fingern, wodurch er die bezaubernden Töne hervorrief, die Benji gehört hatte. Benji erinnerte sich, daß er irgendwann einmal in einem zerfetzten Buch der Alten ein Bild von solch einem Ding gesehen hatte – es hieß *Klabier* oder irgendwie ähnlich komisch. Er war mit den Trommeln und den Gitjos vertraut, die die Stampfer spielten, aber dies hier war ganz, ganz anders – nein, er fand keine Worte dafür.

Das Spiel dauerte lange Zeit und ließ Benjis Herz schmelzen. Dann lehnte sich der Mann zurück, ließ seine Hände sinken, und die herrlichen Töne hörten auf.

»Weiter!«

Der Mann fuhr herum und war auf den Füßen, bevor Benji begriff, daß er das Wort laut gerufen hatte.

»Wer ist da?«

Erschüttert vom Bann der Musik, gelähmt durch den Schrecken, entdeckt zu sein, stand Benji einfach nur da. Der Mann riß die Tür auf. Ihn in Bewegung zu sehen, brachte den Jungen in Schwung, aber es war zu spät. Benji drehte sich um, wollte in die Büsche fliehen, als sich eine schwere Hand auf seine Schulter legte, zupackte und ihn herumdrehte.

Benji ließ sein Messer blitzen und erreichte damit nur, daß sein Handgelenk mit einem lähmenden Griff festgehalten wurde. Dann wurde er in das Haus hineingeschoben.

Benji stand zitternd da. Doch hier drinnen waltete noch die Macht der

Musik, und seine Blicke irrten fort von dem harten Gesicht des Alten, hin zu dem Instrument an der Wand.
»Hast du noch nie ein Klavier gehört?« Die Stimme des Mannes paßte nicht zu seiner rohen Kraft. Sie war tief und sanft.
Benji schüttelte den Kopf. »Ich habe nur die Stampfer gehört.«
Der Mann lockerte seinen Griff, nachdem er das Messer an sich genommen hatte. Dann hielt er Benjis tätowierte Hand hoch. »Ja, ich verstehe. Bald wird dein Halbleben sein.« Seine Stimme verriet Schmerz, und als Benji das spürte, mußte er beinahe weinen, genau wie vorhin, als er die Musik gehört hatte.
»Hast du Hunger, Junge?«
Benji antwortete nicht, aber der Mann ging zu einem Schrank, holte Brot und Fleisch heraus und benutzte Benjis Messer, um gewaltige Portionen abzuschneiden.
»Komm schon, iß – und ich werde für dich spielen.«
Er ließ Benjis Messer auf dem Tisch liegen, wandte ihm den Rücken zu, als sei er völlig ohne Furcht, und setzte sich an das Klavier. Seine Finger liefen die schwarzen und weißen Tasten auf und ab, und der Klang strömte wieder hervor, füllte den Raum, füllte Benjis Seele, genauso wie das Essen seinen leeren Magen füllte.
Als der Junge satt war, hörte der Mann auf zu spielen und drehte sich zu ihm herum. Er streckte seine rechte Hand vor, so daß die Tätowierung deutlich zu sehen war.
»Du bist wegen meiner Hand gekommen, nicht wahr?« Seine dunklen Augen waren voller Trauer. »Ich habe die Spanne von zwei Halbleben gelebt, seit ich die Stadt verlassen habe. Ich hatte schon gehofft, dieser Irrsinn würde ein Ende gefunden haben. Aber es muß wohl noch schlimmer geworden sein, wenn du von so weit gekommen bist, bloß um dir meine Hand zu holen. Sind Verfallene jetzt so schwer zu finden?«
Benji nickte. Es würgte ihn in seiner Kehle, als wäre ihm ein Brocken von dem Brot, das er gegessen hatte, dort steckengeblieben.
»Ich bin weggegangen, weißt du. Ich habe gemerkt, daß ich niemanden töten kann. Ich habe mich geweigert. Deshalb hat man mich als verfallen markiert. Eines Nachts habe ich mich davongestohlen und bin in die Berge geflohen. So viele Jahre ist das jetzt her – ich hatte die alten Schrecken fast vergessen. Ich habe dieses Haus gefunden und das Kla-

vier, das vor den Unruhen irgend jemand geliebt hat – und ich habe hier mit meinen Nachbarn in Frieden gelebt.«
Benji keuchte. »Nachbarn? Es gibt noch andere?«
Sein Gastgeber lächelte. »Im nächsten Tal und in dem dahinter auch noch. Ein paar, die wie ich ihre Verpflichtung, einen anderen Menschen zu töten, nur um eine Hand zu bekommen, nicht erfüllen wollten.«
Benjis Herz tat weh. Er war niemals jemandem wie dem Alten Mann aus den Bergen begegnet. Er konnte seine Blicke nicht von dem Datum auf seiner Hand wenden – er würde gewinnen! Kein anderer auf der Welt konnte so alt sein. Benjis Hand stahl sich zu dem Messer hin, das ihm so dumm, so vertrauenselig zurückgegeben worden war.
Als sich seine Finger um den Griff krümmten, sagte sein Gastgeber leise: »Würdest du gern Klavierspielen lernen?«
Es war ein herzzerreißender Augenblick. Spielen? Diesen lieblichen Klang hervorrufen, der ihn angezogen hatte, der in einer gleichermaßen fremden und doch schmerzhaft vertrauten Sprache nach ihm gerufen hatte?
»Könnte ich – nein, ich muß zurückkehren – bis . . .«
»Bis zu deinem Halbleben. Du hast noch ein paar Tage. Wie heißt du, Junge?«
»Benji.«
»Und ich bin Rolf. Laß mich dir das Spielen beibringen. Dann, wenn du dein legales Halbleben erreicht hast, kannst du hierher zurückkehren, wenn du willst, und das Klavier für dich allein haben.«
»Aber – aber – du . . .«
»Ich werde dann nicht mehr hier sein, oder? Nicht, wenn du mich tötest und meine Hand nimmst.«
Es war eine furchtbare Entscheidung. Benji wußte, daß er mit Rolfs Tätowierung gewinnen würde; doch plötzlich war ihm innerlich übel. Diesen Mann töten hieß die Musik töten. Benji wußte, daß er es nicht in ein paar Wochen lernen konnte, diesen Wohlklang zu erzeugen, den er heute abend gehört hatte. Rolf mußte Jahre dazu gebraucht haben – mehr Jahre, als Benji gewußt hatte, daß jemand sie in diesem Leben leben konnte.
Ein schreckliches Schluchzen schüttelte seinen Körper, und er fühlte Rolfs Arme auf eine Art und Weise um sich, die er nie zuvor gekannt

hatte. Der Mann wiegte ihn sanft und flüsterte leise, summende, besänftigende Worte.
»Erzähl es mir, Benji. Sprich darüber.«
Benji wurde ruhiger. Er erzählte von dem Preis.
»Das hat man vor dreißig Jahren noch nicht gemacht. Es ist schlimmer geworden, viel schlimmer, als ich mir hätte träumen lassen. Ich bin froh, daß ich geflohen bin.«
»Du siehst also – mit deiner Hand würde ich mir ein weiteres Jahr verdienen, bevor ich verfalle.«
»Ja, ich verstehe. Und ein zusätzliches Jahr ist sehr kostbar. Nun, Benji, du willst mich nicht töten.« Benji schüttelte heftig den Kopf. »Aber du brauchst meine Hand.« Rolf schwieg, und zögernd nickte Benji. »Dann laß mich dir diese Hand geben.«
Einen Moment lang verstand Benji nicht. Dann sickerte die Bedeutung langsam in seinen Verstand. »Du – du würdest mich deine Hand abschneiden lassen – nur, damit ich . . .«
»Es bedeutet dir so viel, nicht wahr?«
Benjis Blicke irrten zum Klavier hinüber, das jetzt, da ihm sein Herr nicht mehr Melodien machen befahl, stumm dastand.
»Aber mit einer Hand könntest du die Musik nicht machen!«
»Nicht so gut, Benji, nicht so gut.«
Benji überlegte, wie er nie zuvor überlegt hatte. Wenn er Rolfs Hand vorlegte, würde er in der Stadt sechzehn Jahre lang Existenzberechtigung haben, und dann war er ein Verfallener, Freiwild für jeden Jüngling, der sich dem Halbleben näherte. Aber nichts in der Stadt war mit dem zu vergleichen, was er heute abend gesehen und gehört hatte, hier, in diesem Haus mit dem magischen Klavier, das so schmerzhaft-liebliche Musik machte. Plötzlich schien die Lösung seines Problems ganz einfach.
»Wenn ich nicht zurückgehe – wenn ich meine Ehre verliere, weil ich meine Halblebenverpflichtung verweigere, würdest du – würdest du . . .« Er brachte es nicht über die Lippen.
Aber Rolf wußte, was er meinte. »Ich bin einsam, Benji. Wir werden morgen früh mit deinen Klavierstunden anfangen.«
In dieser Nacht lag Benji auf einem schmalen Bett, von dem aus er aus einem vorhanglosen Fenster hinaussehen konnte. Der Mond ging über

dem Berg auf, riesig und orange, und er durchflutete sein winziges Zimmer mit seinem friedlichen Licht. Früher hatte er den Mond kaum gesehen, weil es in der Stadt bei Nacht nicht sicher war, über der Erdoberfläche zu sein. Zu aufgeregt, um schlafen zu können, fragte sich Benji: Wird irgendwann einmal ein Junge, der sich Halbleben nähert, hierherkommen, um mich zu jagen? Wenn ja, dann hoffe ich, daß ich ihm so helfen kann, wie Rolf mir geholfen hat.
Und er schlief fest, träumte vom Morgen . . . und von der Musik.

MICHAEL BISHOP

Vox Olympica

Mein Vater hatte im Verlauf des letzten Jahres den Vulkan gestimmt. Seine Arbeit diente den Vorbereitungen für die zehnte Wiederkehr des Tages der Mensur, an dem jene, die aus den einst öden Wüsten und Gebirgszügen des Mars ein Zuhause gemacht haben, dem schon lange toten Planeten den Salut erweisen, von dem unsere Rasse stammt.
Ich war gerade acht geworden, aber unsere patriotische Bevölkerung rechnet mit dem Doppeljahr, nach der sechshundertsiebenundachtzigtägigen Periode gezählt, während der der Mars einmal die Sonne umkreist. Ein Kolonist von Titan oder Ganymed, der noch nach der alten Zeitrechnung der Erde zählt, hätte mein Alter mit fünfzehneinhalb angegeben.
Obwohl ich mich rasch dem Erwachsensein näherte, hatte ich noch niemals gehört, wie mein Vater oder sonstwer den Berg spielte. Die Vox Olympica (wie die gläubigen Krystischen Harmonisten es im allgemeinen nennen) ist von keinem von Menschenhand geschaffenen Aufzeichnungssystem wirklichkeitsgetreu nachempfindbar, daher war ich auf das direkte Erlebnis der Stimme des alten Vulkans sehr gespannt. Gleichzeitig fieberte ich danach, meinen Vater wiederzusehen.
Während er das Stimmen der mehreren hundert gewissenhaft ausgehöhlten Drusen und Schlote des Olympus Mons überwachte, war mein Vater nur zu kurzen Besuchen heimgekommen. Diese obligatorischen

»Ruhepausen«, die ihm die Kirche gewährte, hatte er brütend über Computerdiagrammen der Eingeweide des großen Berges verbracht, um sich Lage und Beschaffenheit der glasartigen Orgelpfeifenspalten wieder ins Gedächtnis zu rufen. Als Folge dessen hatte er gar nicht viel Aufhebens wegen meiner guten Leistungen in Geschichte und den Hydraulikwissenschaften gemacht, hatte nur höfliches Interesse für meine Sammlung präadaptierter Insekten aus der Tharsissteppe gezeigt, und obwohl er sich pflichtschuldigst drei meiner Melodeonkompositionen angehört hatte (auf das drängende Bitten meiner Mutter hin), hatte er hinterher doch nur höfliches Lob anstelle offener Kritik bekundet. Er war mit seinen Gedanken anderswo gewesen.

Vanora, meine Mutter, lehnte den Tag der Mensur so sehr ab, wie mein Vater ihn herbeisehnte. Für sie repräsentierte er nicht nur ein Desaster in der Kontinuität unseres Familienlebens, sondern auch ein perverses Herumstochern in der legendären Zerstörung der Erde. Warum mußten wir uns immer weiter mit dem befassen, was doch auf immer verloren war? Schon ein Jahr nach ihrer Verlobung hätte meines Vaters Engagement als Memorialist ihre Eheschließung fast vereitelt. Doch irgendwie hatten sie die Trennung, die Mißverständnisse und die Streitigkeiten überstanden. Schließlich hatte meine Geburt in Spaulding, West Thitonia, wo Vanora einer der am Boden stationierten Divisionen des OSAS (Orbital Solar Amplification System) vorstand, ihren Glauben an das Wohl der Versöhnung gestärkt. Ich war das verbindende Glied.

Sieben Jahre später hatte die Kirche meinen Vater wieder zur Überwachung der Vorbereitungen am Olympus Mons herangezogen, und Theon hatte die Mission angenommen, ungeachtet der zahlreichen besänftigenden Versprechen, die er meiner Mutter gegeben hatte.

Ich stand auf der Seite meines Vaters, und das sagte ich Vanora auch.

Für mich schien Theons Berufung durch die Harmonisten eine große Ehre zu sein, und ich hätte ihm hundert peinliche Ausrutscher verziehen, hätte ich nur an dem Tag neben ihm im Orgelzimmer sitzen dürfen, an dem er sogar das ferne Hellas zum Erzittern bringen würde. Wenn er spielte, würde der ganze Planet im Orbit beben. Ich wollte bei ihm sein, wenn er das donnernde Klagelied für die längst tote Erde spielte. Er hatte angedeutet, daß das möglich sein konnte. Vielleicht würde er sogar eine meiner Melodeonsymphonien mit der gewaltigen Stimme des Vulkans spielen, denn seit meinem letzten Besuch in Spaulding hatte ich einige ganz passable geschrieben.

»Gayle«, sagte meine Mutter, nachdem sie der fieberhaften Schilderung meiner Hoffnungen gelauscht hatte, »du beschämst dich mit jedem Wort selbst.«

»Weshalb sagst du das?«

»Weil du inzwischen älter bist, mein Kind, aber kaum weiser.«

Ich saß an meinem Melodeon, das mir Theon zum siebten Geburtstag geschenkt hatte. Ich hatte unseren Bunker mit gewandten Läufen und anmutigen Akkorden erfüllt. Nun aber schaltete ich das Melodeon ab und bedeckte die Tastatur.

»Hör zu, Gayle, die Zeremonie ist an Traditionen gebunden. Der Memoralist spielt, was jeder andere Memoralist seit Zivu auch gespielt hat. Zivu hat das Programm erstellt. Dein Vater wird kein kurzes Gaylesches Stückchen hineinzwängen, um deine Eitelkeit noch zu steigern.«

»Das weiß ich, Mutter. Ich habe nur so vor mich hin geredet.«

»Und auch dein Gerede, ihm unter dem Berg Gesellschaft leisten zu können, ist unsinnig.«

»Er sagte aber, es wäre möglich.«

»Gayle, wahrscheinlich hat er dir überhaupt nicht zugehört.« Vanoras Stimme brachte ihre Sorge und ihre Verlegenheit deutlich zum Ausdruck. »Weißt du denn, daß der Memoralist nur den Geist seiner eigenen Darbietung hört?«

»Den Geist?«

»Das stimmt. Der Orgelraum ist schalldicht. Jeder, der ihn betritt – traditionell der Memoralist und ein einziger Techniker –, muß schalldämpfende Ohrenpfropfen und zusätzlich noch Kopfhörer tragen. Zivu wurde taub, als er die Hymne an die untergegangene Glorie der Erde spielte. Er wußte ganz genau, was es für Folgen haben würde, und doch programmierte er den ganzen Verlauf ohne eine Schutzvorrichtung.«

»Vater ist nicht taub.«

»Nein, aber sein Gehör ist geschädigt. Manchmal glaube ich, er nahm die zweite Berufung nicht um der Ehre willen an, sondern weil er nur noch ein einziges Mal auf die einzige Weise Musik hören möchte, derer er noch fähig ist – durch die Knochen.«

»Warum machst du ihm dann solche Vorwürfe?«

Vanora warf mir einen verblüfften, mißbilligenden Blick zu. Doch dann wurde ihr Ausdruck wieder sanfter. »Zunächst einmal, weil er mir hoch und heilig versprochen hatte, daß er es nie mehr tun würde. Und zum zweiten, weil der Tag der Mensur ein harmonistischer Anachronismus ist. Er ist der neuen Ordnung schädlich, die wir eingerichtet haben, und es ist morbid, Vergiftung und Tod unserer Heimatwelt zu zelebrieren.«
»Man zelebriert nicht, Mutter, man memoralisiert.«
Vanora entzog sich meiner Argumentation, indem sie ein Fusselchen von ihrer Stola nahm und es zu Boden fallen ließ. Ich hatte Glück, daß sie überhaupt sprach. Gewöhnlich vermied sie es, solche Fragen in meiner Gegenwart zu erörtern – es sei denn, sie stritt mit Theon und ihre Gefühle gingen mit ihr durch. Daß sie aber eine Unterhaltung über den Tag der Mensur mit mir *angestrebt* hatte, nun, das war ein Durchbruch, der dem zur Überlichtraumfahrt in nichts nahestand. Ich bemühte mich, meinen Vorteil auszuspielen, bevor er bei der rapiden Geschwindigkeit zurückblieb.
»Wie war Vaters erste Darbietung?«
Meine Mutter sah mich an, dann ließ sie ihren Blick an der Rotholzstatue von Ares vorbei zu ihrem Nachtgemach gleiten. »Tut mir leid, aber ich habe sie nicht gehört, Gayle. Ich *wollte* sie nicht hören.«
»Du hast sie nicht gehört?«
»Ich *fühlte* sie«, sagte Vanora und wich meinem Blick aus. »Glaube ich wenigstens. Zwei Wochen vor dem Tag hielt OSAS in Stanleyville, Nordwest Hellas, ein Trainingsprogramm für Exekutivkandidaten ab, und dort blieb ich auch während meiner Freizeit, wenn die Trainingsstunden vorüber waren. Als dein Vater den Berg spielte, befand ich mich im Bunker eines Regierungshospizes der südlichen Hemisphäre. Ich fühlte die Musik, die er machte, und ein Offizier des nahe gelegenen OSAS-Stützpunktes konnte sie mit einem Seismographen aufzeichnen.«
»Du hättest noch rechtzeitig zu ihm zurückkehren können, und du hast es nicht einmal versucht?«
»Richtig.«
Ich schüttelte den Kopf. »Das ist erstaunlich, Mutter.« Vanora antwortete nicht. »Wirst du ihm diesmal zuhören?«
»Spaulding ist viel näher am Olympus als Stanleyville. Ich nehme an, ich

werde deines Vaters Darbietung hören. Aber ich werde den ganzen Tag hier unten verbringen, unsere Lautsprecheranlage auf volle Lautstärke drehen und mir die Ohren zustopfen.«

»Das ist boshaft, Mutter! Schiere, irreligiöse Boshaftigkeit.«

»Dein Vater ist der Religiöse in der Familie, Gayle, und nun zieht er auch dich in diese Richtung. Ich verspüre lediglich nicht den geringsten Wunsch, die Musik zu hören, die er anläßlich einer närrischen Erinnerungszeremonie spielt.«

Ich hielt meine Wut unter Kontrolle. »Aber ich«, sagte ich.

»Ich weiß. Geh am Tag der Mensur an die Oberfläche, dann wirst du es überall hören können – Stunde um Stunde gnadenlosen, nicht enden wollenden Bombast. Doch die Legislative des Parlaments in Chryse hat versprochen, die diesjährige Zeremonie der Harmonisten zu ihrem Schwanengesang werden zu lassen, wenigstens was diesen abscheulichen Berg anbelangt. Hör also gut zu, Gayle, und vergiß nicht, was du gehört hast.«

»Gute Nacht, Vanora.« Ich erhob mich, strich die Falten meiner Kleidung glatt und eilte an der Schutzstatue des Ares vorbei in mein kleines Zimmer. Meine Mutter war eine Skeptikerin und ein Feind.

»Gute Nacht, Kind«, sagte sie und resignierte vor meiner Schroffheit. »Schlaf gut.«

Eine Woche vor dem Tag der Mensur riß ich von zu Hause aus. Ich hatte nur eine Silberharmonika, die Druckbögen einer Sonate »Sollt je ich Dich vergessen, elysische Erden unser«, ein Kästchen mit Luftlöchern zum Aufbewahren gefangener Insekten und einen Beutel für meine Kleider bei mir. Ich ging in der Nacht, wenn die Schleier von OSAS ein bronzenes Licht über die ausgedehnten Rotholzhaine Thitonias werfen, denn dann kann eine braungekleidete Gestalt wie ein Otter oder ein Hirsch zwischen den barocken Schatten der Bäume untertauchen.

Und was Spaulding anbelangt, ein Regierungsstädtchen, wo jede Tür zu einem unterirdischen Haus einem marmornen Grabstein ähnelt – nun, dort sah keiner, wie ich weglief.

Mein Ziel war natürlich der Olympus Mons, jener gewaltige Vulkanberg in der Marsprovinz, die allgemein als Blackshale bekannt ist. Die Haupt-

stadt des Berges ist eine wohlhabende Feriengemeinschaft an der Ostflanke, hoch über den Olympus-Palisaden, der man den unzutreffenden Namen Hardscrabble gegeben hat und die die Grenze zur Tharsissteppe bildet. Mein Vater empfing Post in Hardscrabble und schlief auch gelegentlich dort, obwohl es mehr als zweitausendeinhundert Kilometer nordwestlich von unserem Zuhause in Spaulding lag.
Um dorthin zu gelangen, mußte ich durch mehrere Rotholzhaine der Regierung, durch Getreidefarmen, Winterweizenkollektive und Erzbergwerksgebiete. Mein Kurs führte mich mitten durch die Wilder Plains, die die beiden nördlichsten Vulkane, Ascra und Pavo, vom Tharsismassiv trennen. Wenn ich diesen Paß am zweiten Reisetag überwinden konnte, kam ich gut voran. Alles hing von passenden Mitfahrgelegenheiten ab. Nicht einmal eine der riesigen dreibeinigen Kriegsmaschinen konnte binnen einer Woche zum Olympus gehen.
Doch in der ersten Nacht ging ich den Menschen bewußt aus dem Weg. Ich rannte wie ein Zweijähriger durch die Sauerstoff ausatmenden Rotholzwälder, mein Herz barst schier vor ungeschriebenen Melodienweisen. Ich war frei. Sollte mich jemand aufhalten wollen, konnte ich ihm meine Geburtskarte zeigen, die besagte, daß ich alt genug war, allein zu reisen, und schließlich konnte ich mich immer noch als Harmonistennovize auf der ersten Pilgerfahrt zum Heiligen Berg ausgeben. Was ja eigentlich auch der Wahrheit entsprach. Ich kam nur insofern mit der völligen Wahrheit ins Gehege, daß ich mein Handeln nicht vorher mit der Kirche abgesprochen hatte.
Gegen Einbruch der Dämmerung nahm ich unter einem Rotholzbaum Platz, leerte meine Taschen und spielte »Sollt je ich Dich vergessen« auf meiner Harmonika. Ungeachtet der besonderen Qualität meines Instrumentes hörte sich das Stück dort im Rotholzwald dünn und kläglich an. Auch das Instrument war ein Geschenk Theons. Ich beendete das Stück vorzeitig und legte Instrument und Noten wieder in meinen Beutel. Ich aß Dörrfleisch und Mandarinen aus Coprates, dann streckte ich mich zum Schlafen aus. Am Nachmittag wurde ich vom Zirpen der Grillen geweckt.
Ich war augenblicklich wach und suchte nach meinem unwissentlichen Wecker. Die meisten Grillen zirpen während des Tages nicht, doch eine stetige Dämmerung hat die Nacht auf dem Mars abgelöst, und einige

wenige Grillenarten haben sich bereits so daran gewöhnt, daß ihnen nicht einmal mehr das Tageslicht etwas ausmacht. Ich fand meinen Minnesänger in einem Flecken weißen Mooses südlich eines nahen Rotholzbaumes, fing ihn zwischen den gewölbten, hohlen Handflächen und sperrte ihn in mein mit Luftlöchern versehenes Kästchen. Sie war weiß, meine Grille – kein rotäugiger Albino, sondern die smaragdäugige Mutation einer Art, die ich noch niemals zuvor gesehen hatte. Ich nahm sie mit mir.

Am frühen Nachmittag verließ ich den Wald und erklomm einen Hügel, von dem aus ich das Wildertal überblicken konnte. Unter mir erstreckte sich das kilometerlange Netz des Kanalbewässerungssystems (KBS), das Wasser von der nördlichen Polkappe nach Blackshale, Thitonia, Isidis und in andere Äquatorialregionen transportierte. Dieser spezielle Kanal war der Wilder Interprovenzial Tribut, der KBS-WIT (für Liebhaber von Abkürzungen).

Die rege Geschäftigkeit auf den breiten Betonrampen der Docks überraschte mich. Ein silberner Wasserstreifen schlängelte sich wie eine riesige flüssige Python nach Nordwesten und verschwand in einem dunkelgrünen Koniferenwäldchen. Vielfarbige Barken fuhren stromauf- und stromabwärts, während Angler und Badegäste regen Gebrauch von den eigens für sie angelegten seichteren Uferregionen machten. Dockarbeiter und Frachttransporter tummelten sich lärmend an den Kais, während Hunderte adrett angezogener Leutchen aus den nahe gelegenen Städtchen zwischen den Holzständen und Zelten der Händler umherstreiften. Verglichen damit war Spaulding ein verschlafenes Nest. Ich rannte den Hügel hinunter. Es schien unwahrscheinlich, daß sich in diesem emsigen Treiben und Getümmel jemand für einen Ausreißer interessieren oder von ihm wissen konnte.

Nachdem ich mir mit einem Notfallpäckchen vom letzten Jahr (zu Hause sind sie wertlos, aber nicht so bei den Kanälen) eine Tasse Milch und ein belegtes Brot gekauft hatte, schlenderte ich an den Kais entlang und suchte nach einem geeigneten Transportmittel kanalaufwärts. Niemand schenkte mir auch nur die geringste Aufmerksamkeit. Ich verlor das meiste von dem granulierten Fleisch auf meinem Brot, aber ein schwarzer Hund und einige Sturmvögel säuberten den Weg hinter mir.

Keine lästigen Anfragen von grimmigen Autoritätspersonen.
Aber auch kein Ratschlag, wie ich eine Mitfahrgelegenheit nach Blackshale erhaschen konnte. Es hatte den Anschein, als würden drei Viertel des Flußverkehrs kanalabwärts erfolgen. Dabei wollte ich mit aller Verzweiflung aufwärts und noch vor dem M-Tag bei meinem Vater sein. Sicher mußte es doch noch andere Pilger geben, die den KBS-WIT hinaufwollten, um die Musik des Heiligen Berges zu hören, die Hymne an die alte Welt. Zu ihnen würde ich mich gesellen.
Unglücklicherweise konnte ich sie nicht finden. Jeder am Ufer des Wilder Tribut schien sich mit anderen Angelegenheiten zu beschäftigen – Handel, Wasserspiele, Arbeit, Ferienkreuzfahrten und Essen. Eine hagere Veteranin der Kreuzzüge gegen die Argyrische Separatistenarmee verkaufte Lose für die Entschädigungslotterie, und ich kaufte mir für fünf Punkte meines Interimsscheines eines davon.
»Gibt es denn keine Möglichkeit, kanalaufwärts zu gelangen, Sergeant?«
Sie faltete den Interimsschein in ein ledernes Täschchen in ihrem Schoß, dann deutete sie in die Menge nördlich von mir. »Geh zum Kai Nummer zwölf, frag nach Harbin und sag ihm, die alte Oona bittet ihn um einen Gefallen.«
»Ich brauche keinen Gefallen. Ich brauche eine Mitfahrgelegenheit.«
»Wenn du nur Interimsscheine hast, mein Junge, dann benötigst du eben doch einen Gefallen. Nun geh schon. Suche Harbin und berichte ihm, was ich dir gesagt habe.«
Ich entfernte mich und dankte der verkrüppelten Sergeantin vielmals. Sie winkte mich weiter. Ich orientierte mich im Strom der Fußgänger, dann zählte ich die Kais, bis ich die Nummer zwölf gefunden hatte. Dort saß ein untersetzter, kleiner Mann in einer schmutzigen blauen Seemannsjacke neben einer Leiter. Er war älter als mein Vater und hatte darüber hinaus auch noch schmutzige Überkleider und Stiefel an. Ich trat zu ihm und teilte ihm mit, was mir die Sergeantin aufgetragen hatte. Mit einem Seitenblick gewahrte ich ein altes Luftkissenboot, das sanft auf den Wogen schaukelte, die sich an der Kaimauer brachen.
»Ich kann dich mitnehmen«, sagte Harbin. »Was kannst du bezahlen?«
»Bezahlen? Oona bat um einen Gefallen, erinnern Sie sich?«
»Der Gefallen besteht darin, daß ich dich an Bord nehme. Was bezahlst

du?«
Meine Hoffnung sank zusehends, als ich Harbin das letzte Restchen meines Interimsscheines aushändigte.
»Das genügt nicht. Was hast du sonst noch?«
Ich durchwühlte meine Taschen. Meine Harmonika geriet mir in die Hand. Ich holte sie heraus, damit der Bootsbesitzer sie sehen konnte.
»Silber?«
»Von Isidis«, strahlte ich. »Das Beste vom Besten.«
»Ziemlich klein.« Er nahm mir die Harmonika aus der Hand und begutachtete sie eingehender. »Na schön, Gayle, ich nehme dich mit. Ich nehme an, du kannst auf dem Ding spielen? Ja? Nun gut. Du wirst für mich spielen, wenn ich dich darum bitte, und wenn wir das Ende des WIT erreichen und damit den Anfang von Blackshale, dann werde ich die Harmonika bekommen und du gehst deiner Wege. Einverstanden?«
Ich freute mich nicht sehr über diesen Handel, willigte aber schließlich doch ein.

Harbins Luftkissenboot schwebte nach Nordwesten. Wasser spritzte vom Bug des Bootes empor, die Rotoren dröhnten wie kleine Sandstürme. Solange wir unterwegs waren, war es unmöglich, auf der Harmonika zu spielen. Sprechen konnten wir auch nicht.
Ich hielt mich an den Lehnen meines Sessels fest und betrachtete die trägen Barken und Kanalboote, die im Schimmern der Gischt des Luftkissens hinter uns zurückblieben. Harbin verlangsamte die Geschwindigkeit nur, wenn wir ein anderes Dock erreicht hatten.
Hier adjustierte er die Kontrollen so, daß wir in die Höhe damit über die Mauern dahinschossen, als würde er ein Flugzeug kommandieren und kein Wasserfahrzeug. Dieses atemberaubende Manöver, erklärte er mir später, wäre auf der Erde unmöglich gewesen, wo die Schwerkraft beträchtlich höher gewesen war.
Der Himmel wurde bronzefarben, die Lichter der anderen Handelsboote sahen wie in Bernsteinsirup schwimmende Edelsteine aus. Aber wir fuhren ohne Unterbrechung weiter. Wir reisten fast zehn Stunden lang, wobei wir lediglich zwei kurze Pausen einlegten. Bei keiner hatte ich Gelegenheit, Harbin etwas auf der Harmonika vorzuspielen. Die Koniferenwälder am Ufer wichen den ausgedehnten, saftigen Wiesen

von regierungseigenen Farmen, während wir die Wilder Plains passierten. Am fernen Horizont wurde Olympus Mons bereits verschwommen sichtbar, jener hohe Berg, auf den nicht einmal eingeborene Marsianer sich ohne Atemschutzmasken wagen.
Der Berg war kahl und verwaschen braun im Zwielicht, denn erst vor wenigen Wochen hatten die Harmonisten OSAS für das Abschmelzen des angesammelten Schnees bezahlt. Normalerweise, das wußte ich, wären die unteren Berghänge von einer verblüffend tiefgrünen Farbe gewesen und hätten alle Seitenarme des Kanalsystems mit Frischwasser versorgt. Aber wir waren immer noch nicht nahe genug, um dem Berg unter die Baumgrenze sehen zu können.
Gegen Mitternacht dockten wir an einem Außenposten an, der Parkhill genannt wurde, ein Handelszentrum, das aus Ziegeln und Lehm erbaut worden war, mit weißgekalkten Fugen und Plastikläden vor den Doppelglasfenstern.
Der Besitzer, ein Freund Harbins, servierte uns eine späte Mahlzeit, bestehend aus Bier und gebratenen Eichhörnchen, die wir über einer bewaldeten Hügelflanke zu uns nahmen, von wo man sowohl das Handelszentrum selbst wie auch den Kanal überblicken konnte. Mein Körper vibrierte infolge der langen und lauten Fahrt, und ich aß gierig, um über meine Müdigkeit hinwegzukommen. Als ich fertig war, forderte Harbin mich zum Spielen auf. Daher spielte ich gehorsam, wenn auch mit zitternden Händen, bittersüße Balladen, lebhafte Tänze und bekannte Harmonistenhymnen – Musik, die, wie ich richtig vermutete, einer schlichten, aber unabhängigen Seele wie meinem Bootskapitän auch gefallen würde.
»Gar nicht so übel für einen Halbstarken«, kommentierte er hinterher.
»Mein Vater ist Theon der Memoralist.«
»Ah, *deshalb* willst du also zum Berg.« (Es war ihm nicht in den Sinn gekommen, an meiner Geschichte zu zweifeln.) »Aber du solltest unterwegs lieber nicht jedem Reisenden erzählen, wer dein Vater ist.«
»Warum nicht?«
»Harmonisten – besonders großmäulige – sind in diesem Jahr in Blackshale nicht besonders gern gesehen. Die Herren des Hospizes von Hardscrabble würden Theon am liebsten auf eine Reise zum Grund des KBSWIT schicken.«

»Warum?«
»Weil die Regierung eine dreitägige Evakuierung der Gemeinschaften rings um den Vulkan befohlen hat. Jeder muß sich mindestens zweihundert Kilometer von den Olympus-Palisaden zurückziehen. Einige sind bereits unterwegs. Und das ist von den Leuten natürlich viel verlangt, nur damit die Kirche den höchsten Berg im Sonnensystem in eine windspeiende Kalliope verwandeln kann. Ich selbst bin jedenfalls sicher, daß dies die letzte Zehnjahresfeier sein wird, bei der er bläst.«
Ich legte daraufhin verbittert dar, daß Harbin am nächsten Tag der Mensur ohnehin nicht mehr am Leben sein würde.
»Da sei mal nicht so sicher. Meine Mutter wurde ohne genetische Behandlung und ohne die übliche hirnlose Unsterblichkeitsdiät einundsechzig Jahre alt. Auf der Erde wäre sie damit weit über ein Jahrhundert alt geworden. Heutzutage werden viele Menschen älter als sie.«
»Die meisten davon sind aber Harmonisten.«
»Möglich.«
Ich nickte zur Handelsniederlassung unter uns. »Befragen Sie Parkhills Terminal nach einer Angabe. Was ich sage, stimmt, Harbin.«
»Ach was, Halbstarker, davon habe ich noch nie etwas verstanden.«
»Wer harmonisch zusammengesetzt ist, findet Entzücken in der Harmonie«, zitierte ich.
»Davon auch nicht.«
Ich erklärte ihm, daß die grundlegende Ordnung im Universum essentiell kristallin ist. Und da die Musik ebenfalls eine kristalline Struktur besitzt, bildet sie ein bedeutendes Bindeglied zwischen der geistigen und der materiellen Welt. Geistig hungrige Menschenwesen (versicherte ich dem alten Mann schulmeisterlich) verfügen über einen ausgebildeten Drang, mittels der Musik die Brücke zwischen diesen beiden Realitäten zu schlagen, und talentierte Adepten, wie mein Vater, müssen für all jene Menschen die Brücke zwischen diesen beiden Ebenen bilden, die nicht über diese Gabe verfügen. Und jenen, die die kristallinen Harmonien, die der *ganzen* Natur zugrunde liegen, suchen und finden, kann durch eigene devote Hingabe oder durch das aufopfernde Talent eines Mittlers wie Theon ein vitaleres und längeres Leben zuteil werden. Das ist meine Meinung, und die umriß ich mit allem Enthusiasmus.
»Du redest noch geschickter, als du spielst«, bemerkte Harbin nur.

Aber ich war noch nicht fertig. »Die Vulkane, die uns umgeben – allen voran Olympos, dann Ascra und Pavo und Ars im Süden –, sind alle *gefrorene Musik*, Harbin. Das gesamte physische Universum ist Gottes Traum von der Schöpfung, der als die geheime kristalline Musik beschrieben wird. Sie und ich, wir sind Teile dieses Traumes, die erwacht sind. Wir müssen auch den Rest aufwecken. Wir müssen den physischen Substanzen die eingepflanzten Gedanken Gottes entlocken. Eben darum erfolgt die Kolonialisierung – das Erwärmen, Bewässern und Bebauen – halbgefrorener Planeten, wie der präkolonisierte Mars einer war, Pilot. Darum sind wir hier.«

»Theologie war noch nie meine starke Seite, Halbstarker. Ich bin hier, weil ich nach der Strafexpedition nach Argyre genug zusammengespart hatte, um mir ein Luftkissenboot zu kaufen. Ist doch besser als unnütze Arbeit in einem Regierungsbunker, würdest du das nicht auch sagen?«

»Das Luftkissenboot steuern Sie nur in der physischen Realität, Harbin. Wir lassen nur allzuoft diese Seite der Natur die Oberhand gewinnen. Die Erde erblühte, taute auf, erwachte, doch die Menschen, die nicht wußten, daß die impliziten Harmonien von Gottes Gedanken sich endlich manifestierten, oder sich nicht darum kümmerten, töteten den Planeten, bevor seine Musik ganz hörbar geworden war. Wir haben uns selbst verraten. Das Resultat war nicht nur der Tod einer Welt, sondern auch eine anhaltende« – ich suchte nach dem passenden Wort –, »eine anhaltende Dissonanz im Leben all derer, die die Katastrophe überlebt hatten. Wir müssen den Mars unter allen Umständen vor einem solchen Verrat bewahren, koste es, was es wolle, wenn wir uns selbst retten wollen.«

Ich predigte. Wenn auch der Gesichtsausdruck Harbins eine gewisse Bewunderung meiner feurigen Bemühungen beinhaltete, hielt er sie doch ganz offensichtlich für überflüssig und fehl am Platze. Ich verstummte prompt.

Der Pilot griff herüber und zerzauste mein Haar. »Nur weiter, Halbstarker. Immer raus damit. Ich habe viel Zeit. Aber erwarte keine Bekehrung, wenn du alles losgeworden bist.«

Ich wich ihm aus und trank den letzten Schluck Bier aus meinem Steinkrug.

»Du hast doch gewiß eine Moral, Halbstarker. Die meisten Prediger –

Harmonisten, Synkretisten und all die anderen Großmäuler –, die meisten Prediger haben eine Moral.«
Ich starrte den Piloten trotzig an. »Nur die, Harbin: Das ganze Universum klingt, alle harmonischen Gedanken Gottes singen durch das Bewußtsein eines jeden Menschenwesens, aber nur wenige von uns bilden sich selbst dazu aus, die Melodien zu hören. Und ein paar von uns«, fügte ich noch vielsagend hinzu, »sind noch tauber als andere.«
»Ich bin aber nicht taub für das Singen in deiner Tasche. Was hast du denn da, Halbstarker?«
Verblüfft bemerkte ich, daß die Grille in meinem Kästchen leise zu zirpen begonnen hatte. Ich hatte sie ganz vergessen. Ich faltete meine Tasche auf und stellte das Kästchen auf den Boden. Dann schob ich Gras und Blätter durch die Luftlöcher ins Innere. Ein Wunder, daß das Insekt noch nicht verhungert war. Natürlich hatte das Tierchen zu singen aufgehört, als ich das Kästchen aus der Tasche geholt hatte, aber es schien ihm doch ganz gut zu gehen, und ich war sehr erleichtert.
»Du willst es doch hoffentlich nicht behalten?«
»Ich habe es heute morgen gefunden, als ich . . .«
»Laß es frei.«
Ich betrachtete den Luftkissenbootpiloten unsicher.
»Laß es frei«, wiederholte er nachdrücklicher. »Warum möchtest du denn den kleinen Sänger behalten?«
»Ich sammle singende Insekten. Zikaden, Grillen, Grashüpfer. Das ist mein Hobby. Ich mache es schon seit . . .«
»Sammeln! Kielholender Krystos, Halbstarker, wozu? Hast du Angst, es könnte dir eine Note oder zwei von Gottes verborgener Symphonie entgehen? Möchtest du die aus zweiter Hand sammeln? Wo ist denn dein Glaube, Halbstarker? *Wo ist dein Glaube?«*
»Hören Sie, das ist nicht . . .«
»Wenn du bis zum Ende des WIT mitkommen möchtest, Halbstarker, dann wirst du diesen bleichen Sänger auf der Stelle freilassen.«
Ich versuchte mit Harbin zu verhandeln, aber das war unmöglich. Schließlich öffnete ich das Kästchen und ließ die weiße Grille sanft auf ein Fleckchen Moos hüpfen, wo sie deutlich sichtbar sitzen blieb.
»Und jetzt gib mir das Kästchen«, sagte Harbin.
»Wozu?«

»Als Bezahlung für die Fahrt.«
»Ich dachte, Sie wollten die Harmonika?«
»Ich möchte das Kästchen noch dazu. Von beflissenen Heuchlern verlange ich immer mehr als von ehrlichen kleinen Leben-und-leben-lassen-Leutchen.«
»Oh. Ich verstehe. Sie haben herausgefunden, daß mein Vater Theon der Memoralist ist, und nun wollen Sie mich dafür ausnehmen, daß ich einen so bekannten Vater habe.«
»Du verstehst gar nichts. Und du scheinst auch nicht besonders gut zu hören, was aber sicher nicht daran liegt, daß du taub bist.«
Er schlenderte den Hang zu Parkhills Niederlassung hinab, um seinen Krug und das Holztablett abzugeben und ein Lebewohl an den Besitzer auf eine Tafel neben der Tür zu kritzeln. Nachdem er nach unserem Proviant gesehen hatte, war Parkhill gleich zu Bett gegangen. Ich folgte Harbin wie ein treuer Hund, denn ohne sein Luftkissenboot konnte ich den Olympus niemals erreichen.

Kurz vor Einbruch der Dämmerung kamen wir an das Ende des Wilder Interprovenziell Tributs. Verkehr gab es hier so gut wie keinen, daher hatten wir die Dockanlagen und das Umland fast ganz für uns allein. Harbin ließ mich an einem Dock von Bord, dessen Damm unschwer als vulkanische Oberfläche der uralten Tharsissteppe erkenntlich war. Unbearbeiteter Basalt und eisenerzhaltiges Felsgestein. Eine öde Wüste inmitten fruchtbarer Wiesen und lieblicher, immergrüner Pflanzen. Dieses kahle Gebiet – heute als Präkoloniales Reservat Tharsis bekannt – war von der Regierung absichtlich als Park angelegt worden, weil nur noch die wenigsten eingeborenen Marsianer wissen, wie unsere Welt vor dem Aufwärmen ausgesehen hat. Selbstverständlich bot sich keine Mitfahrgelegenheit weiter nach Westen, zur Provinz Blackshale. Ich sah keine andere Möglichkeit, als meine Reise zu Fuß fortzusetzen.
»Was soll ich jetzt machen?« fragte ich Harbin.
»Unternimm eine Fahrt durch den Park« – er meinte die Wüste –, »und halte direkt auf den Berg zu, dann wirst du über kurz oder lang Volcano Flats erreichen. Kannst du gar nicht verfehlen. Dort müßtest du eigentlich weitere Hilfe finden. Sag nur keinem, daß du ein kielholender Harmonist bist.«

Harbin hatte eine Ladung Trockengüter an eine kleine Gemeinde namens Niederalba abzuliefern. Er salutierte mir zu, schoß mit seinem Luftkissenboot über die Dockmauer und entfernte sich auf der Wasserstraße nach Norden. Sein Boot war das einzige auf dem Kanal, und ich blieb auf dem weiten, einsamen und verlassenen Dockgelände stehen und sah ihm nach, bis es aus meinem Leben verschwunden war.
Dann wandte ich mich um und machte mich auf zu der alten Wüste des Präkolonialen Reservats Tharsis.
Echsen, Vögel und Nagetiere leben unter den Felsen dieser prähistorischen Landschaft. Sie tragen zwar nicht zur Authentizität des prähistorischen Charakters bei, aber sie machen den Weg durch den Park ein wenig abwechslungsreicher und daher erträglicher.
Nahezu sechs Stunden lang war ich unterwegs, bis ich endlich Volcano Flats erreichte, eine quirlige Stadt mit einem Aerodrom, Dutzenden breiter Fußgängerwegen und einer Unzahl von Gebäuden, die wie gemeißelt aussahen und deren Fenster bronzefarben im Sonnenlicht schimmerten. Die Stadt wimmelte von Menschen. Viele von ihnen waren, was ich sehr schnell mitbekam, wohlhabende Evakuierte vom Olympus Mons, andere waren Touristen, die sich schon vor dem M-Tag hier eingefunden hatten.
Ich erzählte keinem, daß Theon der Memoralist mein Vater war, noch verriet ich, daß ich zum Heiligen Berg pilgerte. Statt dessen begab ich mich, nachdem ich mich nach dem Weg zum Aerodrom erkundigt hatte, zu den Jahrmarktsgeländen und der Blackshale Livestock Emporia, als wären Frivolität und Kommerz meine Geburtsrechte und ich ein Bewohner dieser Stadt. Niemand beachtete mich.
Im Aerodrom gab ich eine wild erfundene Geschichte von mir, wurde mehrmals abgewiesen, konnte aber schließlich doch einen Platz in einem der Flugzeuge ergattern, die regelmäßig zwischen Volcano Flats und den östlichen Olympus-Palisaden verkehrten. Die Geschichte, die ich mir ausgedacht hatte, lautete folgendermaßen: Meine Eltern, Handelsabgeordnete aus Epur, vom Jupitersatelliten Ganymed, hatten mich in der Stadt zurückgelassen, während sie selbst einen dreitägigen Kurzausflug nach Hardscrabble unternommen hatten. Aber mittlerweile waren sie schon länger als eine Woche fort, das Geld, das sie mir zum Leben in Volcano Flats gegeben hatten, war zu Ende gegangen, und nun

fürchtete ich, daß ihnen ein schreckliches Unglück zugestoßen sein könnte. Der Leiter des Hospizes, wo sie sich aufhalten wollten, hätte mir via Fernlaser mitgeteilt, daß sie niemals dort angekommen seien. Rasend, fast weinend, bat ich den Geschäftsführer, mir eine Fahrt zum Olympus Mons zu bewilligen, damit ich herausfinden könne, was geschehen war. Die Angestellten des Aerodroms versuchten natürlich, mich an die örtlichen Behörden abzuschieben, aber eine Frau, die nach Hardscrabble zurückreiste, hörte meine Geschichte mit und kaufte mir ein Ticket für den nächsten Flug.
Der Name der Frau war Ardath. Sie saß in der Passagierkabine an meiner Seite und überschüttete mich mit Fragen, bis ich schließlich stammelte, errötete und schließlich voll Reue meine wahre Geschichte enthüllte. Die große Überraschung hinterher war die, daß Ardath die Wahrheit schwerer schlucken konnte als die Lüge, die ich im Aerodrom erzählt hatte. Sie tätschelte mißbilligend mein Knie und legte mir mehrere planetare Banknoten in den Schoß, keine Interimsscheine, sondern echtes Bargeld, fast hundert legitime Marsscheine.
»Gayle, vielleicht würdest du dir keine Lügen ausdenken müssen, wenn du genügend Geld hättest.«
»Bitte, Älteste, das wollte ich nicht . . .«
»Ich weiß nicht, was du wirklich wolltest, Gayle. Aber nimm es nicht so schwer. Ich glaube, ich verstehe dich. Schließlich war ich auch einmal jung.«
Ardath erhob sich und verschwand in der Bücherei des Flugzeuges. Ich aber saß elend am Fenster und betrachtete die grüne Landschaft, die unter uns dahinschoß. Das Flugzeug war wegen der bevorstehenden Mensur fast leer, und auch Ardath nahm nicht wieder neben mir Platz.
Mit Einbruch der Dämmerung landeten wir auf einem Aerodrom inmitten der Olympus-Palisaden, da Flugzeuge von hier nur mit Sondergenehmigung weiterreisen dürfen. Ich ging auf einer saftigen Wiese unter dem großen Vulkan von Bord. Die jodfarbene Dämmerung verwandelte die ganze Welt in Bronze. Zwei Kilometer höher, unter den Klippen, konnte man weder den wolkenverhangenen Gipfel des Berges sehen noch seine lavaverkrusteten Hänge, doch fernes Wasserplätschern zeugte davon, daß man die Schneekuppe sorgfältig weggeschmolzen hatte.

Während die anderen Passagiere über die Wiese auf ein aus zeltähnlichen Hütten erbautes Dorf zuschritten, wandte ich mich zum Seilbahndepot. Dort verwendete ich ein wenig von Ardaths Geld für eine Fahrt zum höchsten Punkt der Palisaden.
Eine Stunde später befand ich mich in Hardscrabble, einer Geisterstadt mit Glaschalets und Mietwohnungen im Pueblo-Stil, die aus Gestein und erstarrter Schaummasse gebaut waren. Ich suchte nach dem Kloster der Harmonisten hoch über der Stadt. Meine Kenntnis des *Lobliedes Krystos'* brachte mich an den Wachen vorbei, die außerhalb des Tores postiert waren, und als ich ihnen meine Geburtskarte zeigte, da wurde ich mit einem Mal zum hochgeschätzten Gast.
Drinnen berichtete ich einem jungen Zönobiten vom Grund meines Hierseins. Wie Ardath glaubte auch er mir nicht, daß ich Theons Sohn war, obwohl meine Geburtskarte und mein firmes Wissen um die harmonistischen Dogmen doch das Gegenteil bewiesen. Doch seine Ausbildung und seine angeborene Freundlichkeit ließen es nicht zu, daß ich abgewiesen wurde. Er erwähnte lediglich, daß viele Mönche des Olympus-Klosters den Berg bereits letzte Woche verlassen hatten. Sie würden erst nach der Mensur wiederkommen. Auch er und die noch verbliebenen Zönobiten würden im Verlauf der kommenden drei Tage abreisen. Unterdessen erfüllten sie hier noch ihre traditionellen Pflichten und bewachten das Kloster vor vandalischen Übergriffen. Theon mochte mein Vater sein oder auch nicht, man würde mir auf gar keinen Fall erlauben, länger als die Diener der Kirche auf dem Heiligen Berg zu bleiben.
»Ich möchte meinen Vater spielen hören.«
»Schön und gut, aber du wärmst ja auch deine Hände nicht, indem du sie mitten ins Feuer streckst.«
Windspiele hingen überall in den Klostertürmen, und die leisen Töne von Saiteninstrumenten durchzogen alle Räume. Im Kommunikationszentrum übermittelte Doloro eine Nachricht an meinen Vater, der tief im Berginnern im Orgelraum saß. Beim dritten Versuch antwortete einer von Theons Assistenten, und wenige Minuten später schwebte das Bild meines Vaters im Projektionszylinder.
»Gayle!«
»Du sagtest doch, ich könnte kommen.«
»Vanora rief mich gestern an. Sie lebt ständig in der Sorge, es könnte dir

etwas Entsetzliches zugestoßen sein. Du kannst nicht hierbleiben, Gayle! Das geht einfach nicht.«
Während wir stritten, verließ Doloro diskret das Kommunikationszimmer. Theon sammelte Gründe, die für meine sofortige Rückkehr nach Spaulding sprachen, und ich widersprach ihnen beharrlich und berief mich auf seine andeutungsweise erfolgten Versprechungen, was mir als bester Schachzug erschien. Schließlich, als er der Argumentation müde wurde, drohte mein Vater, die Verantwortung als Memoralist abzugeben, damit ein anderer – Elcora etwa oder Kiernan – die Früchte seiner mehr als sechshunderttägigen Vorbereitungsarbeit ernten konnte. Diese Drohung erschreckte mich, und ich glaube, er konnte sogar in seinem luftgekühlten Käfig unter der Erde die kalte Furcht in meinen Augen lesen.
»Ich habe eine Sonate für dich geschrieben, Vater«, bettelte ich.
»Für mich?«
»Für die Erde.«
»Laß sie bei Doloro zurück und kehre zurück nach Spaulding. Gib aber zuvor deiner Mutter Nachricht von deiner Rückkehr. Andernfalls, Gayle, werde ich dem Konzil der Ekklesiarchalischen Kirche meine Kündigung überreichen und dich selbst nach Hause bringen.«
»In Spaulding werde ich nichts hören.«
»Was in der Nähe laut und kakophonisch ist, gewinnt in der Ferne eine sanfte Harmonie.«
Ich ging auf dieses Epigramm ein. »Ich werde mit den anderen Evakuierten nach Volcano Flats zurückkehren, aber dort werde ich bis nach der Mensur bleiben. Ich möchte es hören, Vater. Ich möchte es so gerne hören!«
Theons Gesicht schwebte mehrere Minuten lang ausdruckslos in dem Zylinder. Dann sagte er: »Laß deine Sonate bei Doloro.« Und damit verschwand das Bild.
Doloro kam zurück und half mir, meine Mutter in Spaulding zu erreichen. Wir weckten sie, und es dauerte mehrere Minuten, bis sie den Schlaf abgeschüttelt hatte. Ich erklärte ihr, was zwischen Theon und mir besprochen worden war, dann sagte ich ihr, daß ich mich nicht in Volcano Flats mit ihr treffen wollte, sondern auf einem mehrere Kilometer nördlich der Stadt gelegenen künstlichen Hügel. Das war ein Treffpunkt

der Harmonisten, wo viele Zönobiten und Pilger sich versammeln würden, wie mir Doloro versichert hatte.
Vanora protestierte. Sie wollte, daß ich unverzüglich nach Hause zurückkehren sollte. Sie verspürte nicht den geringsten Wunsch, sich mit mir bei einer Harmonistenversammlung zu treffen.
Aber ich hatte soeben eine nachdrückliche Art des Verhandelns von Theon gelernt, und daher sagte ich ihr, wenn sie mich jemals wiedersehen wolle, müßte sie die Reise zum Berg der Harmonie auf sich nehmen und dort am Abend des Tages der Mensur mit mir zusammentreffen. Andernfalls würde ich in den Kanälen zu einer weit entfernten Ebene oder einem fernen Tal reisen und niemals mehr einen Fuß auf den Boden von West Thitonia setzen. Die Drohung meines Vaters, die Verantwortung zurückzulegen, mochte ein Bluff gewesen sein, ich aber hielt mich für fähig, meine Drohung auch in die Tat umzusetzen.
»Ich werde kommen, Gayle, aber ich werde es dir nicht vergessen.«
Doloro führte mich zu einem Zimmer für die Nacht. Später hörte ich im Halbschlaf einige laute Geräusche, und am andern Morgen berichtete mir ein Zönobit namens Talitha, daß in der Nacht eine kleine Gruppe Halbstarker aus Hardscrabble hiergewesen war und die unzerbrechlichen Glastürme des Klosters mit Steinen bombardiert hatte. Doloro, Risa und zwei Konstabler des Ortes hatten die Unruhestifter zur Räson gebracht. Die Protestaktionen verliefen bei dieser Zehnjahresfeier einigermaßen harmlos, wahrscheinlich nur aus dem Grund, weil ohnedies jeder wußte, daß es keine weitere Mensur mehr geben würde.
Die Kirche konnte sich die Evakuierung des Umlandes und die Bezahlung privater Ordnungshüter nicht mehr leisten, und die Polizei wollte die Evakuierung nicht mehr verantworten und überwachen. Schließlich überwog die Zahl der Gegner der Mensur die der Befürworter, und die Regierung hatte den Wunsch der Mehrheit zum Gesetz erhoben.
Zwei Tage vor dem M-Tag begleitete ich die meisten der Zönobiten aus Hardscrabble zum Berg der Harmonie. Wir flogen an Bord desselben Flugzeuges über die kahle Ebene zurück, in dem ich mit Ardath angekommen war. Die ganze Fahrt verbrauchten wir damit, auf Keramikflöten zu spielen und Harmonistenhymnen zu singen.
Mein Wiedersehen mit Vanora verlief sehr kühl. Ein alter Ekklesiarch hatte uns ein Zelt zugewiesen, das dem Olympus Mons gegenüberstand,

und meine Mutter und ich lebten in diesem engen Kämmerchen – das aus parfümierten Häuten und rissigem Ölpapier gefertigt zu sein schien – zusammen, als wären wir Fremde, von denen einer des anderen Sprache nicht versteht. Ich schlief auf der einen Seite, sie auf der anderen, und als ich mich für meine Erpressung entschuldigen wollte, indem ich ihr Äpfel und Tee brachte, nahm sie diese Gaben wortlos an.
»Möchtest du eigentlich immer noch, daß ich mit dir nach Hause komme?«
Nun lächelte Vanora zum ersten Mal. »Selbstverständlich. Ohne deinen Vater wird es bestimmt sehr einsam werden.«
»Auch er wird heimkommen, Mutter.«
»Das wird sich zeigen.«
»Und wessen Schuld wird es sein, wenn nicht?«
»Seine. Meine. Wer weiß, Gayle?«
Wir sprachen nicht mehr über dieses Thema. Am Abend der Mensur stand jeder Zönobit und Pilger auf dem Berg der Harmonie und vertrieb sich die Wartezeit mit Singen oder dem Entzünden musikalischer Gebetskerzen. Auch Vanora und ich befanden uns unter ihnen und blickten nach Westen zu den Hängen des Olympus Mons. Nach Einbruch der Dämmerung legte sie ihre Hand in meine, worauf wir gemeinsam warteten. Tausende von uns warteten darauf, daß das Universum durch jedes einzelne Bewußtsein singen würde, ein Chor in Sympathie vibrierender Gedanken, jedes Gehirn ein Kristall.
In unserem Rücken ging die Sonne auf, als die ersten tiefen Töne der Vox Olympica über das Land schallten.
Unsere Beine zitterten. Ein ehrfürchtiges Murmeln durchlief die Scharen der Wartenden, als würde der Wind über ein Kornfeld streichen. Ein zweiter Akkord erklang, und der Himmel schien zu flackern, so wie ein Schluck Whisky ein Glas Wasser zum Leben erweckt. Ein dritter, vierter, dann ein Dutzend weitere Akkorde erblühten über dem Land von Blackshale, und die Macht dieser gewaltigen Melodie zwang die Menschen auf die Knie. Die Erde bebte. Die Sonnenverstärkerfolien hoch über dem Planeten schienen die Schallwellen ebenso mächtig wie das Licht zu reflektieren.
Die erste hallende Hymne dauerte etwa zwanzig Minuten an. Die Stille nach diesem polyphonischen Melodienmuster glich einer Dürre, einer

Hungersnot, einem Untergang. Ich hatte Angst davor, in die Höhe zu schauen. Ich hatte Angst, die Atmosphäre des Mars könnte sich zurückgezogen haben, um eine unendliche Schwärze zu enthüllen, aus der sich die kristallinen Sterngruppierungen herausschälten, um Gottes innerste Gedanken zu enthüllen. Wenn ich aufsah, würde ich dieses Bild nicht nur hören, sondern auch sehen.

Daher sah ich nicht auf, und keiner der am Hügel Versammelten bewegte sich. Dann spielte mein Vater den zweiten Satz des Requiems. Die Sonne stieg weiter, und unser Planet schien in seinem Orbit zu erbeben.

Später drang das jedermann bekannte »Sollt je ich Dich vergessen, elysische Erden unser« aus den Schloten und Höhlungen des Vulkans. Theon zerlegte das Stück in alle Sätze von Zivus ursprünglichem Programm und spielte sie vorwärts und rückwärts mit allen Klagen, Lobpreisungen und Hallelujas. Unter den so süß vom Berg herüberhallenden Winden teilten sich die Wolken am Himmel, und dann erklang wie der Niederschlag eines hörbaren Fallouts *meine Sonate* über das Land!

Ich sah Vanora an. Ihr Gesicht war tränenüberströmt, doch sie strahlte. Sie preßte meine Hand, und wir standen gemeinsam inmitten dieses Meeres der Töne und lauschten ergriffen dem Tongebilde, während wir uns die vergessenen oder halbvergessenen Bilder ins Gedächtnis zu rufen versuchten, auf denen die einzelnen Sätze basierten. Keiner von uns hatte je das Rauschen des Meeres gehört, doch nun war es uns gelungen – dank der Vox Olympica.

Drei Tage nach Vanoras und meiner Rückkehr nach Spaulding zeigte das Flackern von Lichtern an, daß Besucher vor der Tür standen. Da ich nur die Abendpost oder eventuelle OSAS-Kollegen meiner Mutter erwartete, fuhr ich mit der Gästeplattform nach oben und öffnete den Besuchern.

»Vater!«

Theon, der von einem mir unbekannten jungen Gläubigen gestützt wurde, bedachte mich mit einem müden Lächeln und berührte mit einem zitternden Finger meine Oberlippe. Sein Gesicht war fürchterlich geschwollen und voller Blutergüsse. Eine klaffende Wunde auf einer Wange war nur notdürftig versorgt, ihre Ränder waren feucht und ent-

zündet.
»Das ist Corydon«, sagte mein Vater und nickte dem jungen Mann zu. »Er hat mich nach Hause gebracht.«
Ich war viel zu bestürzt, um sprechen zu können, daher legte ich nur den Arm um meinen Vater und führte ihn auf die Plattform. Er konnte ohne meine Hilfe stehen, aber ich bestand trotzdem darauf, ihn zu stützen. Corydon betrat die Plattform nicht. Er blieb draußen. Sein Gesichtsausdruck erschien mir zornig und enttäuscht.
»Eine kleine Bande antiharmonistischer Fanatiker stürmte unser Flugzeug auf dem Aerodrom von Volcano Flats«, erklärte er mit vorsätzlich lauter Stimme. »Hätten mehrere von uns nicht erbittert gekämpft, hätten sie deinen Vater vielleicht getötet.«
»Die Ordnungshüter griffen ein«, erinnerte Theon Corydon.
»Erst als sie sahen, daß auch die anderen Schaden erleiden hätten können. Für die sogenannten Ordnungshüter habe ich nur Verachtung übrig, Meister Theon.«
Mein Vater lud den jungen Mann zu uns ein und drängte ihn, ein wenig auszuruhen, bevor er zum Berg der Harmonie zurückkehrte. Doch Corydon lehnte ab.
»Nun ist die Zeit gekommen, unter Gläubigen zu sein«, sagte er vielsagend. »Ihr, Meister Theon, habt einen ganzen Tag lang alle Muster zusammengefügt und die Grundsubstanz hinter der Schöpfung enthüllt. Das habt Ihr meisterlich vollbracht, Sir, doch die Tauben und Unwissenden haben das Muster wieder zerstört. Und heute – vergebt mir, Sir – bin ich außerstande, auch nur noch einer einzigen solchen Person zu begegnen.«
Noch bevor mein Vater eine Antwort geben konnte, wandte Corydon sich um und eilte den grünen Hügel hinab, direkt auf die silbernen Suchtürme und Relaisantennen des OSAS-Stützpunktes zu.
Theon und ich fuhren hinunter ins Haus. Einen Augenblick später umarmten er und Vanora sich wortlos im Musikzimmer. Sie schienen mich überhaupt nicht zu bemerken.
»Ich glaubte schon, du würdest nicht mehr nach Hause kommen«, sagte meine Mutter.
Theon trat zurück und zupfte sich am Ohrläppchen, womit er andeuten wollte, daß er sie nicht verstanden hatte, und Vanora wiederholte ihre

letzten Worte lauter.
»Warum denkst du so etwas?« fragte er und umklammerte ihre Schultern.
»Jahrelanger Streit, jahrelange Feindseligkeit. Jahrelange Versuche, sich an den Glauben des anderen zu gewöhnen.« Sie rang mit den Tränen. »Oder an das Fehlen dieses Glaubens. Schließlich fallen die Vorurteile doch, und alles nimmt seinen richtigen Platz ein.«
Theon schüttelte den Kopf. »Und auch Jahre der Liebe zueinander, Vanora. Das darfst du nicht vergessen. Es ist ungehörte Musik – ungleich sanfter als all das verzweifelte Tönen der anderen Dinge. Das weißt auch du, nicht wahr?«
Diese Frage schien meine Mutter in Verlegenheit zu bringen. Sie sah mich an, und dann sagte sie: »Jeder im OSAS-Stützpunkt – jeder, der alt genug ist, die Vox Olympica schon ein oder mehrere Male gehört zu haben –, nun, jeder ist der Überzeugung, daß die letzte Darbietung allen anderen weit überlegen war. Es tut allen leid, daß es keine mehr geben wird. Sie sind aufrichtig traurig darüber, Theon, und ich glaube, ich bin es auch.«
»Nachdem die Menschen etwas Großes umgebracht haben«, klagte ich, »ist es immer Mode, über den Verlust zu jammern. So ist es immer.«
»Still!« wies mein Vater mich zurecht.
»Das macht mich krank – wütend und krank.«
»Dasselbe gilt für Corydon und die anderen Jungen«, antwortete Theon. »Geh an die Oberfläche, Gayle. Gib deiner Mutter und mir die Chance, unsere Geister völlig zur Ruhe zu bringen, ohne . . .«
»Ohne meine Störung«, endete ich bitter.
Doch Theon blickte nur vielsagend zum Ausgang, und ich folgte seinem Blick, betrat die Plattform und fuhr hinauf, um in den dämmrigen Gärten der Erinnerung einherzuspazieren. Hier wanderte ich, beide Elternteile verfluchend, zwischen den Grabsteintüren hindurch, gleich einem Geist, der das Grab seines Körpers sucht. Wie nicht anders zu erwarten, bekam ich dieses Spiel bald satt und setzte mich neben einem Hain blühender Apfelbäume ins Gras.
Wenig später trat auch Theon aus unserer Tür und kam den Rasen entlang zum Hain. Er setzte sich nur wenige Meter von mir entfernt hin. Dort hob er sein zerschlagenes Gesicht himmelwärts und suchte das

Halbdunkel nach den kaum sichtbaren Sternen jenseits der Sonnensegel ab. Obwohl ich es nicht wollte, fühlte ich meinen Blick zu seinem dunklen Profil hingezogen.
»Dort ist Phobos«, sagte er schließlich.
Ich blickte auf und sah den inneren Mond aufgehen. Er erinnerte mich an einen durchlöcherten Menschenschädel und damit an die Erde, und ich erschauerte, als ich den winzigen lunaren Totenschädel über unsere Stadt hinweggleiten sah. Ich hielt das für ein weiteres Zeichen unseres Scheiterns in dieser Nacht, die marsianischen Gesetze und die Bevölkerungsmoral von dem selbstzerstörerischen Kurs abzubringen, den die Mehrheit auf unserem Planeten eingeschlagen hat. Phobos – ein anderes Wort für Furcht, ein anderes Wort für Scheitern.
»Ich werde das alles nicht einfach so enden lassen«, sagte ich zu meinem Vater, gerade laut genug, um seine Taubheit zu übertönen.
»Was möchtest du nicht so enden lassen?«
»Das, woran wir glauben. Ich bin Harmonist. Vor drei Tagen hast du noch den Berg gespielt, und nun scheinst du resigniert zu haben.«
Theon wandte sich mir zu. »Ich habe nur damit aufgehört, deiner guten Mutter ein religiöses System aufzwingen zu wollen, das für sie nicht geeignet ist.«
»Aber jeder muß doch . . .«
»Niemand muß, Gayle. Unduldsamkeit ist für jeden reifen Menschen ein untragbares Übel. Ich resigniere nicht, ich überlasse lediglich dir das Feld. Wenn du den Leuten nicht unbedingt deine Ansichten aufdrängen willst, dann kannst vielleicht auch du für dich allein Musik aus deinen eigenen geistigen Möglichkeiten erschaffen. Verstehst du mich? Deine eigene Musik, nicht die jener armen Unverständigen.«
Plötzlich begannen meine Hände zu zittern, als wären sie von einer Schüttellähmung betroffen.
»Dort ist der Anbeginn von allem, Gayle. Begreifst du, was ich dir sagen möchte?«
»Ja, Sir.« Ein Grillenchor hatte im Gras unter dem Apfelbaum zu singen begonnen. Ich kroch weinend zu Theon und suchte Wärme und Unterstützung. Mir wurde bewußt, daß ich weinte, aber nicht nur aus kindlicher Dankbarkeit, sondern weil ich schmerzlich wußte, daß Theon die zarte, zerbrechliche Musik der Grillen nicht mehr hören konnte.

P. J. PLAUGER

Hier seyen Drachen

Er genoß die frische, neue Brise. Während er den Inhalt zweier Becher Javva gegen das Schaukeln des Bootes balancierte, sprang Karl Dedalus leichtfüßig über die Kajütentreppe auf das tanzende Deck. Er ließ sich vom Wind nach achtern schieben, wo Bootsmeister Grimes an der Luvseite der Ruderpinne auf Wache war.

Grimes hatte sich bequem aufgestützt und das Fernrohr auf die grüngoldene Küste gerichtet, die an der Steuerbordseite vorbeiglitt. Der gleichmäßige Landwind gestattete es ihnen, gefahrlos im Abstand von einem Kilometer die Küste entlangzufahren. Der Landwind brachte aber auch das schwere Duftgemisch von Wachsen und Gedeihen in ihre von der See geschärften Nüstern, wohlvertraut und fremdartig zugleich. Diese Düfte berichteten von Reichtümern, die viel mehr wert waren als das makellose Gold der Strände.

Eine Sekunde lang betrachtete Dedalus Bootsmeister Grimes. Blaue Augen in einem sonnengebräunten Gesicht, eine hagere Zähigkeit, die nur jahrelanger Dienst auf See bescheren konnte. Und gutaussehend, wie Dedalus wußte. Bootsmeister Grimes ließ manches Herz höher schlagen, auf den Expeditionen wie auch an Land, und oft blieb mehr als nur eins davon betrübt zurück, wenn sie wieder davonsegelten. Segelschiffe hatten an sich schon eine romantische Ausstrahlung, die sich auch auf diejenigen übertrug, die auf ihnen Dienst taten, und auch Grimes besaß diese Ausstrahlung, ohne ihr künstlich nachhelfen zu müssen.

Er reichte Grimes einen dampfenden Becher, der mit einem dankenden Nicken angenommen wurde.

»Dreißig Meter auf dieser Leine!« ertönte es über das Deck in tiefem, klarem Alt. Die Klugheit gebot, regelmäßige Lotungen durchzuführen, denn diese Gewässer waren noch nie zuvor durchsegelt worden. Immerhin sah alles recht sicher aus. Die Küste war hier überall steil ansteigend, und es gab keine Wellenkämme, die Riffe angedeutet hätten. Grimes gab dem Rudergast einen Befehl, und das Boot näherte sich dem Land.

Als sie in eine kleine Bucht stießen, sahen sie einen gelbgrünen Fleck in

der Nähe des Strandes. Dedalus nahm hilfsbereit den halbgeleerten Becher an sich, während Grimes nach dem Fernrohr griff.
»Noch mehr wilder Weizen«, berichtete Grimes und wandte sich lächelnd um. »Es sieht so aus, als würde die Kolonie früher autark sein, als Sie gehofft hatten, Mr. Dedalus.« Karl zeigte ein herzliches Lächeln vor, doch innerlich grinste er breit. Zu Beginn der Reise hatte Grimes offen die bloße Existenz dieses Kontinents angezweifelt. Nun sah es so aus, als sei sogar die geplante Kolonisation schon eine Selbstverständlichkeit.
Sie leerten ihre Becher, während die Glocken ertönten: »Dong. Dingdong, ding-dong.« Zehnhundert Uhr, Zeit, daß die Mittagswache die Morgenwache ablöste. Dedalus legte die Hand an seine Stirn und spulte die Formel herunter:
»Bitte um Erlaubnis, das Kommando zu übernehmen, Dam.«
»Erlaubnis wird erteilt, Sir«, sagte Grimes. »Darf ich Ihren Becher mit nach unten nehmen, Bootsmeister?« fuhr sie fort. Die Kommandoübergabe war beendet. Grimes nahm seinen Becher und sein Entlassungsnikken entgegen und wandte sich ab.
Dedalus hätte sich gern noch länger mit ihr unterhalten, aber zuerst kam die Arbeit. Er beobachtete ihren Hüftschwung, der von dem schwankenden Deck und ihrer weiten Seemannskleidung unbeeinträchtigt blieb. Sie ging auf die Luke zu, wo ein grinsender Seemann sie begrüßte und einen muskulösen Arm um sie legte, während sie nach unten gingen. Dedalus spürte einen leichten Anfall von Neid, denn er wußte aus persönlicher Erfahrung, wie eine Freiwache mit Susan Grimes sein konnte.
Doch seine Freude überwog, und fröhlich drehte er sich um, um das Boot mit den Blicken zu inspizieren. Sie trugen alles Tuch, das sie unter Berücksichtigung der Sicherheit tragen konnten – den Außenklüver angeholt und keine Reffe an Groß- und Besansegeln. Das Boot schlingerte gewaltig, und die Masten beschrieben dreiste Korkenzieher im Himmel, während sie hart am Wind segelten, doch sie hielt sich außerordentlich gut.
Dedalus hatte die *Najade* sorgfältig entworfen, und er war stolz auf das Ergebnis. Eine Regierung, die nur begrenzte Mittel zur Verfügung hatte, mußte schon sehr gut überzeugt werden, bevor sie sich auf irgendeine Unternehmung einließ. Deshalb waren die meisten Segelschiffe riesige Weizenfrachter, denn die Verteilung von Nahrungsmitteln stand

immer an erster Stelle aller Dringlichkeitslisten. Aber inzwischen gab es schon immer mehr schnelle kleinere Schiffe, da frisch geschlachtete Tiere zu einer kostengünstigen Proteinquelle geworden waren. Das hatte es erleichtert, die Regierung dazu zu bewegen, dieses Schiff zu bauen.

Was Dedalus im Sinn gehabt hatte, das war ein Boot, kein Schiff. Fünfundzwanzig Meter vom stumpfen Bugspriet bis zum Rundheck. Keine Marssegel und nur ein einziges Fockmastsegel. Vorder- und Achtertakelage, um Handlichkeit und Manövrierfähigkeit zu gewährleisten. So brauchte man weniger als fünfzig Mann Besatzung. Er hätte gern eine Schaluppe gehabt, aber er fügte den zweiten Mast hinzu, um bei jedem Wetter Sicherheit zu haben. Er hätte sich beinahe auf einen Schoner eingelassen, als ihm plötzlich bewußt wurde, daß ein kleiner Achtermast Ausgewogenheit und Flexibilität bewirken würde. Dedalus hatte den Besankutter wiedererfunden.

Wäre da nicht sein Name gewesen, man hätte ihm vielleicht doch eine Abfuhr erteilt. Doch seine Familie hatte der Nation seit Generationen hervorragende Dienste geleistet und intelligente Führungskräfte beschert. Daß es nun einige Mittel für die Finanzierung von Expeditionen gab, lag mit Sicherheit zu einem großen Teil an den Bemühungen des Dedalus-Clans. Karl bekam, was er forderte.

Es war schon schwieriger gewesen, das Komitee davon zu überzeugen, daß das Boot nichtmetallisch sein sollte. Gegen Fernrohre und die Schiffsglocke hatte er nichts, aber er wehrte sich stur gegen Stahlverstrebungen, Kupferbeschichtung und sogar gegen Eisennägel. Viele hielten ihn für einen Spinner wegen der Mehrarbeit, die das erforderte, oder sie sagten, er sei abergläubisch und fürchte sich vor den Hexern. (Letzteres kam der Wahrheit schon näher, aber er sprach nicht sehr viel darüber.) Elektronik verbot er fast völlig.

Dieser Gedanke brachte ihn zu seiner Inspektion zurück. Die Geschäftigkeit der Wachablösung hatte nachgelassen, und die Routinearbeit lief wieder wie am Schnürchen. Dedalus schritt zur Navigationsabteilung hinüber, die sich dicht vor dem Heck befand.

Ein Seemann und ein Offizier arbeiteten dort an einer sorgfältig auf neuestem Stand gehaltenen Karte der Küste, an der sie entlangsegelten. Mit Sextant und Peilscheibe nahmen sie Kreuzpeilungen der wichtigsten

Küstenmerkmale auf; die Koordinaten der wichtigsten Punkte würden in die Karte eingetragen, ebenso jede Lotung, die vom Bug nach achtern gebrüllt wurde.

Was dies alles überhaupt möglich und lohnend machte, das war das Trägheitsnavigationssystem am Heck, das einzige elektronisch-aktive Gerät an Bord. Dedalus hatte gern etwas Radardurchlässigkeit in Kauf genommen, um elektronische Unsichtbarkeit zu erhalten, indem er es völlig mit Kupferbeschichtung hatte auskleiden lassen. Mit Hilfe dieses Kastens konnte die Expedition den neuen Kontinent auf zehn Meter genau vermessen. Eine solche Karte konnte niemand anzweifeln!

Das Navigationssystem war vermutlich mehr wert als das ganze restliche Boot, dachte Dedalus. Die Hexer hatten schon seit langem damit aufgehört, Elektronik gegen Getreide einzutauschen, und die Entwicklung der Familienelektronik steckte noch in den Kinderschuhen. Hunderte von Transistoren, jeder von der Verlötung bis zur Lackierung reine Handarbeit, machten das Innenleben des Systems aus. Dedalus sehnte sich nach dem Tag, an dem sie wenigstens mittlere Integralschaltungen würden durchführen können – aber das lag schon in Sicht.

Einer seiner Vettern machte Fortschritte bei der Erzeugung von hohen Vakuen mit Hilfe von etwas, das er einen »Quecksilber-Diffusionsbeschleuniger« nannte. Dann könnten sie vielleicht ihr eigenes Silikon reinigen und sogar einen funktionsfähigen Heißdraht-Vakuumtransistor herstellen. Das ermöglichte ein großes Potential von Anwendungsmöglichkeiten, wo immer Hochspannung oder große Hitzeverteilung benötigt wurde. Ja selbst der ferngesteuerte Kultivator mochte bald Wirklichkeit werden!

Er riß sich aus seinem Tagtraum. »Wie geht's mit der Kalibrierung?« fragte er die Navigatorin.

»Ganz gut«, antwortete sie. »Der Kasten glaubt, daß wir uns ungefähr einhundertundfünfzig Zentimeter unterhalb des Meeresspiegels befinden, aber das war ohne Abplattungskorrektur nicht anders zu erwarten. Letzte Nacht konnten wir ausgezeichnete Sternbeobachtungen durchführen, Sir«, schloß sie. Eine von dem Seemann ausgerufene Zahlenreihe zwang sie wieder an die Arbeit.

Dedalus trat beiseite, fuhr aber damit fort, das Navigationsteam bei der Arbeit zu beobachten. Dies war die wichtigste Aufgabe der ganzen Ex-

pedition. Schon jetzt hatte sie die Rechtfertigung der Reise voll bestätigt.
Die Kolonisation konnte ganz gewiß erfolgen, wie sogar die Realistin Grimes zugegeben hatte. Das Komitee stand vor der Entscheidung, entweder das Bevölkerungswachstum zu begrenzen oder das ständig anwachsende Potential in andere Kanäle zu lenken. Und es würde Ärger mit den Hexern geben, daran bestand kein Zweifel. Es wäre nicht sinnvoll gewesen, das Wachstum zu bremsen, da Kraft und Stärke ohnehin Seltenheitswert besaßen. Also ließ ihnen Hobsons Wahl nur die Schlechtländer zur Unterwerfung und Bebauung – bis diese Expedition den Beweis dafür nach Hause bringen würde, daß es einen fruchtbaren, unbevölkerten Kontinent gab!
Die Kolonisation würde ganz bestimmt Ärger mit den Hexern bringen. Aber wenn sie sorgfältig geplant und durchgeführt wurde, dann würden sie fünf Jahre brauchen, um die erste Kolonie nutzbar zu machen, fünf Jahre, in denen die Hexer immer schwächer wurden, versorgungsmäßig immer abhängiger von seinem Volk, während die Macht der Bauern stärker wurde. Die Furcht vor dem Verhungern würde zum Krieg führen, die Psychologen konnten ihn fast auf den Monat genau vorhersagen; aber ein Krieg würde nicht unbedingt Unterwerfung mit sich bringen. Jedenfalls nicht für die Bauern!
Die Anti-Technologen im Komitee ließen sich davon nicht leicht überzeugen, genausowenig wie die Realisten. Doch Dedalus, ein eingefleischter Traditionalist, war davon überzeugt, daß eine Wiederbelebung der alten Technologie einen großen Unterschied machen würde. Und er war eine Koalition mit den Realisten eingegangen, um Unterstützung für diese Expedition zu bekommen. Das wiederum würde zu Auseinandersetzungen führen, aber zu Bedingungen, die für die Bauern wesentlich günstiger waren.
Und dennoch herrschte Furcht, begründete Furcht, vor der Macht der Hexer.
»Die wichtigste Erkenntnis in der Politik«, hatte seine Mutter zu ihm gesagt, »lautet: Jede Partei hat auf ihre Weise recht. Keine hat die ganze Wahrheit für sich allein gepachtet. Du hältst die Anti-Technologen für Idioten, aber nach dem Exil und während der Hungrigen Jahre war es ihre Führung, die uns gerettet hat. Eine gesunde Furcht vor den Kriegs-

waffen hat unsere Hitzköpfe davon abgehalten, sinn- und aussichtslos zurückzuschlagen. Und das Erlernen des Ackerbaus ohne technische Hilfsmittel hat uns am Leben erhalten, als die Hexer uns unsere Maschinen weggenommen haben.«

»Aber das war vor zwei Jahrhunderten!« protestierte er. »Ist es nicht langsam an der Zeit, daß wir die Technologie wiederaufbauen, die uns unsere Vorfahren gegeben haben? Ich dachte, daß auch Sie zu den Traditionalisten gehören, Dam.«

»Das tue ich auch«, erwiderte sie ruhig. »Und wir *haben* auch wiederaufgebaut, schon sofort nach dem Exil. Aber wir haben noch einen langen, langen Weg, bis wir den Standard der ursprünglichen Siedler erreicht haben. Was meinst du wohl, wie lange sie dazu gebraucht haben, genügend Fähigkeiten zu entwickeln, um hierher reisen zu können?«

Das war das erste Mal gewesen, daß er begriff, wie gewaltig ihr Verlust gewesen war.

»Außerdem waren die Anti-Technologen die stärksten Verfechter des Wiederaufbaus. Schau nicht so erstaunt drein.« Sie lächelte. »Das ist kein passender Gesichtsausdruck für einen Politiker! Ja, die ATs sind für die Technologie, sie wollen lediglich verhindern, daß sie außer Kontrolle gerät.«

»Wie die Hexer?«

»Ein ausgezeichnetes Beispiel«, bemerkte sie trocken. »Sie sind derart abhängig von dem *materiellen* Erbe der ursprünglichen Siedler geworden, daß sie es sich nicht mehr erlauben können, in die Entwicklung eigener, neuer Produkte zu investieren. Es war die ursprüngliche Spaltung zwischen Konsumenten und Konsolidatoren, die zum Exil geführt hat, du weißt es.«

Er wußte es. Aber neunundneunzig Prozent seines Volkes wußten es nicht. Sie waren jahrhundertelang zu sehr damit beschäftigt gewesen, sich irgendwie am Leben zu erhalten, um sich sonderlich um »Die Tradition« zu kümmern. Für sie waren die Hexer wirkliche Magier, die durch die Lüfte geflogen waren und Blitze herabgeschleudert hatten und sogar jetzt noch den Ozean an Bord rauchspeiender Schiffe ohne Segel durchquerten. Sie aber waren unbedeutende Bauern, wegen der Sünden ihrer Vorfahren aus dem Paradies vertrieben. Allgemeine Schulpflicht garantierte noch lange nicht allgemeine Klugheit.

Er starrte den unteren Teil des Besanmasts angewidert an. Dort befand sich Beweis genug für die Unwissenheit seiner Besatzung. Er wußte, daß die allermeisten von ihnen ohne diesen Talisman niemals aus dem Hafen ausgelaufen wären: Er war rostig. Verklumpt mit anderem Abfall, war er viertausend Kilometer über den Ozean getrieben worden, und er hatte ein Recht darauf, rostig zu sein. Für Dedalus war er nur ein weiteres Stück Metall, mit dem man rechnen mußte. Doch für die Mannschaft war es ein am Mast festgenageltes Stück des verlorenen Himmels, ein rot-weißer Fetisch, wie ein Wappenspruch, darauf ein Wort, das sowohl alt war als auch mächtig – »Budweiser«.

Sie steuerten wieder einmal auf ein Stück Land zu. Zwanzig Minuten lang war er damit beschäftigt, Befehle zu brüllen, um das Boot auf den richtigen Kurs zu bringen, und schließlich segelten sie nach einer Reihe von Manövern wieder parallel zur Küstenlinie. »Dong. Ding-dong, ding-ding«, sagten die Glocken. Elfhundert Uhr.

Der Gestank verfaulender Vegetation beleidigte seinen Geruchssinn. Leutnant Arnold Gottfried zog seinen Kopf wieder hinein in die stickige Luft von Feuerboot 3 und zündete sich eine Zigarette an. Das heiße Metall und die Öldämpfe verliehen dem Rauch einen sauren Beigeschmack, aber das zog er der bedrückenden Nähe der Natur draußen vor.

Er sah auf den Kompaß. Der jagte wieder einmal seinen eigenen Schwanz – schon wieder Magnetit in der Nähe. Gottfried war mittlerweile daran gewöhnt, sich auf Ungefährschätzungen zu verlassen, denn das Trägheitsnavigationssystem hatte vor zwei Jahren seinen Geist aufgegeben. Er mußte sich ungefähr zehn Kilometer vor Goldsandpunkt befinden.

Diese ganze Reise war eine schreckliche Zeitverschwendung. Kontrollpunkt A 17 hatte vor zehn Tagen ein oder zwei Scheinechos per Telemeter gemeldet, also mußte irgendeiner ja die Spiele verpassen und hinausfahren, um nachzusehen. Man konnte seine Stiefel darauf verwetten, daß kein Crewmann dazu Lust hatte, also bekam Gottfried mal wieder den Schwarzen Peter zugeschoben. A 17 schnaubte wahrscheinlich schon aus dem letzten Loch – diese Radarwachtürme bekamen kurz vor dem Ende doch immer einen Schluckauf

Er hätte ihnen gleich sagen können, daß er nichts finden würde. Er kannte die Mentalität der Bauern. Keiner von diesen Feiglingen verließ jemals die vorgeschriebenen Routen. Und wenn sie es doch taten, dann quasselten sie derartig viel mit ihrer Heimatbasis, daß man sie mit einem Funkrichtungssucher ausmachen konnte und das kostbare Radar gar nicht erst in Betrieb nehmen mußte. Dann brauchte man nur noch mit dem Feuerboot fauchend auf sie zuhalten, um sie bis in ihre Maisfelder zurückzujagen.

Und warum sollten sie auch in diesen Gewässern segeln? Die Radiowache hatte nicht ein einziges Piepsen gehört. Und alle Bauern waren Feiglinge. Und er verpaßte nun die Spiele. Und A 17 war völlig übergeschnappt. Nicht ernst zu nehmen.

Das Boot schaukelte unangenehm im kurzen Wellengang. Warnend bäumte sich Gottfrieds Magen auf. Er paffte noch einmal an seiner Zigarette, dann kam er zu dem Schluß, daß dies das Falsche sei. Wütend schnippte er die halb zu Ende gerauchte Kippe durch das Fenster.

Er riß das Sprachrohr von der Wand und pfiff hinein.

»Könnt ihr Clowns nicht etwas mehr aus der Maschine herausholen? Das hier soll eine Patrouillenfahrt sein, keine Vergnügungsreise!« Sein Magen verkrampfte sich wieder.

»Na ja, Leutnant«, die langgezogene, nasale Stimme wurde auf ihrem Weg durch die schmale Röhre nicht eben schöner, »ich schätze schon. Aber die vorderen Lager sind schon reichlich heiß, und ich möchte eigentlich nicht gern die Verantwortung dafür übernehmen, sie noch stärker zu beanspruchen.«

Unverschämter Bursche! Den Hinweis auf die Verantwortung hatte er sich wieder einmal nicht verkneifen können. Der hatte Sorgen! Oberfähnrich Chen war der älteste Sohn eines Crewmanns, und er ließ es einen nie vergessen. Alles, was er tun mußte, war, länger zu leben als sein talgköpfiger Vater, um den Crewrang zu erlangen und ein geruhsames Leben führen zu können. Verantwortung hatte er gar nicht nötig.

Als Gottfried sich hochgedient hatte, da war es anders gewesen. Wenn man so mit einem Leutnant sprach, dann konnte man sich darauf gefaßt machen, daß einem der Rücken poliert wurde. Damals war die Marine noch hart.

Er wollte zurückfauchen, ganz wie ein Offizier der alten Schule, aber er hielt sich zurück. Chen umwarb seine älteste Tochter, Lydia. Beide waren dumm genug, einander zu heiraten. Einen Crewmann als Schwiegersohn zu haben, selbst einen wie Chen, war eine angenehme Aussicht. Das würde mehr Sicherheit im Alter bedeuten, mehr Vergünstigungen bei der Rationierungsbehörde und die Möglichkeit, auch seine anderen Töchter vorteilhaft zu verheiraten.

Er wußte, daß er sich bald übergeben würde. Es war nur noch eine Frage der Zeit. Gottfried konnte gerade noch eine stumpfe Wut auf seine Frau aufbringen, die sich weigerte, ihm noch mehr Kinder zu gebären. Er wollte so gerne einen Sohn! Er war der letzte der Gottfrieds. Magen und Geist empörten sich mit erbärmlicher Gleichzeitigkeit.

Er verfluchte sein Pech und verfluchte die tolpatschige Form des klobigen Feuerboots. Früher hatte Gottfried einmal die Hoffnung gehegt, in den Rang eines Technikers aufzusteigen. Er hatte ein feines Feuerboot entworfen, hatte damit Tests in seiner Badewanne gemacht. Dazu eine bessere Maschine mit höherer Kompression. Das erforderte zwar handgefertigte Kolben mit Toleranzen von nur einem Viertelmillimeter – aber er wußte, daß es möglich war.

Seine Pein wurde noch schlimmer, als er sich daran erinnerte, wie demütigend das Gespräch mit dem Crewmann gewesen war. Wo hatte der den Entwurf her? Er mußte aus irgendeinem Buch stammen, sonst konnte er unmöglich funktionieren. Die Crew hatte schon vor langer Zeit die ganze wertlose nichttechnische Literatur verworfen. Vielleicht hatte er diese radikalen Anschauungen aus einem Stück Konterbandenliteratur fiktionaler Art?

War dem Crewmann denn nicht klar, daß der Entwurf für das Standardfeuerboot aus einem alten Lexikon entnommen worden war? Es war keine technische Blaupause gewesen, sondern die Zeichnung hatte lediglich dazu gedient, das Funktionieren einer Verbrennungskraftmaschine darzulegen. Auf ähnliche Weise war der Rumpf nach einem Boot entworfen worden, dessen Zweck es gewesen war, Feuer zu *bekämpfen* anstatt es zu erzeugen – irgendein buchstabentreuer Idiot hatte die wuchtigen Linien mit alberner Präzision kopiert. Gottfried hatte all dies erklären wollen, doch er war sprachlos vor Wut gewesen. Dieser Minuspunkt hatte seine ganze Karriere überschattet.

Nun wurde er von diesem scheppernden, keuchenden, schaukelnden Feuerboot zum Brechreiz gebracht, während er doch eigentlich die

Feiertage und die Spiele hätte genießen sollen. Gottfried hatte eine gute Eintrittskarte gehabt. Es war ein schöner Platz gewesen, hoch oben, aber mit einem umfassenden Blick auf die Arena. (Hätte er einen Sohn gehabt, so hätte er ihn mitgenommen.) Auch der Kapitän würde dort sein, samt Anhang.

Für den Sitzplatz hatte er zwar einen guten Preis erzielt, aber seine Lotterielose waren nun verloren. Man mußte nach jedem Kampf persönlich anwesend sein und alle Abschnitte eigenhändig unterschreiben. Er fragte sich, wieviel der Kapitän und die Crew wohl jährlich durch verfallene Lose einsacken mochten.

Seine Übelkeit verwandelte sich plötzlich in Schmerz. Gerade noch rechtzeitig bekam er den Kopf durch die Luke und entleerte seinen Magen in die See. Irgendwo unten kicherte jemand. Unverschämte Welpen!

Matt und schwitzend, aber erleichtert zog er sich wieder zurück. Bald mußte der Punkt zu sehen sein. Keiner konnte ihm einen Vorwurf machen, wenn er dort umkehrte. Warum sollte er überhaupt noch warten? Er war doch fast da, das genügte.

Er griff zur Sendetaste, doch dann zögerte er. Das Funkgerät zu benutzen, noch dazu bei angeordneter Funkstille, war eine ernste Angelegenheit. Gottfried schätzte, daß das Radio allein mehr wert war als das ganze restliche Boot. Jedes Stückchen Draht hatte wahrscheinlich schon in einem halben Dutzend anderer Geräte Dienst getan; und jedes Jahr gab es weniger Geräte, die man ausschlachten konnte. Es sah der Crew ähnlich, daß sie den dämlichen Bauern damals, in den ersten Hungrigen Jahren, das beste Ausrüstungsmaterial gegeben hatte. Diese Quaßler schienen niemals Funkprobleme zu haben, obwohl ihre blöden Weiber dauend an den Geräten herumfummelten.

Er nahm die Hand von der Taste. Nein, es war auf jeden Fall besser, erst zu funken, wenn er etwas Wichtiges zu melden hatte. Das bedeutete, die ganze Küste abzusuchen. Chen würde ihn vermutlich anschwärzen, wenn er vorher umkehren sollte. »Buup. Biep-biep, buup-buup«, machte das Chronometer. Zwölfhundert Uhr. Es würde fast sechzehnhundert sein, schon nach Einbruch der Dunkelheit, bevor er umkehren konnte.

Dedalus beendete seinen Rungang um das Deck, als die Navigationsmannschaft soeben mit einem neuen Blatt anfing. Sie verstauten den Streifen, mit dem sie gearbeitet hatten, tief in seinem Asbestumschlag, dann holten sie eine Kopie der Musterkarte hervor. Dedalus lachte, als er die Karte erblickte. Die Mannschaft, der seine Belustigung gefiel, lachte ebenfalls.

Das Original dieser Karte war eine der Kostbarkeiten gewesen, die man letztes Jahr den Hexern abgehandelt hatte; außerdem war sie ein weiterer Anstoß für diese Reise gewesen. Sie zeigte das von Bauern bewohnte Land, die Schlechtländer und die Polkappen in solch feiner Genauigkeit, daß sie aus den Beobachtungsstationen der ursprünglichen Siedler in der Umlaufbahn stammen mußte. Nur ein Teil des ursprünglichen Kontinents, Himmel, war darauf abgebildet, das Gebiet in der Nähe der Getreidedepots. Der Rest dieser Küstenlinie und das Gebiet, durch das sie gerade segelten, war rot durchgestrichen und trug die ominösen Worte: *»Hier seyen Drachen.«*

Die Navigationsmannschaft hatte die Warnung sorgfältig auf jede ihrer Karten des neuen Kontinents übertragen.

Diese Hexer müssen uns für komplette Narren halten, dachte Dedalus. Aber die wirklichen Narren waren sie, denn die Bauern hatten noch nicht einmal vermutet, daß es diesen Kontinent gab, bis sie mit der Karte versucht hatten, sie von ihm abzuhalten. Es war ganz klar, daß es sich lohnen mußte, dort nachzusehen, wenn die Hexer sich so viele Mühe gaben, den Kontinent zu verstecken. So war es auch in der Tat. Weite Landflächen, reicher Boden, wahrscheinlich sogar Mineralvorkommen an der Oberfläche, die alle darauf warteten, erschlossen zu werden. Und es sah ganz so aus, als würden die Bauern als erste dort sein – gerade wegen dieser Karte!

Dedalus runzelte die Stirn. Die Hexer irrten sich nicnt ganz, wenn sie sein Volk so gering einschätzten. Dieselben Leute, die eine an den Mast genagelte Bierdose verehrten, waren auch bereit, voll Überzeugung an Drachen zu glauben. Es hatte genügend Begegnungen mit feuerspeienden Seeungeheuern gegeben, um die Phantasie der einfachen Bauersleute anzufachen. Fast täglich gab es Berichte über Drachensichtungen.

Dedalus' Mutter war sogar Vorsitzende des Unterkomitees für Drachenwesen. Ihre scharfsinnigen Untersuchungen hatten zwar fast alle Berichte als Produkte ermüdeter Augen und überhitzter Phantasie entlarvt, doch wenn man die ganze Spreu entfernte, dann blieben immer noch ausreichend viele Weizenkörner übrig, die man nicht einfach forterklären konnte. Erfahrene Mannschaften, Männer und Frauen von nachgewiesener Eignung hatten den Verhören der besten Regierungspsychologen standgehalten und an diesen Geschichten festgehalten. *Dort draußen war irgend etwas.*

Karl hatte selbst einen Monat damit verbracht, die Spreu vom Weizen zu trennen, bis er seiner Mutter seine eigene Theorie mitgeteilt hatte. Es war höchst bedeutsam, daß alle Sichtungen in den Gewässern um Himmel herum stattgefunden hatten.

»Es müssen Boote sein, Dam«, beharrte er. »Es gibt keinen einzigen Beweis für das Gegenteil.«

»Du hast die Sache verkehrt aufgezogen, mein Sohn«, sagte sie in ihrem immer geduldigen Tonfall. »Es gibt keinen einzigen Beweis für deine Theorie.«

Er protestierte. Sie winkte ihn zur Ruhe.

»Junge Männer sind die schlimmsten Politiker. Ihr seid alle so ungeduldig. Ich neige dazu, deiner Theorie zu glauben. Sie ist gut durchdacht, erklärt die Fakten und steht im Einklang mit der Psychologie der Hexer. Das alles wiegt natürlich nicht den Aberglauben auf. Es bleibt eine Tatsache, daß die überwiegende Mehrheit unseres Volkes an Drachen glaubt. Wenn wir wirklich noch eine repräsentative Oligarchie bleiben wollen, dann können wir diesen Glauben nicht außer acht lassen. Du weißt sehr wohl, was geschehen würde, wenn wir damit anfingen, unser Volk vor seiner eigenen Fehlinformiertheit zu schützen. Sobald die Leute das Gefühl der Verantwortung verlieren, verkümmert ihre Fähigkeit, sich selbst zu regieren, sehr schnell. Wenn unser Volk also nicht kolonisieren will, weil es befürchtet, daß die Drachen es unterwegs verschlingen könnten, dann werden wir auch nicht kolonisieren.«

»Dann glauben Sie, daß meine Expedition eine Zeitverschwendung ist, Dam?« fragte er traurig.

»Nein. Ich glaube, daß deine Expedition einen doppelten Zweck hat.« Ihre Augen leuchteten.

Dedalus rief sich wieder die Gegenwart ins Gedächtnis zurück. *Ja,*

dachte er, *wir haben die eine Hälfte unserer Aufgabe erledigt. Wenn uns das Glück treu bleibt, dann können wir auch den Rest noch schaffen.* Sein Wunsch ging in Erfüllung: Noch bevor er ihn vollständig formuliert hatte, erscholl ein Ruf aus dem Mastkorb.
»Drache voraus!«
Er riß die Flüstertüte aus ihrer Halterung.
»Wo?« brüllte er.
»Genau voraus. Er umrundet soeben die Küste, Entfernung ungefähr acht Kilometer.« Nach einer Pause: »Er wird schneller. Kommt auf uns zu!«
»Alle Mann an Deck! Die Karten in Sicherheit bringen, aber flott! Feuermannschaft nach achtern! Bereitschaften an die Segel! Wo, zum Teufel, bleibt die Meßmannschaft?«
Männer und Frauen hasteten umher. Die meisten hatten Angst, das wußte Dedalus, aber die Disziplin machte sich doch bemerkbar. Der größte Teil der Mannschaft bestand aus noch nicht Erwachsenen, die ihre Dienstverpflichtung lieber auf See ableisteten als in den weniger glanzvollen Bereichen des Straßenbaus oder der Paramedizin. Aber sie vertrauten seiner Führung, und er wußte, daß er sich in den folgenden Minuten auf sie würde verlassen können.
Der Drill trug Früchte. Dedalus sah, daß sich die Aufregung legte und zu gespannter Aufmerksamkeit wurde. Sie segelten immer noch hart am Wind. Der Kontakt war in weniger als fünfzehn Minuten zu erwarten.
»Grimes!« Er mußte gegen den Wind anbrüllen, um auch auf dem Mitteldeck verstanden zu werden. »Ich lasse die Auslegerstange ausbringen. Wir werden vermutlich Flanke an Flanke kommen.«
Sie nickte. Es war notwendig, daß er ihr sein Vorhaben erläuterte, da sie das Kommando übernehmen würde, wenn ihm etwas zustieß. Scalione, der dunkelhäutige Dritte in der Rangfolge, befand sich mit der Meßmannschaft am Bug.
Er konnte das Ding voraus nun gut erkennen. Feurige rote Augen glühten in einem grüngeschuppten Kopf, Rauch qualmte aus der schwarzen Höhle seines Rachens. Seine Flanken warfen Schaum empor, während es sich gegen die Wellen stemmte. Der Wind übermittelte nur den leisen Hauch eines wütenden Brüllens, aber es war eindeutig, wie laut es in

Wirklichkeit sein mußte. Eine Feuerzunge spie aus dem Schiffsmaul hervor.

»Hart auf Kurs bleiben«, sagte er zu der Frau am Ruder. Sie war bleich wie Segeltuch, aber sie packte das Ruder mit sicherem Griff. Noch näher heran.

Den Berichten zufolge war kein Drache bisher schneller als zwanzig Kilometer pro Stunde gewesen. So wie das Kielwasser aussah, fuhren sie wahrscheinlich dreizehn. Zweihundertsechzig Kilometer am Tag, das war ziemlich genau die Entfernung von Himmel, nach dem ersten Funkkontakt. Dedalus schätzte die eigene Geschwindigkeit auf dreißig pro Stunde. Bei diesem Wind würde die *Najade* dem Ungeheuer entkommen können, dessen war er ganz sicher.

Es war notwendig, so nahe wie möglich heranzukommen, aber eben nicht *zu* nahe. Mit dem Wind im Rücken konnte die Flamme zwanzig Meter weit reichen und erhebliche Schäden anrichten. Ängstliche Blicke beobachteten ihn und warteten auf seine Kommandos. Noch zehn Sekunden, schätzte er.

»Hart auf Luv!« bellte er den Rudergast an. Das Rad drehte sich. Der Drache war nah. Die *Najade* drehte ab.

»Großsegel fieren! Fieren!« Das Boot schaukelte wild im Wind, der nun voll seine Breitseite traf. Sie würden starke Schlagseite bekommen.

»Außenklüver nach backbord!« schrie er. Das steife Großsegel explodierte zu einer knallenden Tuchwolke. Von einem Großteil des Segeldrucks entlastet, hob die *Najade* ihre Backbordreling wieder aus der schäumenden See und fuhr mit dem Wendemanöver fort.

Dedalus hatte keine Zeit, sich erleichtert zu fühlen. Eine Welle heißer Luft zischte an seiner rechten Wange vorbei, und er sah, wie auf dem Besen ein brauner Brandfleck erschien. Sie mußten den Abstand wiedererlangen, den ihnen ihr trunkenes Wenden gekostet hatte.

Die *Najade* hob ihren Klüverbaum wieder aus dem Wasser und richtete sich vor dem Wind auf. Nachdem sie stundenlang diesen häßlichen Wind bekämpft hatten und nach diesem letzten dramatischen Kampf hatten sie nun fast das Gefühl, in ruhiger See zu fahren. Aber Dedalus konnte das Wasser hören, das unter dem Achterschiff dahinschäumte, und er wußte, daß sie nun schneller waren denn je.

»Ausleger einbringen«, sagte er nun fast im Plauderton. Da der Wind

von achtern seine Worte nun über das ganze Schiff trug, gab es keinen Grund zu schreien. Und er wußte, daß der Eindruck von Ruhe, den diese Gemächlichkeit vermittelte, die Mannschaft mehr Vertrauen geben würde als alles andere.
Erst danach drehte er sich nach dem Drachen um. Mit vollen Segeln gewann die *Najade* vor ihrem Verfolger immer mehr Vorsprung. Die Heckreling war angekohlt, und auf dem Besen war nun ein zweiter Brandfleck zu erkennen, den Dedalus vorher nicht bemerkt hatte, obwohl er sich nur fünf Meter über seinem Kopf befand. Sie waren nun außer Reichweite und schienen der Gefahr entronnen zu sein. Noch eine Stunde, und sie würden auch außer Sicht des Drachen sein.
Das Biest war offenbar zu der gleichen Schlußfolgerung gekommen, denn in diesem Augenblick wurde sein wütendes Brüllen leiser und sank zu einem beinahe unglücklichen Grollen herab. Es spie noch eine eher symbolische Flamme in ihre Richtung, dann wendete es und fuhr in der Richtung zurück, aus der es gekommen war. Die Mannschaft jauchzte.
»Dong. Ding-ding, dong-ding«, schlug die Uhr dreizehn. Dann herrschte Stille.

»Das Schiff war klein und sehr schlecht geführt, Crewmann«, sagte Gottfried in das Mikrofon. »Sie haben uns nicht einmal gesehen, bis wir schon an sie herangekommen waren, Sir, und als sie schließlich die Flucht ergriffen, sind sie fast gekentert.«
»Welchen Schaden haben Sie angerichtet?« Die quäkende Stimme krächzte aus dem Lautsprecher der Funkanlage.
»Am Achterdeck erheblichen, Sir. Das Boot hatte einen lächerlich winzigen Besanmast, den wir wohl so ziemlich zerstört haben dürften, Crewmann. Einer meiner Leute sagt, daß er Rauch gesehen hat, nachdem wir sie haben entkommen lassen, Sir.« Nach fünfundzwanzig Jahren Dienst hatte Gottfried es gelernt, auch den allerkleinsten Sieg niemals herunterzuspielen und in jedem Gespräch mit einem Crewmann fleißig die ehrende Anrede »Sir« einzuflechten.
»Sie sagen, daß Sie sie dicht unterhalb Goldsandpunkt angetroffen haben. Wieviel haben sie von der Küste gesehen?«
Da galt es, vorsichtig zu sein.
»Nicht allzu viel, schätze ich, Sir«, fing er an. »Es sah so aus, als versuch-

ten sie ihren Weg um die Küste herum zu finden, Crewmann. Also haben sie vermutlich gedacht, daß sie nur eine kleine Insel entdeckt hätten. Und die Küste hier ist nicht eben sehr einladend, so daß sie wohl kaum wiederkehren werden, Sir.« Er sprach voll Überzeugung. »Und es ist auch fraglich, ob sie den Weg wiederfinden würden«, fügte er hastig hinzu. »In diesem Gebiet sind Kompasse nutzlos, wie Sie sicher wissen, Sir.« Er war überzeugt davon, daß er es nicht wußte. Aber Kompasse waren in vielen Gebieten nutzlos. »Außerdem haben wir ihnen einen heiligen Schrecken eingejagt, Crewmann. Wenn sie erst einmal unseren Drachenatem gespürt haben, vergeht ihnen die Lust am Wiederkommen.« Er kicherte. Dann fügte er rasch hinzu: »Sir.«
»Sehr gut.« Die Stimme klang neutral und nicht unzufrieden, also atmete Gottfried erleichtert auf. »Sie können umkehren. Ach, übrigens, ist Oberfähnrich Chen nicht unter Ihrem Kommando?«
Gottfrieds Muskeln verspannten sich. Sie vergaßen es nie.
»Jawohl, Crewmann.«
»Das dachte ich mir Seine Familie wird erfreut sein zu erfahren, daß er sich im Gefecht ausgezeichnet hat. Und ich bin sicher, daß auch Sie eine angemessene Anerkennung bekommen werden, Leutnant.«
»Danke, Sir.« Er legte das Mikrofon wieder an seinen Platz. Wenigstens würden sie ihm ein paar Krumen vor die Füße werfen. Er kannte einige andere Crewmänner, die es fertiggebracht hätten, Chen rückwirkend das Kommando zuzusprechen, nur damit der ganze Ruhm bei der Crew verblieb. Und um Gottfried nebenbei noch eins auszuwischen
Sie hatten nun den Seegang von der Steuerbordseite, so daß die Fahrt wesentlich angenehmer war. Außerdem fuhren sie nach Hause. Gegen Ende der Jagd hatte die Maschine ein paar häßliche Geräusche von sich gegeben, aber es sah so aus, als könnten sie sie beruhigen, indem sie langsamer fuhren. Chen mußte recht gehabt haben, was die vorderen Lager anging, gestand er sich mürrisch ein.
Gottfried mußte auch den Bauern mehr zugestehen, als er dem Crewmann gegenüber erwähnt hatte. Dieses Boot hatte eine wunderschöne Form gehabt, so schön, daß es ihm den Atem verschlug. Es war auf Geschwindigkeit gebaut worden, und zwar gut. Sein Achterdeck zu verbrennen war für ihn ungefähr das gleiche, wie seiner Tochter Brandwunden zuzufügen. Absichtlich hatte er nicht mehr Schaden angerichtet,

als es in den Augen seiner Mannschaft absolut notwendig gewesen war. Und es war großartig kommandiert worden, da bestand kein Zweifel! Der plappernde Haufen seiner Mannschaft hatte es wohl nicht bemerkt, aber er hatte die vielen Augen und Fernrohre gesehen, die auf das Feuerboot gerichtet gewesen waren. Wenn sich diese Seeleute über den erbärmlichen Zustand seines Schiffes hatten täuschen lassen, dann würde Gottfried sich sehr wundern. Er hatte den unumstößlichen Eindruck gehabt, daß sie nahe heran kommen *wollten*, bevor sie abdrehten.
Was ihn jedoch am meisten bekümmerte, das war die Geschwindigkeit, die das Boot bewiesen hatte. Er hatte jedes bißchen Kraft aus der Maschine gequetscht und war noch nicht einmal auf gleicher Höhe geblieben!
Na ja, er hatte diese Bauern das Laufen gelehrt, immerhin. Und selbst wenn es unter ihnen ein paar Abenteuerlustige geben sollte, würden sie niemals mehr genug Mut aufbringen, um zu einer zweiten Erkundung zurückzukehren. Gottfried hatte seine Pflicht getan. Er hatte dieses Land für die glorreiche Zukunft der Schiffsgesellschaft verteidigt.
Er zündete sich eine Zigarette an und lehnte sich in seinem Stuhl zurück. »Buup. Biep-biep, biep-buup.« Es war fast Zeit fürs Mittagessen.

Die *Najade* lag ruhig vor dem Wind und machte gute Fahrt. Dedalus besah sich die Takelage und nickte zufrieden. Er verließ den Rudergast und trat an die Reling, um ein letztes Mal das Grün und Gold der Küste zu betrachten, die bald hinter dem Horizont liegen würde.
Der Schaden hatte sich als gering erwiesen, genau wie er es erwartet hatte. Aber das Ruderreep war fast völlig durchgebrannt. Er machte sich wegen seiner mangelnden Voraussicht Vorwürfe. Er hatte *gewußt*, daß bei einer Verfolgung durch einen Drachen das Heck am gefährdetsten sein mußte, und doch hatte er keinen einzigen Gedanken an die Anfälligkeit des Ruders verschwendet. Noch ein einziger Flammenhauch, und die Taue wären gerissen, hätten das Boot dem Wind ausgesetzt und hilflos gemacht. Diese Taue hätten aus Stahl sein müssen.
Aber sie hatten Glück gehabt. Sie waren entkommen. Sobald er den Drachen weit genug hinter sich wußte, befahl er beizudrehen. Es wurden neue Taue angeschlagen, und der beschädigte Besan wurde ausgewechselt. Währenddessen hielt man Ausschau, ob der Drache nicht doch

noch zurückkehrte. Aber nun waren sie wieder in Fahrt, und er war nicht wieder aufgetaucht. Dedalus hatte auch nicht ernsthaft erwartet, daß er es tun würde.

Grimes kam nach achtern und stellte sich neben ihn an die Reling. In der Luft hing noch der Geruch von verbrannter Farbe.

»Scalione meint, daß die Bilder ganz gut aussehen, Bootsmeister«, sagte sie. »Sieht so aus, als hätten wir alles, was wir wollten. Ich bin froh.« Aus dem Munde einer Realistin war das eine Blankounterstützung seiner Politik. Ihre Augen waren bodenlos blau.

»Danke.« Das war alles, was er sagen konnte. Sie standen nebeneinander und schwiegen.

Seine Mutter hatte schon recht gehabt, wie immer. Er war nun stolz, den Namen Dedalus von ihr angenommen zu haben, anstatt den Namen seines Vaters zu wählen, obwohl auch Gaulois hochangesehen war. Es war ein erhebendes Gefühl, jetzt Karl vom Clan Dedalus zu sein.

»Denk daran, daß die Leute, die du überzeugen mußt, nur unwissend, aber intelligent sind«, hatte sie ihm beim Abschied eingeschärft. »Sie fürchten sich vor dem Unbekannten, aber diese Furcht ist Teil des berechtigten Selbsterhaltungstriebs. Zeig ihnen eine Realität, die sie verstehen können, und sie werden sich tapfer mit ihr auseinandersetzen. Nur die Hexer sind es, die blindlings an die Macht der Drachen glauben. Täten sie das nicht, dann würden sie sich nicht darauf verlassen, uns auf ewige Zeiten mit ihren Papiertigern erschrecken zu können.«

Nun konnte er den Leuten die Realität zeigen. Seine Mission war es, sicher mit seinen Karten und seinen Beweisen nach Hause zurückzukehren. Diesmal würde es kein Seemannsgarn geben, keine Horrorgeschichten aus zweiter Hand, die eine weitere Generation von Kindern ängstigen würden.

Sein wohldurchdachter Einsatz hatte sich gelohnt. Er hatte nie darauf gehofft, völlig unbemerkt zu bleiben, ganz im Gegenteil. Er hatte zum Gespenst werden wollen, das die Hexer in Zweifel und Unsicherheit stürzte. Und indem er genau zu Beginn ihrer barbarischen Spiele in ihre Gewässer vorgestoßen war, hatte er sicher sein können, daß sie so schwach reagierten. Sie hatten nur einen einzigen Drachen geschickt, und er hatte gewußt, daß er mit diesem einen fertig werden würde. Und das war ihm nun auch gelungen.

Ein Grund zum Feiern.
»Ich habe noch eine Flasche dreiundneunziger Burgunder und ein wenig Brandy aufbewahrt«, sagte er über das Wasser hinweg. »Würden Sie mir heute abend beim Essen Gesellschaft leisten?« Die Weingärten des Dedalus-Clans waren berühmt. Er blickte in ihre blauen Augen.
»Das würde ich sehr gern. Ja.« Die blauen Augen erleuchteten ihr Lächeln.
Scalione kam herbeigestampft, einen Aktenordner unter dem Arm. Er legte die Hand an die Stirn und reckte grinsend den Ordner vor.
»Ich denke, daß Ihnen Ihr Abendessen noch besser schmecken wird, wenn Sie sich dabei die Fotos hier anschauen können, Bootsmeister. Hätten wohl kaum besser werden können.«
Dedalus salutierte und nahm dankend den Ordner an sich. Er und Susan würden die Bilder in seiner Kabine durchsehen. »Dong. Ding-ding, ding-ding«, sang die Glocke. Scalione straffte sich.
»Bitte um Erlaubnis, das Kommando zu übernehmen, Sir«, sagte er formell.
Es waren harte Stunden gewesen. Dedalus war froh, abgelöst zu werden.
»Erlaubnis wird erteilt, Bootsmeister.« Er nahm Susans ausgestreckte Hand. Dann schritten sie über das sanft rollende Deck auf die Kajütentreppe zu.
Dedalus dachte an den Bootsmeister drüben auf dem Drachenboot. Saß auch er soeben bei einer kleinen Feier? Er mußte doch wissen, daß dies keine alltägliche Begegnung gewesen war.
Dedalus lächelte. Eines war sicher: Dieser arme Bursche hatte gewiß keine Flasche guten Wein und keine schöne Frau an Bord, mit der er sie trinken konnte. Er bedauerte den feindlichen Bootsmeister beinahe. Dann aber dachte er wieder an das versengte Ruderreep. *Zur Hölle mit dem Kerl!*
Doch Dedalus konnte es sich leisten, großzügig zu sein. Dieser Hexer sollte ruhig annehmen, die *Najade* außer Gefecht gesetzt zu haben. Ein paar Brandnarben am Besanmast, ein paar versengte Taue ... was wog das schon?
Sollte der Mann doch seinen kleinen Sieg haben.
Was Dedalus betraf: Er hatte Beweise. Er hatte seine Fotos.

ERIC FRANK RUSSELL

Die Unentschlossenen

Peter der Pilot baute seine Bruchlandung mit einer Geschicklichkeit, die allen Beifall verdiente, den er nicht bekam. Es ist keine Kleinigkeit, einen Vierhunderttonner auf die Nase zu setzen, nachdem ein fliegender Ziegelstein die Anti-Schwerkraft-Anlage demoliert und außer den Rohren nichts Verläßliches hinterlassen hat.

Die Art, wie er diese Düsen gebrauchte, grenzte ans Übermenschliche. Sie fauchten und röhrten und bremsten und flammten, so daß das Raumschiff endlich mit nicht mehr als einem mäßig unangenehmen Krach aufsetzte, der den Schaden nicht vergrößerte. Zunächst befanden sich Schiff und acht Mann Besatzung in Sicherheit. Oder, um genauer zu sein, die Besatzung von einer Frau und sieben Männern befand sich in Sicherheit – falls es auf einer unbekannten, mutmaßlich feindseligen Welt so etwas wie Sicherheit gibt.

Während ihm die anderen ihre Glückwünsche telepathisch übermittelten, was er mit einem Achselzucken abtat, blieb Peter der Pilot auf seinem Platz, in die Steuerkabine eingesperrt, und betrachtete, was von dem seltsamen Planeten sichtbar war. Das Panzerglasfenster spiegelte ein geisterhaftes Abbild seiner blauen, nachdenklichen Augen, in einem Gesicht, das auf eigenartige Weise in hohes Alter bewahrte Jugend verriet. Selbst seine Haare zeigten das seidige Weiß der sehr Alten, waren aber auf irgendeine Weise dicht und kräftig geblieben. Er saß da und dachte nach, weil das seine Pflicht war. Im Unterbewußtsein nahm er wahr, daß drei Leute seiner Besatzung das Schiff bereits verlassen hatten und die anderen mentalen Kontakt mit ihnen hielten.

Sie waren acht Terraner, fern von den gewohnten Routen schiffbrüchig. Er machte sich deshalb keine übermäßigen Sorgen, weil das Schiff reparabel war und sie genug Treibstoff für die Rückkehr besaßen. Darüber hinaus zeigte die Tatsache, daß drei hinausgegangen waren, daß man es auf dieser Welt aushalten konnte. Sie ließ Leben zu; ein Punkt, den die oberflächliche Ähnlichkeit mit Terra bereits vermuten hatte lassen. Nein, drängend war die Sorge nicht. So weit, so gut. Das Problem, das ihn am ehesten nachdenklich stimmte, war, daß Reparaturen Zeit brauchen, viel

Zeit, und sich drohende Komplikationen, die heute noch nicht vorhanden sind, morgen oder nächste Woche einstellen können.

Die mögliche Drohung, an die er dachte, war jene andere Lebensform von unbekannter Gestalt und Macht. Die Wesen besaßen Schiffe, langsam, schwerfällig, mit zu kurzer Reichweite, als daß sie die Einflußsphäre Terras erreichen konnten, aber doch Schiffe. Offenkundig verfügten sie über Intelligenz hohen Grades.

Zwölf Jahrhunderte hatte diese Anders-Form jedes terranische Raumschiff, das in ihre Reichweite abgeirrt war, vergebens verfolgt und das zweifelhafte Vergnügen genossen, jeweils das sich rasch entfernende Hinterteil zu sehen. Es ist ärgerlich, seine Neugier wiederholt gereizt und dann unbefriedigt zu sehen, noch ärgerlicher, erkennen zu müssen, daß das Interesse nicht auf Gegenseitigkeit beruht. Peter der Pilot hatte keine Vorstellung davon, welch bizarre Form dieses Anders-Leben besitzen mochte, aber er hätte gewettet, daß die Wesen keine Zähne hatten – weil sie vom ständigen Knirschen längst zermalmt sein mußten.

Nun bestand glänzende Aussicht, daß die unbekannten Wesen spionierten und ihren Groll kundtaten, solange das Raumschiff festsaß, denn das Mißgeschick hatte es ihnen direkt ins Nest gesetzt. Nicht einmal ein sirischer Wossis, so entschied er, würde ein wehrloses Ziel sich selbst überlassen. Er zog fatalistisch die Schultern hoch und öffnete sein Gehirn den mentalen Stimmen seiner Besatzung.

Rippy der Ranger sagte gerade: »Hab einen Fluß gefunden. Das Wasser ist trinkbar.«

»*Du* hast ihn gefunden?« fauchte Sammy das Scharfauge. »Wie entdeckt man etwas, zu dem man wie ein kleines Kind hingeführt wird?«

Ich bin den Weg gegangen, den du mir gezeigt hast, und habe ihn gefunden«, gab Rippy zurück. »Bist du jetzt zufrieden? Warum schneidest du dir nicht die Nägel und nimmst eine Pille?«

Peter schickte eine Frage hinaus.

»Was siehst du, Sammy?«

»Bäume, Bäume, Bäume. Du hast dir ein feines Versteck ausgesucht – falls es dir etwas nützt.« Stille, dann: »Ich sehe ferner eine seltsame, widerliche, alptraumhafte Gestalt sich am Fluß herumdrücken. Sie schlabbert Wasser, weil es nichts kostet. Jetzt macht sie ein grimmiges Gesicht und . . .«

»Laß Rippy in Ruhe«, befahl Peter. »Wo ist Kim?«
»Weiß nicht«, sagte Sammy das Scharfauge gleichgültig »Er lief schnell hinaus und verschwand irgendwo. Du wirst Hector den Herdgeist bald fluchen hören.«
»O nein, bestimmt nicht«, warf Hector der Herdgeist ein. Seine Gedankenimpulse waren wegen seiner Nähe zum Schiff besonders stark. »Ich hatte zehn Schlösser an der Kombüse, kapiert? Ich habe schon mehr Landungen hinter mir, noch dazu mit allerhand Delikatessen!«
»Kim!« rief Peter.
Schweigen.
»Wann lernt der endlich, sich offenzuhalten und sich zu melden«, beklagte sich Peter.
»Wenn er Hunger hat«, meinte Hector düster.
Eine neue Stimme meldete sich und murrte gereizt: »Laßt ... mich ... schlafen, ja? Ich muß ... irgendwie aufholen!«
»Nilda die Nachtwache«, seufzte Hector. »Nilda die Nörglerin nenne ich sie. Warum ist sie so?« Er machte eine Pause, dann schwollen seine Gedanken in plötzlicher Empörung an: »Clobo, tust du die Pfoten aus der Dose da! Zum ...«
Peter schaltete sie ab, während er sich aus dem Sitz wand und schärfer durch das Fenster blickte. Er betrachtete einen winzigen Teil einer Welt, die selbst ein kleiner Teil eines fremden Systems und ein entsprechendes Fragment des großen Unbekannten war. Als Repräsentant eines benachbarten Reiches, das fest auf Schnelligkeit und Sicherheit persönlicher Entscheidung gründete, stand er mit den übrigen bereit, sich allem zu stellen, was vorfallen mochte. Unheilvolle Ahnungen gab es bei ihm nicht, auch nicht die Elemente der Furcht. Es gab nur Abschätzen, Kalkulieren und die Bereitschaft zur Entscheidung.
Nach einer Million Jahren terranischen Wachstums hielt sich niemand für besonders unentschlossen.

Sektor-Marschall Gvandt rutschte raupenhaft über den Boden, ließ seine Vorstrecker vibrieren, schloß zwei der acht Augen rund um seinen gezackten Schädel und machte alles, was erforderlich war, um eine angemessene Mischung von Freude, Befriedigung und Triumph zu zeigen.
»Eines sitzt fest.« Er schmatzte. »Endlich. Nach all den Jahren.«

»Was ›eines‹?« erkundigte sich Befehlshaber Wteish.
»Ein Rätselschiff. Ein Exemplar dieser ultraschnellen Zylinder, die wir nie haben einholen können.«
»Nein!« Wteish war verblüfft.
»Ja! Es hatte einen Unfall, oder irgend etwas ging kaputt. Die Nachricht ist eben eingetroffen, erwähnt aber keine Einzelheiten über den Grund, der es zur Landung gezwungen hat. Zwilther folgte ihm im CX Sechsundsechzig und blieb wie gewohnt zurück, als er es die Bahn verlassen sah. Es torkelte ein bißchen herum und flog dann, immer noch sehr schnell, nach Lanta.«
»Lanta«, wiederholte Befehlshaber Wteish. »Ei, das ist doch in unserem Sektor.«
»Ein sehr bemerkenswerter Zufall«, erklärte Gvandt sarkastisch, »wenn man bedenkt, daß jede Eilmeldung automatisch an den Marschall des betroffenen Sektors geht.«
»Gewiß, gewiß«, bestätigte Wteish hastig. »Das habe ich in der Aufregung des Augenblicks übersehen.« Pflichteifrig rutschte und vibrierte er und zeigte das Augenschließen, um seinem Vorgesetzten zu beweisen, daß sie zwei Herzen waren, die im Takt schlugen. »Was nun?«
»Lanta ist dünn besiedelt. Die Bewohner sind Schmutzschürfer. Ich habe einen Befehl erlassen, der ihnen verbietet, sich mit dem fremden Zylinder zu befassen. Wir können nicht gestatten, daß ein Haufen von Hinterwäldlern einen Fall dieser Größenordnung übernimmt. Zuviel hängt davon ab, und eine solche Gelegenheit bietet sich vielleicht nie mehr. Unsere besten Gehirne sind nötig, um sie ganz zu nützen.«
»Eindeutig«, erklärte Wteish. »Zweifellos.«
»Deshalb werde ich mich selbst darum kümmern«, verkündete Gvandt.
»Ah!« sagte Wteish und gebrauchte mit Bedacht seinen Sprech-Mund. Er besaß zwei Münder, auf jeder Seite einen. Die zweitgrößte aller Beleidigungen war, mit dem Sprech-Mund Eßbewegungen zu vollführen. Die größte: mit dem Eß-Mund wirre Sprachgeräusche zu erzeugen. Einen Augenblick lang war die Versuchung gewaltig gewesen.
»Und Sie kommen mit mir«, fuhr Gvandt fort. »Ebenso Captain Gordd und Captain Hixl. Wir nehmen zwei Schiffe. Wir würden fünfzig nehmen, wären sie sofort verfügbar, aber das ist nicht der Fall. Diese beiden sind aber von unserem neuesten, mächtigsten Modell.«

»Könnte man nicht ein paar von den anderen Schiffen herbeiholen?«
»Sie sind schon verständigt, aber es wird einige Zeit dauern, bis sie Lanta erreichen. Wir können nicht auf sie warten, wir wagen es nicht. Der fremde Apparat mag jeden Augenblick entwischen. Wir müssen damit fertig werden, bevor es zu spät ist.«
»Ja, Marschall!« sagte Wteish.
»Was für ein Glück! Was für ein Geschenk!« Hätte Gvandt Hände besessen, er hätte begeistert in sie geklatscht. So wackelte er nur mit den Vorstreckern. »Jetzt haben wir die Chance, diese Anders-Lebensform einzuschätzen, während wir sie gleichzeitig über uns im ungewissen lassen. Nach einer vorbereitenden Prüfung werden wir ihre Abwehrkräfte durch einen leichten Angriff testen. Schließlich erobern wir das Schiff und erforschen das Geheimnis seiner Schnelligkeit und Manövrierfähigkeit. Alle diese Erkenntnisse, mein lieber Befehlshaber, werden uns den größten Antrieb in zwanzig Lebensspannen verleihen.«
»Einer in einem Leben reicht mir«, sagte Wteish mit schamlosem Zynismus. »Ich war seltsam uninteressiert, bevor ich ausgebrütet wurde, und erwarte, sonderbar gleichgültig zu sein, nachdem ich verbrannt worden bin.« Er buckelte zur kühlen Wand, lehnte sich daran und sinnierte: »Glauben Sie, daß dieses Anders-Leben wie ... wie ... wir sein könnte?«
»Ich sehe nicht ein, weshalb nicht«, sagte Gvandt nach einiger Überlegung. »Wir sind bei weitem die höchste Form im bekannten Kosmos, demzufolge muß jede andere hohe Form uns ähnlich sein.«
»Die Logik dieser Behauptung ist nicht überzeugend.« Wteish zeichnete eine Skizze an die Wand. »Sie könnten zum Beispiel so aussehen.«
»Machen Sie sich nicht lächerlich. Weshalb sollten sie etwas derart Phantastischem gleichen?«
»Weshalb nicht?«
Gvandt sagte streng: »Sie halten zuviel von diesen Traumspielen bei den Festen. Sie neigen zur geistigen Extravaganz. Ihr Gehirn verbringt die halbe Zeit damit, verrückte Visionen heraufzubeschwören, weil es nichts Besseres zu tun hat.« Sein hinteres Augenpaar richtete sich auf den Zeitmesser an der Wand. »Die Heilung steht bevor – Sie können sich gleich nützlich machen. Die Schiffe werden noch diese Stunde bereitstehen, und ich dulde bei niemandem ein Zögern. Sorgen Sie dafür, daß Sie

rechtzeitig gepackt haben und an Bord sind.«
»Ja, Marschall. Ganz gewiß, Marschall«, versprach Wteish und achtete wieder sorgsam darauf, daß er den Sprech-Mund gebrauchte.

Von der östlichen Bodenerhebung, über welche die Bäume in dichten Reihen marschierten, konnte man das terranische Raumschiff wie in einer Senke liegen sehen.
Wie eine große, dicke Nacktschnecke klebte Gvandt mit Saugfüßen an einem Baumstamm, während er ein starkes Monokular an ein Auge hob und die anderen schloß. Das Gesichtsfeld wankte und zitterte nicht, denn unter dem Monokular waren seine Vorstrecker aneinandergestemmt und bildeten eine viel stabilere Stütze als terranische Hände.
Gvandt stellte die Brennweite seines Instruments ein und erlangte ein klares, scharfes Bild von Peter dem Piloten, der auf der untersten Sprosse der Landeleiter seines Raumschiffs saß und Pfeife rauchte. Er fiel fast vom Baum.
»Bei dem Ei, das mich barg!« Er nahm das Fernrohr vom Auge, ließ die anderen hervortreten und starrte herum. »Sehen Sie dieses Ding?«
»Ja«, sagte Wteish gelassen. »Es hat nur zwei Beine, länger und magerer als unsere. Nur zwei Augen. Die oberen Glieder biegen sich stets an derselben Stelle, als hätten sie einen harten Kern und Gelenke.«
»Das sehe ich auch«, warf Captain Gordd ein, der hoch an einem Nachbarbaum hing. Er sprach mit ungläubiger Gedämpftheit. »Es gleicht keinem Wesen auf einem unserer vierundzwanzig Planeten.«
»Die Frage ist«, sagte Gvandt, »wie viele von diesen Wesen noch im Schiff sind.«
Gordd dachte nach und meinte: »Irgendeine Zahl zwischen zehn und zwanzig. Möglicherweise dreißig, obgleich ich das bezweifle.«
Gvandt schaute noch einmal lange hinüber, steckte sein Monokular ein, glitt den Baumstamm hinunter und erreichte den Boden.
»Beeilt euch mit dem Pictogramm.«
Einer der Männer stieg von seinem Baum herunter, betätigte sich an dem kastenartigen Instrument in seinem Griff und zog schließlich ein großes Foto von Peter, komplett mit Pfeife, heraus.
»Nun, wir haben ein Dokument darüber, wie sie aussehen«, knurrte Gvandt und betrachtete das Bild genau. »Ich würde es nicht glauben,

wenn ich es nicht selbst gesehen hätte. Man stelle sich Tausende von solchen Wesen vor!«
»Millionen«, verbesserte Wteish, der sich zu ihm gesellte.
»Ja, Millionen, alle wie dieses.« Er gab die Aufnahme zurück und sagte: »Stellen Sie Abzüge für die Übermittlung an alle Sektor-Zentralen her.« Er wandte sich an Wteish: »Jetzt werden wir feststellen, was sie haben.« Er rief einen Soldaten zu sich. »Gehen Sie so nah heran wie möglich und schießen Sie.«
»Tot?« fragte der Soldat.
»Tot«, bestätigte Gvandt.
»Ist das nötig?« warf Wteish kühn ein.
»Es ist wichtig, daß wir ihre stärkste, verzweifeltste Reaktion vorgeführt bekommen«, sagte Gvandt steif. Er sah den Soldaten an. »Na, worauf warten Sie? Sie haben Ihren Befehl!«
Der andere schlurfte zwischen den Bäumen in das Unterholz auf das fremde Raumschiff zu. Die Geräusche verklangen, als er vorsichtig weiterkroch. Die anderen warteten unter den Bäumen auf den Schuß und das darauffolgende Getümmel. Zwölf befanden sich hoch oben in den Bäumen, um die Abwehrmethode des Anders-Lebens zu beobachten und zu vermerken.

Peter der Pilot saugte milden Blicks an seiner Pfeife und lauschte, lauschte, nicht mit den Ohren, sondern mit dem Gehirn. Sammy des Scharfauges Gedanken kamen kühl, ohne Emotion zu ihm.
»Sie sind in den Bäumen, eine Meile vor dir. Ich war nahe genug dort, um mich zu vergewissern, daß sie noch alle da sind. Junge, Junge, was für ein Verein von Glitschern! Sie glitschen und knitschen hierhin und dorthin. Jeder hat acht Augen, alle ganz oben, die sich aber unabhängig voneinander bewegen. Sie haben sich so oft geweigert, mich zu sehen, daß ich mir schon überlege, ob ich durchsichtig geworden bin.«
»Nicht mit dem, wovon du voll bist!« witzelte Rippy.
›Ruhe!« befahl Peter. »Das ist nicht die Zeit fürs Dazwischenquatschen.«
»Das Problem sind die Bäume«, fuhr Sammy fort. »Sie verbergen zuviel. Clobo müßte dir mehr verraten können als ich.«
»Endlich wird also eingeräumt, daß Clobo nützlich sein kann«, warf die

ser ein. »Clobo kommt zu seinem Recht – während seiner Schlafenszeit Für die Sünder kein Schlummer!« Er übertrug einen tiefen Seufzer. »Und morgen wird alles vergessen sein.«

»Was siehst du, Clobo?« fragte Peter und übermittelte Mitgefühl.

»Sie besprechen sich mit häßlichen Mundgeräuschen. Es ist klar, daß sie in keiner Weise Telepathen sind.«

»Wenn sie es wären, hätten sie uns längst belauscht«, betonte Sammy.

»Sie scheinen zu einer Entscheidung gelangt zu sein und haben einen losgeschickt, der einen nach einer Waffe aussehenden Gegenstand trägt«, fuhr Clobo fort. »Er nähert sich jetzt vorsichtig dem Schiff. Jetzt geht er ganz hinunter und kriecht. Ich habe ein merkwürdiges Gefühl.«

»In welcher Beziehung?« fragte Sammy.

»Daß er nicht den Wunsch hat, uns Kußhändchen zuzuwerfen.«

»Tja, hm«, sagte Peter und klopfte die Pfeife aus. »Ich halte es nicht für klug, daß ich selbst etwas unternehme, bis ich sicher bin, ob seine Absichten ehrenhaft sind oder nicht.«

»Wenn du mich fragst, ich würde ihm nicht einmal Hectors Büchsenöffner anvertrauen«, sagte Clobo.

»Das mußt ausgerechnet du sagen!« meinte Hector.

»Jetzt ist er an einer geeigneten Lücke stehengeblieben und zielt mit seiner Waffe. Wenn ich in sein fremdartiges Gehirn sehen könnte, würde ich es aufgedunsen von Wirrwarr finden. Er will auf dich schießen, glaube ich. Rippy ist zehn Meter vor ihm im Gras versteckt.«

»Ich werde mich jetzt zeigen«, kündigte Rippy an.

»Paß auf, daß du nicht eine blaue Bohne in die Birne kriegst«, warnte Peter. Er kniff die Augen zusammen und versuchte, Rippy in der über eine halbe Meile entfernten Vegetation zu erkennen. Es war nichts zu sehen; die Gewächse standen zu dicht.

Clobos Impulse wurden nun zu einer raschen Reihe schriller mentaler Rufe, als er wie ein erregter Kommentator bei einem Meisterschaftskampf pausenlos zu schnattern begann. Man gewann den Eindruck, daß er beim Senden auf und ab hüpfte.

»Rippy steht auf und starrt dem Kerl genau ins Gesicht. Der Heckenschütze gibt ein verblüfftes Zeichen von sich und läßt die Waffe fallen. Rippy bewegt sich nicht. Der andere erholt sich. Alle acht Augen und die ganze Aufmerksamkeit auf Rippy gerichtet, tastet er nach seiner

Waffe, findet sie, hebt sie auf. Was hat es für einen Zweck, ringsum Augen zu besitzen, wenn man sie nicht gebraucht? Er legt gerade an, als Kim von dort auftaucht, wo er nicht hinschaut, und ihm auf den Rücken springt. Phu! Wham! Kim reißt Klumpen heraus und wirft sie den Fröschen zu. Der andere ist auf den Rücken gerollt und erzeugt Geräusche mit beiden Mündern und wirft seine Beine in alle Richtungen. Kim zieht jetzt seine Innenausstattung heraus und drapiert sie über die Sträucher. Da ist eine eigenartige blaue Masse, die . . .«

Peter verschloß sein Denken und öffnete die Ohren. Er vernahm schwaches Rascheln, vermischt mit eigenartigen, unidentifizierbaren Geräuschen tief in der Vegetation. Er sah zum Himmel hinauf, als suche er etwas, was schon zu hoch war, um gesehen zu werden. Er zog den Tabaksbeutel heraus, stopfte seine Pfeife, drückte den Tabak fest, sog daran, ohne ihn anzuzünden.

»... nur ein stinkender, unappetitlicher Rest zurückbleibt«, schloß Clobo erschöpft.

»Die Suppe ist fertig«, verkündete Hector, der phantasielos den unpassendsten Augenblick wählte.

Die drei Soldaten schlichen zurück und drehten die Augen argwöhnisch in alle Richtungen, vor allem nach rückwärts. Zwei berichteten, während der dritte an seinem Kasten arbeitete und dann Gvandt das Pictogramm reichte.

»Zerfetzt?« sagte Gvandt ungläubig. Sie bestätigten nervös. Er starrte das Bild an, das man ihm in die zupackenden Vorstrecker drückte. Er war entsetzt. »Bei der großen, roten Brutsonne!«

»Lassen Sie sehen.« Wteish blickte über die klebrigen Gliedmaßen des anderen. Sein erster, zweiter und dritter Magen drehte sich der Reihe nach um. »Mit tausend Messern zerteilt!«

»Sie müssen einen Hinterhalt gelegt haben«, entschied Gvandt, ohne sich zu fragen, woher die Gegner gewußt hatten, wo sie sich aufstellen mußten. »Mehrere. Sie griffen mit der äußersten Brutalität an. Er hatte nie die Gelegenheit, seine Waffe zu gebrauchen.« Er wandte sich an die stummen Soldaten. »Dabei fällt mir ein – wo ist sein Gewehr? Habt ihr es geborgen?«

»Es war nicht da. Verschwunden.

»So!« sagte Gvandt bitter. »Jetzt haben sie eine Schußwaffe. Eines von unseren Gewehren.«
»Nur ein gewöhnliches Handgewehr«, tröstete Wteish. »Wir haben größere und bessere Waffen. Davon wissen sie nichts.«
»Was wissen wir?« fauchte Gvandt. »Nichts – außer, daß sie Messer haben.«
»Superschnelle Schiffe und gewöhnliche Messer«, meinte Wteish nachdenklich. »Das paßt einfach nicht zusammen. Mir erscheint das ungereimt.«
»Zur ewigen Dunkelheit mit der Ungereimtheit!« fluchte Gvandt. »Ihre scharfen Klingen haben sich unseren Gewehren als überlegen gezeigt. Sie haben getötet, nicht wir. Das kann ich nicht dulden!«
»Was schlagen Sie vor?«
»Wir versuchen es im Dunkeln noch einmal.« Gvandt glitschte hin und her, seine Stimme klang gereizt. »Ich rechne nicht damit, sie im Schlaf überraschen zu können – falls sie schlafen –, denn sie werden jetzt Wache halten, seit sie wissen, daß wir hier sind. Sollten sie jedoch zufällig an die Dunkelheit weniger gewöhnt sein als wir, dann genießen wir einen kleinen . . .«
Er verstummte, als metallisches Klirren von dem fernen Schiff herüberdrang und einer der Baumbeobachter sich aufgeregt meldete. Er kletterte den Stamm hinauf und gebrauchte sein Fernrohr.
Etwas war aus dem terranischen Raumschiff gekommen. Es war eine helle, neue und gänzlich fremdartige Gestalt, die keinerlei Ähnlichkeit mit dem vorher beobachteten zweibeinigen Wesen hatte.
Diese Erscheinung war von der Seite gesehen rautenförmig und schimmerte in der Sonne. Sie besaß keine Beine und schien sich auf rotierenden, aber unsichtbaren Bändern oder vielleicht auf verborgenen Rollen fortzubewegen. In den seltsamsten Winkeln ragten viele Gliedmaßen daraus hervor, manche vielgelenkig, andere fühlerartig. Das unheimliche Objekt schleppte ein langes, dickes Kabel hinter sich her, das im Schiff verschwand, rollte den halben Weg zum Heck und schleppte mit zwei Gliedmaßen eine große, gewölbte Metallplatte.
Während Gvandt mit quellenden Augen zusah, drehte der Neuankömmling den weit entfernten Beobachtern den Rücken zu, hielt die gewölbte Platte an den Rumpf des Schiffes und machte etwas mit ihrer Kante. Ein

grelles, flackerndes Licht glühte am Ende seines ausgestreckten Armes auf und kroch langsam an der Plattenkante hinauf.

»Schweißen!« sagte Wteish unnötigerweise.

Gvandt blickte finster drein, schaute an seinem Baum hinauf und sagte zu dem Pictographen über ihm: »Nehmen Sie das auf?«

»Ja.«

»Machen Sie gleich mehrere Aufzeichnungen.« Er schaute hinunter auf ein halbes Dutzend unruhiger Soldaten. »Ihr sechs geht einen Viertelkreis weit und bleibt in Schußweite dieses Raumschiffs. Bleibt beisammen. Trennt euch nicht, ganz gleichgültig, was geschieht. Sucht einen guten Platz zum Zielen, und verpaßt diesem beinlosen Alptraum eine Salve. Seht zu, daß ihr es trefft – den prügle ich, der es verfehlt!«

Sie entfernten sich gehorsam, aber ohne Begeisterung. Gvandt stieg am Baum etwas höher hinauf, kauerte in einer Gabelung, hielt sein Glas auf das glänzende fremde Wesen gerichtet, das sich weiterhin auf seine Arbeit konzentrierte, so als habe es in der ganzen Schöpfung keinen Feind. Wteish, Gordd und Hixl hatten alle ihre Monokulare darauf gerichtet. Der Pictograph behielt es auf seinem Schirm.

Langsam und unsicher krochen die Soldaten im Kreis herum, mit wachen Sinnen, nervös und doch nichts ahnend von Augen, die sie beobachteten, von Gehirnen, die miteinander in Verbindung standen.

Für den wartenden Gvandt schien der Exekutionstrupp eine Ewigkeit zu brauchen. Er spielte mit dem morbiden Gedanken, daß ihn bereits ein lautloses, aber schreckliches Ende ereilt hatte, als ihn das laute Knallen von sechs Waffen zusammenzucken ließ. Man hörte das kurze Rauschen der Geschosse deutlich, und noch lauter war das heftige Wummern, mit dem sie ihr Ziel trafen.

Das grelle Schweißlicht erlosch. Das glänzende Ding glitt einen Meter bugwärts und stand still. Angespannte Sekunden vergingen. Dann hob es seinen Arm ruhig zur gegenüberliegenden Naht, das Licht erglühte von neuem, und die Schweißlinie kroch nach oben.

Es gab ein so selten gebrauchtes Wort, daß manche es in einem ganzen Leben nie zu hören bekamen. Gvandt gebrauchte es nicht nur, er verunstaltete es mit seinem Eß-Mund. Wteish war schockiert, Gordd entgeistert, Hixl merkte es sich für künftige Fälle.

Während sie hinüberblickten, tauchte das zweibeinige, zweiäugige We-

sen auf. Es trat aus dem Raumschiff, die Pfeife im Mund, ein winziges Gerät in der Hand. Das meiste, was ihre Fernrohre ausmachten, war, daß das seltsame Instrument einen Handgriff und darüber eine kleine Plattform besaß, auf der ein kleines Rohr von Bleistiftgröße noch oben zeigte. Der Zweibeiner drückte den Griff, das winzige Rohr spuckte Feuer, sprang von seiner Plattform und huschte ins Unsichtbare davon. Ein dünner, gewölbter Rauchfaden markierte seine Spur.
Es blieb lange still, so daß diese Vorstellung sinnlos erschien. Das Schweigen endete mit einem gigantischen Donnerschlag und einem deutlichen Beben des Bodens. Drüben auf der rechten Seite, wo der versteckte Trupp lag, sprang ein großer Baum hundertfünfzig oder zweihundert Meter in die Luft, eine Tonne Erde noch an den Wurzeln. Andere Bäume neigten sich zur Seite und kippten, wie um ihm Platz zu machen für den Sturz.
Von den sechs Soldaten blieb nicht einmal ein blauer Fleck.
Peter der Pilot kletterte müde in seine Koje, zog den Chronometer in der Wand auf, blickte durch das winzige Bullauge in die Dunkelheit hinaus, legte sich hin und schloß die Augen. Etwas Kompaktes rollte lärmend durch das Schiff, klirrte und rasselte.
Hectors Gedanke traf mit einer Spur von Verärgerung ein.
»So gut er auch sein mag, ich behaupte, daß er noch enorm verbessert werden kann. Warum kann er nicht telepathisch sein? Wenn sie eine Möglichkeit gefunden hätten, einen Telepathen aus ihm zu machen, könnte ich in den Schlafstunden ein paar ausgewählte Bemerkungen über jonglierende Eisenklumpen von mir geben.«
»Jemand, der auf Besorgnis in mechanischen Angelegenheiten reagieren und sich blitzschnell an die Arbeit machen kann, ist für mich ein Wunderwerk«, erklärte Peter. »Sei zufrieden, daß er einseitig denkt und nur schläft, wenn es nichts zu tun gibt.«
»Genau da möchte ich schlafen«, beklagte sich Hector. »Wenn nicht eine Menge Bäuche um mich rumhängen und hungrig knurren.« Ein dröhnendes Rattern wie von einem Preßlufthammer drang vom Heck herüber, und Hector rief: »Hör dir das an! Steht mir vielleicht kein Schlaf zu?«
»Ich kann mich nicht erinnern, daß du für meine Rechte geschrien hättest, als ich während meiner Schlafenszeit arbeiten mußte«, warf Clobo

ein.
»Schlafenszeit!« meinte Hector verächtlich. »Jeder, der behauptet, tagsüber sei Schlafenszeit, ist so bekloppt, daß er überhaupt keine Rechte hat.«
»Der Ärger mit dem Schiff hier ist, daß es zu viele Quatschmäuler gibt«, meldete sich Sammy. »Meine Geduld geht rasch zu Ende. In Kürze gebe ich es auf, süßen Träumen nachzujagen, und mache mich daran, ein paar Kehlen aufzuschlitzen.«
»Bäh!« sagte Hector lahm.
Peng, klirr! Niemand achtete mehr darauf. Peter schloß die Augen wieder und schlief ein. Wie üblich eilte sein Astralleib zur Erde zurück, wo er – durchschnittlich einmal die Woche – seine Traumstadt durchstreifte und – vielleicht einmal im Monat – seine Traumblondine traf.
Dies war eine der Gelegenheiten, wo die besagte Blondine unter den Anwesenden war. Sie saß ihm an einem Tisch gegenüber und strahlte ihn über eine mit Blumen gefüllte Vase hinweg an, als plötzlich ihre Konversation umschaltete.
»Aber, Liebster, wenn wir diesen Planetoiden nur für uns kaufen, mußt du aus dem Dienst ausscheiden, weil es keinen Sinn hat, daß du dauernd wegläufst und . . .« Sie machte eine Pause und sagte scharf: »Peter, du träumst! Wach auf!«
Er setzte sich hellwach auf, während der Schock noch nachwirkte.
»So, Faulpelz!« meldeten sich die mentalen Impulse Nildas der Nachtwache. »Es gibt einen Tanz!«
»Aha!« bestätigte Clobo erfreut.
»Was siehst du, Nilda?« fragte Peter.
»Eine große Kanone. Sie haben sie aus einem ihrer Schiffe geholt und ziehen sie jetzt auf der anderen Seite des Hügels hinauf. Ich schätze, daß sie etwa eine Stunde brauchen werden, um den Kamm zu erreichen.«
»Glaubst du, sie ist wirksam genug, um unseren Rumpf zu beschädigen?«
»Ich kann nicht beurteilen, ob sie uns nicht als Klumpen über die ganze Landschaft verteilt. Ein Spielzeug ist sie nicht. Sie brauchen sechzig Leute, um sie zu schleppen. Die Bäume behindern sie nicht wenig.« Sie schwieg geraume Zeit, gab ein paar undeutliche Laute von sich und

meinte schließlich: »Du bist der offizielle Denkkasten. Was soll ich tun?«

»Wenn du mir die genaue Entfernung und den Neigungswinkel relativ zum Schiff geben könntest, würde ich eine Hebemaschine spendieren«, meinte er. »Aber das würde ihnen etwas von unseren schweren Waffen verraten. Ich gebrauche sie lieber nicht, wenn es sich vermeiden läßt. Außerdem rüttelt uns das vielleicht in Stücke, solange wir am Boden sind.«

»Na und?« fragte Nilda.

»Ich hinterlasse dir unten an der Leiter einen mittelschweren Sprengkopf. Den kannst du anbringen, wo er am meisten Wirkung tut.«

»In Ordnung«, sagte Nilda mit einem Mangel an Gefühl, der bei einem weiblichen Wesen merkwürdig wirkte.

Clobo schrie prompt: »Laß mir Zeit, da wegzukommen, du glotzäugige Mörderin! Ich bin genau in den Bäumen und fast über ihnen.«

»Du nennst mich glotzäugig?« gab Nilda zurück. »Na, du Geisterzwerg, ich habe gute Lust . . .«

»Das ist aber auch das einzige, was du hast«, meinte Clobo. »Laß mich weg hier, bevor es mich mit erwischt.«

»Gib ihm Zeit, sich abzusetzen«, befahl Peter. »Ich stelle fest, ob von den anderen noch jemand im Dunkeln herumschleicht.« Er nahm seine Lampe, betrat den Gang und ging von Zelle zu Zelle. Der Rest seiner Besatzung war zur Stelle, alle im Schlaf außer Rippy, der mürrisch vor sich hin nuschelte. Er wich dem rautenförmigen Ding aus, das geschäftig durch den Korridor rollte, erreichte die Waffenkammer, wählte einen kleinen, einpfündigen Sprengkopf und legte ihn unten an die Leiter. Dann kehrte er in seine Koje zurück, übertrug »In Ordnung, Nilda!«, schloß die Augen und versuchte zu der Blondine zurückzukommen.

Der Schlaf wollte sich nicht einstellen. Er ertappte sich dabei, daß er lauschte, wie Nilda die Bombe holte, obwohl er wußte, daß er sie nicht hören würde. Obwohl das Bullauge auf der blinden Seite des Schiffes lag, was die Kanone betraf, fühlte er sich doch veranlaßt, von Zeit zu Zeit hinauszublicken. Nilda und Clobo äußerten sich nicht mehr, und die anderen schliefen tief und fest. Stille lag über der Außenwelt; abgesehen vom gleichmäßigen Summen und gelegentlichen Klirren am Schiffsende hörte man keinen Laut.

Nach einer halben Stunde leuchteten die Bäume vor dem Bullauge kurze Zeit grell und blutrot auf. Das ganze Raumschiff bebte. Ein schreckliches Donnern folgte. Die Besatzung wurde wach und empörte sich in unflätigen Ausdrücken.
»Das war kompliziert«, erklärte Nilda. »Ich mußte schneller weg, als das Ding fiel.«
Vier lautlose Stimmen erklärten ironisch im Chor: »Sonst hättest du dir das Make-up ruiniert.«
»Ja«, sagte Nilda gelassen. »Jemand muß ja anständig aussehen.«
Hector allein besaß die Fähigkeit, das dazu passende Geräusch telepathisch zu übermitteln.

Sektor-Marschall Gvandt stand mürrisch am Kraterrand, insgeheim von seiner Größe im Licht des neuen Tages beeindruckt, und sagte zu einem Captain der Landstreitkräfte: »Also, was haben Sie zu sagen?«
»Wir hielten im Kreis Wache, zwei Körperbreiten voneinander entfernt, und das die ganze Nacht. Das gesamte Gelände zwischen uns wurde so genau beobachtet, daß nichts unbemerkt durchgeschlüpft sein kann.«
»So sieht es aus«, meinte Gvandt böse. Er scharrte mit drei seiner Füße im Staub und sah ihn in das große Loch hinuntergleiten.
»Nichts ist durchgekommen«, wiederholte der Captain. »Wir haben jeden Zentimeter Boden im Auge gehabt. Wir hielten die Wache sogar nach der Explosion aufrecht, bis es hell wurde.«
»Und doch hat sich hinter euch diese Katastrophe ereignet. Sie und Ihre Leute befanden sich zwischen der Stelle und dem Schiff. Irgend etwas muß das hervorgerufen haben – irgendein Ding!«
»Ich kann es nicht erklären. Ich kann nur sagen, daß kein fremdes Wesen durch den Ring der Wachen gelangt ist.« Er zeigte sich sehr entschieden.
»Hmf!« Mit offener Unzufriedenheit wandte Gvandt seine Aufmerksamkeit einem verwundeten Soldaten in der Nähe zu. »Was gibt es?«
»Sie hatten die Kanone und den Munitionswagen bis hierher geschafft.« Vier von seinen acht Augen drehten sich, um in den Krater zu starren. »Ich folgte in kurzem Abstand. Alles war dunkel und still. Ich konnte nichts Ungewöhnliches sehen oder hören, kein Geräusch, keine Vorwarnung. Ganz plötzlich geschah das da.« Er wies mit zitterndem Vorstrek-

ker auf das Loch. »Ich wurde hochgerissen und an einen Baum geschleudert.«
»Niemand weiß etwas«, fauchte Gvandt und stieß die Füße in den Sand. »Eine Kanone, ein Wagen, zwei Captains und sechzig Mann mit einer einzigen mitternächtlichen Explosion futsch – und niemand weiß etwas.« Er funkelte den Captain an. »Ist es in dem fremden Schiff die ganze Zeit still und ruhig geblieben?«
»Nein.« Der Captain reagierte nervös.
»Dann los, Sie Narr, heraus damit! Ich bin fähig, Gesprocnenes zu verstehen!«
»Sofort, nachdem es dunkel geworden war, hörten wir, wie die Tür des Raumschiffs aufging und sich schloß, als sei jemand herausgekommen, aber auf der Leiter war kein Geräusch zu vernehmen, und in der Dunkelheit konnten wir nichts sehen – falls etwas herausgekommen sein sollte. Jedenfalls wurde kein Versuch unternommen, unseren Ring zu durchbrechen oder sich ihm auch nur zu nähern. Gegen Mitternacht, kurz vor der Explosion, wurde die Tür wieder geöffnet und geschlossen. Man hörte schwache Geräusche die Leiter hinauf und hinunter, als sei jemand herausgekommen und sofort wieder hineingegangen.«
»Das ist der Gipfel an Klarheit«, sagte Gvandt aufgebracht. »Es verrät mir praktisch alles, was ich wissen möchte.«
»Das freut mich«, versicherte der Captain dümmlich.
»Gehen Sie mir aus den Augen!« Gvandt wedelte wütend mit seinen Vorstreckern.
»Wir haben Suchgeräte«, bemerkte Wteish nachdenklich. »Wir haben Apparate, die mechanisch Tag und Nacht alles aufnehmen. Wie schade, daß wir sie hier nicht einsetzen.«
»Sie sind mir nicht voraus«, knurrte ihn Gvandt an. »Sie hinken ein paar Tage hinterher. Ich habe die Angelegenheit unterwegs bedacht. Suchanlagen können nicht aus den Schiffen herausgenommen werden, ebensowenig sind sie ohne Energiezufuhr in den Schiffen betriebsbereit, ferner können wir die Schiffe nicht näher heranbringen als bisher.«
»Ich scheine etwas von transportablen Geräten mit eigener Energieversorgung gehört zu haben«, meinte Wteish mit einem Seitenblick. »Kleine Anlagen mit eigenem Generator.«
»Sie reden wie ein Schwachsinniger. Ich kann nicht mit Zauberhand ein

Gerät herstellen, das wir nicht besitzen. Ein paar Anlagen werden von Schiffen angeliefert, die noch viele Tage ausbleiben. Es steht sogar außerhalb meiner Macht, sie zu beschleunigen.«

»Gewiß.«

»Zweitens«, fuhr er gereizt fort, »bezweifle ich die Nützlichkeit dieser Geräte, wenn sie eintreffen. Was eine große Kanone in die Luft zu sprengen vermag, wird auch mit einem transportablen Sehgerät fertig. Drittens ist offenkundig, daß dieser fremde Zylinder ein unvorstellbares Sehgerät besitzt, das den unseren weit überlegen ist.«

»In welcher Beziehung?«

»In welcher Beziehung?« wiederholte Gvandt und blickte mit allen Augen flehend zum gleichgültigen Himmel. »Er fragte mich: ›In welcher Beziehung?‹ Sehen Sie, Befehlshaber Wteish, wir befinden uns am Hang eines Hügels. Das feindliche Schiff liegt auf der anderen Seite, hinter der Kuppe. Wir können es von hier aus nicht sehen. Es ist außer Sicht, weil wir es durch einige tausend Tonnen Humus hindurch nicht betrachten können. Kein Sehgerät, das wir besitzen, keines, das wir uns vorstellen können, ist in der Lage, mitten durch einen Hügel zu blicken.« Er stieß den anderen an. »Anscheinend können sie durch den Hügel sehen. Woher sonst wissen sie von einer Kanone und können ihren genauen Standort ausmachen?«

»Vielleicht haben sie ein Gerät, das auf ähnliche Weise wie unsere Elektrokommunikatoren die Himmelsreflexion anwendet«, sagte Wteish tiefsinnig. »In diesem Fall wären Hügel und Berge kein Hindernis.«

»Quatsch! *Kamminif!* Sie sind wieder bei Ihren Traumspielen. Selbst wenn Hügel und Berge optisch zu überwinden wären, könnte man nichts erkennen als Baumwipfel. Wie ist es möglich, einen so selektiven Apparat zu entwickeln, der das schützende Laubdach auflösen und alles freilegen kann, was sich darunter befindet?«

»Ich würde nicht wagen, über die Möglichkeit zu diskutieren«, sagte Wteish. »Ich begnüge mich damit, aufzuzeigen.« Er deutete auf den Krater. »Da ist der unwiderlegbare Beweis dafür, daß sie trotz aller technischer Schwierigkeiten durch Hügel oder Laubdächer blicken können und blicken, bei Nacht ebenso wie bei Tag.«

»Das sage ich doch die ganze Zeit«, fuhr Gvandt auf. »Sie drehen sich im Kreis Reden Sie eigentlich nur, um Ihre schöne Stimme zu hö-

ren?«
Er war immer noch wütend, als ein Kurier eintraf und ihm einen Nachrichtenzylinder reichte, den er ungeduldig aufschraubte. Er zog die Meldung heraus und las sie laut vor.
»Haben Ihr Pictogramm von zweibeinigem Anders-Leben erhalten. Gut gemacht!« Er knüllte das Papier zusammen und warf es in den Krater
»Die Zentrale sagt, das sei gut gemacht. Wegen der mangelnden Unterstützung von dort haben wir es bisher sehr schlecht gemacht.«
»Da ist noch einer«, sagte der Kurier und übergab ihm einen zweiten Zylinder.
Gvandt ergriff ihn und las: »Haben eben Pictogramm des asymmetrischen, vielgliedrigen, beinlosen Anders-Lebens erhalten und können es mit vorher übermittelter Aufnahme nicht in Einklang bringen. Welche Beziehung besteht? Umgehend aufklären.«
Er funkelte den Kurier an, der erschrocken zurückwich. »Umgehend aufklären. Halten die mich für allmächtig?«
»Ich bin nur der Kurier«, betonte der andere.
Ein Pictograph erschien, bevor Gvandt sich anderweitig Luft machen konnte. Er hatte sein Gerät in ein paar Vorstreckern, mehrere glänzende Blätter in anderen. Er wirkte verstört.
»Na?« fauchte Gvandt und starrte ihn böse an.
Der Pictograph stammelte nervös: »Gestern nacht haben wir Geräte in den Bäumen angebracht, auf Befehl von Captain Hixl. Sie waren mit Blitzlicht und Stolperkabel ausgestattet. Wie erwartet, wurden mehrere Baumechsen aufgenommen.« Er hielt ihm die Bilder hin. »Außerdem fanden wir diese. Wir hätten mehr, wenn einige Geräte nicht durch die Explosion zerstört worden wären.«
Gvandt riß ihm die Aufnahmen aus der Hand und starrte sie mit acht Augen an. Beide Münder zuckten, und sein Körper wölbte sich vor Schreck.
Drei der Aufnahmen zeigten verschiedene Ansichten derselben phantastischen Erscheinung. Sie saß auf einem Ast, als wolle sie die gute Luft genießen. Sie besaß eine oberflächliche Ähnlichkeit mit dem zweibeinigen, pfeiferauchenden Wesen, das als erstes aufgetaucht war, denn sie hatte zwei Beine, zwei Gelenkarme und eine vergleichbare Gestalt. Sie war aber viel kleiner und verfügte dazu über einen Einzelfühler, der um

den Ast gewickelt war, auf dem sie saß. Ihr kleines, verschmitztes Gesicht zeigte zwei riesengroße Augen, die wie Monde aus dem Bild starrten.

»Beim Weltraum!« fluchte Wteish neben Gvandt. »Was für ein Objekt!«

Er stieß zischend den Atem aus, als Gvandt die anderen Bilder betrachtete. Sie zeigten ein weiteres, anders geformtes, aber ebenso alptraumhaftes Ding, gleichfalls auf einem Ast. Statt Beine besaß es zwei dreifingrige Hände und keine sichtbaren Arme, Fühler oder Vorstrecker. Abgesehen von den Händen, die den Ast umfaßten, schien es über keine Gliedmaßen zu verfügen. Sein Körper wölbte sich gleichmäßig auf beiden Seiten, und die Umrisse wirkten seltsam unscharf.

Was am meisten erschreckte, war das Gesicht, das fürchterliche Gesicht. Oben flach, mit Dämonenhörnern an den Seiten, besaß es eine große, bedrohliche Nase; sie ragte zwischen zwei riesigen, glühenden Augen hervor, die noch größer als die des Wesens auf den anderen Fotos waren. Selbst als Abbildung bannten diese ungeheuren Optikkörper sie mit der hypnotischen Eigenschaft ihres kalten, hochmütigen, alles sehenden Blicks.

»Jetzt haben wir vier Formen«, stöhnte Gvandt, der unfähig war, den Blick von diesen enormen Augen zu lösen. »Ihr könnt sehen, was geschehen wird. Ich übermittle sie an die Zentrale. Zur gegebenen Zeit wird man den Empfang bestätigen.« Seine Stimme äffte höhnisch den steifen, bei Bürokraten beliebten Amtston nach. »Haben Ihre Pictogramme von zwei weiteren Lebensformen erhalten. Teilen Sie umgehend mit, welche davon die herrschende ist und definieren Sie die Stellung der anderen zu ihr.«

»Ich weiß nicht, was man darauf antworten könnte«, gestand Wteish.

»Nichts – vorerst.« Gvandt gestikulierte gereizt in Richtung des fremden Raumschiffs. »Im Namen des ewigen Kosmos, warum können sie sich nicht entschließen, welche Gestalt und Form sie nun annehmen wollen? Im Namen der roten, blauen oder jeder anderen Sonne, warum können sie sich nicht für eine bestimmte Identität entscheiden und dabei bleiben?«

»Vielleicht läßt ihre Natur eine Entscheidung nicht zu«, theoretisierte Wteish, nachdem er sein Gehirn angestrengt hatte. »Ich könnte mir vorstellen, daß sie alle vom gleichen Typ sind, aber unter einem fremdartigen Zwang stehen, sich von Zeit zu Zeit zu verändern. Sie könnten Wesen sein, die nicht zu verhindern vermögen, daß sie sich in bestimmten Augenblicken, als Reaktion auf bestimmte Impulse, verändern.«

»Sie können sich alles mögliche vorstellen«, höhnte Gvandt. »Manchmal frage ich mich, warum Sie den Dienst nicht quittieren und Traumspiel-Designer werden.« Er starrte wieder auf die großen Augen von Clobo, auf die noch größeren Nildas. »Wir müssen dieses Problem unverzüglich lösen.«

»Wie?«

»Wir haben zwei Möglichkeiten. Einmal können wir einen Angriff in voller Stärke aus allen Richtungen zugleich unternehmen, mit allen Truppen und den Schiffsbesatzungen.«

»Das kann uns enorme Verluste einbringen«, betonte Wteish. »Und wenn er mißlingt, haben wir mindestens vier Tage lang keinen Ersatz. So lange brauchen wir, um aus den hiesigen Siedlern eine Streitmacht aufzustellen, und noch länger, wenn wir auf die anderen Schiffe warten.«

»Das habe ich bedacht«, sagte Gvandt. »Ich ziehe den zweiten Plan vor, obwohl er riskant ist. Wir können mit einem Schiff starten und seine Waffen dazu benutzen, das fremde Raumschiff zu zerstören und zumindest so zu schädigen, daß es endgültig am Boden bleiben muß.«

»Beim Weltraum!« rief Wteish. »Ich würde den Versuch nicht wagen wollen! Die Mindestgeschwindigkeit, bei der ein Schiff manövrierbar ist, bedeutet, daß Sie in weniger als einem Hundertstel eines Augenzuckens schießen müssen. Und das Ziel treffen. Und beim Sturzflug feuern. Und rechtzeitig hochreißen, damit es nicht auf den Boden prallt.«

»Ich weiß, ich weiß.«

»Tiefflugbombardierung mit Raumschiffen ist wegen der ungeheuren Geschwindigkeiten nicht möglich.«

»In der Not ist schon Unmögliches erreicht worden«, erklärte Gvandt.

»Eine gewöhnliche Flugmaschine wäre besser«, meinte Wteish.

»Richtig. Die Idee ist ausgezeichnet, Befehlshaber. Ich gratuliere Ihnen dazu. Bitte, bringen Sie mir eine Flugmaschine.«

»Vielleicht die Siedler . . .?«

»Es gibt in der Nähe keinerlei Flugmaschinen, nicht bei den Schmutzwühlern. Erwarten Sie auf dieser abgelegenen Welt alle Vorzüge der Zivilisation?« Er schnaubte verächtlich. »Bis die Hauptflotte eintrifft, ist nicht eine einzige Flugmaschine verfügbar – sie kommt einige Wochen nach der Vorhut.« Er schnaubte wieder. »Wir müssen uns mit dem behelfen, was wir haben, genauso, wie diese fremden Wesen es tun. Wir setzen ein Schiff ein und hoffen das Beste. Wenn das mißlingt, *falls* es mißlingt, überlege ich mir, ob wir einen Angriff riskieren und die Verluste in Kauf nehmen.«

»Wie wäre es, wenn wir einen bombentragenden Drachen mit automatischer Auslösung einsetzten?« fragte Wteish, der sich schon unter den künftigen Opfern sah.

Gvandt erwiderte großzügig: »Ich stelle die Bombe zur Verfügung, wenn Sie den Drachen und den erforderlichen Mechanismus liefern und zehntausend infernalische Bäume wegräumen.« Er blickte nach oben und fügte in anderem Tonfall hinzu: »Mir fällt eben ein – was für ein exotisches Wesen mag jetzt da oben hocken, verborgen im Laub, uns belauschen, mit Glotzaugen hinabstarren?«

»Wie?« Verblüfft folgte Wteish seinem Blick. Mehrere Soldaten taten desgleichen. Schaudernd mißachteten sie die vielen Lücken, in denen man den Himmel sah, und starrten in die stummen Bäume.

Ihr Fehler war, daß sie nicht höher, viel höher hinaufschauten.

Sammy des Scharfauges Gedanken durchzuckten den Äther.

»Eines ihrer Schiffe läßt den Antrieb warmlaufen«, teilte er mit.

»Das dachte ich mir schon«, antwortete Peter. »Ich kann das dumpfe Grollen bis hierher hören.« Er dachte kurz nach. »Treiben sich von diesen häßlichen Achtfüßlern welche in meiner Nähe herum?«

»Ein Kreis von Beobachtern«, meldete sich Rippy. »Sie halten Distanz und hocken oben in den Bäumen, so als wären sie nervös.«

»Glaubst du, daß sie euch bemerkt haben?«

»Ein Sprung aus einem Loch direkt ins Dickicht verrät nicht viel. Du siehst etwas, du weißt, da ist etwas, aber du weißt nicht, was. Also bleibst du in den Bäumen und betest. Mich haben sie jedenfalls nicht gesehen und Kim auch nicht.« Rippy wirkte verächtlich.

»Kim!« rief Peter.

Keine Antwort.

»Was ist mit Kim los?«
»Er ist wortkarg«, sagte Rippy. »Nicht wahr, Kim?«
»Sprachlos«, verbesserte Hector, »wegen des geklauten Eßbaren.«
»Es gibt Augenblicke«, fauchte ein drohender Gedanke, den sie seit Tagen zum erstenmal vernahmen, »wo ich versucht bin, mich auf andere Nahrung umzustellen.« Dann schärfer. »Da ist ein Kerl am Boden Rippy! Er kriecht auf dich zu und schleppt einen Kasten. Nimmst du ihn, oder soll ich?«
»Der gehört mir«, sagte Rippy.
Sammy meldete sich wieder. »Sie schließen jetzt alle Luken und trimmen das Schiff für den Start, die Truppen bleiben am Boden. Die Bugwaffentürme sind ausgefahren. Sie scheinen die Absicht zu haben, jemanden aus den Pantinen zu blasen.«
»Ich prüfe nach«, sagte Peter ruhig. Er ging in die Steuerkabine, schaltete das Raumfunkgerät ein, sandte einen Ruf hinaus, lauschte. Er wiederholte das mehrmals ohne Ergebnis.
»Kein Terraner in diesem Sektor«, berichtete er Sammy. »Das heißt also, daß außer uns niemand zu beschießen ist. Na, das ist ja ein riskantes Geschäft mit einem Raumschiff, selbst mit einem so langsamen wie bei denen.«
»Sie wollen es offenbar trotzdem versuchen«, erwiderte Sammy. »Ich bin in einer günstigen Lage, um Nildas Taktik zu kopieren, aber ein Einpfünder bringt nicht viel ein. Für dieses Schiff braucht man mehr.«
»Dann geben wir ihnen mehr«, entschied Peter. »Ich brauche Entfernung und Visierlinie.«
Da er wußte, daß Sammy dafür ein bis zwei Minuten brauchen würde, benutzte er die Pause dazu, eine wortlose, aber starke Besorgnis und quälende Unruhe über etwas Mechanisches auszustrahlen. Das von den Pictogrammen als überlegene Lebensform Nummer zwei bezeichnete Wesen hörte sofort mit seiner Tätigkeit auf, ratterte summend durch den Korridor, half ihm, eine Roboterbombe zu verladen und sie auf der Abschußlafette hinauszuschieben. Dann kehrte das lärmende Ding wieder an seine Arbeit zurück.
»Relativ zu deiner Längsachse komme ich auf siebenundvierzig Grad links, Ausstiegseite«, teilte Sammy mit. »Entfernung: knapp über sechs Meilen, sagen wir, sechs Komma zwei.«

»Ich mache das ungern, weil es zuviel verrät«, meinte Peter. »Solange wir in dieser Klemme sind, können wir nicht verhindern, daß sie etwas erfahren, aber ich möchte ihnen nicht mehr preisgeben als unbedingt nötig.«
»Du hast genau zwei Minuten, in denen du dich korrigieren, etwas Besseres finden und es einsetzen kannst«, erklärte Sammy. »Die Antriebsdüsen röten sich. Sie werden bald starten.«
»Na, meinetwegen, denen wird es weher tun als mir.« Er zuckte resignierend die Achseln und drückte auf den Auslöser.
Zwillingsraketen fauchten und trieben das geflügelte Projektil sechshundert Meter in die Höhe, bevor sie hinabfielen. Das Düsentriebwerk schaltete sich ein, und die Bombe raste hoch über den Bäumen los. Gleichmäßig zischte sie dahin, mit dem Geräusch eines asthmatischen Motorrads.
Peter saß auf der leeren Lafette und schwang die Beine hin und her, während seine Finger auf der Taste des kleinen Senders neben ihm ruhten. Das Stakkato des Triebwerks war schon verklungen. Sogar die Bäume schienen zu warten.
»Jetzt!« zischte Sammy.
Peter drückte die Taste. Das resultierende Geräusch blieb lange aus; als es eintraf, war es gedämpft von der Entfernung und den Bäumen, wenig mehr als ein dumpfer Knall. Später schlängelte sich eine dünne, schwarze Rauchsäule aus der Landschaft auf halbem Weg zum Horizont.
»Das«, sagte Sammy mit grimmiger Befriedigung, »nenne ich einen erstklassigen Super-Klumpatsch! Genau auf den Punkt! Ich habe es sogar hier gespürt.«
Nilda fragte gereizt: »Laßt ihr mich eigentlich nie schlafen?«
»Ruhe!« sagte Sammy. »Sie liegen Nase – Bug ungefähr vierhundert Meter auseinander. Das eine, das starten wollte, hat das meiste von dem verloren, was starten könnte. Es ist auch keiner herausgekommen. Vielleicht hast du sie endgültig erledigt.«
»Und das andere Schiff?« erkundigte sich Peter.
»Dem fehlt ein Stück von seinem Bug. Es läßt sich reparieren – in vier bis acht Wochen.«
»Es kann nicht abheben?«

»Ganz gewiß nicht«, versicherte Sammy
»Schla-a-fen!« jammerte Clobo. »Steht Nilda und mir das überhaupt nicht mehr zu?«
»Nicht mehr als mir, wenn ihr zwei die ganze Nacht quatscht«, gab Sammy zurück.
»Hör auf!« befahl Peter. »Laß ihnen zur Abwechslung mal ihre Ruhe. Ruf mich nur, wenn es dringend ist.«
Er lauschte. Sammy und die anderen blieben gehorsam stumm. Er beschloß, die Lafette nicht hineinzuhieven, ein Vorgang, der nicht mit einschläfernder Musik verbunden war. Es störte ihn ein wenig, daß er sie ausgefahren stehenlassen mußte, weil damit der Ausstieg offenblieb, aber es spielte keine große Rolle.
Überlegene Lebensform Nummer zwei reagierte auf seinen vorüberhuschenden Gedanken damit, daß sie durch den Gang klirrte und die Lafette hereinzog. Sie tat es unter Peters Nase mit möglichst viel Lärm und gänzlicher Gleichgültigkeit gegenüber der dadurch hervorgerufenen Flut von telepathischen Beschimpfungen.
Das war's!

Die beißendsten Bemerkungen von Sektor-Marschall Gvandts Rede entsprangen seinem Eß-Mund. Überdies verunstaltete er die Worte und machte gleichzeitig mit dem Sprech-Mund Eßbewegungen. Die ganze Vorstellung brachte ein neues Tief an hemmungsloser Vulgarität, aber sie war wegen der nicht zu überbietenden Empörung zu verstehen und zu entschuldigen.
Nachdem er seinen umfangreichen Wortschatz verbraucht hatte, zu dem eine Beschreibung der fremden Wesen als kosmischer Haufen hergelaufener *Nifte* gehörte, fauchte er Wteish an: »Und jetzt zählen Sie sie.«
Wteish ging herum, kam zurück und sagte: »Eine Schiffsbesatzung intakt, dazu drei Überlebende vom zweiten. Ferner fünf Captains der Landstreitkräfte und vierhundertsechs Soldaten.«
»So!« sagte Gvandt. »So!« Er wedelte mit seinen Vorstreckern, machte einen Buckel und fauchte. »So!«
»Was so?« erkundigte sich Wteish unklugerweise.
Diese Frage löste einen neuen Anfall aus. Gvandt ging ein zweites Mal seine lange Liste ausgesuchter Beschimpfungen durch und war diesmal

bestrebt, ihre besondere Anwendbarkeit auf untergebene Offiziere im allgemeinen und einen Traumspiel-Süchtigen namens Wteish im speziellen zu betonen.
»Ja«, bestätigte Wteish, als er fertig war. Er wirkte beschämt.
»Also«, fuhr Gvandt fort und nahm sich mit einer Willensanstrengung zusammen. »Mir ist eine besondere Eigenschaft der feindlichen Taktik aufgefallen.« Er richtete drei kalte, verächtliche Augen auf Wteish, während die anderen fünf die Bäume beobachteten. »Ich nehme nicht an, daß Sie sie bemerkt haben.«
»Welche Eigenschaft meinen Sie?«
»Der Gegner beschränkt sich stets auf einen einzigen Schlag«, erklärte Gvandt. »Einer gegen unsere Heckenschützen, einer auf unsere sechs Scharfschützen, einer gegen die Kanone, einer gegen die Schiffe. Jeder hatte Erfolg, weil er ideal gezielt und zeitlich hervorragend berechnet war – aber jeder paßte nur für eine bestimmte Gelegenheit. Sie haben noch nicht ihre Fähigkeit bewiesen, zwei, drei oder sechs Schläge gleichzeitig zu führen.« Er starrte den anderen bedeutungsvoll an. »Vielleicht, weil sie dazu nicht in der Lage sind.«
»Ah!« sagte Wteish.
»Als fremde Wesen denken sie fremdartig«, fuhr Gvandt fort. »Es ist möglich, daß sie nicht die Fähigkeit besitzen, sich auf mehr als ein Problem gleichzeitig zu konzentrieren. Eine Konfrontation mit mehreren Bedrohungen gleichzeitig könnte sie überfordern.«
»Könnte«, warf Wteish zweifelnd ein.
»Sind Sie der Ansicht, daß wir uns zurückziehen sollten – um in der Zentrale die Konsequenzen zu tragen?« zischte Gvandt.
»O nein, durchaus nicht«, widersprach Wteish hastig.
»Dann haben Sie gefälligst die Güte, ein sichtbares Maß an Mitarbeit und Begeisterung zu zeigen. Denken Sie daran, daß Sie Offizier sind. Als solcher müssen Sie ein nachahmenswertes Beispiel geben.« Er verschob seine Beine, um gewichtiger aufzutreten. »Wie ich!«
»Ja.«
»Also gut! Als erstes können Sie die Bergung der Rumpfkanonen überwachen. Holen Sie sie aus den Schiffen, kuppeln Sie die Munitionswagen an, und stellen Sie sie in einem Halbkreis auf, der gerade noch in Reichweite des feindlichen Raumschiffes liegt.«

»Halbkreis?«
»Natürlich, Sie Idiot! Wenn wir sie im Kreis aufstellen, feuern sie doch aufeinander.«
»Und wenn das fremde Raumschiff – Mittelpunkt des Kreises – gerade noch in Reichweite ist?«
»Ich gehe das Risiko von Entfernungsmessungen und zu weiten Schüssen nicht ein«, schrie Gvandt. »Wir haben auch so vielleicht genug Verlust.« Er ließ sich Zeit, sich zu beruhigen, bevor er hinzufügte: »Die Hauptsache ist, die Kanonen nach der Entladung sofort in Abständen aufzustellen und bei der Annäherung die Abstände einzuhalten. Sorgen Sie dafür, daß sie weit auseinandergezogen zu ihren Plätzen gebracht werden, dann sind sie nicht mit einem einzigen Gegenschlag auszuschalten.« Er funkelte den anderen an und fauchte: »Los doch!«
»Sehr wohl.«
Gvandt wandte sich an Captain Hixl.
»Sie bleiben mit der überlebenden Mannschaft hier. Lassen Sie sich Ihre Befehle von Wteish geben, und sorgen Sie dafür, daß die Besatzung die Kanonen so schnell wie möglich herausholt.« Dann starrte er Gordd an.
»Sie kommandieren die Infanterie-Captains und ihre Truppen. Stellen Sie sie in Gefechtsformation auf, und nähern Sie sich vorsichtig dem feindlichen Schiff. Nicht näher zusammenbleiben, als erforderlich ist, um Kontakt zu halten. Wählen Sie einen Halbkreis von Geschützstellungen aus, und bewachen Sie ihn, bis Wteish die Kanonen bringt. Schlagen Sie alle Angriffe zurück, so gut Sie können, und achten Sie auf die Bäume.« Er betrachtete achtfach die nächsten hohen Bäume, bevor er wiederholte: »Achten Sie auf die Bäume!«
»Wie Sie befehlen.« Gordd zog unter schlecht verhohlenen Befürchtungen mit seiner kleinen Armee ab. Gvandt streifte gereizt umher, beobachtete die Bäume und ignorierte die Lücken zwischen den Wipfeln. Ab und zu herrschte er die Leute an, als sie schwitzend die Geschütze aus dem Schiff holten.
Eine nach der anderen wurden die schweren Waffen herausgezogen und unter die Bäume geschleppt. Zwölf waren es insgesamt. Gvandt hätte viel lieber die noch größeren und schwereren Buggeschütze verwendet, aber ohne Werftkräne konnte man sie nicht bergen. Er mußte sich mit den zwei Batterien mobiler Rumpfgeschütze begnügen.

Die Arbeit war beendet, als es dunkel zu werden begann. Nichts Außergewöhnliches geschah – außer Gordds Tod. Ein Soldat brachte die Nachricht. Ermutigt von der scheinbaren Gleichgültigkeit des Gegners, hatte Gordd versucht, näher an das Raumschiff heranzukommen. Er war behutsam vorgekrochen, gedeckt von zwei nervösen Soldaten. Im Dickicht war er von etwas Blitzschnellem, Schwarzem, das offenkundig einer barbarischen Welt entstammte, angefallen worden. Der Angreifer hatte wilde, wortlose Laute ausgestoßen, als er Gordd auseinandergenommen hatte.

»Und was ist mit den beiden Soldaten?« fragte Gvandt und fixierte den Boten mit achtfachem Grimmblick. »Was haben sie gemacht – dagesessen und Laub gekaut?«

»Das schwarze Ding schoß zu plötzlich heraus, als daß ein Schuß möglich gewesen wäre«, erklärte der Soldat. »Es stürzte sich auf Captain Gordd und verflocht sich mit ihm. Bevor die Begleitung sie zu trennen vermochte, wurde auch sie überfallen.«

»Von wem?«

»Von einem anderen, zweiten Wesen. Es ähnelte in ein paar Dingen dem schwarzen, aber es war anders. Schlanker, agiler und gelb mit seltsamen Flecken, Sein Gesicht war stumpfer und gräßlicher. Es gab keinen Laut von sich und kämpfte in fürchterlichem Schweigen.« Er schauderte bei der Erinnerung daran. »Dieses gelbe Ungeheuer bewegte sich schneller als das schwarze, viel schneller. Es reagierte so verwirrend schnell, daß die Eskorte vor unseren Augen zerfleischt wurde, und nicht einmal die Pictographen konnten eine deutliche Aufnahme von ihm herstellen.«

»Diese Wesen, das schwarze und das gelbe, stimmen nicht mit den anderen, schon abgebildeten fremden Wesen überein?«

»Nein.«

»Dann haben wir jetzt sechs Typen«, erklärte Gvandt. Er wandte sich an Wteish, als dieser herankam. »Wir haben zwei weitere fremde Formen entdeckt. Sie haben eben Gordd gemetzelt.« Er ruderte zornig mit seinen Vorstreckern. »Wie viele Formen nehmen sie noch an? Im Namen von tausend blauen Kometen, weshalb können sie sich nicht festlegen?«

Wteish überlegte, bevor er meinte: »Könnte ihre Art von Leben nicht gestaltlos sein?«

»Was meinen Sie damit?«

»Ab und zu brüten wir Mißbildungen aus«, erklärte Wteish. »Manchmal ergibt das ganz ausgefallene Erscheinungen, so unheimlich, daß wir sie auf Anhieb beseitigt haben. Aber sie waren nur in unserer Einschätzung unheimlich, nicht in der eigenen! Wenn Mißbildungen häufig genug auftreten, würden sie zur Norm werden. Man würde die unendliche Vielfalt als natürlich ansehen. Der Prozeß wäre selbsterhaltend, jede Abweichung würde weitere Abweichungen hervorbringen. Kein Elternpaar könnte Gestalt und Form seiner Nachkommen voraussehen oder damit rechnen, daß die Abkömmlinge ihm gleichen würden.«

»*Kaminnif!*« knurrte Gvandt. »Wir haben andere Lebensformen auf unseren eigenen Welten, Baumechsen, Wasserreptile und Insekten. Ich vermag meine Phantasie so weit anzustrengen, um mir eine nichtexistente Lebensform vorzustellen, die sich ohne Antrieb durch die Luft bewegen kann, vielleicht eine Ultra-Licht-Form mit ins Gigantische vergrößerten Fischflossen. Aber ich kann einfach nicht die Idee anderer Lebensformen akzeptieren, die ohne Gesetz und Ordnung wahlweise andere und immer abweichendere Formen erzeugen.«

»Wie erklären Sie dann ihre große Vielfalt?« fragte Wteish. »Bisher haben wir keine zwei gleichen gefunden.«

»Es gibt nur eine Antwort – sie repräsentieren die Bewohner verschiede ner Welten. Jede Form ist der herrschende Typ auf einem eigenen Planeten.«

»Wenn das zuträfe, würde es bedeuten, daß wir nicht nur eine Welt, sondern ein ganzes Imperium gegen uns haben«, wandte Wteish ein.

»Warum nicht? Wir haben auch ein Imperium. Es umfaßt vierundzwanzig Welten. Ich sehe keinen Grund, weshalb diese Bande widerlicher *Nifte* auf eine einzige beschränkt sein sollte. Wir wissen nicht, ob ihr Raumschiff nach ihren eigenen Maßstäben groß oder klein ist. Wenn es klein ist, was nennen sie dann groß? Wie viele exotische Formen können sich in einem solchen befinden? Wie viele Welten beherrschen sie – tausend?«

»Sicherlich nicht tausend!« sagte Wteish, dem das zuviel war.

»Wir wissen es nicht.« Er glitschte unzufrieden und wütend. »Wir wissen überhaupt nichts, was wirklich von Bedeutung wäre. Wir haben Verluste erlitten und nichts erreicht, was das Opfer rechtfertigen würde. Wo-

durch sind ihre Raumschiffe so schnell? Wie weit haben sie sich im Kosmos ausgebreitet? Wie sieht ihre Macht im Vergleich zu unserer aus? Wie viele andere fremde Wesensformen haben sie noch, und wie sehen sie aus?« Er gab einen Spucklaut von sich. »Wir sind so unwissend wie am Anfang.«
»Aber wir werden bald dahinterkommen«, versprach Wteish.
»Hoffentlich! Es ergeht uns schlecht, wenn wir versagen. Sind die Geschütze schon aufgestellt?«
»Fast alle.«
»Warum lungern Sie dann hier noch herum? Gehen Sie hin. Man soll sich beeilen. Sorgen Sie dafür, daß sofort das Feuer eröffnet wird, wenn sie fertig sind. Halten Sie die Bombardierungen aufrecht, bis Sie die Gewißheit haben, daß das Ziel endgültig am Boden liegt – aber zerstören Sie es nicht ganz. Wir wollen Erkenntnisse daraus gewinnen, wertvolle Einsichten.«
»Ich gehe sofort.« Wteish machte das Wort zur Tat und hastete zwischen den Bäumen davon.
Gvandt starrte den Soldaten, der die Nachricht von Gordds Tod gebracht hatte, herrisch an.
»Nun, sind Sie am Boden festgewachsen wie eine Pflanze? Oder hat Ihnen jemand Urlaub gegeben?«
»Nein.« Der Soldat ging Wteish mürrisch nach.
Schon war es dunkel. Ein paar Sterne funkelten in den Wipfellücken. Die Bäume raschelten in der kühlen Nachtluft. Irgend etwas schwebte über den Bäumen dahin, verdeckte im Flug die Sterne und zog lautlos weiter. Es glich einem großäugigen Gespenst. Gvandt bemerkte es nicht. Er schob sich zu dem weniger beschädigten Schiff hinüber, setzte sich in den Haupteinstieg und wartete auf das Feuerwerk. Hixl gesellte sich zu ihm. Gemeinsam brüteten sie vor sich hin und warteten – und beobachteten die undeutlich sichtbaren Bäume.
Nach einiger Zeit donnerten die Geschütze abgehackt hintereinander. Das Pfeifen ihrer Geschosse drang durch das Dunkel herüber. Nahe Bäume bebten unter den Salven. Es gab eine lange Pause, dann folgte zum zweitenmal anhaltender Geschützdonner. Geschosse kreischten ihrem gemeinsamen Ziel entgegen. Die Explosionen verursachten in der Ferne ein blutrotes Flackern.

Gvandt sagte zufrieden: »Damit ist der Fall wohl erledigt!«
Hixl sagte nichts.

Der durchdringende telepathische Ruf Sammy des Scharfauges traf ein. »Ihre neueste Nummer besteht darin, die mittelschweren Rumpfgeschütze abzumontieren und sie in den Wald zu schleppen. Mit den schweren Bughaubitzen scheinen sie sich nicht abzuplagen.«
»Schaffen sie sie in unsere Richtung?« fragte Peter. Er saß in der Steuerkabine, rieb sich das Kinn und lauschte, lauschte.
»Ja, natürlich.«
»Wie viele?«
»Zehn bis jetzt. Warte mal.« Er schwieg eine Weile, dann sagte er: »Und noch zwei. Das sind zwölf. Wir hätten ihnen noch einen Sprengkopf zustellen sollen.«
»Dafür ist es jetzt zu spät«, antwortete Peter. Er packte die Seitenwände des Pilotensitzes und klammerte sich fest, als das ganze Raumschiff plötzlich einen Meter hochschwebte und krachend zu Boden fiel. »Wups!«
»Was soll das heißen?« erkundigte sich Sammy.
»Wir sind einen Meter gehüpft.«
»Wird auch Zeit«, meinte Rippy. »Mir hängt die Gegend hier langsam zum . . .« Er verstummte einen Augenblick, meldete sich aufgeregt wieder. »O je! Da kriecht mir einer praktisch in den Mund. Zwei kommen hinterher, mit Gewehren und reichlich nervös. Was meinst du, Kim?«
»Die beiden übernehme ich«, erwiderte Kim.
»Nimmersatt!« sagte Rippy. »Also gut, dann los!«
Beide wurden stumm, und Sammy ergriff erneut das Wort.
»Die beiden Burschen bekommen zuviel zu essen. Sie wissen nicht, was sie mit ihrer überschüssigen Kraft anfangen sollen.«
»Man ist nur einmal jung«, meinte Peter. »Was siehst du jetzt?«
»Die Geschütze sind, zusammen mit riesigen Mengen Munition, weggeschleppt worden. Ich sehe sie ab und zu zwischen den Bäumen auftauchen. Sie sind ein paar Meilen auseinandergezogen. Das Licht wird sehr schlecht – es wird Zeit, daß Nilda einspringt.«
»Komme sofort«, bestätigte Nilda.
»Drei Glitscher haben das Interesse verloren«, berichtete Rippy plötz-

lich. »Pfui! Was für ein Geklumpe!« Pause. »Gut gemacht, Kim.«
Kim antwortete nicht.
Das Schiff hob sich erneut, schwebte drei Meter über dem Boden. Vom Heck drang ein schrilles Kreischen wie von einem wirbelnden Schleifrad herüber. Er verstummte plötzlich. Jemand begann, Stahlkugeln auf einen Stapel leerer Dosen zu schleudern. Das Raumschiff verharrte im Schwebezustand.
»Wir schweben bereits«, teilte Peter allen mit.
»Ich weiß«, gab Hector zurück. »Vier volle Pfannen, zwei Doppelkochtöpfe, eine Kaffeemaschine und ein Drucktopf warten alle auf den Fall.«
Das Schiff fiel prompt, nicht zu hart, aber hart genug.
Hector schrie: »Na, bitte, was hab' ich dir gesagt?«
Peter verließ die Steuerkabine, ging durch den Korridor und schaute in die Anti-Schwerkraft-Anlage. Dort war alles still und friedlich. Von dem Rhomboid war nichts zu sehen.
Hoffnungsvoll versuchte er es mit der vierten Zelle im Korridor, schob die Tür auf und blickte hinein. Überlegene Lebensform Nummer zwei stand gleichmütig in einer Ecke, die zahlreichen Gliedmaßen zusammengeklappt oder eingezogen; die Haltung glich der einer Person, die geduldig bereit ist, auf den Jüngsten Tag zu warten.
»Mechano ist fertig!« Peter sendete die Nachricht wie einen mentalen Aufschrei. Er hüpfte herum. »Zurück ins Schiff, alle Mann. Beeilt euch!«
»Gerade, wenn ich hinaus will«, klagte Clobo. »Na ja . . .«
Peter kehrte in die Steuerkabine zurück, schnallte sich an, berührte die vertrauten Bedienungsknöpfe, starrte besorgt durch das Panzerglas in die Dunkelheit. Er machte sich wegen der versteckten Geschütze keine übermäßigen Sorgen. Er hatte die Wahl unter sechs wirksamen Methoden, mit ihnen fertig zu werden, seit sie nicht mehr durch den Hügel geschützt waren. Die einfachste bestand darin, eine sanfte, aber keineswegs beruhigende Vibration in den Molekülen ihrer Munition zu erzeugen. Das Ergebnis würde drastisch sein. Er konnte das, falls nötig, sofort veranlassen, war aber von der Notwendigkeit nicht überzeugt. Peter neigte dazu, ein Gemetzel auf das unter den Umständen mögliche Minimum zu beschränken.
Im Augenblick galt seine Sorge nur den noch fehlenden Besatzungsmit-

gliedern, und da sie eindeutig nicht mechanischer Art waren, blieb der lärmende *Nift* in seiner Kabine und weigerte sich, auf die Sorge zu reagieren.

»Rippy zur Stelle«, meldete diese Persönlichkeit plötzlich.

»Sammy zur Stelle«, folgte augenblicklich.

»Sie stellen die Geschütze auf und zielen, haben aber noch nicht geladen«, teilte Nilda mit und ignorierte den Befehl zur Rückkehr. »Wir werden es gerade schaffen«

»Kim!« rief Peter drängend. Er beugte sich vor und starrte in die Nacht hinaus. Außer einem schwachen Schleier Sternenlicht über fernen Bäumen war nichts zu sehen.

»Komme!« meldete sich kurz darauf ein rauher Ton. Und eine halbe Minute später: »Kim zur Stelle!«

»Jetzt haben sie geladen!« kreischte Nilda irgendwo im Dunkel. »Steig auf! Laß den Einstieg für mich offen!«

Automatisch bewegte Peter die Anti-Schwerkraft-Steuerung. Das Raumschiff stieg blitzschnell, schwindelerregend auf hundertfünfzig Meter Höhe, schwebte in der Luft. Einen Augenblick danach leckten im Halbkreis aus den Bäumen große Feuerzungen hoch. Unsichtbarer Wind fegte schrill durch die Nacht. Ein Dutzend blutrote Pilze sprangen unmittelbar unter ihnen aus dem Boden.

»Nilda!«

»Immer mit der Ruhe – bin schon unterwegs.«

Er stieg sechzig Meter höher, wartete, die Finger auf den Tasten, den Blick aufmerksam in die Nacht gerichtet. Er sah Nilda nicht kommen, aber kurz danach sagte sie: »Nilda zur Stelle.«

Unten spie die Landschaft immer mehr Feuer. Das lautere Geräusch der Geschosse und die Ausbreitung der Explosionen verrieten, daß die versteckten Geschütze höher feuerten. Mit einem kurzen: »Tz, tz!« schaltete er die Anti-Schwerkraft-Anlage auf volle Kraft. Eine Stunde später schaltete er ab und betätigte die Düsentriebwerke. Die Welt unter ihnen schrumpfte.

Die Vorhut aus vier anfliegenden feindlichen Raumschiffen sichtete ihn eine halbe Million Meilen später, setzte zur Verfolgung an. Er änderte nicht einmal den Kurs. Er schob die Triebwerkhebel nach vorn, sah die anderen auf dem Rumpfbildschirm seitwärts wegrutschen, auf dem

Heckschirm auftauchen und langsam kleiner werden. Bis sie zu kaum noch erkennbaren Punkten geschrumpft waren, hatten sie aufgegeben und waren umgekehrt.
Er bestimmte einen neuen Kurs, schaltete den Autopiloten ein, prüfte seine Leistung, öffnete die Gurte, reckte sich und gähnte.
Hector nahm klagend telepathischen Kontakt auf.
»Ich habe schon zehnmal erklärt, daß das Essen fertig ist. Willst du nichts?«
»Doch, Sir! Augenblick.«
Er beobachtete den Autopiloten noch eine Weile, bevor er die Kabine verließ. Aus der Kombüse-Messe-Kombination in Richtung Heck drangen Gelächter-Impulse. Es war leicht zu erraten, daß Clobo eine seiner stets beliebten Vorstellungen gab, vermutlich seine berühmte Parodie »Flottenadmiral Dickson beim Essen«. Ein prima Kerl, Clobo, dessen Wert vor allem in seiner Fähigkeit lag, unterhalten zu können, die Weltraumlangeweile zu verscheuchen und die Stimmung zu heben.
Das alte Staunen überkam Peter, als er die Tür der Steuerkabine schloß, das Wunder einer Million langer, langer Jahre, die häufig wiederkehrende Erkenntnis, daß der ungeheuren Größe des Raums die Unendlichkeit der Zeit entspricht.
Denn alle hatten die vielen Äonen durchlebt. Manche waren vorausgesprungen, andere zurückgeblieben. Aber einige von den Nachzüglern hatten zu einem Endspurt angesetzt – wegen des verspäteten Funktionierens der Naturgesetze und der Auswirkung der einen Art, genannt Mensch, auf die verschiedenen Arten.
Bis sie gemeinsam durchs Ziel gegangen waren.
Zum hundertsten- oder zweihundertstenmal blieb er auf dem Weg zur Kombüse stehen und betrachtete die in die Wand eingelassene Tafel. Dort stand:

Patrouillenschiff »Letitia Reed«
Den Vereinigten Gattungen gewidmet von Waldo Reed

Besatzung	Gattung
Peter der Pilot	Terra-Mann

Sammy das Schärfauge	Weißschopfadler
Hector der Herdgeist	Venusaffe
Rippy der Ranger	Terra-Hund
Kim der Killer	Jagdleopard
Mechano der Macher	Roboter
Clobo der Clown	Spektral-Tarsier
Nilda die Nachtwache	Ohreule

Grinsend ließ Peter sein Gehirn für alle Gedanken geöffnet, während er sich überlegte: Junge, Junge, was für eine Bande von Taugenichtsen! Dann schloß er sein Gehirn ebenso sorgfältig ab, während er hinzufügte: Aber ich würde lieber meine Beine als auch nur einen einzigen von ihnen verlieren!

»Zum elftenmal, du Taugenichts . . .«, schrie Hector.

»Ich komme!« Er löste den Blick von der Tafel und hastete in die Kombüse.

Inhalt

5 *Arthur C. Clarke,* Der gefiederte Freund
9 *Robert Sheckley,* Pfadfinderspiele
22 *Ron Goulart,* Was ist eigentlich aus Schraublocker geworden?
39 *Lisa Tuttle/Steven Utley,* Tom Sawyers suborbitale Streiche
47 *Katherine MacLean,* Spiele
56 *Isaac Asimov,* Die Olympiade der Techniker
112 *Michael Moorcock,* Umweltprobleme
123 *Ronald M. Hahn,* Die Welt des Ursprungs
142 *William Jon Watkins,* Mutprobe in der Hensonröhre
148 *Robert A. Heinlein,* Das Versteckspiel
161 *Bob Buckley,* Schimären
178 *George R. R. Martin,* Bestien für Norn
209 *Thomas F. Monteleone,* Der Junge, der die Welt bewegte
223 *Stephen Goldin,* Dickschädel
226 *Lisa Tuttle,* Das Lied der Meerjungfrauen
237 *Rachel Cosgrove Payes,* Halbleben
246 *Michael Bishop,* Vox Olympica
270 *P. J. Plauger,* Hier seyen Drachen
289 *Eric Frank Russell,* Die Unentschlossenen

Quellennachweis

Arthur C. Clarke, DER GEFIEDERTE FREUND, aus: »Die andere Seite des Himmels«. Originaltitel: Feathered Friend. © 1957 by Arthur C. Clarke. Aus dem Englischen von Heinz Bingenheimer und Tony Westermayr. Mit freundlicher Genehmigung des Wilhelm Goldmann Verlags, München.
Robert Sheckley, PFADFINDERSPIELE, aus: »Utopia mit kleinen Fehlern«. Originaltitel: Hunting Problem. © 1955 by Galaxy Publishing Corporation. Aus dem Amerikanischen von Tony Westermayr. Mit freundlicher Genehmigung des Wilhelm Goldmann Verlags, München.
Ron Goulart, WAS IST EIGENTLICH AUS SCHRAUBLOCKER GEWORDEN? Originaltitel: What's Become of Screwloose? © 1970 by Ron Goulart. Aus dem Amerikanischen von Ulrich Kiesow.
Lisa Tuttle & Steven Utley, TOM SAWYERS SUBORBITALE STREICHE. Originaltitel: Tom Sawyer's Sub Orbital Escapade. © 1977 by David Gerrold. Aus dem Amerikanischen von Joachim Körber.
Katherine MacLean, SPIELE. Originaltitel: Games. © 1953 by Galaxy Publishing Corporation. Aus dem Amerikanischen von Ralph Tegtmeier.
Isaac Asimov, DIE OLYMPIADE DER TECHNIKER, aus: Asimov, »Unendlichkeit × 5«, Terra-Taschenbuch. Originaltitel: Profession aus »Nine Tomorrows«, Doubleday & Company, Inc. New York. Copyright © 1959 by Isaac Asimov. Aus dem Amerikanischen von Martin Beranek. Mit freundlicher Genehmigung des Moewig Verlags, Rastatt.
Michael Moorcock, UMWELTPROBLEME, aus: Davis, »Weltraum Nr. 1«. Originaltitel: Environment Problem. © 1973 by Abelard-Schuman Ltd. Aus dem Englischen von Ulrike Killer. Mit freundlicher Genehmigung des Arena Verlags, Würzburg.
Ronald M. Hahn, DIE WELT DES URSPRUNGS. © 1982 by Ronald M. Hahn.
William Jon Watkins, MUTPROBE IN DER HENSONRÖHRE, aus: Alpers, »Countdown«. Originaltitel: Coming of Age in Henson's Tube. © 1977 by William Jon Watkins. Aus dem Amerikanischen von Hans Joachim Alpers. Mit freundlicher Genehmigung des Droemer-Knaur Verlags, München.
Robert A. Heinlein, DAS VERSTECKSPIEL, aus: Heinlein, »Die grünen Hügel der Erde«. Originaltitel: The Black Pits of Luna. © 1948 by Robert A. Heinlein. Aus dem Amerikanischen von Tony Westermayr. Mit freundlicher Genehmigung des Wilhelm Goldmann Verlags, München.
Bob Buckley, SCHIMÄREN, aus: Alpers, »Bestien für Norn«. Originaltitel: Chimera. © 1976 by The Condé Nast Publications, Inc. Aus dem Amerikanischen von Klaus Diedrich. Mit freundlicher Genehmigung des Droemer-Knaur Verlags, München.
George R. R. Martin, BESTIEN FÜR NORN, aus: Alpers, »Bestien für Norn«. Originaltitel: A Beast for Norn. © 1976 by George R. R. Martin. Aus dem Amerikanischen von Rainer Zubeil. Mit freundlicher Genehmigung des Droemer-Knaur Verlags, München.
Thomas F. Monteleone, DER JUNGE, DER DIE WELT BEWEGTE. Originaltitel: The Boy Who Could Make Things Move. © 1974 by Thomas F. Monteleone. Aus dem Amerikanischen von Ulrich Kiesow.
Stephen Goldin, DICKSCHÄDEL, aus: Alpers, »Kopernikus«. Originaltitel: Stubborn. © 1975 by David Gerrold. Aus dem Amerikanischen von Ronald M. Hahn. Mit freundlicher Genehmigung des Moewig Verlags, Rastatt.
Lisa Tuttle, DAS LIED DER MEERJUNGFRAUEN. Originaltitel: I have Heard the Mermaids. © 1974 by Roger Elwood. Aus dem Amerikanischen von Ulrich Kiesow.
Rachel Cosgrove Payes, HALBLEBEN. Originaltitel: Half Live. © 1973 by Franklin Watts, Inc. Aus dem Amerikanischen von Martin Eisele.
Michael Bishop, VOX OLYMPICA. Originaltitel: Vox Olympica. © 1981 by Omni Publications International. Aus dem Amerikanischen von Joachim Körber.
P. J. Plauger, HIER SEYEN DRACHEN. Originaltitel: Here Be Dragons. © 1976 by P. J. Plauger. Aus dem Amerikanischen von Ralph Tegtmeier.
Eric Frank Russell, DIE UNENTSCHLOSSENEN, aus: Russell, »Ferne Sterne«. Originaltitel: The Undecided. © 1949 by Street & Smith Publications, Inc. Aus dem Amerikanischen von Tony Westermayr. Mit freundlicher Genehmigung des Wilhelm Goldmann Verlags, München.